LUA
de
SANGUE

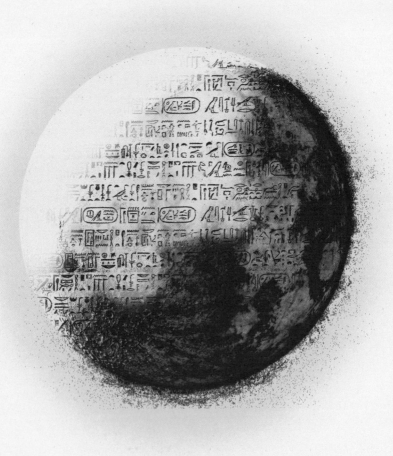

N. K. JEMISIN

LUA de SANGUE

SÉRIE DREAMBLOOD
VOLUME 1

TRADUÇÃO
Aline Storto Pereira

MORROBRANCO
EDITORA

Copyright *The Killing Moon. The Dreamblood Duology Book 1* – © 2012 por N. K. Jemisin

Publicado em comum acordo com a autora e The Knight Agency, através de Yañez, parte da International Editors' Co. S.L. Literary Agency.

Título original: THE KILLING MOON

Direção editorial: VICTOR GOMES
Coordenação editorial: ALINE GRAÇA
Acompanhamento editorial: MARIANA NAVARRO
Tradução: ALINE STORTO PEREIRA
Preparação: KARINE RIBEIRO
Revisão: LETÍCIA NAKAMURA
Design de capa, projeto gráfico e diagramação: VANESSA S. MARINE
Ilustrações de capa e miolo: @TRIFF - SHUTTERSTOCK | FREEPIK

ESTA É UMA OBRA DE FICÇÃO. NOMES, PERSONAGENS, LUGARES, ORGANIZAÇÕES E SITUAÇÕES SÃO PRODUTOS DA IMAGINAÇÃO DO AUTOR OU USADOS COMO FICÇÃO. QUALQUER SEMELHANÇA COM FATOS REAIS É MERA COINCIDÊNCIA.

TODOS OS DIREITOS RESERVADOS. PROIBIDA A REPRODUÇÃO, NO TODO OU EM PARTES, ATRAVÉS DE QUAISQUER MEIOS. OS DIREITOS MORAIS DO AUTOR FORAM CONTEMPLADOS.

DADOS INTERNACIONAIS DE CATALOGAÇÃO NA PUBLICAÇÃO (CIP)

J491 Jemisin, N. K.
Lua de sangue / N. K. Jemisin ; Tradução: Aline Storto Pereira. — São Paulo: Editora Morro Branco, 2022.
p. 368; 14x21 cm.

ISBN: 978-65-86015-53-9

1. Literatura americana — Romance. 2. Ficção americana. I. Storto Pereira, Aline. II. Título.
CDD 813

TODOS OS DIREITOS DESTA EDIÇÃO RESERVADOS À:
EDITORA MORRO BRANCO
Alameda Santos, 1357, 8º andar
01419-908 – São Paulo, SP – Brasil
Telefone (11) 3373-8168
www.editoramorrobranco.com.br

Impresso no Brasil
2025

NOTA DA AUTORA

Como a maioria dos escritores de fantasia, achei desafiador escrever um texto influenciado por culturas reais (embora do passado). De certa forma, penso que teria sido mais fácil escrever uma ficção puramente histórica porque então eu poderia ter usado toda a informação artística e factual proporcionada pela erudição e pela ciência. Já que este é um romance de fantasia e não um texto histórico, me vi na estranha posição de ter que *desistorizar* essas narrativas tanto quanto possível — na verdade, de eliminar a substância da realidade e ao mesmo tempo deixar para trás apenas o caldo mais ralo para dar sabor. Meu objetivo foi prestar homenagem, *não* imitar a realidade. Egiptólogos amadores, vocês foram avisados.

Em particular, tive dificuldade com os nomes dos personagens, uma vez que muitos dos nomes dessas culturas eram junções significativas de palavras de suas línguas... mas esta não é a Terra, então eu não podia usar esses idiomas. Em vez disso, tentei captar uma estrutura e uma sensação adequadas enquanto evitava combinações que tivessem significado nessas línguas. Já que não sou de modo algum uma especialista, é perfeitamente possível que um ou mais dos meus personagens tenha um nome que signifique "amado pelo queijo" ou algo parecido. Desculpem-me se ocorrer.

"Todos os homens sonham, mas não da mesma forma. Aqueles que sonham à noite, nos recessos empoeirados de suas mentes, acordam durante o dia e descobrem que foi em vão; mas os que sonham durante o dia são perigosos, pois de olhos abertos podem agir de acordo com seus sonhos e torná-los possíveis."

– T. E. Lawrence,
Os sete pilares da sabedoria: um triunfo

1

Na escuridão dos sonhos uma alma pode morrer. Os medos que enfrentamos nas sombras são reflexos no vidro. É natural atacar um reflexo que ofende, mas então o vidro corta; a alma sangra. O dever do Coletor é salvar a alma a qualquer custo.

(SABEDORIA)

Na escuridão da vigília, morreu uma alma. Sua carne, porém, ainda está avida, violentamente viva.

O dever do Ceifador *não* é salvar.

* * *

Os bárbaros do norte ensinavam seus filhos a temer a Lua dos Sonhos, alegando que ela trazia loucura. Essa era uma blasfêmia perdoável. Algumas noites, a estranha luz da lua banhava toda a Gujaareh com melífluas espirais em tons de ametista e verde-mar. Fazia os casebres parecerem bons e robustos, caminhos de tijolos de argila reluziam como se cobertos de prata. Nas estranhas sombras da lua, um homem poderia se agachar no parapeito umbroso de uma construção e tornar-se apenas um tênue entalhe contra o cinza marmóreo.

Nesta terra, esse homem seria um sacerdote, determinado ao mais sagrado dos seus deveres.

Não só as sombras colaboravam com a furtividade do sacerdote. Um longo treinamento amortecera-lhe a pisada contra a pedra e, de qualquer modo, os pés estavam descalços. Trajava parcas vestimentas, contando com o tom escuro da pele para se camuflar enquanto espreitava, orientado pelos sons da cidade. O choro de um bebê em um prédio de apartamentos do outro lado da rua; ele deu um passo. Uma risada vários andares abaixo do parapeito; ele se endireitou ao chegar à janela desejada. Um grito abafado e sons de uma briga em uma viela a um quarteirão de distância; ele parou, prestando atenção e franzindo o cenho. Mas o tumulto parou quando o som de sandálias ecoou nos paralelepípedos, desvanecendo à distância, e ele relaxou. Quando os gemidos do jovem casal no apartamento ao lado ressoaram pela brisa, ele esgueirou-se por entre as cortinas para dentro do cômodo.

O quarto: um escritório de elegância desgastada. Os olhos do sacerdote distinguiram cadeiras refinadas revestidas de tecidos desfiados e móveis de madeira opacos por falta de polimento. Ao aproximar-se da cama, teve o cuidado de não sombrear o rosto da pessoa que dormia ali — mas os olhos do idoso se abriram mesmo assim, piscando sonolentos sob a luz tênue.

— Como eu imaginava — disse o ancião, cujo nome era Yeyezu, a voz rouca rangendo contra o silêncio. — Qual deles é você?

— Ehiru — respondeu o sacerdote, a voz tão suave e profunda quanto as sombras do dormitório. — Chamado Nsha, nos sonhos.

O homem arregalou os olhos, surpreso e satisfeito.

— Então este é o nome da alma da rosa. A quem devo a honra?

Ehiru soltou o ar lentamente. Era sempre mais difícil trazer paz ao portador do dízimo quando ele estava desperto e assustado, por isso a lei mandava que os Coletores entrassem nas casas de maneira furtiva. Mas Yeyezu não estava com medo. Ehiru percebeu de imediato, então decidiu responder à pergunta do ancião, embora preferisse fazer seu trabalho em silêncio.

— Seu filho mais velho apresentou a demanda em seu nome. — Do compartimento da plissaia tirou uma jungissa: uma pedra polida do tamanho de um polegar, similar a um vidro escuro, entalhada à semelhança de uma cigarra. Os olhos de Yeyezu seguiram a jungissa conforme Ehiru a erguia. Essas pedras eram lendas devido à raridade e ao poder, e poucos dos fiéis de Hananja já haviam visto uma. — Ela foi avaliada e aceita pelo Conselho dos Caminhos e então entregue a mim, para ser executada.

O idoso aquiesceu, levando uma mão trêmula em direção à jungissa. Ehiru abaixou a pedra para que Yeyezu pudesse passar os dedos pelas asas lisas e belamente esculpidas, embora segurasse o corpo bem firme. A jungissa era sagrada demais para ser descuidado. A admiração de Yeyezu o fez parecer muito mais jovem; Ehiru não pôde deixar de sorrir ao notar.

— Ela experimentou muitos dos seus sonhos, Yeyezu-Ancião — disse ele, tirando com muito cuidado a jungissa do alcance do outro para que ele ouvisse suas palavras. Yeyezu suspirou, mas abaixou a mão. — Bebeu abundantemente de suas esperanças e medos. Agora convida você a se juntar a Ela em Ina-Karekh. Você concederá essa última oferta a Ela?

— Com todo prazer — respondeu Yeyezu, fechando os olhos.

Então Ehiru inclinou-se e beijou a fronte do homem. Uma pele febril, delicada como papiro, desfranziu-se ao toque de seus lábios. Quando ele se afastou e pôs a jungissa no local onde dera o beijo, a pedra tremeu ao contato de sua unha e então passou a vibrar de maneira quase imperceptível. Yeyezu caiu no sono e Ehiru colocou as pontas dos dedos nas pálpebras do ancião para começar.

Na relativa calmaria da noite da cidade, lá dentro ouvia-se apenas o som de respiração: primeiro de Ehiru e de Yeyezu, depois só de Ehiru. Envolto por aquele novo silêncio, pois a jungissa parara de vibrar com o fim do sonho, Ehiru levantou-se por alguns instantes, deixando a languidez do sangue onírico recém-coletado se espalhar por seu corpo. Quando julgou ser o momento certo, tirou outro enfeite do compartimento à altura do quadril, uma pequena esfera de obsidiana em cuja face lisa fora incrustada uma rosa de oásis, as fissuras cheias de tinta em pó. Pressionou o entalhe cuidadosamente sobre o peito despido, magro e imóvel de Yeyezu, deixando sua assinatura naquela obra de arte feita de carne. O sorriso que perdurava nos lábios frios do idoso ficou ainda mais bonito.

— Sonhos alegres sempre, meu amigo — sussurrou ele antes de puxar o lençol e colocar os braços e pernas de Yeyezu em uma posição digna e pacífica. Por fim, saiu tão discretamente quanto entrara.

Agora o voo: pelos telhados da cidade, veloz e silencioso. A alguns quarteirões de distância da casa de Yeyezu, Ehiru parou, pousando no abrigo de uma velha parede desmoronada. No passado, quando era mais jovem, teria voltado ao Hetawa após o trabalho de uma noite assim, transbordando de alegria com a passagem de uma vida rica e plena. Apenas horas de preces no Salão de Bênçãos do Hetawa poderiam restaurar-lhe as funções. Ele não era mais jovem. Era mais forte agora, aprendera disciplina. Na maioria das noites, conseguia realizar uma segunda Coleta e, em algumas ocasiões, uma terceira se as circunstâncias assim exigissem... embora três o deixassem zonzo e meio sonhando, sem saber ao certo em qual reino caminhava. Mesmo o sangue onírico de uma única alma conseguia embaralhar sua razão, pois como poderia ele deixar de jubilar-se com a felicidade tão palpável de Yeyezu dentro de si? Contudo, pelo bem de outros cidadãos sofredores de Gujaareh, era preciso tentar. Duas vezes tentou contar de quatro em quatro, um exercício de concentração, mas falhou em ambas quando estava apenas no quatro mil e noventa e seis. Patético. No fim, porém, os pensamentos se acalmaram e os tremores cessaram.

Com certa preocupação, viu que a Lua dos Sonhos alcançara o zênite, sua vastidão brilhante reluzindo do centro do céu como um grande olho listrado: já se passara metade da noite. Seria mais rápido atravessar aquela parte da cidade pelo chão do que pelo telhado. Após uma breve pausa para virar o sobrepano e colocar vários brincos de ouro na orelha, pois nem o mais pobre dos homens andava sem ornamentos na capital de Gujaareh, Ehiru saiu da velha parede e caminhou pelas ruas como um homem de nenhuma casta em particular, de comportamento indefinível, tomando o cuidado de curvar-se para diminuir a estatura. Tão tarde da noite, viu apenas caravaneiros fazendo os preparativos finais para viajar pela manhã e um guarda bocejando, certamente se dirigindo ao turno da noite em um dos portões da cidade. Nenhum deles o notou.

As casas tornaram-se mais esparsas quando chegou ao bairro das alta-castas. Ele entrou em uma rua lateral mal iluminada, o combustível dos lampiões consumido pela metade, e surgiu em meio a um bando de rapazes shunha que fediam a casa de timbalin e a perfume feminino vencido. Riam e cambaleavam juntos, os sentidos entorpecidos pela droga. Ehiru os seguiu por um quarteirão antes que sequer percebessem sua presença e então tomou outra rua lateral. Esta levava ao galpão de armazenamento da hospedaria que ele procurava. As portas do galpão ficavam abertas, barris de vinho e pacotes amarrados com barbante bem à vista ao longo das paredes, todos intocados. Os poucos ladrões de Gujaareh sabiam que era melhor não tocar em nada. Ao invadir as sombras, Ehiru tirou as joias do disfarce e virou mais uma vez o tecido, enrolando-o e prendendo-o para que não esvoaçasse. De um lado, o tecido tinha uma estampa singela, mas do outro (o lado que ele vestia agora), era completamente preto.

No dia anterior, Ehiru investigara a hospedaria. Tão astuto quanto qualquer membro da casta dos comerciantes, o proprietário da casa mantinha a torre aberta o ano todo para atender estrangeiros abastados, muitos dos quais não gostavam de se deslocar durante as inundações da primavera. Esse portador de dízimo, um comerciante do norte, tinha um quarto privativo na torre, separado do restante do prédio por um íngreme lance de escada. Conveniente. Quando queria uma coisa, Hananja encontrava uma maneira.

Dentro da casa, a cozinha estava na penumbra, assim como o refeitório logo adiante. Ehiru passou pela mesa, que tinha como assento almofadas no chão, e pelo jardim do átrio, diminuindo o ritmo ao desviar de folhas de palmeiras e samambaias penduradas. Depois do jardim, ficavam os dormitórios. Naquele ponto, esgueirou-se ainda mais sorrateiro, pois, mesmo tão tarde, talvez houvesse hóspedes acordados, mas todos os lampiões dos quartos continuavam apagados e ele ouvia apenas a respiração lenta e regular que vinha de cada entrada fechada por cortinas. Ótimo.

Ao subir os degraus da torre, Ehiru ouviu os roncos irrequietos do comerciante mesmo através da pesada porta de madeira do dormitório. Abri-la sem que as dobradiças rangessem deu um pouco de trabalho, mas ele conseguiu enquanto maldizia o costume estrangeiro de colocar portas nos cômodos interiores. Dentro do quarto, os roncos do comerciante ressoavam tão alto que as cortinas de tecido fino estremeciam com a vibração. Não era de se admirar que o proprietário houvesse lhe oferecido a torre e, era provável, dado um desconto no quarto. No entanto, Ehiru era cauteloso: esperou um ronco especialmente forte antes de abrir a cortina e olhar a próxima demanda.

De perto, o cheiro do homem mesclava suor rançoso, gordura fétida e outros odores em uma mistura acre que deixou Ehiru enjoado por um momento. Ele se esquecera de que as pessoas do norte não costumavam tomar banho. Apesar de a noite estar fresca e haver brisa, o viajante do norte (um comerciante dos Bromarte, a demanda especificara, embora Ehiru jamais fosse capaz de distinguir uma tribo do norte da outra) suava copiosamente, a pele pálida corada e cheia de erupções como se dormisse no mormaço do meio-dia. Ehiru examinou aquele rosto por um instante, imaginando que paz poderia ser obtida dos sonhos de um homem desses.

Concluiu que devia haver algo, caso contrário Hananja não o teria escolhido. O homem tinha sorte. Ela raramente concedia Suas bênçãos aos estrangeiros.

Os olhos do sujeito de Bromarte já se mexiam sob as pálpebras; não era necessária nenhuma jungissa para colocá-lo no estado apropriado de sono. Pousando os dedos nas pálpebras do homem, Ehiru determinou que a própria alma se separasse da carne, deixando sua conexão — o *umblikeh* — atada no lugar certo para que ele pudesse segui-la de volta quando o momento chegasse. O quarto se tornara um lugar de sombras, desprovido de cor e substância, quando Ehiru abriu os olhos da alma. Um reflexo sem importância do reino desperto. Só uma coisa tinha sentido no lugar entre a vigília e o sonho: o delicado e reluzente cordão vermelho que saía de alguma parte próxima às clavículas do sujeito de Bromarte e se perdia no vazio. Aquele fora o caminho que a alma do homem tomara na travessia a Ina-Karekh, a terra dos sonhos. Era simples para Ehiru seguir o mesmo caminho *para fora* e depois *para dentro* outra vez.

Quando tornou a abrir os olhos, cores e uma vasta estranheza o cercaram, pois ele estava em Ina-Karekh, a terra dos sonhos. E aqui o sonho do homem de Bromarte se revelou. Charleron de Wenkinsclan, o nome surgiu na consciência de Ehiru, que absorveu a estranheza e o máximo que pôde da pessoa que o possuía. Não um nome de alma, mas era de se esperar. Os pais de Bromarte davam nomes aos filhos com base nas esperanças e necessidades do mundo da vigília, não na proteção durante o sono. Na opinião do povo desse Charleron, o nome dele era ambicioso. Um nome *sedento*. E sede era o que preenchia a alma do sujeito de Bromarte: sede de riqueza, de respeito, de coisas que ele próprio não saberia nomear. Refletidas nas paisagens oníricas de Ina-Karekh, essas sedes haviam se fundido em um grande poço na terra, com paredes repletas de mãos incorpóreas e tateantes. Assumindo a forma onírica habitual, Ehiru passou flutuando pelas mãos e ignorou suas silenciosas, cegas e arranhadoras necessidades enquanto procurava.

Ali no fundo do poço de mãos, chorando devido ao medo e à impotência, estava ajoelhada a manifestação do bromarteano de nome infeliz. Charleron estremecia entre soluços, tentando sem sucesso se afastar das próprias criações enquanto as mãos o puxavam repetidas vezes. Elas não o machucavam e eram pouco assustadoras para qualquer sonhador com treinamento adequado, entretanto, Ehiru julgava aquela como a bílis dos sonhos: preta e amarga, necessária para a saúde, mas desagradável para os sentidos. Ele absorveu tanto quanto pôde para os Compartilhadores, pois havia muito em que usar a bílis onírica, mesmo que Charleron não concordasse. Mas reservou espaço dentro de si para o humor mais importante, que era, afinal, o motivo de ele estar ali.

E como sempre faziam, como a Deusa ordenara que fizessem, o portador do cordão de Hananja alçou o olhar e viu Ehiru em sua forma verdadeira e inalterada.

— Quem é você? — perguntou o homem de Bromarte, momentaneamente distraído do que o aterrorizava. Uma mão pegou seu ombro e ele ofegou, afastando-se.

— Ehiru — respondeu. Pensou em dizer ao homem seu nome de alma, mas decidiu que não o faria. Os nomes de alma não significavam nada para os pagãos. Mas, para sua surpresa, o bromarteano arregalou os olhos, como se reconhecesse.

— *Gualoh* — falou o sujeito de Bromarte e, através do filtro do sonho que os dois compartilhavam, Ehiru teve um vislumbre do significado. Alguma espécie de criatura assustadora das histórias ao redor das fogueiras? Ele ignorou aquilo: não passava de superstição bárbara.

— Um servo da Deusa dos Sonhos — corrigiu Ehiru, agachando-se diante do homem. Mãos puxavam nervosamente a pele, a saia e as duas tranças que lhe pendiam da nuca, reagindo ao medo que o bromarteano sentia dele. Ele não lhes deu atenção. — Você foi escolhido para Ela. Venha, e vou levá-lo a um lugar melhor do que este, onde possa viver a eternidade em paz. — Ehiru estendeu a mão.

O homem de Bromarte saltou sobre ele.

O movimento foi tão inesperado que o sacerdote quase não reagiu a tempo... mas nenhuma pessoa comum poderia sobrepujar um Coletor no sonho. Com um lampejo de vontade, Ehiru dissipou o poço de mãos e o substituiu por um deserto de dunas varridas pelo vento. Isso lhe deu bastante espaço para se esquivar das investidas do bromarteano. O sujeito lançou-se contra ele mais uma vez, gritando obscenidades. Ehiru abriu e depois fechou o chão sob os pés dele, afundando-o na areia até a cintura.

Mesmo preso, o homem xingava e se debatia e chorava, pegando punhados de areia para jogar nele, dos quais Ehiru apenas desviou com a vontade. Então, franzindo a testa, perplexo, ele se agachou para perscrutar o rosto do bromarteano:

— É inútil relutar — disse, e o homem aquietou-se ao ouvir sua voz, embora Ehiru houvesse mantido um tom suave. — Relaxe e a travessia será amena. — O bromarteano com certeza devia saber disso, não? Seu povo negociava produtos e sementes com Gujaareh havia séculos. Caso fosse aquela a fonte do pavor do sujeito, Ehiru acrescentou: — Não haverá dor.

— Fique longe de mim, *gualoh*! Não sou um de vocês, seus afanadores de lama. Não preciso que se alimentem dos meus sonhos!

— É verdade que você não é gujaareen — retorquiu Ehiru. Sem desviar a atenção do homem, começou a ajustar a paisagem onírica para induzir calma. As nuvens no alto tornaram-se ralas e delicadas, e ele fez a areia em torno da forma onírica do bromarteano ficar mais fina, agradável em contato com a pele. — Mas já Coletamos estrangeiros antes. O aviso é dado a todos os que escolhem morar e fazer negócios dentro dos muros da capital: a cidade de Hananja obedece às leis de Hananja.

Parte das palavras de Ehiru enfim pareceram penetrar o pavor do sujeito. Seu lábio inferior estremeceu:

— E-eu não quero morrer. — Ele estava chorando de verdade, os ombros chacoalhando tanto que Ehiru não pôde deixar de sentir pena. Era terrível que os nortenhos não tivessem narcomancia. Ficavam desamparados no sonho, à mercê dos próprios pesadelos, e nenhum deles tinha preparo para sublimar o medo. Quantos haviam sido perdidos para a terra das sombras por conta disso? Eles também não tinham Coletores para facilitar o processo.

— Poucos desejam a morte — concordou Ehiru. Estendeu a mão para afastar o cabelo do homem, afagar-lhe a testa, tranquilizá-lo. — Até os meus conterrâneos, que dizem amar Hananja, às vezes lutam contra o destino. Mas é da natureza do mundo que alguns tenham que morrer para que outros possam viver. Você vai morrer logo e de um jeito desagradável se a doença de puta que trouxe para Gujaareh progredir. E, durante esse tempo, você pode não apenas sofrer, mas também espalhar seu sofrimento para outros. Por que não morrer em paz e espalhar vida?

— Mentiroso. — De repente, o rosto do bromarteano assumiu um ar voraz, os olhos brilhando de ódio. A mudança foi tão abrupta que Ehiru calou-se, atônito. — Você chama de bênção da sua Deusa, mas eu sei a verdade. — Ele se inclinou para a frente; a respiração tornara-se irregular. — *Isso te dá prazer.*

Ehiru afastou-se daquele hálito e das palavras desagradáveis. Lá no alto, as nuvens ralas pararam de se mover.

— Nenhum Coletor mata por prazer.

— Nenhum Coletor mata por prazer. — O sujeito de Bromarte pronunciou as palavras em uma fala arrastada, caçoando. — E aqueles que *matam por prazer*, Coletor? O homem sorriu, os dentes reluzindo momentaneamente afiados. — Não são mais Coletores? Existe outro nome para eles, não é? É assim que você conta sua mentira?

Uma onda de frio perpassou Ehiru; junto a ela veio uma quentura furiosa.

— Isso é uma obscenidade e não ouvirei mais nada — rebateu ele.

— Os Coletores reconfortam os moribundos, não é?

— Os Coletores reconfortam aqueles que acreditam na paz e aceitam a bênção de Hananja — retrucou Ehiru. — Os Coletores pouco podem fazer pelos incrédulos que zombam do consolo Dela. — Ele se levantou e fez uma carranca, irritado. O disparate daquele homem o distraíra: a areia ondulou e borbulhou ao redor dos dois, agitando-se como a respiração de um ser vivo. Mas antes que pudesse retomar o controle do sonho e forçar a mente do bromarteano a se acalmar, uma mão agarrou o tornozelo dele. Aturdido, o sacerdote olhou para baixo.

— Eles estão te usando — disse o homem.

O choque calou a mente de Ehiru.

— O quê?

O bromarteano assentiu. Seus olhos estavam mais brandos agora, a expressão quase gentil. Tão apiedado quando o próprio Ehiru um momento antes.

— Você vai saber. Em breve. Eles vão te usar para nada e não vai haver ninguém para consolar *você* no final, Coletor. — O homem riu e a paisagem agitou-se ao redor dos dois, rindo junto a ele. — Que pena, Nsha Ehiru. Que pena!

Apesar de não ser real, a pele de Ehiru ficou arrepiada. A mente fazia o que era preciso para proteger a alma em momentos como aquele e Ehiru de súbito sentiu uma grande necessidade de proteção, pois o bromarteano sabia *seu nome de alma*, embora não o houvesse dito.

Livrou-se do aperto do homem e saiu do sonho dele com a mesma pressa reflexiva. Mas, para o seu horror, a saída desajeitada soltou o cordão que ligava o bromarteano ao corpo. Rápido demais! Não levara o sujeito para um lugar mais seguro dentro do reino dos sonhos. E agora a alma tremulava na vigília dele como destroços, rodando e fragmentando-se independentemente de quanto tentasse trazê-la de volta rumo a Ina-Karekh. Em desespero, coletou o sangue onírico, mas estremeceu quando a substância penetrou nele devagar, obstruída por medo e malícia. Na escuridão entre mundos, a última risada do bromarteano se desvaneceu no silêncio.

Ehiru voltou a si com um arquejo e olhou para baixo. Sentiu uma ânsia tão intensa que se afastou da cama cambaleando, inclinando-se sobre o peitoril da janela e puxando o ar em respirações curtas para evitar o vômito.

— Sagrada senhora do consolo e da paz... — sussurrou ele a prece em suua por hábito, fechando os olhos e vendo o rosto morto do bromarteano mesmo assim: os olhos arregalados e salientes, a boca aberta, os dentes à mostra em um ricto hediondo. O que ele fizera? *Oh, Hananja, me perdoe por profanar Seu ritual.* O sacerdote não deixaria nenhuma assinatura de rosa desta vez. O último sonho não devia dar errado nunca, certamente não sob a supervisão de um Coletor com tamanha experiência. Estremeceu ao recordar o fedor do hálito do bromarteano, como o de algo já podre. No entanto, quão mais fétido teria sido para o homem, que fora lançado pelo descuido de Ehiru nos vazios de pesadelo de Ina-Karekh por toda a eternidade? E isso apenas se o suficiente de sua alma houvesse permanecido intacto para voltar.

Contudo, mesmo enquanto o desgosto dava lugar à tristeza e Ehiru se curvava sob o peso dos dois, a intuição fez soar um vago alerta em sua mente.

Ele alçou o olhar. Para além da janela, erguiam-se os telhados da cidade e, para além deles, a curva luminosa da Sonhadora baixava progressivamente em direção ao horizonte. A Lua da Vigília espiava em torno da curva maior. A cidade se aquietara nos últimos instantes da Luz da Lua: até os ladrões e os amantes dormiam. Todos, menos ele... e uma silhueta agachada contra a cisterna em um telhado próximo.

Ehiru franziu o cenho e endireitou-se.

A figura endireitou-se, assim como ele, espelhando seu movimento. Ehiru não conseguia distinguir nenhum detalhe a não ser a forma: homem, nu ou quase, alto e, entretanto, com uma postura estranhamente curvada. Feições e casta indeterminados, intenção indeterminada.

Não. Pelo menos algo era perceptível. Ehiru conseguia inferir pouco mais da imobilidade do vulto, mas a *malevolência* sussurrava com clareza no vento entre eles.

A cena durou só um momento. Então o vulto se virou, subiu ao teto da cisterna pela corda, saltou para um edifício adjacente e sumiu de vista. A noite se aquietou outra vez. Mas não ficou pacífica.

Gualoh, a voz do bromarteano ecoava na memória de Ehiru. Não um insulto, percebeu ele, olhando para o lugar onde o vulto estivera. Um aviso.

Demônio.

PRIMEIRO INTERLÚDIO

Você sabia que escrever histórias os mata?

Claro que mata. As palavras não foram feitas para serem inflexíveis e imutáveis. Minha família foi guardiã de histórias certa vez, apesar de agora fazerem urnas e jarros funerários. Muitas, muitas gerações atrás, antes dos pictoriais e dos numeráticos e dos hieráticos, as palavras eram guardadas em seu devido lugar: nas bocas. As pessoas que garantiam que essas palavras fossem transmitidas eram meus ancestrais. As palavras escritas não acabaram com o propósito da minha linhagem, embora as multidões — e as riquezas — que um dia comandamos tenham desaparecido. Mesmo assim, recontamos as histórias porque sabemos: a pedra não é eterna. As palavras podem ser.

Então. No princípio dos tempos...

Sim, sim, tenho que começar com aquela *história maior. Estou contando isto ao estilo dos Suua, primeiro as grandes histórias, depois as menores, porque é assim que deve ser feito. Esse foi o nosso trato, certo? Falarei e transmitirei minhas histórias para você, já que não tenho filhos ou filhas para guardá-las para mim. Quando eu terminar de contar, você pode invocar meus confrades e irei de bom grado a Hananja. Então.*

No princípio dos tempos, o Sol era um idiota arrogante.

Ele se pavoneava pelos céus anunciando sua grandeza dia e noite, sem se importar com as agruras que causava ao mundo lá embaixo: havia rios morrendo, desertos nascendo, cumes de montanhas queimados até ficarem feios e sem vegetação. Ele brilhava bastante para que as duas Irmãs Lua o admirassem e se entregassem a ele.

A Lua da Vigília era uma coisinha pequena e simples que, por medo de ficar sozinha, raramente se afastava da sombra da irmã. Ela cedia e ele continuava se gabando, mais seguro do que nunca de sua grandeza.

Mas a Lua dos Sonhos era cheia e bonita. Ela amava os lugares escuros e as noites frias, e às vezes olhava o oceano para pintar o rosto com quatro faixas de cor: vermelho de sangue, branco de semente, amarelo de icor e preto de bílis. Ela não sentia nenhuma necessidade premente de ter um amante e achava o comportamento do Sol ofensivo, então menosprezava suas tentativas de cortejá-la.

O Sol ficou louco de desejo por ela e nem mesmo a Lua da Vigília conseguia distraí-lo de sua lascívia. Buscava alívio nas Estrelas menores e mais novas, que às vezes se submetiam a ele, mas por fim seu desejo tornou-se grande demais até para isso. Ele desceu à terra e se masturbou e, quando atingiu o orgasmo, a terra rachou e os céus se partiram e a grande lança branca de sua semente projetou-se e atingiu a Lua dos Sonhos. De onde a terra se abriu, surgiram plantas e feras e começaram a se espalhar por toda parte. De onde a Sonhadora foi atingida, deuses saíram e começaram a se espalhar pelos céus.

Em um acesso de fúria devido a esse grande insulto, a Lua dos Sonhos afirmou que, se o Sol não conseguisse se controlar, ela o controlaria. Então exigiu que ele lhe trouxesse presentes para reparar o erro e comida para alimentar os filhos que tão descuidadamente gerara. Ela o confinou ao dia, onde ele poderia se vangloriar o quanto quisesse e não mais irritá-la com suas tolices. Ela o proibiu de voltar a pôr os pés na terra para que suas inclinações libidinosas não criassem mais caos. Humildemente o Sol aceitou as restrições, pois ela tinha uma magia poderosa e ele ainda a desejava e, se essa era a única maneira de ela aceitá-lo, então que fosse.

Agora eles viviam separados como marido e mulher, ela de noite e ele de dia. O Sol sempre ansiava pela Lua dos Sonhos e os dias ficam mais curtos e mais longos à medida que ele se esforça para nascer mais cedo, pôr-se mais tarde, tudo por uma chance de vislumbrá-la. Com o tempo, ela passou a gostar dele, pois ele foi humilde e comportou-se bem desde que se casaram. De vez em quando, ela nasce cedo para que ele possa vê-la. Muito de vez em quando, permite que ele a alcance; o Sol escurece o rosto para agradá-la e ambos se unem fazendo amor gentilmente. E, às vezes, de noite, quando ele não pode vê-la, a Lua dos Sonhos sente falta das palhaçadas tolas, anseia por ele e escurece o próprio rosto. Ela sempre brilha de novo quando ele volta.

2

Dê paz a Hananja e Ela sonhará com a paz e a devolverá a quem sonha. Dê-Lhe medo ou sofrimento e Ela sonhará com a mesma coisa e a devolverá. Assim, a paz é transformada em lei. Aquilo que ameaça a paz é corrupção. A guerra é o maior dos males.

(LEI)

Havia magia em Gujaareh.

Foi assim que os Protetores alertaram Kisua inteira. No entanto, o mestre de Sunandi, Kinja Seh Kalabsha, pediu que ela estudasse a magia gujaareen como parte de seu aprendizado, embora a ideia fizesse os anciãos balançarem a cabeça e os nobres soonha suspirarem. Mas Kinja fora inflexível. Magia era leite materno para o povo de Gujaareh. Eles estavam impregnados da necessidade que tinham de magia, orgulhosos de seus benefícios, indiferentes às suas consequências. Era impossível entender Gujaareh sem entender a fonte de seu poder.

E então Sunandi aprendera. A magia gujaareen se centrava nos poderes de cura que o Hetawa (o templo que regia a fé hananjana) controlava. Mas, embora os sacerdotes hananjanos servissem como guardiões da magia, não eram a fonte. O povo de Gujaareh criava a magia em explosões descontroladas de imaginação e emoção chamadas de sonhos; os hananjanos simplesmente colhiam esse desvario e o refinavam em uma forma mais pura e utilizável. Depois, os cidadãos gujaareen levavam os pesadelos e sonhos absurdos aos templos, onde sacerdotes chamados Compartilhadores os usavam para reduzir tumores ou acelerar a cura de feridas. Às vezes era necessário um tipo diferente de cura, talvez para fazer crescer um membro cortado ou pôr fim a uma doença transmitida pela linhagem. Então as prostitutas de Hananja entravam em ação... Não, Sunandi se repreendeu. Era perigoso até pensar com o costumeiro desdém kisuati dentro das fronteiras de Gujaareh. As Irmãs de Hananja, elas eram chamadas, apesar de haver um punhado de homens com roupas femininas. Mais esquisitice gujaareen. Em ritos solenes, as Irmãs extraíam os sonhos mais carnais dos suplicantes Dela, os quais também eram dados aos Compartilhadores para o bem de todos.

E para os cidadãos de Gujaareh que estavam velhos demais, doentes demais ou eram egoístas demais para trazer as oferendas ao Hetawa, havia os sacerdotes chamados de Coletores.

Ah, sim, havia magia em Gujaareh. Em abundância.

— Você está com medo — observou o Príncipe.

Pestanejando, Sunandi despertou do devaneio e o viu sorrindo para ela sem remorsos. Era o modo gujaareen de falar sobre essas coisas — desejos que deveriam permanecer em sigilo, ansiedades ocultas. Ele sabia que não era o costume kisuati.

— Você disfarça bem — continuou ele —, mas dá para notar. Principalmente quando está em silêncio. Você foi tão determinada até agora que a mudança impressiona. Ou então acha que a conversa não está interessante?

Se ao menos Kinja não tivesse morrido, pensou Sunandi por trás do sorriso usado como máscara que dera como resposta. Ele entendera as peculiaridades e contradições de Gujaareh melhor do que ninguém em Kisua. Naquela terra, as flores desabrochavam apenas à noite e o rio criava terras cultivadas exuberantes no coração do deserto. Ali, a política era parte religiosa e parte enigmática pois, segundo a lei de Hananja, mesmo um indício de desvio era punido com a morte. E, nesse ponto, Sunandi descobrira que até Kinja podia cometer erros, uma vez que, embora houvesse lhe ensinado a língua, a magia e os costumes, ele não fora mulher. Nunca fora forçado a lutar contra o charme mais elegante e mais perigoso do Príncipe do Ocaso.

— Sou determinada quando a determinação é necessária — respondeu Sunandi. Ela fez um movimento com a mão: um toque de descaso, uma ponta de faceirice. — As negociações com os zhinha certamente exigem isso. Mas fiquei com a impressão de que este nosso encontro... — Ela fingiu procurar a palavra em gujaareen, embora desconfiasse que ele, à diferença da maioria dos compatriotas, não seria tão facilmente enganado pelo sotaque e fingida ignorância dela.

— Como vocês dizem? Menos oficial. Mais... íntimo.

— Ah, e é. — O olhar do Príncipe seguia cada movimento dela; o sorriso não se apagara do seu rosto.

Sunandi inclinou a cabeça.

— Então posso ser mais eu mesma. Se vir medo em meu silêncio, garanto que não tem nada a ver com você. — Ela sorriu para atenuar a esnobada. Os olhos do Príncipe brilharam com uma mescla de divertimento e interesse, como sempre pareciam brilhar quando ela se esquivava de suas simulações verbais. Não era de admirar que a achasse tão atraente; para a mente de Sunandi, as mulheres gujaareen eram terrivelmente recatadas.

O Príncipe levantou-se de repente do sofá e foi até o parapeito do terraço. Por um momento, Sunandi deixou de lado a sutileza e aproveitou a oportunidade de olhar sem ser observada — embora não houvesse necessidade de ocultar o interesse. Os movimentos do Príncipe eram calculados, a epítome da graça; ele sabia muito bem que ela o perscrutava. Os cachos pretos dele estavam adornados por cilindros dourados e cordões de pérolas minúsculas e a cabeleira emoldurava um rosto bem equilibrado e impecável, exceto pelo infortúnio de sua cor. Sempre jovem, como seu esguio corpo de guerreiro. Ali, em seus aposentos particulares, trocara os colares e adornos mais elaborados do gabinete por um simples sobrepano e um manto de penas. As plumas do manto farfalhavam ao roçar os ladrilhos do piso atrás dele.

O Príncipe parou ao lado de um pedestal em que havia uma travessa, olhou para ela por um instante, como que para se assegurar de que o conteúdo era adequado, então levou o prato a Sunandi. Ajoelhou-se com facilidade descuidada diante do banco que ela escolhera e, de cabeça inclinada, ofereceu-lhe a travessa, humilde como qualquer servo baixa-casta.

No prato havia uma profusão de iguarias à disposição: legumes crocantes salpicados de sementes de hekeh e sal marinho, bolinhos de grãos com mel e óleo aromático, medalhões de peixe fresco amarrados em trouxinhas ao redor de uvas-passas embebidas em vinho, cada um disposto em fileiras de quatro: quarenta no total. Um número auspicioso, segundo os cálculos gujaareen.

Sunandi sorriu diante daquela esperançosa mensagem implícita. Depois de pensar por um momento, escolheu uma lasca fina de cana-de-açúcar em torno da qual haviam assado algum tipo de crustáceo de rio. Ele a esperou mastigar devagar, apreciando o sabor agridoce; esse era o modo apropriado de demonstrar apreciação tanto na tradição kisuati quanto na gujaareen. Em seguida, ela inclinou a cabeça, aceitando a oferta. Ele colocou a travessa no joelho e começou a alimentá-la, utilizando os dedos, sem mostrar nenhum sinal de pressa ou avidez.

— Os kisuati falam muito sobre os hábitos de cortejo gujaareen — comentou Sunandi enquanto escolhia outro bocado. — Meu povo acha engraçado que os homens daqui usem comida para seduzir as mulheres. Na nossa terra é o oposto.

— A comida é só um símbolo — respondeu o Príncipe. A voz era baixa e suave e ele sussurrava como se acalmasse um animal selvagem. — É uma oferenda que, com sorte, seduz a mulher. Alguns dão joias; os shunha e os zhinha favorecem tais coisas como marca de status. Os baixa-castas oferecem poesia ou música. — Ele encolheu os ombros. — Tive receio de que as joias, considerando as nossas posições relativas, pudessem ser mal interpretadas como suborno. Afinal, as oferendas podem ofender. — Ele deu-lhe algo maravilhoso, com cheiro de noz-moscada. — As iguarias, porém, excitam os apetites.

Ela lambeu os lábios, achando graça.

— Os apetites de quem, fico me perguntando.

— Os da mulher, claro. Homens precisam de poucos incentivos para aceitar o prazer. — Ele abriu um sorriso autodepreciativo. Sunandi resistiu ao ímpeto de revirar os olhos diante da tolice. — E nós, os gujaareen, veneramos nossas mulheres.

— Tanto quanto veneram sua Deusa? — A pergunta beirava o conceito deles de blasfêmia, mas o Príncipe apenas riu.

— Mulheres *são* deusas — respondeu. Sunandi abriu a boca e o Príncipe colocou o próximo petisco na língua dela, onde derreteu em uma refinada mescla de sabores. Fechou os olhos e respirou fundo, inadvertidamente arrebatada e, quando os abriu de novo, viu que ele alargara o sorriso. — Dão à luz e moldam os sonhadores do mundo. Que melhor maneira de cortejar um homem poderia oferecer, além da veneração?

— Até ela te dar prazer. Depois sua deusa volta a fazer bebês e cuidar da casa.

— Exatamente. Homens honrados continuam a lhes fazer oferendas, ainda que as ofertas sejam prazer durante a noite e ferramentas úteis em vez de frivolidades. — Seus olhos brilharam zombeteiros, como se sentissem quanto as palavras a irritaram. — Então deve perdoar meus cortesãos e conselheiros se eles se sentem desconfortáveis tendo que lidar com você como a Voz de Kisua. Aos olhos deles, você deveria estar segura na cozinha de algum homem, recebendo a adulação a que tem direito.

Ela riu, não de forma tão delicada quanto ele.

— Ficariam aborrecidos se me encontrassem aqui com você agora?

— Duvido. Um homem e uma mulher juntos em busca de prazer faz muito mais sentido para eles do que um homem e uma mulher juntos para tratar de negócios.

Quando Sunandi educadamente recusou outro petisco, ele colocou a travessa de lado e pegou as mãos dela, puxando-a. Ela se levantou também, curiosa para saber até onde ele pretendia ir.

— Na verdade — disse o Príncipe —, ficarão contentes de eu ter seduzido a Voz de Kisua. Com certeza esperarão que você fique mais complacente depois de passar um dia e uma noite oferecendo sonhos de êxtase para Hananja. — Ele encolheu um ombro. — Eles não entendem mulheres forasteiras.

Um dia e uma noite. Pelas mãos de Mnedza, como ele era presunçoso.

— Entendo — retorquiu ela, mantendo o rosto sereno. O Príncipe não fez nenhum movimento para puxá-la junto de si, não fez nada além de segurar-lhe as mãos e fitá-la nos olhos. Ela o mirou sem hesitar, imaginando o que uma mulher gujaareen faria numa situação dessas. Ele tinha olhos estranhos: de um tom castanho-claro, pálido, como âmbar polido das altas florestas além-mar. A pele era quase do mesmo matiz — não era feia, mas sem dúvida inapropriada para um nobre. Era impressionante que esses gujaareen houvessem permitido que até sua linhagem real fosse diluída pelos nortenhos.

Ela decidiu fazer um gracejo.

— E você entende as mulheres forasteiras?

— Tenho duzentas e cinquenta e seis esposas — respondeu ele, a voz ecoando gozação. — Posso entender qualquer mulher.

Sunandi riu outra vez e, depois de pensar por um momento, deu um passo à frente. As mãos do Príncipe imediatamente apertaram as dela com mais firmeza, puxando-a para ainda mais perto, até que os seios roçassem o peito dele através das dobras do vestido. Ele se aproximou, colocando o rosto ao lado do dela, bochechas encostadas. O Príncipe cheirava a sândalo e a flores de lágrima-da-lua.

— Você me acha engraçado, Sunandi Jeh Kalawe? — Sua voz tinha apenas o mais tênue toque de aspereza; o desejo estava ali, mas sob forte controle.

— Sou mulher, milorde — retrucou ela no mesmo tom que ele usara um instante antes. — Acho qualquer homem engraçado.

Ele riu, o hálito tépido contra a orelha dela, e começou a puxá-la em direção ao sofá, o aperto dos braços dele fazendo-a manter-se perto.

— Você vai descobrir que sou diferente de qualquer outro homem que conhece, Sunandi.

— Por causa da sua grande experiência? — perguntou ela com cautela, sabendo que ele entenderia o verdadeiro significado das palavras, mas deixando-lhe uma saída segura. Ele tinha duzentas e cinquentas e seis esposas e o dever de agradar a todas. Também era bem mais velho do que parecia. Ninguém sabia ao certo a idade, mas regera Gujaareh por mais de trinta inundações e não parecia ter um dia a mais de idade do que isso. Sua linhagem era famosa pela longevidade, que diziam ser o dom dos descendentes do Sol.

O Príncipe se sentou quando chegaram ao sofá, puxando-a para sentar-se ao lado dele. Somente após isso soltou-lhe as mãos e tocou-lhe o quadril.

— Porque sou o Avatar de Hananja — respondeu ele, os olhos dourados sedentos como os de um leão — e vou te dar belos sonhos.

Quando terminaram e o Príncipe dormiu, Sunandi levantou-se do sofá e foi à sala de banho. Tomou o cuidado de restringir sua busca nos aposentos do Príncipe apenas àquilo que estava à vista, pois era impossível saber quando ele acordaria e viria procurá-la, e ele já estaria desconfiado dos motivos dela. Embora não esperasse encontrar nada importante, no gabinete dele, atraiu-lhe a atenção um estojo de ferro, com quatro elaboradas fechaduras aferrolhado à mesa.

Ali, percebeu ela com um arrepio. O segredo que ela viera procurar em Gujaareh: estava *ali*.

Mas não se aproximou do estojo, não ainda. Provavelmente seria uma armadilha; os gujaareen gostavam disso. Ao contrário, voltou ao terraço, onde, com certa inquietação, encontrou o Príncipe acordado, tão atento como se nunca houvesse dormido, e à sua espera.

— Encontrou alguma coisa interessante? — Ele sorria como uma esfinge.

Sunandi devolveu o sorriso.

— Só você — respondeu, deitando-se ao seu lado outra vez.

∗ ∗ ∗

Quando a jovem voltou para sua suíte naquela noite, a Sonhadora passara o zênite. O Príncipe não fizera jus ao alarde de um dia e uma noite inteiros de prazer, mas mesmo assim dera uma demonstração respeitável. As dores agradáveis que ela sentia como resultado lhe diziam que provavelmente fora melhor assim. Perdera a prática; de manhã, com certeza estaria dolorida.

No entanto, questões mais importantes exigiram sua atenção assim que cruzou a porta de sua suíte, onde Lin a esperava.

Poucos gujaareen haviam prestado atenção à criança magricela, de cabelos cor de trigo, entre os pajens da comitiva de Sunandi. Jovens de sangue nortenho eram comuns em Gujaareh e, em todo caso, era moda os nobres de ambas as terras terem algumas curiosidades à disposição para os entreter. Agradava-lhe deixá-los pensar que esse era seu único propósito.

— Encontro demorado, senhora — disse a garota, falando em suua, já que estavam a sós. Ela estava recostada em uma poltrona no canto, sem ousar exibir um sorriso no rosto travesso.

— O Príncipe fez a gentileza de me ensinar alguns costumes gujaareen que o mestre Kinja não ensinou.

— Ah, uma lição valiosa, então. Aprendeu bastante?

Sunandi suspirou, deixando-se cair sobre um banco com revestimento de suede que a fazia se lembrar indiretamente do sofá do Príncipe. Não tão confortável, para seu azar; sentia pontadas de dor.

— Não tanto quanto eu esperava. Porém, aulas extras podem ser úteis.

— Ele é tão versado assim? Uma dica, senhora: faça as perguntas *antes* de a aula começar.

Ela olhou feio para Lin.

— Criança insolente. Você deve ter achado alguma coisa se está tão insuportavelmente arrogante.

Em resposta, Lin ergueu uma das mãos. Nela, um minúsculo rolo de pergaminho quase do tamanho do dedo indicador. Quando Sunandi sentou-se com interesse, a garota atravessou a sala para entregá-lo — mantendo-se nas sombras, Sunandi notou, e longe da janela. Contudo, deixou para pensar nessa esquisitice outra hora, tomando o pergaminho da mão de Lin.

— Você achou!

— Achei, Nandi. É a letra do mestre Kinja, juro, e... — Ela hesitou, olhando para a janela outra vez. — Fala de coisas que nenhum gujaareen escreveria.

Sunandi lançou-lhe um olhar penetrante. Sua expressão costumava ser sombria.

— Se for assim tão sério, vou mandar o pergaminho de volta para Kisua. Mas ainda não sei ao certo até que ponto alguns dos antigos contatos de Kinja são confiáveis... especialmente os gujaareen. — Ela suspirou, irritada. — Talvez você tenha que ir, Lin.

Lin deu de ombros.

— Eu já estava ficando cansada deste lugar mesmo. É seco demais e o sol me deixa vermelha; estou sempre com alguma coceira.

— Você reclama como uma matrona da alta-casta. — Sunandi abriu o pergaminho e deu uma passada de olhos nos primeiros numeráticos rabiscados, traduzindo o código em sua mente. — Daqui a pouco vai exigir que os servos passem óleo no seu traseiro dolorido... *Pelo Sol bajulador!*

Lin sobressaltou-se:

— Fale baixo! Esqueceu que não tem portas?

— Onde você encontrou isso?

— No escritório do general Niyes, aqui no palácio. É, eu sei. Mas acho que não tem problema. O general reivindicou alguns dos objetos do mestre Kinja porque eles eram amigos. Uma das máscaras decorativas; acho que Niyes não percebeu o fundo falso.

As mãos de Sunandi tremiam enquanto ela continuava lendo. O pergaminho não era longo; naquele espaço limitado, Kinja fora conciso, porém eloquente. Quando terminou, reclinou-se contra a parede, a mente agitada e o coração apertado com um pesar tardio.

Kinja fora assassinado. Ela desconfiava, mas a confirmação tinha um gosto amargo. Os gujaareen chamaram de ataque cardíaco, algo rápido e grave demais até para a magia deles curar. Mas Sunandi sabia que existiam venenos capazes de provocar ataques cardíacos e outras técnicas para fazer a morte parecer natural; ali em Gujaareh, onde apenas o costume e as cortinas mantinham um quarto seguro, teria sido fácil. E por que não, considerando o que Kinja descobrira? Monstros nas sombras. Uma magia tão sórdida que mesmo seus sacerdotes assassinos chamariam de abominação... se algum dia a descobrissem. Obviamente, alguém cujo objetivo era se assegurar de que não descobrissem.

Mas agora Sunandi sabia dos segredos. Nem todos, sem dúvida, mas o suficiente para que corresse o risco de ter o mesmo destino de Kinja.

Lin aproximou-se, a preocupação estampada no rosto. Sunandi sorriu tristemente para ela, estendendo uma das mãos para afagar o cabelo fino e liso da garota. Sua irmã, não de linhagem, mas de coração. Não permitiram que Kinja adotasse Lin de imediato como adotara Sunandi (estrangeiros não tinham status legal em Kisua), mas Lin provara seu valor várias vezes ao longo dos anos. Agora parecia que Sunandi teria de forçá-la a prová-lo mais uma vez. Ela mal chegara aos treze...

E era a única da delegação inteira que podia escapar do palácio e da cidade sem chamar a atenção dos gujaareen. Por esse motivo Sunandi trouxera a garota, sabendo que jamais esperariam que uma kisuati confiasse segredos vitais a uma nortenha. E Lin não era nenhuma inocente sem experiência; ela sobrevivera sozinha nas ruas da capital de Kisua durante anos. Com o auxílio de seus contatos, conseguiria fazer a viagem.

A menos que os inimigos de Sunandi soubessem que ela fora enviada para procurar aquilo. A menos que houvessem deixado o pergaminho no lugar como armadilha. A menos que soubessem da propensão de Kinja para encontrar e treinar jovens talentosas.

A menos que mandassem o Ceifador deles.

Ela estremeceu. Lin interpretou sua expressão e assentiu para si. Tomou o pergaminho dos dedos frouxos de Sunandi, enrolou-o de novo e escondeu-o na saia de linho.

— Devo partir hoje à noite ou esperar passar a celebração da Hamyan? — perguntou ela. — Serão dois dias de atraso, mas deve ser mais fácil sair da cidade nesse dia.

Sunandi poderia ter chorado. Em vez disso, puxou Lin, deu-lhe um abraço apertado e direcionou os pensamentos em uma oração fervorosa esperando que a vagabunda louca da Hananja não pudesse ouvir.

3

O filho de uma mulher pode ter quatro irmãos, ou oito.
Um filho do Hetawa tem mil.

(SABEDORIA)

Uma pessoa podia sentir muitas coisas quando cercada por quatro dos melhores guardas do Hetawa, ponderou Nijiri. Medo, em primeiro lugar — e ah, ele o sentia em abundância, azedando a boca e fazendo as mãos suarem. Mas, junto ao medo e o pavor pela surra que era provável que esses homens lhe dariam antes de terminarem, sentia algo novo e surpreendente: expectativa.

Falta de emoção não é o ideal. Nijiri passou a língua pelos lábios, praticamente ouvindo na mente a voz suave como a noite do Coletor Ehiru. Ele sempre sabia a coisa certa a dizer quando Nijiri vinha procurá-lo com uma inquietação juvenil. *O controle* da emoção é. *Mesmo nós, os Coletores, sentimos — e saboreamos esses sentimentos, quando afloram, como as raras bênçãos que são.*

Poderia o impulso de esfregar o rosto dos oponentes na areia ser mesmo uma bênção? Nijiri deu um sorriso irônico. Refletiria sobre isso depois.

O Sentinela Mekhi olhou para o Sentinela Andat, os olhos delineados com pó de kohl estreitando-se, zombeteiros.

— Talvez o acólito Nijiri queira paz, irmão de caminho.

— Humm — soltou Andat. Ele também exibia um sorriso irônico, girando seu bastão de luta na mão com habilidade. — Talvez o acólito Nijiri queira *dor*. Deve existir algum tipo de paz nela.

— Compartilhem comigo, irmãos — falou Nijiri em tom suave, agachando-se e preparando-se. Ao ouvir isso, partiram para cima dele. O rapaz não esperou os bastões. Ninguém conseguia desviar ou suportar golpes de quatro Sentinelas. Em vez disso, abaixou-se, oferecendo um alvo menor e esgueirando-se sob a zona de reação mais rápida deles. No entanto, os quatro eram bem rápidos com os pés e, rolando por cima da perna do Sentinela Harakha, ele se esquivou por pouco do chute rasteiro. Isso lhe deu o tempo precioso de uma meia respiração para formular uma estratégia.

Harakha. O mais novo dos quatro, Harakha ainda precisava desenvolver a serenidade apropriada de um Sentinela. Era perigoso; qualquer Sentinela que houvesse sobrevivido ao treinamento era perigoso. Mas Nijiri observara Harakha em lutas várias vezes e percebeu que, sempre que alguém desviava de seus golpes, ele tendia a se agitar por um instante antes de se recuperar, como se chocado pelo fracasso.

Nijiri investiu contra os tornozelos de Harakha primeiro com uma perna, depois com a outra, girando os antebraços para executar o movimento repetidas vezes, forçando o oponente a recuar. De imediato, os outros Sentinelas alteraram a formação para evitar as pernas de Nijiri e não caírem uns em cima dos outros, como o rapaz esperara. Então, quando Harakha ficou compreensivelmente irritado e mirou a cabeça de Nijiri, o jovem fechou as pernas e rolou — *em direção a* Harakha. Isso o colocou debaixo do bastão do jovem; a ponta atingiu o solo para além de onde Nijiri estava e afundou, só por um momento, na areia. O rapaz deu um chute para o alto, mirando a mão de Harakha. Não acertou, pois o oponente percebeu no último instante o que estava acontecendo e recuou de forma brusca, retaliando com um chute furioso que Nijiri suportou com um gemido ao se afastar, rolando. A dor era um pequeno preço a se pagar, pois alcançara o objetivo: Harakha recuou mais um passo aos tropeços, compensando demais, de modo típico, o fato de quase ter perdido a arma. Isso forçou os outros três Sentinelas a se movimentarem *mais*, com deselegância, para evitar o desajeitado irmão mais novo.

Distração era o melhor amigo de um Coletor. Apoiando-se nas mãos e nos pés, Nijiri avançou em disparada e acertou uma palmada na panturrilha de Mekhi. Era difícil encontrar a alma através de um membro e mais difícil ainda Nijiri acalmar os pensamentos o suficiente para praticar narcomancia, mas talvez...

Mekhi cambaleou e caiu, gemendo. Estava apenas atordoado; de um homem desperto e consciente cujo sangue fervia por uma batalha, Nijiri não podia esperar nada melhor. Mas, quando Mekhi caiu, Harakha rosnou e quase tropeçou no bastão do colega. Nijiri levantou-se atrás dele como uma sombra e Harakha percebeu o perigo tarde demais. A essa altura, Nijiri pousara dois dedos em sua nuca, espalhando bílis onírica por sua espinha como água fria, entorpecendo tudo o que tocasse. Harakha perdeu a consciência no mesmo instante que o corpo começou a girar. Ele continuou rodopiando até atingir o chão com força, de modo que os hematomas o fariam praguejar contra Nijiri quando acordasse.

Satisfeito, Nijiri contornou Mekhi, que tentava, cambaleando, afastar-se até que a mente desorientada pelo sono pudesse se desanuviar. Separando os dedos e entoando a canção de sua jungissa, Nijiri precipitou-se contra ele...

... só para se deter, imóvel como uma estátua, quando a ponta de um bastão pairou diante de seu rosto. Outro bastão, leve como o toque de uma amante, pousou na sua lombar.

Era somente uma luta, lembrou a si mesmo em um esforço para acalmar-se. (Não funcionou.) Apenas um teste — mas ele vira Sentinelas empalarem homens usando pura força e ângulo, tornando seus cegos bastões tão afiados quanto lanças com ponta de vidro. E, como incentivo para que houvesse maior dedicação, Andat gostava de deixar feridas na carne sempre que sentia que Nijiri não dera o máximo de si...

— Bom — disse Andat, que apontava o bastão para o rosto do rapaz.

Isso significava que quem estava atrás dele era o Sentinela Inefer. Nijiri superara dois, mas fora pego pelos dois mais experientes. Será que fora o suficiente para passar no teste? *Eu devia ter deixado Mekhi para lá; ele não era nenhuma ameaça. Devia ter pegado um dos outros primeiro, devia...*

— *Muito* bom — emendou Andat e, com alívio, Nijiri se deu conta de que o homem estava mesmo contente. — Dois de nós, sendo que você estava desarmado e todos estávamos a postos? Eu teria ficado satisfeito se tivesse conseguido pegar um.

— Teria sido Harakha de qualquer jeito — comentou Inefer atrás de Nijiri, parecendo indignado. — Tolo desastrado.

— Vamos treiná-lo até ele aprender a fazer melhor — falou Andat, descontraído e, mesmo sem querer, Nijiri fez uma careta em solidariedade.

Nijiri sentiu Inefer tirar o bastão de suas costas.

— No momento, temos outras questões mais importantes — comentou Andat, olhando para a sacada que se elevava sobre o círculo onde ocorrera o combate. Nijiri seguiu o olhar de Andat e estremeceu com pavor renovado. Lá, fitando-os com uma expressão sarcástica, estava o Superior do Hetawa. Ao lado dele, dois homens de túnica de linho branco, sem mangas e com capuz. O rapaz não conseguia ver nada do rosto dos dois e o ângulo não era favorável para ver as tatuagens nos ombros, mas ele conhecia aquelas constituições físicas bem o bastante para adivinhar quem era quem — e qual estava faltando, uma vez que um terceiro homem deveria encontrar-se entre eles.

Reprimindo uma carranca, Nijiri se pôs de pé a fim de poder erguer as mãos para fazer saudação apropriada aos confrades.

— Acho que isso deve bastar — disse o Superior. — Sentinela Andat, está satisfeito?

— Estou — respondeu Andat —, e falo pelos meus irmãos de confraria. Qualquer um que consiga derrotar dois de quatro Sentinelas tem habilidade mais do que suficiente para realizar o desejo da Deusa para além dos muros do Hetawa. — Ele olhou para Nijiri e sorriu. — Mesmo que escolha seguir o caminho errado no processo. Lamentavelmente.

— Entendo. Obrigado, Andat. — Os olhos escuros do Superior pousaram sobre Nijiri então e, intimamente, o rapaz lutou contra o impulso de se cobrir ou se desculpar pela aparência agressiva. Ele ainda estava ofegante, molhado de suor, e parecia que seu coração batia com violência, transformando seu esterno em um tambor. Mas se saíra bem, não tinha motivo para envergonhar-se.

— Então venha, acólito Nijiri — declarou o Superior, e parou, uma ponta de graça fazendo seus olhos escuros estreitarem. — Acólito por enquanto, pelo menos.

Nijiri tentou conter um sorriso e fracassou por completo.

— Vá se lavar — continuou o Superior, enfatizando a última palavra a ponto de parte da alegria de Nijiri se tornar constrangimento. — Ao pôr do sol, venha para o Salão de Bênçãos.

Para fazer o Juramento de Coletor, ele não falou, mas Nijiri ouvira mesmo assim, e seu júbilo se renovou. Então o Superior virou-se, dirigindo-se pela sacada até o escritório. Em silêncio, os dois homens encapuzados que o ladeavam seguiram-no.

— Essa foi rápida — resmungou Mekhi, que fazia cara feia e esfregava a nuca quando se juntou a eles. Ainda se movia com o corpo rígido, balançando o braço livre como se para livrá-lo da dormência. Nijiri ergueu a mão aberta com a palma para baixo e curvou-se sobre ela em contrição. Mekhi desconsiderou aquele ato.

— Uma luta de amor dos dois lados, eu acho — disse Andat, embora tampouco fizesse um gesto de desculpas quando os irmãos o fitaram, de forma que ninguém pensaria que estava ressentido. — Vá em frente, rapaz. Parabéns.

A palavra tornava aquilo real. Com um sorriso de satisfação, Nijiri fez um aceno pouco cortês para os três homens, depois se virou e entrou (quase correndo) no silêncio sombrio do Hetawa.

* * *

O banho restaurou-lhe o ânimo e a água fria foi um bálsamo após a luta no calor sufocante da tarde. Não havia mais ninguém na sala de banho quando Nijiri fez uso dela, mas, ao voltar ao cubículo que compartilhava com três outros acólitos, descobriu que a notícia se espalhara de alguma maneira: quatro presentes de caminho haviam sido deixados em seu catre. O primeiro era um espelho pequeno belamente envernizado que, provavelmente, fora dado por seus colegas de quarto — sim, aquelas flores eram trabalho de Talipa; ele o reconheceria em qualquer lugar. Talipa fora requerido de uma família de ceramistas. O segundo era um pequeno jogo de braceletes de dedo com pictorais de preces formais entalhados. Um belo trabalho, provavelmente de Moramal, o mestre-acólito. Nijiri deixou o conjunto de lado. Como Coletor, precisaria de algumas joias, pois eles andavam disfarçados entre os fiéis — mas ainda não era um presente que seria muito usado. Pena.

O terceiro era um potinho de óleo aromático, que ele cheirou e, espantado, quase deixou cair. Poderia ser mirra? Mas era impossível confundir a fragrância. Um presente tão caro só poderia ter vindo de seus futuros irmãos de caminho. E sem dúvida fora assim que os outros acólitos adivinharam a notícia: um deles teria sido enviado para trazer o presente à cela de Nijiri e esse, ao que parecia, dera com a língua nos dentes durante todo o trajeto. Nijiri sorriu consigo.

O quarto presente era uma estátua minúscula do Sol em sua forma humana, esculpida em madeira escura e polida ao ponto do lustro até a altura do proeminente pênis ereto que qualquer estátua do Sol tinha. Um presente popular entre amantes.

Furioso, Nijiri jogou o objeto para o outro lado do quarto com tanta força que o quebrou em quatro pedaços.

Todo o prazer em passar no teste final se arruinara graças a um presente irrefletido e de mau gosto. *O que será que os outros acólitos pensam daquilo?*, perguntou-se com amargor. Mas, com o pôr do sol chegando, ou saía agora ou se atrasava para o próprio juramento. Com a fúria abafada, se não completamente extinta, Nijiri vestiu apressado uma plissaia simples e sandálias, embora também houvesse aproveitado o tempo para passar algumas gotas de óleo de mirra e aplicar um pouco de pó de kohl nos olhos. Ele não poderia parecer desarrumado ou mal-agradecido pelo presente dos novos irmãos.

O Salão das Bênçãos (a imensa e graciosa torre de arenito e granito com veios prateados que servia como entrada para o complexo de edifícios do Hetawa) costumava ficar aberto ao público. Como principal templo de Hananja em Gujaareh e o único dentro dos muros da capital, o Hetawa abrigava apenas sacerdotes, acólitos e crianças que haviam sido destinadas aos cuidados da Deusa. Leigos a serviço de Hananja tinham permissão para fazer visitas, mas não viviam dentro de seus muros. Ocupações secundárias do Hetawa eram realizadas em outras partes da cidade: escolas para ensinar sonhos, lei, sabedoria, escrita e algarismos para as crianças; armazéns onde dízimos em dinheiro ou produtos eram registrados; e mais. Então, em um período do determinado do dia, e também nas primeiras horas da manhã para aqueles que trabalhavam à noite, o Salão era movimentado, uma vez que os fiéis chegavam para prestar o maior serviço a Hananja. Eles ofereciam orações e sonhos a Ela, entregavam demandas para curas ou para a Coleta de familiares ou obtinham a cura para enfermidades ou queixas físicas. Assim, Gujaareh inteira encontrava paz. Mas, ao pôr do sol, o Salão fechava para todos as finalidades públicas, a não ser em casos de extrema necessidade, a fim de que cada caminho de servos de Hananja pudesse comungar com a Deusa dos Sonhos.

Quando Nijiri chegou, encontrou o Superior esperando na plataforma no centro do Salão. Ao seu lado estavam os mesmos dois Coletores — e atrás deles, acima, pairava a grande estátua da Própria Hananja, entalhada em pedra da noite. Nijiri fixou o olhar na estátua ao se aproximar, tentando preencher o coração com a vista: as mãos estendidas Dela, a negritude salpicada de branco Dela, os olhos perpetuamente fechados Dela enquanto sonhava o infinito reino que era Ina-Karekh.

Em breve, o reino *dele*.

Esses pensamentos aquietaram por fim o espírito de Nijiri e, quando chegou à plataforma e se curvou sobre as palmas voltadas para baixo, sentia-se calmo e estava seguro de si mesmo novamente.

(Mas onde, perguntou-se mais uma vez, estava o Coletor Ehiru? Fora, cuidando de assuntos do Hetawa, talvez. Nijiri lutava contra um sentimento de decepção.)

Recaiu um silêncio calculado e tranquilo. Quando se passara um espaço de tempo apropriado, o Superior enfim se pronunciou.

— Levante a cabeça, acólito. Temos uma coisa a discutir.

Surpreso, Nijiri obedeceu. Será que isso fazia parte do juramento? Quando alçou o olhar, os dois homens ao lado do Superior levantaram a cabeça também e tiraram o capuz.

— Sua relação com o Professor Omin — começou o homem mais alto. Sonta-i, o dos olhos mortiços e de pele cinzenta-escura, o mais velho do caminho dos Coletores. — Explique.

Por dentro, Nijiri ficou estático. Ele fitou Sonta-i, perplexo demais até para ficar alarmado.

— Explique, *por favor* — emendou o outro homem, sorrindo como se isso fosse atenuar o baque. Ele era mais atarracado, jovem e vermelho do que Sonta-i. Caracóis acobreados caíam-lhe do topete, os olhos tinham um tom castanho que refletia um brilho avermelhado à luz do fim de tarde, e mesmo a tatuagem no braço (uma papoula com quatro pétalas) era cor de sangue, enquanto a beladona de Sonta-i fora feita em tom anil-escuro. Aquele era o Coletor Rabbaneh, que Nijiri sempre considerara mais gentil do que Sonta-i. Até então.

Omin, seu tolo inútil e ganancioso. Nijiri fechou os olhos, tendo pensamentos nada pacíficos. A raiva sempre fora sua fraqueza, aquilo que mais se empenhara em controlar. Mas agora não conseguia evitar, pois, se a estupidez de Omin lhe custasse o objetivo que passara dez anos lutando para alcançar...

— Não *existe* nenhuma relação — retrucou ele, olhando cada um dos homens nos olhos. O rosto de Sonta-i permaneceu impassível; Rabbaneh ergueu as sobrancelhas ao ouvir o tom de Nijiri. O Superior parecia pesaroso... e, pela expressão, Nijiri supôs que o Superior achava que ele estava mentindo. Isso deixou o rapaz ainda mais bravo.

— Embora não por falta de tentativas do Professor.

— Ah, é? — perguntou o Superior em um tom muito suave.

Nijiri se obrigou a dar de ombros, ainda que não se sentisse sereno de modo algum.

— O Professor me ofereceu favores em troca de favores. Eu recusei.

— Explique em detalhes, acólito — pediu o Superior. — Quando isso começou? Quais favores ele ofereceu e o que esperava em troca?

— Começou depois que decidi sair da Casa das Crianças. No dia que me reportei ao Professor como acólito, ele ia me aplicar um teste de numeráticos. Ele achou meu conhecimento aceitável, mas fez muitos comentários sobre meu rosto, meus olhos, meu jeito de andar. Disse que eu era muito bonito, apesar de parecer tão baixa-casta. — O rapaz resistiu ao impulso de apertar o lábio em uma linha fina, lembrando-se daquele dia e da maneira como fizera se sentir: inferior e fraco, doente e receoso. Porém, quanto mais Omin o pressionara, mais o medo mudara. O rapaz ficara bravo, e isso sempre o tornara forte. Então ele respirou fundo. — Superior, agora vou ter que falar sobre aquilo que não discutimos.

O Superior estremeceu. O sorriso de Rabbaneh não abrandou, mas ficou mais inflexível, mais cortante. Sonta-i não reagiu, mas havia uma frieza palpável e complementar na voz quando falou.

— Você está insinuando que Omin fez promessas a respeito da cerimônia pranje?

— Não estou insinuando nada, Coletor. — Ele os observou assimilar a notícia e viu a morte de Omin se consolidar em sobrancelhas e lábios apertados. Ao notar essa reação, Nijiri sentiu uma culpa momentânea. Mas Omin provocara a situação... e Nijiri tinha que pensar no próprio futuro.

— Continue — disse Sonta-i.

— O Professor me ofereceu segurança, Coletor, na seleção anual de participantes do pranje. Em troca, deixou claro seu desejo de que eu fizesse companhia a *ele* nas primeiras horas da manhã em algum ponto de um corredor não usado no Salão dos Professores. Não conheço o lugar, já que recusei, mas ele contou que já o tinha usado com outros acólitos e que haveria privacidade.

O Superior murmurou alguma coisa para si mesmo em suua; Nijiri, cujos conhecimentos da língua eram apenas sofríveis, não entendeu. Rabbaneh soltou um longo suspiro. Para ele, aquilo equivalia ao grito de fúria de um rapinante do deserto.

— E por que você não aceitou a oferta?

— Não tenho medo do pr... daquilo que não discutimos. — Em seu íntimo, Nijiri amaldiçoou o lapso. Esperara parecer tranquilo e controlado como um Servo de Hananja e não uma criança nervosa. — Por que eu ia querer proteção contra uma coisa que não temo?

Os Coletores se entreolharam. Não trocaram nenhuma palavra — não que Nijiri houvesse notado. Dizia-se que, de algum modo, Coletores podiam conversar por meio de sonhos despertos. Mas, por esse acordo não verbal, Sonta-i afastou-se abruptamente de seu irmão de caminho e do Superior, descendo da plataforma. Movendo-se, em ritmo lento, constante e alerta, para circundar Nijiri.

O rapaz precisou de todas as forças para continuar bravo e não mostrar desconforto.

— Você não tem medo? — perguntou Sonta-i.

Não tinha até agora.

— Não, Coletor.

— Um acólito morreu ano passado. Ele serviu um Coletor no pranje e morreu. Você sabia? — Sonta-i não olhou para Nijiri enquanto falava; essa era a pior parte. Seus olhos fitavam por cima das colunas com vinhas de lágrima-da-lua, os tapetes, os joelhos estrelados de Hananja. Nijiri não avaliou toda essa atenção.

O rapaz não se virou para seguir o movimento de Sonta-i, embora os pelos de sua nuca se arrepiassem a cada vez que o Coletor saía de seu campo de visão.

— Ouvi os boatos. Não estou dizendo que não tenho medo, Coletor; temo muitas coisas. Mas a *morte* não é uma delas.

— Ferimento. Violação. Danação. Desespero. Todas essas coisas podem acontecer quando um acólito acompanha um Coletor que realiza um pranje. — Sonta-i parou de repente, inclinando-se para examinar com atenção uma flor de lágrima-da-lua. Nijiri não conseguia ver o que atraíra tanto o interesse do Coletor. Talvez não fosse nada.

— Estou ciente, Coletor. Participei de pranjes duas vezes… — Mas aquilo não fora nada, horas de tédio enquanto participava com Compartilhadores quase tão entediados quanto ele. Por precaução, os Compartilhadores só encaravam o teste do pranje uma vez a cada quatro inundações e ninguém conseguia se lembrar da última vez que um deles falhara. Ele não treinara para servir *Compartilhadores*.

De súbito, Nijiri ficou paralisado quando Sonta-i virou-se e perscrutou-o com o mesmo escrutínio com que examinara a flor.

— Você não rejeitou o Professor por decoro. Você o rejeitou por *orgulho*.

Não era uma pergunta, mas Nijiri não sentiu necessidade de negar. Sabiam que ele nunca fora humilde.

— Sim. Eu queria ser Coletor.

— Acólito — disse o Superior em algum lugar atrás de Sonta-i. Ele soou cansado; Nijiri não ousou desviar seus olhos dos cinzentos de Sonta-i para verificar. O rapaz não temia morrer, mas, de algum modo, Sonta-i parecia pior do que a morte naquele momento. — Você acabou de dizer que não estava preocupado com o decoro.

— Exatamente, Superior. — Ele umedeceu os lábios, só para poder falar com clareza, nada mais. — Achei que um acólito que quisesse se tornar Coletor deveria conseguir coisa melhor, no que diz respeito a amantes ilícitos, do que um Professor ganancioso e indisciplinado.

Ele ficou aliviado ao ouvir uma risada perplexa de Rabbaneh e o suspiro do Superior. Sonta-i, porém, inclinou-se para mais perto dele, até que Nijiri estivesse respirando o ar que o homem expirava. Os minúsculos frisos das íris de seus olhos, como raios da roda de uma carroça, contraíram-se aos poucos ao perscrutar o rosto do rapaz.

— Você está escondendo algo — afirmou ele.

— Nada que me envergonhe, Coletor.

Foi um erro; ele soube no momento em que falou. Uma mentira. Sonta-i estreitou os olhos abruptamente. *Ele sabia.*

— Deixando de lado a estima excessiva por si mesmo, acólito — disse Rabbaneh devagar, mais uma vez de algum lugar atrás de Sonta-i —, por que não denunciou o Professor a nós? Um homem que abusaria de seu poder sobre outros deveria pelo menos ser investigado por corrupção. Um Coletor — e ele falou isso com uma ênfase suave, a voz ficando séria — pensaria dessa forma.

Sonta-i ia matá-lo. Nijiri sabia disso agora. Havia uma serenidade no Coletor que ele jamais vira antes, embora, de certa maneira, não achasse nem um pouco surpreendente. Sonta-i era estranho mesmo para os padrões dos Coletores: distraía-se com coisas peculiares, não se interessava por questões emocionais. No entanto, era Coletor e isso deixava toda sua estranheza afiada como o alvo de uma flecha quando escolhia cuidar dos assuntos da Deusa.

Então Nijiri falou com ele. Não para se justificar, porque nenhuma justificativa seria aceita por qualquer Coletor se ele já houvesse tomado uma decisão. Falou apenas para satisfazer o próprio orgulho. Se fosse morrer, morreria como Servo de Hananja.

— Porque Omin não fez nenhum mal — respondeu. — Não depois daquilo. Ele tentou me fazer mal, mas fracassou. E com o fracasso aprendeu a lição... porque, depois de dizer a ele que eu precisava falar com os Coletores, ele não tentou mais coagir nenhum outro acólito. — De fato, desde então Omin fora um Professor exemplar, exceto pelos presentes constantes e olhares desejosos sempre que Nijiri virava de costas. E exceto por fazer Nijiri perder a chance de um futuro que trabalhara tanto para alcançar.

Sonta-i balançou a cabeça de leve. Ao ver isso, o rapaz soube que a explicação não fora suficiente para alterar a avaliação que o Coletor fizera dele.

— E agora que você não é mais um acólito, esse Professor corrupto está livre para voltar a atenção para outros garotos — comentou Sonta-i em voz alta.

— Eu me dediquei ao Hetawa, Coletor. Tenho amigos entre os acólitos que me contariam... — Mas então vacilou por um instante, tomado por uma dúvida repentina. O que lhe aconteceria se os Coletores não o aceitassem e Sonta-i não o matasse? Poderia ir para os Sentinelas se ainda o aceitassem, mas não queria ser Sentinela, nem Professor, nem leigo, nem nenhuma outra coisa a não ser o que *sempre* desejara ser desde que conhecera Ehiru...

— Você viu dezesseis inundações este ano — disse o Superior. — Pela lei, é um homem, e logo estará em serviço. Não pode proteger seus companheiros se não mora mais com eles, se nunca vê suas lutas diárias. E também não pode esperar que meninos tragam-lhe seus medos, pois eles não terão nenhum motivo para confiar em um adulto se outro abusou deles. — Ele suspirou; de soslaio, Nijiri o viu balançando a cabeça. — Ainda tem muito da casta servil.

Ao ouvir isso, Nijiri estremeceu, ofendido o suficiente para enfim desviar os olhos de Sonta-i.

— Sou um filho do Hetawa, Superior!

Mas foi Rabbaneh quem assentiu, para a consternação de Nijiri.

— Nenhum de nós nasce para o caminho da Deusa, acólito. Nós viemos de algum lugar e o passado deixa sua marca. Pense na sua.

— Eu... — Nijiri franziu a testa. — Eu não entendo.

— Dizem que um bom servo nunca reclama. Um filho da casta servil espera estar sob o poder de outros e espera que alguns de seus mestres sejam corruptos. Ele busca apenas mitigar os piores efeitos dessa corrupção para poder sobreviver. Mas um Coletor *destrói* a corrupção... e o poder que permite isso, se necessário. Se nesse caminho estiver a paz. Foi isso o que eu quis dizer, acólito Nijiri. Você se acomodou quando deveria ter se rebelado.

Tardiamente, sentindo-se culpado, Nijiri se deu conta de que Rabbaneh e o Superior estavam certos. *Um Coletor não procura aju-*

da, ele dissera a si mesmo naquela época — e então não procurara, achando-se mais forte por cuidar do problema sozinho. Pensando em si mesmo quando deveria ter tido em mente, acima de tudo, a paz dos companheiros acólitos. Claro que Omin faria mal outra vez; Omin era corrupto. Não era possível domar uma inclinação assim.

Teria sido melhor levar a questão para o Superior e os Coletores, e que seu orgulho fosse à merda. Teria sido melhor até mesmo matar Omin, com as mãos, se não com a narcomancia, e depois submeter-se ao julgamento dos Coletores. Qualquer ação era melhor do que a complacência, enquanto a corrupção apodrecia e crescia.

Ele se ajoelhou então, pondo as mãos e a testa no chão para mostrar a profundidade de sua contrição.

— Perdão, Coletor — murmurou contra a pedra, feliz agora pela ausência de Ehiru. Sonta-i continuava pairando sobre ele, mas estava certo. Como ele se imaginara pronto para ser Coletor? — Eu estava errado. Nunca deveria... Eu devia ter feito mais. Que a paz Dela acalme minha alma... Devia ter *pensado*.

Passou-se um momento de apropriado silêncio.

— Bem — disse Rabbaneh com um suspiro. — Acho que basta. Sonta-i?

Sonta-i pegou o braço de Nijiri, fazendo-o se levantar. Enquanto o rapaz piscava, surpreso, Sonta-i estreitou os olhos de novo.

— Ele ainda está escondendo alguma coisa.

— Rapazes da idade dele têm seus segredos, irmão de caminho. Mesmo nós temos permissão para ter alguns.

Com um suspiro suave que não era (*inteiramente*, pensou Nijiri) de decepção, Sonta-i o soltou.

— Muito bem, concordo.

— E sabemos como Ehiru se sente sobre a questão. — Rabbaneh entrelaçou as mãos atrás das costas e olhou para o Superior com as sobrancelhas erguidas, em uma expressão interrogadora.

— Acho que ele não fez por mal — opinou o Superior, aquiescendo, embora Nijiri reconhecesse uma pontada de relutância na voz dele. — E a paz entre os acólitos *foi* alcançada, mesmo que apenas temporariamente e por meios não ortodoxos.

— Ele ainda é jovem. — Rabbaneh deu de ombros, voltando enfim a sorrir. — Se não tivéssemos nada a ensinar-lhe, para que precisaria de nós?

— Como é, Coletor? — Nijiri começara a sentir-se muito burro. Ao ouvir isso, até o Superior pareceu achar graça.

— Um teste final necessário, Nijiri. Existe paz na submissão, mas às vezes existe uma paz maior, uma paz *duradoura*, na resistência. Precisávamos saber se você entendia isso. — Ele encolheu os ombros. — Há muitos caminhos para a paz.

— Nós apenas teremos que ensinar você a pensar mais além, Aprendiz — acrescentou Rabbaneh, sorrindo outra vez.

Aprendiz. Aprendiz. Nijiri ficou ali, tremendo; mal notou quando Sonta-i deu de ombros, como que perdendo o interesse, e afastou--se, voltando para o lado do Superior. *Aprendiz!*

Ele queria muito pular no ar e gritar, o que teria sido não só um erro mas também uma ofensa a Hananja, ali no salão Dela. Em vez disso, gaguejou, estremecendo por um momento devido ao esforço para controlar a alegria:

— Vocês me honram, Coletores, por trazer... por considerar... — Não conseguia pensar o suficiente para formar palavras.

— Sim, sim. — O Superior olhou para as janelas de vidro prismático além das quais a luz do sol continuava marcando o céu oeste. A Sonhadora ainda não despontara. Quando surgisse, o Salão seria banhado pela luz prateada, ainda mais refratada pelas janelas em cores cambiantes e em camadas. Isso ajudaria as vinhas de lágrima-da-lua, que, de outra forma, não floresceriam em ambiente fechado. — Por favor, apareça; ainda temos de terminar sua cerimônia do juramento e depois a consagração dos Coletores. E precisamos discutir mais uma questão.

Nijiri engoliu em seco e anuiu, sentindo que poderia lidar com *qualquer coisa* agora. Esforçou-se para não sorrir como um bobo.

— S-sim. Que questão, Superior?

— Ehiru. Você deve ter notado a ausência dele.

A expressão sombria do Superior e seu súbito reflexo no rosto de Rabbaneh de repente fizeram Nijiri perceber que Ehiru não estava ausente apenas para realizar suas atividades de Coletor.

— Ele está indisposto — contou Sonta-i — porque, duas noites atrás, conduziu mal uma Coleta. O *umblikeh* foi rompido antes que o portador do dízimo pudesse ser tirado da terra das sombras. A alma se perdeu nos reinos entre a vigília e o sonho. O que foi possível Coletar do sangue onírico estava contaminado demais com medo e dor para ser dado aos Compartilhadores para distribuição.

Nijiri inspirou, devastado. Desde que se entendia por gente, nenhum Coletor conduzira mal uma Coleta. Acontecia, e todos sabiam; Coletores eram homens mortais e suscetíveis a erros, não deuses. Mas para Ehiru, que nunca fracassara em levar uma alma para a paz, titubear agora... Nijiri umedeceu os lábios.

— E o Coletor?

Ele não pode ter decidido encerrar seu serviço, não ainda. A cidade inteira ficaria de luto se houvesse decidido. Não estariam conversando com ele se assim fosse.

Sonta-i balançou a cabeça e Nijiri sentiu um aperto no estômago. Mas então acrescentou:

— Ehiru decidiu se isolar para poder rezar e procurar paz. Acreditamos que vai optar por continuar entre nós por enquanto, mas... — Ele suspirou, parecendo repentinamente cansado. — Qual é a sua opinião sobre esse assunto?

Nijiri sobressaltou-se.

— Minha opinião?

— Ele devia ter sido o seu mentor — completou Rabbaneh. — Afinal, é o mais experiente de nós agora que Una-une se foi para o sonho. Um aprendiz deveria aprender com o melhor. Mas considerando o lapso de Ehiru... — Ele fez uma careta sutil, como se para se desculpar pelas palavras indelicadas. — Então, quem você escolhe para substituí-lo? Sonta-i ou a mim?

Nijiri foi tomado de alívio... e, com ele, veio um tipo curioso de avidez, não muito diferente do que sentira no círculo da luta, encarando quatro Sentinelas. Pelo menos disso estava seguro.

— Se era para eu ser de Ehiru, Coletor, então ficarei com Ehiru.

Rabbaneh ergueu as sobrancelhas.

— Um Coletor pode levar meses, ou anos, para se recuperar de um lapso desses, Aprendiz. *Se* ele se recuperar. Para Ehiru em especial, esse incidente foi um golpe. Ele está convencido de que não é mais digno de ser Coletor. — Rabbaneh deu um leve suspiro. — Todos nós somos propensos ao orgulho. Mas talvez você devesse reconsiderar.

Rabbaneh e Sonta-i estavam tentando fazer o certo por ele, Nijiri lembrou a si mesmo; tinham boa intenção. Não entendiam que Nijiri fizera sua escolha dez anos antes, em uma tarde úmida carregada do fedor do sofrimento. Naquele dia, Ehiru lhe mostrara o caminho para a verdadeira paz. Ensinara a Nijiri a beleza da dor e que o amor significava fazer o que era melhor para os outros. Quer eles quisessem, quer não.

Como ele poderia não recompensar Ehiru por aquela revelação agora que enfim chegara a oportunidade?

— Vou ser de Ehiru — repetiu em um tom suave dessa vez. — Vou ser o que ele precisar até o dia em que não precisar mais de mim.

E, para que esse dia demorasse, lutaria com a Própria Hananja se fosse preciso.

4

É dever dos shunha defender a tradição. É dever dos zhinha desafiar a tradição.

(LEI)

A casa do general Niyes ficava na região das especiarias, onde as brisas noturnas cheiravam a canela e a sementes de inim-teh. A residência fora construída no estilo kisuati, com uma área de estar coberta no pátio lateral e um elaborado desenho feito com azulejos coloridos emoldurava a porta da frente, ainda que a onipresente argila do rio gujaareen, queimada pelo sol até ficar quase branca, cobrisse as paredes externas. Uma necessidade naquela terra de inundações anuais: a argila impedia que a água encharcasse as vigas de sustentação da casa. No entanto, o projeto era familiar o bastante no estilo e na função para Sunandi se sentir em casa assim que desceu da carruagem.

Além disso, o fato de ver a família do general, todos esperando nos degraus, reforçou a ilusão. O próprio general estava radiante, em gesto de sinceras boas-vindas, muito diferente da costumeira reserva gujaareen. Os dois filhos dele usavam vestiduras kisuati de cores vivas, embora o menino houvesse amarrado a dele no quadril e não na frente, como era adequado. Pelo cabelo elaboradamente penteado e adornado com contas, Sunandi calculou que a mulher corpulenta ao lado do general era a esposa dele. Era provável que fosse a única, uma vez que a nobreza shunha de Gujaareh se orgulhava de manter as tradições da terra natal kisuati.

— Oradora, bem-vinda à nossa casa. — A mulher falou em suua formal e impecável; Sunandi ficou contente pelo uso do título apropriado. — Meu nome é Lumanthe. Você será minha filha este fim de tarde, e minha família será a sua.

— Obrigada pela recepção calorosa, Lumanthe-mãe. Com esta bela casa e um costume tão perfeito de acolhida dos convidados, posso até me sentir tentada a ficar! — Sunandi sorriu, muito feliz em manter a tradição. Lumanthe franziu a testa, surpresa, e depois riu, deixando a própria formalidade de lado com a mesma facilidade.

— Deve ser difícil para você, Nandi-filha, viver aqui entre as pessoas meio bárbaras desta terra. — Lumanthe postou-se ao lado de Sunandi, tomando o braço dela. — É difícil o bastante para nós que mantemos os hábitos antigos, mas pelo menos este é o nosso lar.

— Não é tão difícil. Depois do meu treinamento com o mestre Seh Kalabsha, passei três anos como Voz dos Protetores em Charad--dinh. — Ela sorriu. — Gujaareh ao menos tem banhos apropriados. Em Charad-dinh eu tinha que tomar banho na cachoeira local. Era muito bonita, mas muito fria!

Lumanthe riu com vontade.

— Passei um ano em Kisua quando era solteira. Eu me lembro de ter ficado pasma com as diferenças entre as duas terras. Pareceu-me espantoso que o seu povo e o meu um dia foram o mesmo.

— E continuarão o mesmo enquanto os shunha durarem. — Niyes deu um passo à frente, tomando a mão livre de Sunandi por um instante para dar as boas-vindas. O suua dele também era fluido e sem sotaque, embora mais forçado do que o da mulher. Shunha ou não, Niyes ainda era gujaareen, e nenhum homem gujaareen ficava totalmente à vontade com mulheres. — Obrigado por aceitar meu convite, Oradora.

Ele parecia aliviado, como se talvez houvesse esperado uma recusa. Sunandi deixou para refletir sobre essa informação mais tarde e apertou a mão do general.

— Admito que eu esperava ter a noite para mim, mas, depois de ouvir histórias sobre a sua hospitalidade, eu não podia recusar. — Ela lhe deu seu sorriso mais verdadeiro e o viu relaxar só um pouco.

— Vamos nos esforçar para não desapontá-la. Meus filhos, Tisanti e Ohorome.

Os dois filhos deram um passo à frente para segurar a mão dela, murmurando saudações. Ohorome era o mais novo, mas já mostrava músculos começando a se desenvolver: um guerreiro em formação. Tisanti tinha uns quinze anos e musculatura igualmente forte; talvez fosse uma dançarina habilidosa. Tinha a pele impecável da mãe — impecável, viu Sunandi, mas coberta de leve por algum tipo de pó, e marcara os lábios com tinta cor de cereja. Sunandi reprimiu uma careta. A garota era bonita, não precisava de pós nem pinturas. Esse era o estilo dos bárbaros — e dos gujaareen, que haviam adotado demasiados costumes bárbaros.

No entanto, Sunandi sorriu, e a garota respondeu com um sorriso tímido. O garoto não sorriu, mas Sunandi não ficou ofendida.

— Uma bela família — disse ela a Niyes. — Estou honrada de ser acolhida como parte dela, mesmo que por uma noite.

Niyes sorriu, mas outra vez Sunandi detectou uma ponta de nervosismo nos modos dele. Mais do que a estranheza gujaareen habitual; algo o perturbava.

— Entre — convidou ele, e ela foi forçada a parar com as observações de momento.

Lá dentro, Sunandi encontrou mais familiaridade: havia esculturas dos filhos da Lua (Hananja, claro, mas também vários deuses cultuados em Kisua) em cima de pedestais nos cantos. Lampiões de metal pendurados enchiam o ar com a fragrância de cera de abelha, embora os aromas mais acentuados de temperos e fruta fresca dominassem. Sunandi inspirou e suspirou com prazer.

Lumanthe deu uma risadinha.

— Sentiu tanta falta assim de casa, Oradora? Faz apenas dois meses que foi designada a Gujaareh.

— Os primeiros meses são os piores, Manthe-mãe.

Niyes acenou com a cabeça para dois servos, que abriram as duas folhas de uma bela porta de madeira. Atrás dela estava o salão de jantar, cuja única mobília (uma mesa enorme, cercada por almofadas para se sentarem) apoiava mais pratos do que Sunandi conseguia contar.

Uma serva agachou-se ao lado de uma das almofadas. Entendendo o recado, Sunandi sentou-se naquele lugar, inclinando a cabeça para a garota. Para sua surpresa, a outra sobressaltou-se, fitando ao redor com olhos arregalados, como se não pudesse acreditar que Sunandi fizera tal coisa.

Virando-se para a mesa, Sunandi disfarçou a reprovação. Niyes demonstrara uma adesão tão cuidadosa à tradição kisuati; ela não esperara por algo assim. Era quase certo que a garota era uma cidadã livre da casta servil, uma vez que os criminosos gujaareen eram mortos ou presos, não escravizados. Portanto, era apropriado tratá-la com uma cortesia básica, mas ficou claro que a garota não estava acostumada com isso. *Kisuati por fora, gujaareen por dentro.* Uma distinção importante para ter em mente se em algum momento ela fosse tola a ponto de considerar a possibilidade de confiar em Niyes.

Nesse meio-tempo, o banquete exigia sua atenção pois, por mais superficial que fosse a preservação de outros hábitos, a família obviamente mantivera a tradição intacta quanto à culinária. Não havia nem um único peixe ou verdura marinha na mesa, e Sunandi agradeceu aos cinquenta deuses do lar. A serva ofereceu-lhe lascas de galinha assada, temperada com cominho e castanhas de jife, bolos macios de cevada recheados com batata-doce, groselha e sementes de hekeh, cordeiro com gengibre e pasteizinhos de tamban em caldo forte de carne e mais de uma dúzia de outros pratos, todos deliciosos. Ela degustou o máximo que pôde, ciente de que Lumanthe estaria aguardando ansiosamente sua aprovação, mas não foi preciso grande esforço para demonstrar satisfação naquelas circunstâncias. As crianças sorriram quando ela se recostou para arrotar.

Quando todos haviam se saciado, os servos retiraram os pratos e os substituíram por licoreiras de vinho de melão-menta. Dois servos sentaram-se na outra extremidade do salão para tocar música suave com uma flauta e um tambor de doze notas. Niyes ergueu a taça e derramou um pouco na mesa como oferenda aos deuses; Sunandi e o restante da família fizeram o mesmo, encerrando formalmente a refeição.

Ela percebera a tensão de Niyes antes e presumira que ele esperaria para dizer o que quer que tivesse em mente, pelo menos até haver cumprido o costume para receber um convidado. E assim, fez um aceno para Lumanthe instantes depois que o vinho fora derramado. Ela levantou-se, fazendo um gesto brusco para as crianças. Sunandi fingiu surpresa.

— Algum assunto urgente? Eu esperava passar a noite fofocando, Manthe-mãe.

— Nada importante, Nandi-filha, mas vamos ter que deixar a fofoca para outra hora. Niyes quer tratar de negócios... fofoca de homem. — Ela revirou os olhos e sorriu. — Você pode ter sido treinada para tolerar isso, mas eu não gosto desses assuntos. Vamos deixar essa conversa para você. — Então ela levou as crianças embora, parando à porta para fazer uma mesura de despedida. — Não exagere, Niyes. Ela comeu uma boa refeição hoje à noite, não vá estragar.

Niyes brindou Lumanthe com um sorriso breve — e não respondeu, notou Sunandi enquanto a família saía. Ela observava Niyes por sobre a borda da taça de vinho, percebendo que a tensão dele pareceu aumentar assim que a porta se fechou. Ele se serviu de mais uma taça, entornando algumas gotas no processo.

— Por gentileza, caminhe comigo, Oradora — pediu ele por fim. — Vou lhe mostrar minha casa.

Ela percebeu o súbito movimento dos olhos dele: os servos. Sorriu e se pôs de pé.

— Uma caminhada vai ajudar na digestão, obrigada.

Eles saíram do salão de jantar e passearam pelos corredores da ampla casa, trocando breves palavras de vez em quando. Ela deixou Niyes controlar a conversa, sabendo que isso o deixaria à vontade e confiando que ele saberia quando era seguro falar. Para sua surpresa, ele pegou uma lamparina e a conduziu para o átrio, onde plantas que formavam quase uma floresta (a maior parte importada de Kisua, ela avaliou) ajudavam a resfriar a brisa da noite que soprava pela residência. Niyes se calou nesse ponto, embora certamente não houvesse ninguém por perto; o farfalhar das folhas sob o peso de pés os teria alertado da presença de qualquer bisbilhoteiro. Sunandi estava ficando impaciente quando Niyes se afastou da senda do átrio e entrou na vegetação. Ela o seguiu e encontrou uma portinha escondida atrás da parte mais densa das plantas.

Ali, ela hesitou. Niyes não era bobo. Metade de Gujaareh sabia que ele convidara Sunandi para passar o fim de tarde em sua casa. Se ela desaparecesse, o Protetorado kisuati exigiria no mínimo sua execução.

— Por favor, Oradora. — Ele manteve um tom baixo, a tensão quase palpável agora. — Eu jamais violaria o costume de receber convidados, mas preciso lhe mostrar uma coisa importante para as nossas duas terras.

Sunandi olhou atentamente para ele, notando o brilho do suor em sua sobrancelha e o tremor na lamparina. O que quer que fosse, ele estava apavorado, e não apenas de ofender uma convidada de alto escalão. Isso a fez decidir; ela aquiesceu.

Niyes expirou, aliviado, e abriu a porta. Adiante havia uma escadaria secreta e escura que conduzia para debaixo da casa. Enquanto ele abria por completo as frestas da lamparina, ela espiou o lado de dentro, torcendo o nariz ao sentir o leve cheiro de mofo que soprava de lá. Mofo... e mais alguma coisa. Algo mais fétido.

Ela entrou mesmo assim e Niyes fechou a porta depois de adentrarem, deixando a pequena lamparina como única fonte de luz. O mais provável é que estivessem se dirigindo à câmara de sepultamento particular da família. Apesar da tradição, poucas famílias shunha construíam essas câmaras em uma cidade que sofria inundações todos os anos, pois só os mais ricos podiam arcar com os desvios e portões especiais que ajudavam as câmaras a secarem rápido ao fim do período de inundações. Era provável que o cheiro de mofo fosse resquício das inundações ocorridas meses antes. O outro odor era mais recente. Mais forte, à medida que se aproximaram de sua origem.

— Comando legiões apenas durante as guerras — explicou o general enquanto caminhavam pela escuridão iluminada por velas. — Nos tempos de paz, administro os campos de treinamento dos soldados. Inclusive a prisão.

Essa última informação a surpreendeu. Quase não havia crimes em Gujaareh. O reino tinha apenas uma prisão e era pequena, abrigando os criminosos mais insignificantes, ladrões de comida e outros do tipo. Os Coletores matavam o resto. Administrar um lugar desses não pareceu a Sunandi o melhor uso para os talentos de um general.

— O Protetorado considera que os recrutas dão muito trabalho — comentou ela com cuidado.

Niyes balançou a cabeça.

— Em Gujaareh, os criminosos podem conquistar a liberdade provando que estão livres de corrupção. Podem ser julgados por um Coletor ou em uma batalha. A maioria escolhe a última opção, embora possa levar anos. Então nós os treinamos. — Ele ficou sério. — Umas quadras de dias atrás, os prisioneiros começaram a morrer.

O odor se intensificara, tornando o ar mais denso, e agora Sunandi o reconheceu: os primeiros estágios da decomposição, misturados ao cheiro de especiarias e incenso usados nos embalsamamentos kisuati. Havia um túmulo logo à frente, que continha um ocupante recente. Será que algum membro da família de Niyes estivera na prisão? Não, qualquer shunha tolo o bastante para acabar em uma prisão teria sido deserdado, o cadáver jogado em uma vala cheia de esterco.

A escada levava a um pequeno túnel, que terminava em uma porta pesada cuja espessura pouco ajudava a diminuir o fedor. Sunandi pôs uma das mãos sobre o nariz e a boca, tentando sentir a leve fragrância da água de limão que usara para lavar os dedos após o jantar.

Niyes fitou-a de relance, preocupado.

— Uma mulher da sua posição não deve ter visto a morte muitas vezes.

— Não é desconhecida para mim — respondeu Sunandi secamente. Uma órfã nas ruas de Kisua testemunhava todo tipo de horror e aprendia apenas a agradecer aos deuses por não ser alguém conhecido.

Em silêncio, Niyes puxou a corda grossa que pendia por perto. Ela ouviu o áspero rolar de roldanas e rodízios ocultos e a porta foi subindo aos poucos até que a abertura ficasse da altura de um homem. A podridão saiu da câmara para saudá-los; Sunandi sentiu ânsia, mas conseguiu manter o jantar no estômago.

Fixando a alavanca, Niyes soltou a corda e voltou a pegar a lamparina.

— Lamento fazê-la passar por isso, Oradora, mas vai entender quando tiver visto.

Ela aquiesceu, incapaz de falar, e entrou atrás dele.

Apesar do cheiro, a câmara era linda. Mesmo com as inundações, a família de Niyes fora claramente rica o bastante para mantê-la por muitos anos. Colunas elegantes, com decoração austera, circundavam o centro da câmara; as prateleiras ao longo das paredes continham urnas incrustadas com ouro e laca. No centro ficava um enorme sarcófago de pedra, as laterais repletas de glifos de oração em suua. Pela tradição, o penúltimo morto estaria dentro dele. Mas cabia ao mais recente dos ancestrais da família a honra de jazer sobre a placa de pedra em cima do sarcófago, ali permanecendo até que outro parente morresse. Os corpos eram guardados pelo maior tempo possível antes da cremação, caso a alma houvesse tido dificuldades em encontrar o caminho para Ina-Karekh. Exceto, ali em Gujaareh, que o cadáver tivesse a marca de um Coletor.

Niyes aproximou-se do sarcófago, erguendo a lamparina para Sunandi. Preparando-se, a moça deu um passo adiante para examinar o cadáver.

Não era um dos parentes de Niyes. Embora a pele houvesse escurecido com a morte, Sunandi ainda conseguia perceber que o homem, em vida, tivera uma tonalidade de pele bem mais clara do que qualquer shunha de linhagem respeitável. Talvez fosse até nortenho, embora o cabelo fosse bem enrolado e preto e os traços revelassem claras raízes do sul. Um gujaareen comum, então.

Mas o que realmente chocou Sunandi foi a expressão no rosto do cadáver. Os olhos haviam afundado, mas ainda era possível ver as estrias ao redor das pálpebras e na fronte. Ele morrera com os olhos bem fechados. A boca estava aberta, os lábios repuxados de um modo que poderia ter sido causado pelo ressecamento ou pela contração da pele, mas ela duvidava. Não era preciso ter a habilidade de um embalsamador para reconhecer um grito mortal e agonizante quando ela via um.

— Doze homens foram encontrados assim — explicou Niyes, a voz baixa naquele silêncio. — Todos eram jovens e saudáveis. Todos morreram à noite sem aviso, marca ou ferimento. Este tinha um companheiro de cela, que contou que ele estava desse jeito antes de morrer... se debatendo, tentando gritar, mas sem conseguir falar. Dormindo.

— *Dormindo?*

Niyes assentiu.

— Dormindo e sonhando com alguma coisa tão horrível que o matou. — Ele olhou para Sunandi, o rosto abatido sob a luz da lamparina. — Trouxe esse aí para guardar como prova. Os outros foram queimados. Você entende o que isso significa?

Ela engoliu em seco, sentindo-se novamente enjoada.

— A abominação. Mas se o seu Hetawa falhou na vigilância, então você deveria estar mostrando esse cadáver para o Príncipe de Gujaareh, não para mim. Eu sou kisuati; só posso dizer "eu avisei".

— Não é só isso, Oradora. Coisas estranhas têm acontecido, sobretudo nos últimos anos. O Príncipe... — Ele fez uma careta. — O Príncipe investiu discretamente nos portos ao longo do Mar da Glória. Eles diminuíram agora, mas ano passado, a essa época, estavam trabalhando dia e noite na fabricação de embarcações. Navios mercantes, diziam as ordens, mas com um modelo estranho, feito com madeira mais pesada do que o normal.

— O Mar da Glória não tem nenhuma ligação com o Oceano Leste — comentou Sunandi, confusa. — Navios construídos ali não são nenhuma ameaça a Kisua.

— Esses navios zarparam meses atrás e ninguém nunca mais os viu nem ouvi falar deles — acrescentou Niyes. — Para onde acha que foram, Oradora?

— Para o norte? Para o sul? Continuam não sendo uma ameaça a menos que velejem para o oeste, atravessem o Mil Vazios e deem a volta ao mundo até chegar no portão principal de Kisua, uma façanha que nenhuma embarcação jamais realizou a não ser nas fábulas. — Sunandi balançou a cabeça. — Isso sem considerar que podem *ser mesmo* navios mercantes.

Niyes suspirou e passou uma das mãos pela cabeça calva.

— O Príncipe também procurou recentemente estabelecer uma aliança com várias tribos do norte. E também não eram só os nossos parceiros comerciais de costume; bárbaros insanos armados com machados das terras geladas que fazem os nossos bromarteanos parecerem educados e generosos.

— Talvez ele tenha encontrado novos parceiros comerciais, o que, é claro, exigiria novos navios mercantes.

— Mas, com todo o resto, inclusive a morte de Kinja, você tem que admitir que apresenta um quadro perturbador.

De fato apresentava, mas um quadro confuso demais para ter alguma utilidade. Sunandi suspirou.

— Não posso levar isso aos Protetores, general. Mesmo que acreditassem em mim, o que nem de longe é garantia, eles fariam as mesmas perguntas que fiz e você não tem respostas. Desconfio que entenda isso. Então preciso perguntar: o que você realmente esperava conseguir com este encontro?

— Que você acreditasse, e talvez os Protetores. A mensagem de Kinja... você já conseguiu decifrar?

Sunandi ficou muito quieta.

— Não sei do que está falando.

Ele fez uma careta.

— Não temos tempo para jogos, Oradora. Não podemos ficar aqui por muito mais tempo ou os servos podem sentir a nossa falta, alguns sem dúvida são espiões. Basta dizer que Kinja me deu a mensagem pouco antes de morrer, mas não revelou nada sobre o conteúdo. Falou que eu já sabia demais. Pediu-me para garantir que seu sucessor a recebesse se algo acontecesse com ele. As habilidades da sua garota facilitaram as coisas para mim, graças aos deuses. — Ele estendeu a mão e pegou a dela, apertando-a com firmeza. — Acredite na mensagem, Oradora. Faça os Protetores entenderem. O Ceifador é só o começo.

— Não posso *fazer* os Protetores entenderem nada, general...

— Pode sim. Você *precisa*. Vá até lá convencê-los. Terá que partir de qualquer forma se quiser viver; você sabe disso, não sabe? Vá logo. O Príncipe sabia que Kinja descobrira alguma coisa e Kinja morreu. Ele já desconfia de você. Está muito claro que você é herdeira de Kinja.

— E você?

Niyes sorriu tristemente.

— Eu com certeza vou tomar aquele lugar em breve. — Com a cabeça, ele apontou a placa de pedra. — Mas antes quero tentar evitar um grande mal. Os meus homens são leais e estão mais do que dispostos a morrer por Gujaareh... mas não vou deixar que morram por conta *disso*.

O rosto dele estava sombrio, o olhar firme e resignado. Ou ele era o maior mentiroso que Sunandi já vira ou cada palavra fora sincera.

Após um longo e cuidadoso escrutínio, ela suspirou.

— Então me tire daqui, general, antes que eu perca meu jantar. Precisarei de toda a minha força se for impedir uma guerra.

5

*O rei de Gujaareh é coroado quando ascende ao trono dos
sonhos para se sentar à direita de Hananja. No reino da vigília,
é dever do Príncipe agir em nome Dela.*

(LEI)

Lá no alto, a Sonhadora já surgira, sua face de quatro faixas emoldurada por finos tufos de nuvens de verão. Nas ruas abaixo, as mesmas cores (vermelho de sangue, branco de semente, amarelo de icor e preto de bílis) reluziam nos letreiros de cada apoio para tochas e parapeito de cada dintel e varal. A luz se refletia em rostos brilhantes de suor e abanicos de folha, em roupas tingidas de cores vivas e sorrisos ávidos. Pouco tempo antes de o sol se pôr, seu último brilho soturno desvanecendo relutante para lá do rio. A cidade de Hananja já estava mergulhada em devoção, regozijando-se na noite em que sua Deusa passava fome.

No pátio do palácio Yanya-iyan, os mais nobres dos seguidores Dela haviam se reunido para venerá-La, separados das celebrações de rua mais desvairadas realizadas pelas castas comuns. Ali a Hamyan prosseguia de um modo mais digno enquanto os respeitados senhores dos shunha e dos zhinha se misturavam com seus pares do centro de artesãos e do centro de guerra, a família real e as terras estrangeiras. De vez em quando, um dos convidados erguia as mãos, proclamava que alguma bugiganga ou utensílio era um sacrifício e exortava Hananja a aceitá-lo para complementar os escassos sonhos que Ela receberia na noite mais curta do ano. Em geral, esse ritual arrancava risadas dos outros convidados, embora os Servos de Hananja presentes mantivessem um silêncio contundente.

Se Nijiri soubesse mais sobre a vida fora dos muros do Hetawa, poderia ter se sentido diminuído pela presença de tantos cidadãos de destaque. Em vez disso, ficou imóvel enquanto eles caminhavam à sua volta, a admiração roubada pelo próprio Yanya-iyan. A estrutura principal do grande palácio cercava o pátio em um formato oval e aberto. Ele e os outros convidados estavam em um vale curvo de fileiras de mármore, cada uma decorada com relevos e vinhas floridas, como jardineiras que pareciam se empilhar até o céu. Na extremidade aberta, portões de bronze com treliças e o dobro da altura de um homem permitiam que os plebeus espiassem para o Ocaso, se ousassem; os guardas consentiam se não parecessem uma ameaça. Enquanto Nijiri observava, duas mulheres no portão apontaram para alguma coisa atrás dele, que se virou para seguir o olhar delas e parou, outra vez admirado.

Do lado oposto dos portões, na outra extremidade do pátio, havia um pavilhão elevado em forma de pirâmide. Sob o teto de vidro, no alto de uma montanha de degraus, havia um assento arredondado e largo enganosamente simples, esculpido por inteiro a partir de um bloco de madeira clara e reluzente de nhefti.

E lá estava o Príncipe de Gujaareh, Senhor do Ocaso, Avatar de Hananja, de costas retas e tão imóvel que, por um momento, Nijiri perguntou-se se o vulto seria de carne ou de pedra pintada. A resposta veio quando uma criança se agachou à esquerda do Príncipe, oferecendo-lhe uma taça dourada em uma bandeja. O Príncipe mexeu um braço, não mais do que isso, e pegou a taça sem olhar. Outra criança se agachou, quase escondida, atrás do Príncipe, que segurava o bastão com a Auréola do Sol Poente: um amplo semicírculo feito de placas de âmbar polido em tons vermelho e dourado, moldadas em forma de raios de sol, mantido estático atrás da cabeça do Príncipe. Aos pés dele, estavam sentados vinte dos filhos mais novos, dispostos como enfeites vivos, refletindo a glória do garanhão deles.

— Uma rara visão — disse uma voz atrás de Nijiri, dando-lhe um susto. Ele se virou e viu uma mulher com um vestido de fibra de hekeh no mais pálido tom de verde translúcido. Ela sorriu do embaraço dele, repuxando as delicadas cicatrizes nas bochechas negras, macias.

Mulheres são deusas, ecoou o velho adágio na mente de Nijiri antes de ele engolir em seco e se curvar sobre as duas mãos, arriscando um palpite.

— Irmã?

— Coletor. — Ela inclinou a cabeça e espraiou as mãos, cada movimento gracioso. Ele fitou-a, fascinado pelo modo como a luz recaía sobre a nuvem preta do cabelo dela. — Ou melhor, Coletor-Aprendiz, já que não conheço você e já que olha para mim como um rapaz que nunca viu uma mulher de mais de vinte anos. Significa que você é Nijiri.

Ele rapidamente baixou o olhar.

— Sim, Irmã.

— Meliatua é meu nome. — Ela tornou a assentir com a cabeça para o pavilhão do Príncipe. — A propósito, eu estava me referindo aos filhos do Príncipe. Ele raramente permite que outros filhos, que não os mais velhos, apareçam em público.

— Ah, sim. — Nijiri ficou procurando uma maneira educada de se dirigir a ela. Só "Irmã" parecia grosseiro, como chamar um de seus confrades apenas de "Servo". Mas a ordem dela trabalhava com autonomia em relação ao Hetawa e ele não sabia nada sobre suas divisões hierárquicas. Então lhe ocorreu que haviam começado uma conversa e que se esperava que ele respondesse, não que ficasse ali boquiaberto como um tolo.

— E-eu só estava pensando que deve ser muito entediante para as crianças — comentou ele, estremecendo em seu íntimo devido à gagueira — serem forçadas a ficar ali por tanto tempo.

— O Príncipe logo vai mandá-las entrar. Por enquanto, estão sendo exibidas como sinal da devoção dele a Hananja e como reprovação para o resto desses tolos. — Ela olhou ao redor e suspirou, deixando de notar ou ignorando o choque de Nijiri com seu desdém casual. — Oferecem ninharias para Ela; o Príncipe oferta o sangue do seu próprio sangue. Se o Hetawa reivindicasse qualquer uma daquelas crianças neste exato instante, o Príncipe não teria escolha a não ser concordar.

Nijiri piscou, surpreso. Que o Hetawa podia adotar qualquer criança promissora, órfã ou não, ele sabia. Durante os anos que passara na Casa das Crianças, conhecera muitos adotados que tinham pais vivos. Mas todos, como Nijiri, haviam sido crianças das castas baixas e médias. Ele não podia imaginar um herdeiro dos shunha ou dos zhinha, menos ainda um filho do Ocaso, dignando-se a viver como mero Servo de Hananja quando a casta e as conexões de família lhe prometiam muito mais.

Ela leu o rosto de Nijiri e ergueu uma sobrancelha.

— O seu próprio mentor é irmão do Príncipe, Coletor-Aprendiz. Ninguém conhece as circunstâncias... Ehiru sempre foi discreto sobre essas coisas... mas ele foi o último filho do Ocaso reivindicado pelo Hetawa. Você não sabia?

Boatos entreouvidos passaram pela memória de Nijiri, mas mesmo assim a verdade foi um choque. Ele presumira que Ehiru tinha origens nas alta-castas (quem olharia para aquela bonita pele negra, para as feições angulares, notaria aqueles modos e aquela fala elegantes, e pensaria o contrário?), mas nunca tão alta assim. Ousou olhar de novo para o Príncipe sentado e tentou visualizar Ehiru no lugar dele, belo e majestoso e perfeito como um deus. A imagem se encaixava tão bem que um secreto e vergonhoso arrepio desceu-lhe pela espinha antes que Nijiri o expulsasse.

De soslaio, espiou Meliatua observando-o. Percebendo que metade de seus pensamentos deviam ser óbvios, corou e puxou o capuz para mais perto do rosto.

— Todos nós pertencemos a Hananja agora, Irmã.

— De fato pertencemos. — Então ela tomou o braço dele, sobressaltando-o. Ele não pôde fazer nada além de seguir enquanto a mulher o puxava para um passeio.

— Onde está o seu mentor, Coletor-Aprendiz? Ele deveria estar ao seu lado, protegendo você de pessoas como eu. — Os dentes dela reluziam à luz do fogo.

— Ele queria que eu passasse um tempo sozinho, Irmã. — Nijiri sentiu a maciez do seio dela contra o cotovelo e resistiu ao impulso de pressioná-lo de volta para ver o que acontecia. Tinha uma vaga impressão de que isso a ofenderia. — Coletores precisam passar despercebidos entre vários tipos de pessoas; devo observar e aprender. — Ele fitou-a de relance, hesitou, depois arriscou um pouco de humor. — Talvez o conforto *seja* o meu sacrifício hoje à noite.

Para seu alívio, Meliatua riu, fazendo as cicatrizes das bochechas dançarem à luz do fogo. Ele admirou a forma como as cicatrizes ornamentavam a beleza dela ao mesmo tempo que se deu conta de que não a desejava nem um pouco. Ela era uma escultura para ser observada e talvez tocada, mas não algo para levar para casa. Ele a olhou enquanto ela falava porque percebeu que era o que deveria fazer.

— Você deveria se tornar uma Irmã se sente falta de uma coisa tão pequena — comentou ela. — Afinal, conforto é o nosso negócio. Apesar de que, na verdade, há pouco que a gente possa fazer hoje à noite.

Surpreso, Nijiri seguiu o olhar dela e concentrou-se nos companheiros de farra. Levou um instante para entender o que a Irmã quisera dizer, mas, agora que ela chamara a atenção para aquilo, os sinais eram claros. O rápido olhar de um homem que vestia um esplêndido traje de acadêmico para Nijiri (para o ombro dele, onde estava a nova tatuagem, que acabara de cicatrizar) e depois o desvio para outro lado. Uma jovem zhinha, rindo da piada do acompanhante, ficou em silêncio por um momento enquanto Nijiri e Meliatua passavam. Quando ela voltou a rir, a risada soou forçada. Um soldado alto com um rosto que parecia um sopé arenoso acenou solenemente para Nijiri; havia uma tristeza terrível em seu olhar.

Meliatua balançou a cabeça.

— E outra medida de conforto é oferecida a Hananja. Eles fazem sacrifícios apropriados sem querer.

— Ninguém nunca me olhou com medo antes — comentou Nijiri, preocupado. — Mas sou um Coletor agora.

— Só os ignorantes temem os Coletores à vista — respondeu a Irmã. — O resto sabe *quando* temer. Não há Coletas na Noite Hamyan.

Era verdade, e por isso Ehiru quisera, após dias de inatividade, sair naquela noite. Ele desejava treinar Nijiri, rezar e lutar com ele, fazer tudo o que um aprendiz de Coletor precisava... exceto Coletar. Isso, entretanto, era um problema diferente.

— Então por quê? Eles temem a mim?

— Observe, Aprendiz, como mandou seu mentor. Aprenda. *Escute*.

Ele o fez, calando-se enquanto os dois passavam serpenteando pelo pátio lotado. No início, ouvia apenas fragmentos de palavras em meio ao burburinho. Aos poucos, seus ouvidos distinguiram frases daquela massa e depois finalmente trechos de conversas.

"... o manifesto de mercadorias nem sequer mostrava o carregamento extra..."

"... assassinado na cela. Sem marcas, mas os *olhos* dele..."

"... Bromarte. Eles costumam contratar os feen para lutar por eles, mas dessa vez..."

"... nada de natural, estou lhe dizendo. Ele estava balbuciando quando o tiraram..."

"... essas castas militares. Desgraçados de bico calado..."

— Boatos — falou Nijiri por fim. Lá no alto, a faixa vermelha da Sonhadora despontava no céu oval do Yanya-iyan. Eles haviam caminhado pelo pátio durante quase uma hora. — E fofoca. Mas não do tipo descuidado que eu esperava. Eles falam sobre corrupção, loucura, guerra.

Meliatua aquiesceu.

— Exatamente. Não o tipo de coisa que dá conforto.

— Isso não explica o medo que eles têm de *mim*, Irmã.

— Não? Corrupção e loucura e guerra. Os Coletores levam os corruptos e os loucos que não podem ser curados. A guerra é anátema para Hananja e, portanto, para os Servos Dela. — Ela se virou para ele, parando de uma vez e baixando a voz. — Talvez não seja possível encontrar uma explicação hoje à noite. Por enquanto, basta que a gente tenha percebido. Se Ela desejar que a gente entenda mais, vai nos deixar encontrar os meios.

Nijiri franziu a testa, recordando-se de mais boatos contados entre os acólitos.

— Você não consegue compreender agora, Irmã? Sei pouco sobre o seu caminho, mas ouvi dizer que os seus... poderes... — Ele hesitou quando Meliatua sorriu.

— Cuidado, Coletor-Aprendiz. Inunru, o Fundador, não participou da fundação da Irmandade. O Hetawa nos aceita de má vontade porque fornecemos semente onírica para a cidade, mas nunca nos chame de "caminho" na frente do seu Superior a menos que queira irritá-lo. — Ela acenou com a cabeça para a esquerda e Nijiri vislumbrou em meio à multidão o Superior aceitando uma taça de um servo que passava. Nijiri rapidamente desviou o olhar antes que os olhos dos dois pudessem se cruzar.

— Além do mais, tenho apenas a Visão Externa. — Ela tocou as cicatrizes do rosto: duas linhas paralelas de pontos em relevo de um lado a outro das bochechas e atravessando a ponte do nariz. — Decifrar o reino da vigília é a minha especialidade, não ter presságios. Posso ver o medo nessas pessoas e adivinhar as causas. Posso investigar, penetrar as ofuscações e extravios tão comuns do mundo da vigília. Mas saber com certeza? Isso vai ultrapassar meus limites até terminarem meus anos férteis.

Ele procurou uma resposta adequada, então foi outra vez surpreendido quando Meliatua soltou seu braço.

— Irmã?

— Seu mentor mandou você observar e aprender — disse ela —, não passar a noite junto a uma mulher de ortodoxia dúbia. E tenho meus próprios deveres esta noite.

Nijiri enrubesceu de repente, dando-se conta de quais deveres deviam se tratar. Meliatua era uma Irmã jovem, talvez apenas dez anos mais velha do que ele, ainda atraente. As Irmãs de Hananja serviam a Ela de muitas maneiras, mas nunca se esquivavam da missão primária. Haveria muita semente onírica para colher em uma noite como a da Hamyan.

Ele inclinou a cabeça para Meliatua como inclinaria para um igual, um silencioso reconhecimento da posição dela aos olhos *dele*.

— Que Ela sonhe com a sua boa ventura, Irmã.

— E com a sua, Coletor-Aprendiz. — Ela fez uma mesura com as duas mãos, curvando-se amplamente, e então se virou rumo à multidão. Ele fitou-a, admirado.

— Não fosse pelos seus votos, ela poderia ter ficado com você hoje à noite — disse uma voz atrás de Nijiri e, pela segunda vez, ele se voltou para encarar um desconhecido. Este era um homem de sua altura, os olhos de uma surpreendente tonalidade de castanho quase dourado. Era impossível avaliar a idade do homem. A pele era macia e jovial, as longas tranças grossas como cordas (não era uma peruca, notou Nijiri com alguma surpresa) pretas, sem nenhum fio prateado. Mas ele se sentia mais velho do que aparentava, conforme observava Nijiri com toda a paciência e a confiança de um leão à espera. E havia algo um tanto familiar nele...

— Me disseram que homens da sua idade são particularmente fartos de semente onírica — continuou o estranho. — Ela poderia ter obtido a quota desta noite só com você.

Nijiri inclinou-se, com cuidado respeitoso enquanto tentava identificar a posição do homem e aquela familiaridade persistente.

— Com certeza ela encontrará outros que têm necessidade das habilidades dela.

— E você não tem necessidade? Quantos anos tem?

— Eu vi dezesseis inundações.

O homem sorriu.

— Então você tem necessidade, jovem Coletor! Incomoda a você o fato de que poderia aliviar tais necessidades neste exato momento se não fossem pelos votos? Ou tem a esperança de ainda poder encontrá-la em algum lugar discreto no caminho de volta para casa?

As palavras do homem eram ofensivas, e ele sabia. Nijiri podia ver isso no sorriso dele. Por um momento, ficou aflito. Ele deveria, como alguém que fizera o juramento a Hananja, lembrar o homem de seus votos... mas um alta-casta poderia considerar que isso implica ignorância ou estupidez. No entanto, não falar nada o faria parecer infiel a Ela... Nijiri hesitou, indeciso, com um nó no estômago.

— Todos temos essas necessidades, milorde. Mas direcioná-las ao serviço de Hananja é o sacrifício que nós do Hetawa oferecemos todos os dias com grande alegria.

O Coletor Rabbaneh saiu da agitada multidão, o rosto marcado pelo sorriso habitual, uma taça em uma das mãos. Antes que Nijiri pudesse demonstrar alívio, Rabbaneh entregou-lhe a taça e ajoelhou-se, cruzando os dois braços diante do rosto e virando as palmas para fora como que para proteger-se de um brilho ofuscante. Uma manu-flexão. Nijiri ouvira de seus Professores sobre esse costume, mas nunca o vira realizado fora das aulas. Era o gesto mais alto de respeito, oferecido apenas àqueles especialmente marcados pelos deuses...

O Sonho de Inunru!

O estranho — o *Príncipe de Gujaareh* — riu amavelmente ao ver a expressão de horror no rosto de Nijiri, depois fez um aceno para Rabbaneh.

— Pare com isso. Guardei a Auréola para poder andar entre meu povo durante algum tempo sem essa tolice toda.

Rabbaneh levantou-se e adotou a mesura mais tradicional de respeito. Ainda sorria enquanto se endireitava.

— Me perdoe, milorde. Eu pretendia apenas exemplificar o comportamento adequado para Nijiri. Os atos dele têm reflexo sobre todo o Hetawa agora, e em especial sobre meu caminho.

— Ah, ele foi perfeitamente educado, Rabbaneh. Mérito dos Professores dele.

— Obrigado, milorde — agradeceu Nijiri. Para seu grande alívio, não gaguejou, embora não pudesse ter tido garantias do volume ou do tom da voz naquele momento. Sem demora, curvou-se sobre a mão livre, sem confiar que conseguiria fazer a manuflexão sem cair. Suas mãos tremiam tanto que a bebida de Rabbaneh espirrava e respingava da taça. Rabbaneh estendeu o braço e habilmente tomou a taça antes que Nijiri pudesse manchar a túnica.

— Nijiri. — O Príncipe parecia refletir sobre o nome. — Pálido demais para ser shunha, humilde demais para ser zhinha. Você nasceu em uma casta comum?

— Milorde. — Rabbaneh sorriu em uma gentil reprimenda ao mesmo tempo que Nijiri abria a boca para responder "sim". Para a surpresa de Nijiri, o Príncipe deu uma risadinha.

— Ah, tudo bem, tudo bem. Esses sacerdotes. — Ele se aproximou e Nijiri quase sobressaltou-se quando o Príncipe estendeu a mão para pegar seu queixo entre dois dedos. — Você é um rapaz de boa aparência. É bom a sua casta de nascimento, seja qual for, já não se aplicar. Você poderia ter sido vendido para se casar com alguma viúva rica e influente... ou, se era da baixa-casta, alguém poderia ter feito de você um servo de prazer.

Ele passou o polegar sobre os lábios de Nijiri e, desta vez, o rapaz de fato se sobressaltou, embora houvesse dominado a tempo o reflexo de se afastar. O Príncipe sorriu, estreitando os olhos zombeteiramente. Então, para profundo alívio de Nijiri, ele o soltou.

— Sonta-i é seu mentor?

— Ehiru, milorde.

— Ehiru? — O Príncipe franziu as sobrancelhas, formando arcos impressionantes... embora, estranhamente, Nijiri tivesse a sensação de que ele não estava nem um pouco surpreso. — Ele não é o mais antigo.

Rabbaneh tossiu em uma das mãos.

— Milorde, são questões do Hetawa...

— Ah, sim. Maus modos de novo. Não me considere exemplo de comportamento adequado, Nijiri. Os velhos tomam mais liberdades do que os jovens dão conta de se safar. — Ele inclinou a cabeça em uma mesura que caçoava de si mesmo. — Até outra hora, Coletor-Aprendiz.

O Príncipe se virou e foi andando pela multidão que, como água, abria caminho antes e se fechava após sua passagem. Depois que ele foi embora, Nijiri soltou um longo suspiro e fechou os olhos em uma breve prece de agradecimento. Rabbaneh esperou educadamente que ele terminasse.

— Rabbaneh-irmão, eu envergonhei o Hetawa. Não reconheci...

— Sei que você não o reconheceu. — Pela primeira vez, o Coletor mais velho não estava sorrindo. Isso fez o estômago de Nijiri apertar ainda mais. Mas Rabbaneh fitava o Príncipe. — Porém, ele conhecia você.

Nijiri recaiu em um silêncio confuso. Um momento depois, Rabbaneh suspirou e exibiu um breve sorriso tenso para Nijiri.

— Você não envergonhou o Hetawa, rapaz. Ehiru, Sonta-i e eu nos revezamos seguindo você a noite toda. Você se saiu bastante bem com o Príncipe, e com Meliatua antes dele. — Ele avaliou Nijiri com um olhar demorado. — Você parece cansado.

— Eu... — Nijiri hesitou, dividido entre a verdade e o orgulho. Um Aprendiz deveria pelo menos tentar dar conta de todas as responsabilidades de um Coletor, e estavam na metade da Noite Hamyan. Mas, juntas, as tensões da noite (a procissão pelas ruas de Gujaareh, a multidão, a Irmã, o Príncipe) haviam-no esgotado. Não queria nada além de voltar para seu silencioso cubículo no Hetawa e ser embalado pela brisa da noite.

Rabbaneh pôs uma das mãos no ombro dele e apertou-o para tranquilizá-lo.

— Não existe nenhuma vergonha nisso, Nijiri. Afinal, você era um acólito abrigado só uma oitava de dias atrás. Volte para o Hetawa. Você cumpriu o protocolo.

Nijiri não podia negar o alívio, mas permanecia a culpa.

— O Ehiru-irmão vai esperar...

— Vou encontrá-lo e dizer como você se saiu bem. — O sorriso do Coletor mais velho o encheu de um orgulho cordial e Nijiri respondeu com um sorriso tímido.

— Obrigado, Rabbaneh-irmão. Vou ter bons sonhos hoje à noite.

Ele se virou para ir embora, parando a fim de buscar o caminho mais curto em meio à multidão até o portão do palácio. Foi só porque hesitou que ouviu a resposta de Rabbaneh.

— Tenha bons sonhos enquanto pode, irmãozinho.

Quando se virou de novo, Rabbaneh desaparecera.

6

Em sonhos, Hananja concedeu conhecimento a Inunru, um homem dos soonha. "Existe poder nos sonhos", ela lhe contou. "Use-o e ali está a magia. Mas apenas homens virtuosos podem manejá-la." Assim, Inunru deu origem à narcomancia e, por algum tempo, todas as pessoas se regozijaram.

(SABEDORIA)

Ehiru estivera observando os filhos do Príncipe durante quase uma hora quando Rabbaneh o encontrou. A maioria das crianças não o havia notado ali, logo após os círculos de tochas sobrepostos ao redor do pavilhão do trono. Um deles, contudo (um menino bonito de talvez sete anos), de vez em quando perscrutava as sombras que ocultavam Ehiru, franzindo a testa e apertando os olhos como se sentisse algo que não conseguia ver.

— Mandei Nijiri para casa — disse Rabbaneh. Ele manteve a voz baixa; era hábito para os dois quando estavam no escuro. — Ele estava começando a parecer um taffur caçado por tempo demais.

— Hum. Ele durou mais tempo do que eu no meu primeiro evento público.

— *Você* nunca aprendeu a ser diplomático ao falar. Esse seu aprendiz pelo menos é circunspecto. Até demais, na verdade; continua tendo um comportamento muito típico da casta servil, apesar do orgulho. — Rabbaneh suspirou. — Espero que ele consiga se livrar disso logo.

— Nós *somos* servos, Rabbaneh. Talvez devêssemos aprender com o exemplo de Nijiri.

Rabbaneh fitou-o com estranheza; Ehiru percebeu de soslaio.

— Você continua incomodado com o bromarteano, irmão? Já faz uma oitava de dias.

— Destruí a alma de um homem.

— Eu sei. Mas nem mesmo os deuses são perfeitos...

Ehiru suspirou.

— Aquele menino tem o dom do sonho.

— O quê?

Ehiru apontou com a cabeça para a criança nos degraus do pavilhão, que por ora parecia ter desistido de sua procura.

— Aquele. Notei assim que o vi.

Rabbaneh se mexeu, impaciente.

— Então notifique o Superior para ele poder reivindicar a criança. Ehiru...

— O Superior sabe. Eu o vi saudando o Príncipe não muito tempo depois que a procissão chegou. A criança estava observando uma mariposa, alheia ao mundo ao redor. Mesmo o leigo mais cego poderia ter visto que ele estava a meio caminho de Ina-Karekh naquele momento.

Rabbaneh suspirou, esfregando a nuca com uma das mãos.

— O Superior tem que levar em consideração o que é melhor para Gujaareh, não só para o Hetawa. Não podemos fazer o Príncipe parecer subserviente enquanto as ligações comerciais dos kisuati ameaçam embargo.

— Entendo isso muito bem, Rabbaneh. Mas não torna a situação menos ofensiva. — Ele cruzou os braços e viu o menino nos degraus do pavilhão de repente voltar a espreitar as sombras, talvez captando algum indício de movimento. — Uma criança com verdadeiro potencial vai ficar sem se devotar e sem ser treinada. Vai crescer para se tornar outro servo da alta-casta sujeito aos caprichos do próximo Príncipe. *Se* crescer.

— Era isso o que poderia ter acontecido com você? — Rabbaneh olhou-o de soslaio, com uma expressão ousada. Todos aprenderam a não lhe fazer muitas perguntas sobre o passado. — Se o Hetawa não tivesse reivindicado você?

Ehiru suspirou, repentinamente cansado.

— Eu poderia ter morrido jovem, sim. E talvez tivesse sido melhor. Rabbaneh não disse nada por um instante, embora Ehiru sentisse os olhos do Coletor mais jovem recaindo sobre si. Quando sentiu a mão de Rabbaneh pousar em seu ombro, porém, repeliu-a com um movimento.

— Me deixe, Rabbaneh.

— O pesar está consumindo você...

— Então deixe consumir. — Ele virou de costas, incapaz de suportar a expressão nos olhos do irmão de caminho. Era isso o que os portadores do dízimo viam quando diante de um Coletor? Empatia por uma perda grande demais, pela dor insuportável demais? Como podiam tolerar uma pena tão sem sentido?

— Vou voltar para o Hetawa — falou ele. — Em paz, irmão.

Ehiru afastou-se antes que Rabbaneh pudesse formular uma resposta, optando por atravessar o longo trajeto ao redor do pátio em vez de seguir uma linha reta entre as luzes e a multidão. Alguns festejadores compartilhavam as sombras com ele, alguns dando uma pausa na socialização, outros procurando uma módica fração de privacidade para ter conversas mais íntimas. Eles não disseram nada e ele os ignorou de bom grado. Se não houvesse reconhecido a voz do Superior quando ouviu seu nome ser chamado, a teria ignorado também.

Em vez disso, Ehiru parou e conteve o impulso de suspirar quando o outro homem se aproximou vindo da área iluminada por tochas e tropeçando ao adentrar a penumbra. Ehiru deu um passo à frente e segurou o cotovelo dele.

— A escuridão é o reino dos Coletores e dos sonhos, Superior. Não a luz suprema do Hetawa.

O Superior deu uma risadinha, concordando de maneira agradecida com a cabeça enquanto se endireitava.

— A luz do Hetawa seria você, Ehiru. Eu sou só um funcionário glorificado e às vezes um jogador. — Ele suspirou, o sorriso desvanecendo enquanto os olhos se adequavam e procuravam o rosto de Ehiru. — Você está aborrecido com alguma coisa.

— Nada importante.

— Homens devotos mentem mal. — Então a expressão no rosto do Superior suavizou-se. — Mas, no seu caso, a verdade é suficientemente dolorosa, de modo que acho que pode ser perdoado, o que me deixa ainda pior de ter que fazer isso.

— Fazer o quê?

O Superior virou-se para a multidão, que não mostrava nenhum sinal de que se dissiparia apesar da hora. Estava mais aglomerada em torno do pavilhão onde era possível ver o Príncipe nos degraus, agachando-se para dar boa-noite em particular a cada filho. Um bando de estranhos, negros como os shunha, mas vestidos de trajes estrangeiros em tons de anil, esperavam ali por perto: os kisuati. Os gestos de afeto do Príncipe poderiam ter sido a apresentação de um menestrel, a julgar pela maneira ávida como os estranhos observavam e comentavam uns com os outros. Ehiru fez uma careta, recordando lembranças amargas, antes que as próximas palavras do Superior o trouxessem violentamente de volta ao presente.

— Você tem uma demanda. Me perdoe, Ehiru.

Por um momento, Ehiru ficou perplexo e irritado demais para falar. Ele fitou o Superior.

— Eu profanei um dízimo apenas alguns dias atrás.

— Estou ciente disso. No entanto, como Superior, também devo lembrá-lo das implicações práticas da sua penitência autoimposta. Faz três meses que Una-une deu seu Dízimo Final. Nijiri não vai estar pronto pelo menos até a estação da inundação. Pedi a Rabbaneh e Sonta-i para assumirem parte de seus deveres por conta dos acontecimentos recentes e porque você aceitou Nijiri, mas é simplesmente injusto pedir para eles continuarem por muito mais tempo. Dois Coletores não podem fazer o trabalho de quatro.

Ehiru estremeceu quando a culpa se sobrepôs à raiva. Virando-se para fitar a multidão, ele disse:

— Não quero sobrecarregar meus irmãos sem necessidade. Mas o senhor deve entender... Tenho *dúvidas*, Superior. Não sinto mais o mandato de Hananja no meu coração. Não sei mais se... — Ele hesitou, depois forçou-se a expressar o medo que vinha atormentando sua mente desde a noite em que o comerciante bromarteano morrera. — Não sei mais se sou apto, se sou *digno*, de desempenhar as minhas funções.

— Tanto Rabbaneh como Sonta-i já conduziram mal uma Coleta, Ehiru... Sonta-i fez isso duas vezes. O seu pecado é maior ou o deles é menor? Você exige mais de si mesmo do que espera deles?

Sim. Mas, para não ser acusado de arrogância, ele não expressou em voz alta o pensamento.

Ansioso, o Superior o observava. Estava claro que a recusa seria inaceitável.

— Como quiser, Superior — concordou Ehiru enfim com um suspiro. — Só posso orar para que este seja o desejo de Hananja também. Pelo menos Nijiri ficará satisfeito; faz uma quadra de dias que ele está me atormentando para sair.

O Superior aquiesceu e voltou-se para a multidão. Seus olhos vagaram por um momento antes de pousarem sobre os degraus em torno do pavilhão.

— Os estranhos ali, com cores de luto. Eles são kisuati, celebram a Hamyan adequadamente. Está vendo?

Ehiru os via. Estavam nos degraus mais altos agora que as crianças haviam sido levadas pelas esposas do Príncipe e pelos guardas. O Príncipe retomara seu lugar no assento, a postura formal e a Auréola outra vez erguida atrás da cabeça. Vários dos estranhos fizeram-lhe uma mesura de súplica, mas uma mulher do grupo permaneceu de pé e ereta. Os outros se curvavam ao redor dela como juncos ao serem tocados por varas.

— A mulher.

Ehiru franziu o cenho.

— Mulheres não precisam da ajuda de um Coletor para chegar a Ina-Karekh...

— Nesse caso, a demanda foi solicitada como uma gentileza para ela e para a cidade. O suplicante diz que a alma dela é corrupta.

— Já foi realizado o Teste da Verdade?

— Desnecessário. O suplicante é incontestável.

Ehiru virou para fitar o perfil do Superior.

Este sorriu como reação ao ceticismo de Ehiru, embora o Coletor notasse que os olhos não sorriam.

— Pedi provas para sustentar a acusação de corrupção. Mas uma análise formal levaria tempo e exigiria um registro público. Nesse caso, isso causaria um mal maior.

Ehiru franziu ainda mais o cenho à medida que a suspeita aflorava em sua mente.

— Quem é ela?

— O nome dela é Sunandi. Jeh Kalawe na nomenclatura deles, uma filha da linhagem dos Kalawe, da casta soonha, na nossa. Ela é a Voz do Protetorado Kisuati, recém-designada para trabalhar em Gujaareh. A acusação é de que ela usou sua posição para espionar, roubar e corromper oficiais gujaareen. Com seus atos, ela fomenta inquietação entre Gujaareh e Kisua.

— Nosso foco é espiritual, não político. — Ehiru cruzou os braços. — Se o Ocaso a quer morta, ele tem assassinos para isso.

— E se o Protetorado declarar guerra? O assassinato de um embaixador seria uma violação do tratado entre as nossas terras. A cidade inteira sofreria se eles mandassem um exército em busca de reparação. Onde está a paz nisso, Servo de Hananja?

Há muito tempo deixou de fazer parte da minha vida, pensou Ehiru com amargor.

— Também não declarariam guerra se ela fosse encontrada morta com a minha marca? — perguntou ele. — A Coleta não é o costume deles.

— Eles a respeitam como nosso costume. Kisua honra Hananja também, mesmo que diluam sua fé venerando outros deuses junto a Ela. Se esta mulher for Coletada, os kisuati ficarão irritados, sem dúvida... mas não o bastante para declarar guerra. Isso enfureceria a própria seita hananjana deles e causaria a eles um sem-fim de problemas internos. — O Superior se virou para ele. — Não vou fingir que não é político, Ehiru. Mas resta um componente espiritual nesta questão. A mulher *cometeu* atos de roubo, engano e malícia. Se ela fosse qualquer outra coisa que não uma embaixadora, como você a julgaria?

— Corrupta.

O Superior assentiu como se ainda fosse um Professor, e Ehiru, um aluno particularmente sábio.

— Como você disse, nosso foco deve ser antes de tudo espiritual.

Ehiru suspirou.

— A localização dela?

— Aqui no Yanya-iyan, claro. Na ala dos embaixadores, na maior suíte. Precisará de mapas?

— Não. Eu lembro o caminho.

— Vai levar Nijiri? Os guardas dos palácios pegam a espada primeiro e perguntam depois.

— É melhor para ele aprender os riscos do nosso caminho. — Ehiru se virou para sair, então parou. — Cumprirei a demanda amanhã à noite.

— Tão depressa?

— Se ela é tão corrupta quanto o senhor diz — retorquiu Ehiru —, nesse caso a alma fica mais doente a cada dia de atraso. Devo deixá-la sofrer por mais tempo?

— Claro que não. Em paz, então, Coletor.

Em vez disso, Ehiru foi embora em silêncio.

7

*Na escuridão dos sonhos, a alma grita por socorro. Invoca
amigos, entes queridos e até inimigos na esperança de
encontrar alívio do seu tormento. Mas continua na escuridão.
Esses aparentes aliados não farão bem.*

(SABEDORIA)

Na escuridão da vigília, a alma do Ceifador já não grita. Não tem
mais necessidade de invocar os outros; os outros sempre acabam por
vir, ou ela pode pegá-los se desejar. Ela não se lembra da palavra
amigo.

* * *

Kite-iyan — O Sol sobre as Águas — era o palácio de primavera do
Príncipe. O Yanya-iyan — Sol sobre a Terra — não era à prova d'água
e, durante a estação chuvosa, a maioria dos moradores sofria com o
resto da cidade. O Príncipe, não. Ele se retirava para Kite-iyan, onde
moravam suas quatro de quatro esposas o ano todo. Passava a estação
da fertilidade fazendo um trabalho apropriadamente simbólico, con-
cebendo as crianças que continuariam sua dinastia.

— Não faço muitas visitas nos meses secos — disse o Príncipe para Niyes enquanto cavalgavam no meio da caravana. Acho que
minhas esposas ficam mais felizes quando mantenho as coisas em
ordem, e visitas repentinas e inesperadas geram caos. Elas saem correndo para enfeitar o palácio para a minha chegada, deixar as crianças

apresentáveis e por aí vai. As que esperam obter minha preferência correm para se embelezar, enquanto as que querem me punir mal aparecem. É terrivelmente prejudicial à paz.

Niyes, de olho nos soldados ao redor deles, deu uma risadinha.

— O senhor fala como se gostasse muito de fazer visitas inesperadas, meu Príncipe.

— É o que parece? Que grosseiro da minha parte. Deve ser esse sol todo confundindo meu cérebro.

Sem dúvida, o dia estava bem quente. A caravana do Príncipe viajava pela pista elevada conhecida como Caminho da Lua, que levava da cidade direto aos portões dianteiros do Kite-iyan; Valas de irrigação que alimentam fazendas próximas ladeavam o caminho; não havia árvores para proporcionar sombra. Niyes educadamente se absteve de salientar que o centro da caravana, onde o Príncipe cavalgava, estava mais fresco graças à cobertura que quatro servos mantinham sobre ele.

— Mas, sim, gosto de fazer surpresas para elas — continuou o Príncipe. — Me lembro de como era crescer no Kite-iyan. A minha mãe ora me paparicava ora me mandava embora, e as outras mães ficavam igualmente agitadas sempre que o Príncipe visitava. Os guardas e eunucos, os tutores e chefes, meus irmãos... todos ficavam nervosos. Mas ao mesmo tempo ficávamos tão *empolgados*! O Sol do nosso pequeno reino terrestre estava vindo para brilhar sobre nós. Afinal de contas, éramos uma família, apesar de numerosos. — A expressão do Príncipe endureceu. — Meu pai, que ele viva na paz Dela para sempre, às vezes se esquecia disso. Eu não esqueço.

O Kite-iyan fora construído sobre um dos amplos planaltos que margeavam o vale do rio Sangue da Deusa. De lá, o palácio guardava trechos cuidadosamente divididos de terras cultiváveis e pomares irrigados, além do labirinto de estradas que ligava uma parte de Gujaareh à outra. Na primavera, quando o Príncipe costumava fazer a viagem, a maior parte das fazendas ficava inundada, mas no auge do verão era verdejante e viçosa. À medida que seguiam pelo Caminho da Lua, Niyes vislumbrava trabalhadores nos campos abaixo parando para observar a passagem da caravana. Alguns se ajoelhavam e faziam a manuflexão; o resto cobria os olhos como se de fato o próprio Sol estivesse passando tão perto.

Os portões do Kite-iyan abriram assim que o palácio despontou. Quando a tropa parou, doze crianças saíram da entrada do palácio, as menores correndo para se reunir ao grupo. O Príncipe riu e fez o cavalo avançar, acenando para os soldados se afastarem. Desmontou e foi cercado pelas crianças, que não mostravam nenhum acanhamento em puxar a camisa ou a saia ou mesmo as tranças do Príncipe para conseguir sua atenção. E ele as enchia de carinho, observou Niyes, fazendo cafuné aqui ou dando um abraço apertado ali, pegando o mais novo para carregá-lo apoiado no quadril, conversando com os demais enquanto andava.

Niyes fez sinal para os soldados desmontarem e silenciosamente postarem-se nas laterais do Caminho da Lua e da entrada do palácio. Esperava poucas perturbações: a decisão do Príncipe de visitar o Kite--iyan fora repentina, e Gujaareh não tinha inimigos (abertamente) que pudessem organizar situações desagradáveis em um período tão curto de tempo.

Longe do emaranhado ao redor do Príncipe, um punhado de adultos e outras crianças esperavam mais calmos perto do portão. Entre eles, Niyes avistou a primeira esposa do Príncipe, Hendet, o filho deles, Wanahomen, e Charris, capitão da guarda no Kite-iyan. O Príncipe afagou várias das crianças a fim de mandá-las para dentro, entregou a menor para um irmão mais velho e então parou e trocou afetos com a mulher e o filho favorito, beijando a primeira e agarrando galhofeiramente o braço do último em um gesto que imitava um combate.

Não demoraria muito para que a combatividade de Wanahomen se tornasse mais do que uma brincadeira, avaliou Niyes ao fitar os braços do rapaz; os músculos se ressaltavam sob o linho primoroso da camisa. O Príncipe ainda superava o filho em altura e compleição — mas era a astúcia, e não a destreza física, que normalmente decidia a disputa pela Auréola. Wanahomen tinha mais do que idade suficiente para isso. No entanto, não havia astúcia nos olhos dele, notou Niyes — nada além de adoração quando abraçou o pai.

— Você trouxe mesmo uma quarentena inteira de homens? — perguntou, arrastada, uma voz familiar.

Distraído, Niyes desviou os olhos do Príncipe e viu que Charris se aproximara. O capitão da guarda sorria, embora os olhos verdes mostrassem mais do que só um bocado de desdém.

— Você esperava problemas, Niyes, ou só está ficando paranoico agora que está velho?

Niyes cerrou o maxilar e sorriu de volta.

— Quando a segurança do Príncipe e da família dele está em jogo, não corro riscos.

— Nem deveria mesmo — disse o Príncipe, dando as costas a Wanahomen para fitar os dois homens. Havia uma ponta de censura em seu rosto; Niyes sabia que ele detestava rixas entre os soldados. Curvou-se sobre a mão em um silencioso pedido de desculpas e o Príncipe inclinou a cabeça em sinal de aceitação. Depois acrescentou: — Da mesma forma como sem dúvida o Capitão Charris não corre riscos, nem mesmo aqui dentro dos muros do Kite-iyan. Vamos confiar na guarda dele agora, Niyes, e na dos homens que ele comanda. Mande seus soldados relaxarem e se aproveitarem da hospitalidade das minhas esposas até nossa partida.

Niyes abaixou a cabeça, obediente, e viu de soslaio Charris fazer o mesmo. Niyes virou-se e deu ordens rápidas para os homens guardarem os cavalos adequadamente antes de desfrutar do lazer inesperado, e depois seguiu o Príncipe e a família para dentro do palácio.

No pátio havia muito mais pessoas esperando: mais esposas e filhos do Príncipe, funcionários e servos. O Príncipe passeava entre eles sem nenhuma hesitação, distribuindo sorrisos e cumprimentos. Niyes ficou tenso, desconfortável como sempre de ver o governante de Gujaareh desprotegido em meio a uma grande multidão... mas então notou uniformes de soldados espalhados entre os vestidos e forçou-se a relaxar.

— Venha, Niyes — chamou o Príncipe, parando na passagem abobadada que levava ao coração do palácio. — Você nunca esteve aqui antes, não é? Apesar de conhecer Charris...

— Nós treinamos juntos, meu Príncipe — comentou Niyes, se juntando a ele.

— Presumo que não sejam amigos.

A multidão estava esparsa ali no arco; Charris ainda estava no pátio, dando ordens aos seus homens. Niyes pigarreou.

— Não, meu Príncipe. Ele é zhinha.

O Príncipe riu, depois conduziu-o para os arejados salões de teto alto e janelas arqueadas.

— Me perdoe por dar risada, velho amigo, mas você deve compreender que a rivalidade entre os shunha e os zhinha sempre pareceu engraçada para as pessoas da minha linhagem. Olhe. — Ele tomou a mão de Niyes na sua, erguendo as duas para mostrar o contraste: preto de terra fluvial e marrom de areia desértica. — Eu tenho a mesma quantidade de sangue dos deuses em minhas veias que os shunha, os zhinha ou mesmo os soonha kisuati... deixando de lado o fato de que, como Avatar de Hananja, tenho status de deus. E, no entanto, porque minha pele é alguns tons mais pálida...

— É mais do que isso, meu Príncipe — disse Niyes em um tom obstinado.

— Sim, sim. — O Príncipe sorriu e soltou a mão de Niyes. — Você é sempre tão sério. Estamos aqui para nos divertir... Embora tenhamos que falar um pouco de trabalho. Venha, deixe-me mostrar o lugar a você.

O Kite-iyan era um palácio de mulheres; tinha paredes de mármore róseo com ocasionais veios dourados. Havia tinas enfileiradas nos corredores, repletas de plantas floridas. Na decoração, abundavam pictogramas da Lua dos Sonhos e de seus filhos, retirados dos mais agradáveis contos da vida da família divina. Também passaram por amplas câmaras dedicadas aos interesses das mulheres: bibliotecas e ateliês de escultura, salas para praticar luta com bastões e dança. Poucos cômodos estavam ocupados, notou Niyes, uma vez que nem todas as esposas do Príncipe haviam se dignado a interromper a rotina para a visita dele.

— As coisas aqui são muito diferentes de quando eu era jovem — refletiu o Príncipe, acenando para mulheres ou crianças enquanto caminhavam. — Na época do meu pai, o lugar era uma prisão com flores espalhadas. Ele desposava qualquer mulher que chamasse sua atenção, independentemente de como ela se sentia sobre isso. Elas eram trazidas para cá, não podiam receber visitas nem ter folga, ficavam excluídas do mundo além dos portões. Era igualmente ruim para as crianças, apesar de que pelo menos nós tínhamos permissão para visitar a cidade de vez em quando. Além das nossas aulas, não havia mais nada a fazer senão competir por status e pela preferência do nosso pai, e isso nós fazíamos com determinação. A situação era nociva.

"Desde que comecei a me casar, me esforcei para fazer melhor. Meus filhos têm permissão para conhecer os familiares maternos. As mães podem continuar administrando suas próprias residências e negócios, e podem ir e vir à vontade. E você pode ver que não me esforço para manter os homens afastados. Vi algumas das esposas mais jovens encarando aquele seu arqueiro de olhos cor de abrunho. Espero que ele seja forte o bastante para dar conta de todas elas."

O Príncipe deu de ombros e sorriu quando Niyes olhou para ele, atônito.

— Manter duzentas e cinquenta e seis esposas felizes dá muito trabalho, companheiro; seus homens estão me fazendo um grande favor, acredite! Afinal de contas, quaisquer filhos que venham a nascer como consequência só aumentam a minha glória.

Niyes aquiesceu lentamente, sentindo-se mais nervoso do que achando graça com essa advertência de que nada passava despercebido pelo Príncipe.

— Os alta-castas estão discutindo suas reformas matrimoniais, meu Príncipe. Muitos acham as mudanças... perturbadoras. Mas nós, os shunha, sempre reverenciamos nossas mulheres de acordo com os costumes antigos.

— Acredite ou não, Niyes, concordo com os ideais dos shunha. — Eles começaram a subir uma escada que serpenteava de leve, formando uma espiral; feixes de sol penetravam pelas janelas em ângulos inclinados, como raios de uma roda. — Gujaareh foi muito mais influenciada do que deveria por selvagens rudes que perfuravam crânios para curar dores de cabeça. É lamentável. Não posso me casar com menos mulheres, mas posso me lembrar que elas são seres humanos, não éguas reprodutoras. Trato meus filhos como os tesouros que são. Você estava observando o meu filho Wana. Ficou surpreso de ele me amar?

Niyes piscou, surpreso.

— Fiquei, milorde.

— Você esperava antagonismo. O jovem leão avaliando o líder da alcateia. Mas nós não somos animais, Niyes. Não fomos feitos para ficar brigando por um farrapo de poder, derrubando uns aos outros como caranguejos em um barril. Meu pai seguia esse modelo. Para sucedê-lo, também segui. Matei a maioria dos meus irmãos e as mães deles. Matei meu pai, aliás... eu o mandei para o Trono dos Sonhos com as minhas próprias mãos. Ele não merecia nada menos honroso.

Niyes estremeceu. Só o hábito, e o fato de que o Príncipe não diminuiu o passo, mantiveram seus pés subindo os degraus. Que o Príncipe cometera assassinatos para chegar até a Auréola não era surpresa; metade da cidade já desconfiava. Mas o Príncipe admitir o crime era uma história completamente diferente.

Ele está me falando de traição. Por quê?

— Pretendo mudar tudo isso, Niyes.

Os dois passaram por um patamar, dirigindo-se aos andares superiores do que parecia ser uma das torres do Kite-iyan. As passarelas ali estavam vazias, notou Niyes, os degraus marcados por um tênue brilho de poeira.

— Quero que meus filhos nunca tenham que assassinar o sangue do próprio sangue. Quero que minhas esposas me amem, se quiserem, e não que vivam com medo. Quero que Gujaareh tenha uma liderança forte e sábia enquanto durar. Sem mais loucuras. Sem necessidade de confiar no Hetawa para termos nossa paz e nossa felicidade.

Niyes franziu a testa, distraído de sua crescente inquietação.

— Objetivos admiráveis, meu Príncipe... mas, mesmo que seja um governante sábio, não pode garantir que todos os seus herdeiros serão. Enquanto o poder for o prêmio, eles competirão, e aquele que for implacável vencerá.

— É. Eu sei. Isso nos enfraquece, toda essa rivalidade. Como você e Charris, os shunha e os zhinha, Gujaareh e Kisua. Quando nos enfraquecemos tanto assim, fica fácil para os outros dominarem.

Pararam na próxima plataforma, essa em um ponto bastante alto da torre. A luz do entardecer refletia uma sobreposição de retângulos em tom vermelho-dourado pelo chão. Ao final da plataforma havia uma pesada porta de madeira, sustentada e decorada com trabalhos em metal ao estilo do norte. Um cadeado pesado e ornamentado fora colocado no meio.

Uma porta? Em Kite-iyan?

— Meu Príncipe... — Niyes engoliu e descobriu que a garganta ficara seca de repente. — Se me permite perguntar, onde estamos? O que vamos discutir aqui em cima?

O Príncipe foi até a porta e levou a mão à camisa, pegando uma comprida e pesada chave pendurada em uma fina corrente de ouro.

— Uma das minhas esposas está aqui.

— Uma das suas... — Ele fitou o Príncipe, que olhava para a porta, segurando a chave, mas sem fazer nenhum movimento para abri-la.

— Concedo bastante liberdade para minhas esposas, mas espero lealdade em troca. Esta aqui me espionou para o Hetawa. — Ele fitou Niyes, os olhos distantes e firmes. — Traição é a única coisa que não posso perdoar.

Niyes sentiu um frio percorrer-lhe a espinha. *Vou morrer hoje*, pensou.

O Príncipe deu um tênue sorriso triste, como se tivesse ouvido aquelas palavras, depois virou-se para destrancar a porta. Quando voltou a falar, tinha a voz leve, coloquial, como estivera ao longo do passeio. No entanto, agora havia nela algo que não passou despercebido por Niyes.

— Perceba, Niyes: entendo por que ela fez isso. Minha esposa foi criada na Casa das Crianças do Hetawa, eles eram como uma família para ela. Ela seguiu sua consciência e eu não a culpo. Na verdade, admiro a integridade dela... mas traição ainda é traição e não pode ficar impune.

O Príncipe empurrou a porta e entrou, virando-se para fitar Niyes. Depois de um instante, mais lentamente, ele o seguiu.

Atrás da porta havia uma câmara estreita com uma fileira de janelas de um lado, uma extensão do corredor onde deviam haver construído uma parede a certa altura para formar uma despensa. Porém, as janelas haviam sido pintadas de preto, com exceção de uma na extremidade mais distante. Sombras encobriam o cômodo, menos no ponto em que um único retângulo sangrento de luz se espraiava pelo chão. O ar tinha cheiro de pó, resina de madeira e coisas menos salubres. Suor, carne suja, um recipiente sanitário que não fora esvaziado. Niyes estreitou os olhos na escuridão, esperando que se adaptassem. A única coisa que conseguiu distinguir em princípio foi o imóvel pé descalço de uma mulher à beira do espaço banhado pela luz. A perna e o resto desapareciam nas sombras.

De algum lugar na direção do corpo dela, Niyes ouviu uma respiração difícil e irregular.

O Príncipe fechou a porta depois que entraram. O estranho estalido do trinco ressoou bem alto naquele espaço pequeno.

— O ponto essencial — continuou o Príncipe — é que o Hetawa não é uma ameaça. Eles não podem fazer nada contra mim sem prejudicar a si mesmos. Mas Kisua é outra história, Niyes. Você me obrigou a essa decisão quando envolveu a adorável e inteligente Sunandi. Terei que adiantar meus planos em muitos meses por conta disso, mesmo depois de matá-la. E isso também é uma pena; eu gostava muito dela.

— Meu Príncipe... — Niyes se conteve ao mesmo tempo que seu coração começou a bater desconfortavelmente rápido. Era tarde demais. Fora tarde demais quando decidira levar o cadáver da prisão como prova, ele soubera desde o início. Contudo, era shunha, nascido em uma das linhagens mais antigas de Gujaareh. Morreria com dignidade. — Foi por Gujaareh que fiz isso, milorde.

A expressão nos olhos do Príncipe se atenuou. Ele pegou o braço de Niyes só por um momento, depois o soltou.

— Eu sei, meu amigo. Também não culpo você, apesar de acreditar que me julgou mal. Também faço o que preciso por Gujaareh.

Da outra extremidade do cômodo, eles ouviram a respiração difícil ficar acelerada. Uma voz masculina, grossa como a lama ecoou.

— Eu... consigo sentir o cheiro das Luas, irmão. A noite está chegando. — Depois mais baixo, sedenta: — Estou vazio. Sinto dor.

O Príncipe deu uma olhada naquela direção. Com uma das mãos, puxou alguma coisa do atamento do sobrepano e bateu contra uma parede próxima. Um tênue ganido agudo ressoou como resposta, enlouquecedoramente familiar... e então Niyes se lembrou. O Hetawa. Todo mês quando ia oferecer seus dízimos dos sonhos. Jungissa, a pedra que vibrava com uma vida própria, essencial para a magia.

O Príncipe ergueu a pedra diante de si mesmo como se para afugentar o que quer que espreitasse nas sombras.

— Eu trouxe uma coisa para você, irmão — anunciou, mantendo a voz baixa. — Este é corrupto também. Mas você deve acabar com ele rápido, pois hoje à noite tem outra tarefa a cumprir. Entendeu?

— Corrupto... — Ouviu-se um barulho de pés se arrastando na escuridão, seguido por um passo suave. Niyes percebeu o vulto de um homem agachado levantando-se aos poucos.

Escapar era impossível. Mesmo que conseguisse sair do cômodo, os soldados de Charris o prenderiam a um comando do Príncipe. Com o coração acelerado, Niyes pegou a adaga.

— É melhor se você não lutar — aconselhou o Príncipe. Manteve a voz suave, tranquilizadora, embora os olhos estivessem fixos na adaga de Niyes. — Ele ainda tem controle suficiente para fazer as coisas da forma adequada, se você não deixá-lo agitado.

Niyes deu um sorriso sombrio.

— Também sou da casta militar, milorde.

— De fato. — O Príncipe suspirou, depois virou-se para a porta. — Vou dizer à sua família que você morreu corajosamente, me protegendo de um assassino. Eles não serão prejudicados.

— Obrigado, milorde.

— Adeus, Niyes. Sinto muito.

— Eu também, milorde.

O Príncipe saiu. Um instante depois, veio o Ceifador.

8

Um Coletor deve procurar pureza dentro do Hetawa, manter-
-se escondido entre os fiéis e revelar seu verdadeiro eu apenas
ao receptor da bênção de Hananja.

(SABEDORIA)

Uma folha caíra na fonte. O barulho da água contra a sua superfície parecia chuva. Ehiru fechou os olhos ao sentar-se na beira, ouvindo.

A chuva chegava apenas uma vez por ano em Gujaareh, durante a primavera. Quando acontecia, o Sangue da Deusa transbordava e inundava o vale inteiro, do Mar da Glória até o nordeste de Kisua. A maioria dos gujaareen odiava a estação da inundação e os pequenos desconfortos que ela trazia: lama por toda parte, insetos em excesso, famílias forçadas a viver nos andares de cima ou nos telhados até que as águas baixassem. Ehiru sempre amara a estação da inundação. Ela limpava, apesar da bagunça inicial; as paredes queimadas de sol da cidade voltavam a brilhar depois que a poeira das estações secas era lavada. Ela renovava... Pois, sem as inundações anuais, a estreita faixa de terra fértil de Gujaareh seria rapidamente devorada pelos desertos mais além.

O rapaz daria um bom substituto quando o treinamento estivesse completo, concluiu Ehiru.

Mas Nijiri deveria substituir Una-une; lembrando-se disso, ele fez uma careta. Havia um ou dois outros jovens promissores entre os acólitos que poderiam substituir Ehiru... nenhum deles tão claramente chamados à missão quanto Nijiri, mas adequados mesmo assim. A vida seria difícil para Sonta-i e Rabbaneh até que os novos Coletores ganhassem experiência, mas logo seu confrade mais novo estaria pronto para andar pelo caminho mais difícil da Deusa. Então os Coletores de Hananja seriam renovados. Enfim purificados da fraqueza e da mácula.

— Ehiru-irmão.

O barulho da fonte podia ter encoberto os passos do rapaz, mas não o farfalhar das palmeiras. Elas eram tão espessas no Jardim das Águas a ponto de serem inevitáveis. Entretanto, Nijiri se aproximara despercebido. Ehiru sorriu para si mesmo em sinal de aprovação.

— Hananja nos deu um ao outro, Nijiri. — Ele manteve a voz alta o suficiente apenas para se sobrepujar à fonte. No silêncio intermitente, ouviu o rapaz inspirar. — A mim para você no seu momento de necessidade; agora você para mim. Permanecerei aqui até não precisar mais de mim. Entenda.

Seguiu-se mais um período de silêncio, só por um instante.

— Talvez eu precise de você por muitos anos, Ehiru-irmão.

— Não por tanto tempo. Somente até o aprendizado terminar.

— E além!

Ehiru afastou-se da fonte e olhou para ele, surpreso com a urgência no tom de voz do rapaz. Nijiri estava a alguns metros de distância, meio escondido entre as sombras da palmeira, um belo jovem alta-casta em todos os aspectos, vestindo uma camisa feita sob medida e um sobrepano de belo tecido. Devido aos seus modos, à sua beleza, ninguém imaginaria que fosse da casta servil. Havia algo eternamente ilusório nele: ossos finos escondiam a força que vinha de anos de treinamento físico e o rosto bonito de bochechas suaves desviava a atenção dos olhos — que Ehiru sabia poderem tornar-se muito frios quando as circunstâncias exigiam. Ele sempre tivera olhos de Coletor, desde criança.

Mas não agora. Naquele momento, o rosto de Nijiri parecia calmo, mas seu corpo estava tenso, revelando sentimentos que talvez nem mesmo ele compreendesse de todo.

Eu jamais deveria ter permitido que me escolhesse como mentor. Foi egoísmo da minha parte e foi confuso para você. Pobre criança.

— Um Coletor deve ser forte o suficiente para se virar sozinho, Nijiri — falou Ehiru. O rapaz contorceu o rosto muito sutilmente ao ouvir essa advertência; Ehiru não podia imaginar o que passava pela cabeça dele. — Suas maiores lições virão bem depois do aprendizado e serão ensinadas pelo mundo. Não posso ficar entre você e essas lições. — Sei disso, irmão. — De repente, havia algo na voz de Nijiri que Ehiru não esperara. — Fui com você tantos anos atrás porque já tinha começado a entender essas coisas. *Você* me ensinou a primeira lição: que amor significa sacrifício. Fazer escolhas que são boas para os outros, mesmo que às custas de si mesmo. — Ele baixou os olhos de súbito, irradiando infelicidade. — Eu *consigo* fazer isso. Mas não vejo motivo para fazê-los desnecessariamente.

De repente, Ehiru quis abraçá-lo. Era a coisa errada a se fazer: familiar demais, paternal demais. Nijiri era seu irmão de caminho, não seu filho; algum dia não muito distante, suas opiniões teriam tanto peso quanto as do próprio Ehiru. A relação entre mentor e aprendiz exigia um cuidadoso equilíbrio entre afeição e respeito dos dois lados. Mas depois da má condução da alma do bromarteano e da horrível aversão a si contra a qual vinha lutando desde aquele dia, era uma lição de humildade e ao mesmo tempo uma humilhação perceber que Nijiri ainda o tinha em alta conta. Humilhação porque ele não merecia a admiração do rapaz, mas era uma lição de humildade perceber que não podia abandonar sua tarefa assim com tanta facilidade. O rapaz confiava nele, precisava dele. Ehiru tinha de ser digno dessa confiança, *tornar-se* digno dela de algum modo e permanecer digno por tempo suficiente para treinar Nijiri.

Um fardo pesado, essa razão indesejada para viver. Entretanto, no seu íntimo, ele não podia mentir para si mesmo: também era um alívio. O Superior estava certo de solicitar isso dele.

— Temos tarefas a cumprir — disse o Coletor enfim e, um instante depois, o rapaz respirou fundo para se recompor, então aquiesceu. De fato um bom substituto, em espírito senão em verdade.

Ehiru virou-se e levou o rapaz para fora do Jardim das Águas. Pararam no silencioso e pouco iluminado Salão de Bênçãos para se ajoelharem aos pés de Hananja, onde pediram que Ela desviasse uma parte de Sua atenção do Sonho Eterno por tempo suficiente para guiar os esforços deles. Então saíram do Hetawa pelo Portão dos Coletores e se foram noite adentro.

Ehiru escolhera não passar pelas ruas nem pelos telhados desta vez. Ainda era cedo, muitos dos habitantes da cidade estavam fora de casa procurando diversão ou trabalhando, agora que o calor do dia se dissipara. Ehiru e Nijiri haviam se disfarçado de ricos alta-castas, então se locomoveram como os alta-castas fariam: alugando uma pequena carruagem puxada por um rapaz forte da casta servil. Com recursos do Hetawa, Ehiru pagou o servo para levá-los direto aos portões de bronze do Yanya-iyan.

No palácio, haviam chegado outras carruagens para deixar passageiros, e vários convidados à espera caminhavam pelo pátio e perto dos portões. A maioria usava as cores vivas e as sedas dos estrangeiros (dignitários na cidade para a Hamyan) e todos conversavam em tom alto sobre o que haviam visto, os prazeres que haviam experimentado e como a hospitalidade do Príncipe era maravilhosa. Ehiru escolhera disfarçar-se de shunha abastado, o que lhe permitiu esgueirar-se pela multidão em um silêncio arrogante. O desdém dos shunha pelos estrangeiros era notório; nenhum dos convidados sequer tentou falar com eles. Levou Nijiri consigo logo atrás, como se ele fosse um servo ou favorito, e ficou satisfeito de ver que o rapaz representava o papel perfeitamente, mantendo-se calado e de olhos abaixados. Os disfarces eram tão adequados que, sem dar uma segunda olhada, os guardas do portão fizeram um sinal para que entrassem, até que Ehiru parou para mostrar rapidamente o símbolo do Hetawa escondido na palma da mão. O guarda que viu ficou tenso e fitou-os por um momento, depois acenou com a cabeça para que entrassem.

A notícia se espalharia, Ehiru sabia — primeiro entre os guardas, depois entre os servos e os baixa-castas. Ao amanhecer, até os nobres saberiam que um Coletor estivera no palácio a serviço do Hetawa. Portanto, ninguém desconfiaria de rivais ou criminosos quando o corpo fosse encontrado, e os guardas não seriam acusados de negligência. A Lei de Hananja era suprema, mas não proibia que Seus Servos demonstrassem cortesia profissional.

Uma vez lá dentro, Ehiru seguiu na frente pelas escadas e por um labirinto de corredores em espiral, procurando a ala designada aos convidados. Não se apressou, pois os shunha jamais tinham pressa. Os guardas os observavam, mas nunca os questionavam, e Ehiru não se dava o trabalho de informá-los sobre sua verdadeira identidade. Ele atendera à praticidade; agora o dever tinha prioridade.

Nas alas de convidados, havia fileiras de entradas cobertas por grossas cortinas, cada uma levando a um apartamento com mobília idêntica. Os andares superiores abrigavam acomodações mais requintadas e o alvo, mas o andar era apenas o meio para alcançá-lo. Havia oito apartamentos ali, dois dos quais estavam escuros e silenciosos. Escolhendo o primeiro deles, Ehiru abriu a cortina sem fazer tocar nenhum dos diminutos sinos costurados ao longo da barra e entrou.

Manteve-se em alerta caso a câmara estivesse ocupada, mas os cômodos tinham um ar impessoal e abandonado. A luz da lua, infiltrando-se pela vaporosa cortina da sacada, delineava almofadas de brocado e sofás aveludados, permitindo que eles se orientassem com facilidade na escuridão. Ehiru acendeu uma única vela enquanto Nijiri olhava ao redor, o rosto inexpressivo, embora o outro soubesse que o rapaz raramente vira tamanha opulência.

— Os andares acima são para os membros de menor status da família real e para os convidados de maior status — explicou Ehiru. — Com o palácio tão cheio de estranhos hoje, os guardas vão concentrar seus esforços em proteger o Príncipe onde quer que ele esteja. Isso deixa todas as outras áreas, como este andar, vulneráveis. — Ele começou a se trocar, deixando de lado as joias e o vestuário suntuosos. — A portadora do dízimo deve estar em uma das suítes no andar de cima.

Nijiri notou os preparativos de Ehiru e começou a tirar o disfarce de alta-casta. O rapaz aplicara um bálsamo cosmético por baixo da roupa, Ehiru viu com aprovação. O pigmento marrom o ajudaria a escurecer a pele clara.

— Sabemos qual suíte? — perguntou Nijiri, todo compenetrado no trabalho.

— A suíte da embaixada kisuati fica bem acima deste cômodo.

— E-entendi, Ehiru-irmão... — Enquanto colocava os ornamentos, Nijiri acabou soltando a jungissa. A dele, que acabara de ser concedida, era entalhada à semelhança de uma libélula. Ehiru estremeceu, mas o rapaz agachou-se e pegou a preciosa pedra antes que chegasse ao chão. Ele se endireitou e a prendeu de forma adequada desta vez, os ombros curvados de vergonha.

Ehiru o observou. Certo grau de nervosismo era compreensível, mas, se Nijiri não conseguisse se manter calmo, teria de ficar para trás enquanto o outro subia e realizava a Coleta.

Sentindo o escrutínio de Ehiru ou percebendo o problema por conta própria, Nijiri corrigiu a postura e foi se sentar em um sofá próximo. Fechou os olhos; moveu os lábios em uma oração; logo a tensão à flor da pele desapareceu de seu rosto.

Satisfeito, Ehiru foi até a sacada. O pátio do Yanya-iyan se estendia lá embaixo, vazio a não ser pela areia, que fora riscada com desenhos decorativos, e o pavilhão do Sol. Não restara nenhum sinal da festança da noite anterior para estragar a imagem de perfeita paz. Era uma vista tão familiar que, por um instante, sua mente se afastou do dever, recordando a outra vida de sua infância. Ele visitara o Yanya-iyan apenas um punhado de vezes, no entanto, cada visita permanecia tão clara como a água em sua mente. Naquele tempo, os Coletores não passavam de figuras vagas das histórias da mãe, e o Príncipe daquela época era mais deus para ele do que Hananja.

Um movimento em seu campo de visão chamou-lhe a atenção. Ele alçou os olhos e viu uma sombra voando atravessar as faixas da Lua dos Sonhos. Um rapinante, uma das aves caçadoras noturnas do deserto. Elas raramente caçavam no vale, preferindo as fronteiras próximas ao deserto, onde havia ratos-do-mato e lagartos em abundância. As pessoas da casta agricultora consideravam mau agouro ver rapinantes sobre áreas habitadas fora da estação chuvosa — um sinal de que alguma coisa em algum lugar estava fora de equilíbrio.

A silhueta de um predador estampada sobre um telhado iluminado pela Lua...

Atrás dele, Nijiri terminou a oração.

— Irmão? Me perdoe pelo atraso.

Ehiru fechou os olhos e prestou atenção. A Sonhadora surgira por completo, um imenso olho de quatro cores enchendo o céu noturno. Ele podia sentir a sutil mudança no ar à medida que as pessoas procuravam a cama e os animais sossegavam em suas baias. Nas adjacências, os leves ruídos das outras suítes de convidados haviam cessado. Por alguns instantes, pensou ouvir sussurros no vento: uma visão. Compreensível, dado o espaço de tempo desde a última Coleta, e sem importância. Ele exerceu sua vontade e a visão desapareceu. Tudo ficou quieto.

— É hora — falou ele, e Nijiri foi logo atrás.

Era algo simples subir no corrimão e alcançar o parapeito acima, mas Ehiru se moveu com cautela. Com certeza havia guardas algumas sacadas acima, protegendo os aposentos do Príncipe. Dando um impulso, espiou a sacada enquanto Nijiri erguia o corpo para acompanhá-lo. A câmara adiante estava escura. Um toque muito sutil de fragrância o saudou quando a brisa agitou a seda: o perfume de uma mulher.

Os pés descalços de Nijiri tocaram silenciosamente a pedra quando ele pousou na sacada. Ehiru notou que o rosto do rapaz estava calmo, concentrado. Excelente.

Outra brisa soprou, fazendo a cortina balançar suavemente para fora. Ehiru puxou-a em busca de aumentar a abertura e esgueirou-se para dentro, parando contra uma parede próxima para permitir que os olhos se adaptassem à escuridão. Nijiri fez o mesmo. Afastando-se da parede, avançaram cuidadosos entre os móveis. Após o cômodo principal estava o quarto. Um conjunto de sininhos de madeira balançava-se ao vento, emitindo de vez em quando notas surdas aleatórias. Ele ouviu um farfalhar e um murmúrio vindo da cama: ela dormia inquieta. Apenas uma respiração: dormia sozinha.

Ehiru fez um aceno para Nijiri e juntos se aproximaram da cama.

Tarde demais, ele ouviu o sussurro de um movimento que o remexer da mulher encobrira: tecido raspando, um passo cauteloso. No mesmo instante, ouviu alguém soltar vigorosamente a respiração que vinha prendendo e sentiu o calor do hálito roçar os pelos do braço direito. Reagiu sem pensar, precipitando-se para a frente no exato momento que uma coisa fria e afiada arranhou-lhe as costas, deixando uma fina linha de fogo ao longo da pele.

A voz de Nijiri — "Irmão" — rompeu o silêncio. Ehiru abandonou a furtividade ao sentir o agressor se aproximando. Desequilibrado, conseguiu se segurar na beira da cama e deu um chute. Atingiu um corpo e empurrou-o para trás; ouviu um palavrão abafado e sentiu um hálito impregnado de alho roçar-lhe o rosto. Na cama, a mulher se sentou de súbito, arquejando.

Então, passando ao seu lado, Nijiri lançou-se ao ataque, uma silhueta indistinta se debatendo e empurrando outra silhueta, com metade do tamanho dele. Algo brilhou nas sombras: uma faca, pronta para atingir a lateral do corpo do rapaz. Ehiru atacou primeiro, o punho batendo contra osso: a faca caiu tinindo no chão. No mesmo instante, Nijiri fez um movimento brusco e a silhueta menor caiu contra a cortina da cama, rasgando-a com um barulhento rangido. Ele aproximou-se rapidamente...

A luz de uma lamparina se acendeu, incômoda na penumbra, e o choque fez todos pararem.

— Em nome das mil crias do Sol, o que está acontecendo aqui? — perguntou a mulher.

9

*Um Coletor deve entrar camuflado nas moradias e aproximar-
se furtivamente do portador do dízimo da Deusa. Dessa
maneira, a paz é mantida no sonho.*

(LEI)

Durante vários segundos após acordar sobressaltada, Sunandi não
conseguiu entender a cena à sua frente. Lin estava no chão, tossindo
e levando as mãos à garganta. Um jovem gujaareen magro e pálido
que chegara havia pouco à idade do amadurecimento estava agachado sobre ela em posição de ataque. Outro homem — maior, mais
velho, escuro como um kisuati e de certo modo familiar — estava em
primeiro plano, meio virado para ela, os olhos arregalados devido ao
choque e à raiva.

Então a confusão do sono desvaneceu e os detalhes lhe chamaram a atenção. A faca de Lin no chão. As vestimentas tingidas de
preto dos invasores. Um ornamento em relevo de lágrima-da-lua no
quadril do homem mais próximo: o emblema do Hetawa.

Caríssima Sonhadora. Niyes estava certo.

— Nandi...

O gemido de Lin a tirou do estado de choque. Sunandi jogou o
lençol para um lado, indiferente à própria seminudez (usava apenas
um vestido leve), e pôs a mão debaixo do travesseiro para pegar a
adaga que guardava ali. Tirou-a da bainha e levantou-se de um salto.

— Afaste-se dela!

O homem se retesou como se fosse lutar, e então alguma sombra
impossível de identificar perpassou-lhe o rosto, substituindo a raiva

por uma estranha e neutra calma. Ele se endireitou e depois, deixando Sunandi profundamente chocada, agachou-se em uma manuflexão formal.

— Me perdoe. Isso deveria ter acontecido de maneira pacífica. — A voz do homem era grave e tão suave que ela teve de se esforçar para ouvi-lo. Ele fez algum sinal para o jovem, que pegou Lin pelo braço para ajudá-la a se erguer. Lin soltou o braço com um puxão e afastou-se aos tropeços a fim de olhar de cara feia para os dois estranhos. A respiração dela ainda passava chiando preocupantemente pela garganta, embora parecesse estar se recuperando. Sunandi foi se esgueirando até ela, a faca ainda em riste; com a mão livre, tirou a de Lin da garganta. Havia uma feia marca vermelha por toda a laringe da garota.

— Não acertei para matar — disse o jovem, quase em tom de desculpas. Ele também falava de modo suave, embora a voz fosse mais aguda. — Eu só queria que ela ficasse quieta.

— Nijiri — advertiu o homem, e o rapaz se calou.

Uma reação começou a se esboçar à medida que o medo de Sunandi foi diminuindo, embora a raiva o substituísse. Ela tremia descontroladamente quando rodeou a cama, puxando Lin consigo para criar distância entre elas e os estranhos. Os *assassinos*.

— É essa a piedade de Gujaareh? — perguntou ela. A voz soou áspera e alta em comparação à deles. — Me disseram que os Coletores de Hananja eram honrados. Jamais sonhei que se permitissem ser usados dessa forma.

O homem estremeceu de repente, como se ouvir as palavras dela tivesse sido um choque.

— Usados?

— É, droga, *usados*. Por que se dar o trabalho de fingir servir a Lei de Hananja? Por que se demorar? Me matem e acabem logo com isso… a menos que queiram me convencer a morrer.

— Nandi! — A voz de Lin era um sussurro rouco.

Não era a coisa mais sensata a se dizer, é verdade, mas alguma coisa nas palavras dela abalara o mais velho; ela tinha de continuar falando. Ele representava o maior perigo, ela percebeu de imediato. Não só fisicamente; havia algo mais nele que deixava seus nervos à flor da pele toda vez que os olhares se entrecruzavam.

Talvez o fato de ele querer me matar.

O Coletor se aquietou. Afastou a mão da lateral do corpo, curvando os dedos em um gesto estranho: o dedo indicador e o médio bifurcados, o restante dobrado. Por algum motivo, aquele gesto deu arrepios em Sunandi.

— Eu estava tentando deixá-la à vontade — disse ele. — Mas posso acalmá-la quando estiver dormindo, se preferir.

— Pelos deuses! Não! — Ela deu um passo involuntário para trás. Ele não abaixou a mão.

— Então explique a sua afirmação — falou o Coletor. O jovem franziu a testa para ele, surpreso. — De que estamos sendo usados.

— Você está louco? Saia antes que eu chame os guardas. Vocês são os piores assassinos que já vi!

— Não somos assassinos.

— São, *sim*. Matar em nome da sua deusa sanguinária não muda nada. É você que está matando os prisioneiros? Matou Kinja também?

O rosto do homem mudou sutilmente. Continuava calmo, mas não mais neutro. Sunandi pensou perceber raiva nos olhos dele.

— Nunca Coletei ninguém chamado Kinja — respondeu ele, andando ao redor da cama, calado a cada passo, sem nunca tirar os olhos dela. Então o jovem o seguiu, de modo menos gracioso, mas com a mesma ameaça silenciosa. — Ninguém que Coletei esteve preso a não ser dentro da própria carne sofredora ou mente arruinada. Ofereço a paz Dela em troca da dor... do medo... do ódio... da solidão. A morte é um presente para os que sofrem em vida.

Ele parou, quebrando o feitiço da voz e do movimento e, com uma súbita e assustadora clareza, Sunandi viu que o Coletor diminuíra a distância entre eles até ficar a poucos metros de distância. A mão dele continuava posicionada naquele gesto estranho: dessa vez ele tinha intenção de atacar. E, quando atacasse, nenhuma faca ou guarda-costas adolescente o impediria.

O medo se transformou em pavor... e então desvaneceu à medida que o treinamento de Kinja reverberava pela mente dela.

— Há dois dias, vi um cadáver — disse ela. O Coletor parou. — Um homem que tinha morrido durante o sono algum tempo antes. O rosto dele... nunca vi tanta aflição, Coletor. Em Kisua, contamos histórias sobre sua espécie, os sacerdotes que trazem sonhos de morte. Dizem que os sonhos nem sempre são agradáveis. Dizem que, às vezes, se alguém da sua espécie perde o controle, a vítima morre *irusham*... com a máscara do horror. Você quer continuar me falando que não sabe nada sobre isso?

O Coletor ficou paralisado, a intenção mortal em seus olhos dando lugar a algo impenetrável.

— Sei sobre isso — respondeu, a voz mal passando de um sussurro.

— Então espera mesmo que eu acredite — retorquiu Sunandi, suavizando a própria voz — que você chegou aqui para me matar nem uma quadra de dias depois e não tem nada a ver com os planos de guerra do Príncipe?

O Coletor franziu a testa e ela se deu conta de que fizera uma suposição incorreta em alguma parte. Não havia dúvida sobre a confusão no rosto dele. Só então o jovem deu um passo à frente, aparentemente incapaz de ficar calado. Ele não se postou diante do homem, mas sua posição emanava proteção.

— O Príncipe não tem nada a ver com quem é Coletado ou por quê — falou o rapaz. — E o equívoco do meu irmão não tem nada a ver com nenhuma guerra.

Irmão? Ah, é. O rapaz era fisicamente o oposto do homem; era improvável que fossem parentes. Ele devia ser o aprendiz do homem. Trechos de fofoca entreouvida na Hamyan se fundiram à irritante sensação de familiaridade e, de repente, Sunandi soube quem era o homem.

— Você é Ehiru — afirmou. — O último irmão vivo do Príncipe.

O Coletor estreitou os olhos. Sim, era isso. Cada homem puxara à sua respectiva mãe em muitos aspectos, mas a marca do garanhão compartilhado estava nos olhos deles. Os de Ehiru eram uma versão cor de ônix dos do Príncipe, igualmente adoráveis... embora muito, muito mais frios.

— Minha família é o Hetawa — retrucou o Coletor.

— Mas, antes disso, você era do Ocaso. A sua mãe era kisuati, uma nobre soonha, provavelmente alguma parente minha. Ela deu você ao Hetawa para salvar sua vida.

O Coletor fez uma carranca.

— Irrelevante. Uma vez que o Hetawa me aceitou, tornei-me inteiramente dele. O Príncipe não tem irmãos; eu tenho mil.

Se essa era sua atitude, era possível confiar nele. Mas, digno de confiança ou não, estava claro que apenas a verdade o impediria de matá-la.

Sunandi respirou fundo, endireitou-se, depois fez questão de colocar a adaga na cama.

— Lin.

Lin olhou para ela, incrédula, mas a garota aprendera havia muito tempo a não questioná-la na frente de outros. Com visível relutância, pôs a faca na cama também. Ao ver isso, o jovem relaxou um pouco; o Coletor, não. Porém, abaixou a mão, o que Sunandi considerou um sinal positivo.

— Explique — o Coletor pediu outra vez.

— Você deve perceber que este não é o melhor lugar para uma conversa. Os aposentos da família real estão no andar imediatamente acima.

— Não existem escutas neste quarto. Seria tolice, já que você mesma poderia encontrá-las e usá-las.

E, de qualquer forma, seus inimigos estariam muito mais interessados no que ela fazia *fora* da suíte de convidado.

— Muito bem. Talvez vocês não sejam assassinos... ou pelo menos não conscientemente. O resultado final é o que importa neste caso, não a intenção.

— Não para nós.

Sunandi resistiu ao impulso de engolir em seco ao ouvir a ameaça no tom de voz dele. Ele ainda pretendia... não. Ele ainda *acreditava completamente* que era certo matá-la.

— Você falou que alguém me chamou de corrupta. Quem?

— Não sei.

— Sabe o motivo? Que prova foi dada?

— Você foi acusada de espionar, corromper cidadãos influentes de Gujaareh e tentar fomentar a guerra. Não sei quais provas foram dadas. Isso foi avaliado e aceito pelo Superior do Hetawa.

— Os Olhos Rabugentos de Hananja. — Por um momento, ela se sentiu tentada a rir, até notar a afronta nos rostos deles se percebessem sua blasfêmia descuidada. Em silêncio, censurou-se: não era hora de erros amadores. — Minhas desculpas. Eu não devia estar surpresa. *Estou* espionando, claro.

— Então admite a corrupção?

— Espionando, assim como o Príncipe me espionou e como os embaixadores de Bromarte, Jijun, Khanditta e todas as outras terras à pequena distância do Mar Estreito espionaram uns aos outros durante séculos. É trabalho do embaixador espionar. Se existe corrupção nisso, então é melhor você Coletar algumas outras pessoas neste palácio hoje à noite.

— Você nega as outras acusações? — A expressão dele era implacável.

— De corromper alta-castas e fomentar a guerra? Vejamos. Tive um encontro com um alta-casta que me revelou um dos segredos mais sombrios de Gujaareh. Ele fez isso de forma espontânea e sem ser coagido, e a intenção dele era *evitar* a guerra. Como você julga isso, sacerdote de Hananja?

— Eu não julgo.

— Então é melhor começar a julgar. — Ela estava ficando irritada em resposta à tensão do momento e à obstinação do Coletor. — Existe um Ceifador nesta terra, sacerdote, e eu vi a prova. Acredito que você e os seus confrades sabem dessa abominação e escondem o fato.

O jovem franziu a testa, perplexo. O Coletor ficou tenso.

— Não existe nenhum Ceifador em Gujaareh — disse ele. — Não existe nenhum há séculos.

— Já falei sobre o cadáver que vi.

Ele mexeu o maxilar e, de repente, a afronta em seu rosto foi ofuscada por algo que ela não esperara ver: vergonha.

— Às vezes os Coletores erram — admitiu ele. Ao seu lado, o jovem franziu ainda mais a testa, embora o olhar que lançou ao mentor fosse sombrio. O Coletor encarou o chão. — Quando isso acontece, fazemos penitência. Mas não sou renegado. Nenhum dos meus irmãos é.

— Vinte homens morreram na prisão, como o cadáver que vi. Os Coletores erram com tanta frequência assim?

O homem já estava balançando a cabeça, mas de descrença.

— *Vinte?* Não, não pode ser. Alguém teria comunicado. Um ou dois erros as pessoas conseguem aceitar, mas nunca tantos nem tão rápido...

— Eles não sabem — comentou Lin subitamente. Sunandi olhou para ela, surpresa. Lin estreitara os olhos pálidos para o Coletor, embora falasse com a mulher. — É provável que alguém no Hetawa saiba, mas não esses dois. Talvez nenhum dos Coletores saiba.

O Coletor olhou de uma para a outra, a confusão estampada no rosto; sua voz hesitou por conta da incerteza e da tensão.

— Não há nada a saber. O que você sugere é... é... — Ele acabou se calando.

— Pelo menos um dos Coletores sabe. — Sunandi bufou. — Só Coletores se tornam Ceifadores.

— *Não existem Ceifadores em Gujaareh!* — O autocontrole do Coletor se esgotou tão de repente que assustou a todos. Ele olhou feio para elas, as narinas dilatadas, os punhos cerrados, o corpo tremendo de raiva. Apenas a voz continuava sob controle, embora houvesse grunhido as palavras com tanta veemência que poderia muito bem ter sido um grito. — Essa seria uma abominação além do que se pode imaginar. Somos testados regularmente. Quando começam a aparecer os sinais, nós nos entregamos a Ela. Todos sabemos o nosso dever. Sugerir outra coisa é atacar o próprio Hetawa!

O jovem parecia de fato alarmado agora e Sunandi sentia o mesmo. A sensação de desconforto que tivera desde o início redobrara, aliada agora a uma certeza instintiva. *Há algo de errado com ele.*

— Eu não quis insultar — disse ela, de maneira cuidadosa e neutra. — Pode ser algum veneno novo que tem efeitos parecidos ao da morte por um Ceifador. Ou uma praga. Não dá para saber ao certo. — Sunandi fez um movimento largo com as mãos, movendo-as lenta e propositalmente para que ele pudesse ver que não queria ofender. — Mas se não existe nenhum renegado na cidade, então alguém sem dúvida pretende *sugerir* que existe. Isso também não seria um ataque contra a sua irmandade?

A agitação do Coletor arrefeceu um pouco, ainda que permanecesse tenso.

— Seria, se fosse verdade. Mas você foi julgada corrupta. Isso poderia ser mentira.

Sunandi não conseguiu pensar em nenhum contra-argumento. De súbito, aquela situação toda a exauriu; ela suspirou e esfregou os olhos.

— Poderiam ser. Até onde sei elas são; mentiras que me contaram, que agora conto a você. Se eu tivesse todas as respostas, meu trabalho aqui estaria terminado. No estado atual das circunstâncias, vou deixá-lo sem terminar. Tenho que voltar para Kisua para dizer ao meu povo o que descobri até agora. — Ela fez uma pausa, fitando-o, percebendo que nada fora resolvido. — Se você permitir.

Aquela rápida flexão de maxilar outra vez, ela viu, sobre artérias tão distendidas quanto cordas no pescoço. Após um longo silêncio, porém, o Coletor inclinou a cabeça em um aceno.

— Declaro seu dízimo em suspenso por enquanto. Até eu poder confirmar, ou refutar, o que você diz. — Ele estreitou bem os olhos. — Se você mentiu, não pense que fugir para Kisua irá salvá-la. Coletores já rastrearam demandas pelo mundo no passado. A Lei de Hananja tem mais peso do que as leis de qualquer terra estrangeira para nós.

— Disso não tenho dúvida, sacerdote. Mas como pretende descobrir a verdade?

— Vou voltar ao Hetawa e perguntar aos meus confrades.

A ingenuidade do homem a deixou pasma. Ele era irmão do Príncipe?

— Eu não aconselharia você a voltar para o seu Hetawa. De manhã, quando ninguém me encontrar morta, os conspiradores vão saber que lhe contei segredos. O Hetawa, a cidade inteira, podem não ser mais seguros para você.

Ele lançou-lhe um fulminante olhar de desdém.

— Esta não é uma terra bárbara mergulhada em corrupção, mulher. — O Coletor se virou para ir embora; o jovem o seguiu.

— Espere.

Ele parou, olhando cautelosamente para ela. A moça levou a mão ao seu baú, ainda mantendo os movimentos suaves e lentos, e vasculhou-o por um momento.

— Se precisar sair da cidade, dê isto ao guarda no portão sul. Apenas antes do por do sol, lembre-se; o turno muda ao anoitecer.

Sunandi deu um passo à frente e estendeu uma pesada moeda kisuati de prata. Uma das faces fora arranhada e riscada, como que por acidente.

O Coletor mirou o objeto com reprovação.

— Suborno.

Ela conteve a irritação.

— Um *sinal*. O guarda diurno daquele portão é um dos meus colaboradores. Mostre isto e ele ajudará você e até dirá onde pode me encontrar. Pretendo estar fora dos muros pela manhã. Ele fez cara feia e não tocou a moeda. Sunandi revirou os olhos.

— Se mais tarde você chegar à conclusão de que menti, coloque-a sobre meu peito depois que me matar.

— Não ouse zombar… — Exasperação perpassou o rosto do Coletor e por fim ele suspirou, tomando a moeda da mão da mulher.

— Que seja.

Ehiru se virou e saiu do quarto, adentrando a escuridão do cômodo principal. Ela viu a silhueta dele contra as cortinas da sacada, e o jovem, uma sombra menor ao seu lado. Ele saltou sobre o corrimão, o protegido o seguiu e ambos se foram.

Sunandi soltou uma longa e trêmula respiração.

Após um silêncio igualmente longo, Lin puxou o ar.

— Eu vou agora — disse ela em suua. Levantando-se, a garota foi até o canto, onde estava uma bolsa aberta, meio escondida por uma samambaia grande; começou a vasculhá-la, certificando-se de que tinha tudo o que necessitava. — Combine os detalhes com nossos contatos. Eu devia ter ido ontem à noite, mas quis esperar até amanhã, quando a maioria dos estrangeiros começassem a ir embora depois da Hamyan… — Ela fez uma pausa, as mãos por um momento atenuando os movimentos bruscos. — Graças aos deuses que me demorei. Se eu não estivesse aqui…

Sunandi assentiu, embora distraída. Ela mal se sentia capaz de pensar, que dirá de falar com coerência. Enfrentara muitas provações em seus anos como herdeira de Kinja, mas nunca uma ameaça direta à vida. Os olhos do Coletor reluziam em sua memória, tão escuros, tão frios… mas compassivos também. Esse fora o fato verdadeiramente aterrorizante. Um assassino sem malícia no coração; isso não era natural. Sem nada no coração, na verdade, além da absoluta convicção de que o assassinato seria certo, verdadeiro e sagrado.

Lin tomou o braço dela. Sunandi fitou-a, piscando.

— Você precisa partir agora, Nandi.

— Sim... sim. — Kinja adotara Lin devido ao raciocínio rápido e ao bom senso dela; agora, agradecia aos deuses pelos dois. — Vejo você em Kisua.

Lin aquiesceu, mostrando um de seus sorrisos travessos. Depois sumiu, saindo do apartamento pela cortina da porta da frente, vestindo uma túnica masculina enorme para esconder a bolsa. Os guardas do corredor a veriam e presumiriam que ela acabara de terminar um encontro amoroso com um dos convidados do alto escalão. Eles não a interrogariam, contanto que ela se dirigisse aos aposentos dos servos. De lá, poderia sair do palácio e da cidade antes do amanhecer.

Kinja deveria ter tornado Lin embaixadora, Sunandi concluiu com uma inveja momentânea. Das duas, era a mais esperta e notavelmente mais adequada para o processo todo. Mas, por enquanto, Sunandi apenas seria grata pelo bom gosto de Kinja. Ela suspirou, então se virou para o baú a fim de pegar a própria bolsa.

Atrás dela, para além da janela, a silhueta de um homem passou com rapidez pela Lua poente.

1Ø

"Esta magia é abominação", disseram os Protetores a Inunru quando o monstro se recolheu. "Nós não a permitiremos dentro das nossas fronteiras." Assim, Inunru foi para o norte pela trilha do rio e com ele foram os mais devotos dos seus seguidores.

(SABEDORIA)

O Ceifador sabe que é abominação. Se lhe restasse uma alma, ela poderia lamentar isso.

* * *

Sair de Yanya-iyan fora tranquilo. Os guardas do palácio costumavam se preocupar muito mais com intrusos indesejados do que com convidados de partida — mesmo aqueles que saíam na calada da noite. Ehiru chamou outra carruagem puxada por um servo, pedindo para desembarcarem ao longo das quietas ruas à margem do rio. Agora Nijiri estava sentado com o mentor em um telhado perto do rio, vendo o Sangue da Deusa fluir a uma distância próxima. A Lua dos Sonhos ainda não completara a lenta e graciosa jornada pelo céu, mas o horizonte já clareava com a chegada do amanhecer. As noites sempre eram curtas durante algum tempo após o solstício.

Corrupção e loucura e guerra...

A Hamyan e a conversa de Nijiri com a Irmã Meliatua haviam acontecido apenas na noite anterior.

Ehiru estava ao lado do rapaz, calado, os olhos fixos no rio, mas pensando, Nijiri desconfiava, em algum outro plano. Apesar de haver se passado uma hora desde a conversa com a mulher kisuati, Ehiru não demonstrava nenhuma inclinação a voltar para o Hetawa. Nem tampouco havia sinal da raiva que tomara conta dele no quarto da mulher, embora Nijiri soubesse que a calma era apenas temporária. Se Ehiru perdera o controle uma vez, tornaria a acontecer. Assim era o teste.

Ele ergueu uma das mãos com a palma para cima.

— Ehiru-irmão?

O toque ajudava o Coletor a se concentrar na realidade quando seus outros sentidos começavam a traí-lo; era um truque ensinado a todos os que serviam como ajudante no pranje.

Os olhos de Ehiru voltaram daquele outro lugar, passando primeiro pelo rosto de Nijiri e depois para a mão que o rapaz lhe oferecera. A tristeza o fez franzir a testa, mas ele suspirou e, relutante, aceitou a mão.

— Eu te assustei muito, meu Aprendiz?

— Você nunca me assustou, Ehiru-irmão.

Mas Ehiru olhou para as mãos entrelaçadas dos dois e suspirou outra vez.

— Ela não estava mentindo. Nos sonhos eu poderia ter mais certeza, mas, mesmo acordado, existe um sentido nessas coisas.

Nijiri usou a mão livre para alisar o dorso da mão de Ehiru. Isso também era permitido no pranje, mas Nijiri desconfiava que não devia prestar tanta atenção à maciez da pele ou aos aromas de incenso e suor que formavam o cheiro característico do Coletor... Com esforço, ele se obrigou a se recostar.

— É possível mentir sem mentir, irmão. Ela mesma admitiu que não sabia de toda a verdade.

— Ela sabe o suficiente para ser preocupante. — Ehiru olhou para as mãos dos dois. — Mas muito do que ela disse é... inconcebível. Inaceitável.

— Essa questão do Ceifador? — Nijiri balançou a cabeça. — Ela deve ter se enganado. Ela se enganou, no começo.

— Não. — A expressão no rosto de Ehiru ficou solene. — Esse engano foi meu. Presumi que ela estava falando do... do meu próprio erro. — Ele hesitou por um longo momento. — O Superior contou a você?

Nijiri olhou para a água.

— Claro. Fiz a escolha de tê-lo como mentor tendo pleno conhecimento.

— O *que* ele contou?

— Que você falhou ao realizar uma demanda, prejudicando a alma e talvez até destruindo-a. — Porém, Ehiru franziu o cenho enquanto ele falava e Nijiri se calou, preocupado. Havia algo mais, então? Ehiru respirou fundo, parecendo se preparar.

— O dízimo devia ser recolhido de um estrangeiro, um homem de Bromarte. Eu o encontrei já em Ina-Karekh e o segui. Ehiru ficou quieto de repente, os dedos se contraindo um pouco contra os de Nijiri.

— Irmão?

— Havia corrupção na alma dele. — Ehiru continuava contemplando o rio, mas Nijiri desconfiava que ele não via as palmeiras da outra margem, os bambus agitando-se ao vento ou as barcaças se agitando levemente nos ancoradouros. A mão dele, envolta pela de Nijiri, parecia fria. — Não o suficiente para torná-lo um criminoso, mas o bastante para macular sua paisagem onírica com feiura e violência. Tentei levá-lo para um lugar mais agradável, mas então ele teve uma visão verdadeira.

Nijiri franziu o cenho.

— Estrangeiros não têm visões verdadeiras nos sonhos, irmão. Eles vagam indefesos por Ina-Karekh toda noite. Uma criança de quatro inundações tem mais controle do que eles.

— Os estrangeiros têm as mesmas habilidades inatas que nós de Gujaareh, Nijiri. Eles podem fazer qualquer coisa que um narcomancista qualificado pode, embora só de forma acidental.

Nijiri conteve uma bufada; parecia absurda a ideia de um bárbaro conseguindo realizar a mesma façanha que as Irmãs, os Compartilhadores e os Coletores mais altamente capacitados. As crianças escreviam tratados?

— No caso desse bromarteano... — Ehiru suspirou. — Até aquele ponto, ele não tinha sido diferente de nenhum outro sonhador teimoso e assustado. Mas então me disse: "Estão usando você."

Nijiri franziu a testa.

— O que isso significa?

— Não sei. Mas eu *senti* a verdade nas palavras dele. E hoje à noite, quando a mulher kisuati falou a mesma coisa...

— Então foi isso. — Nijiri apertou a mão dele. — Ela é corrupta, irmão. Uma mentirosa profissional, como ela mesma admitiu.

— Você ignora a história dela sobre prisioneiros mortos e sobre a conspiração para começar uma guerra?

— Prisioneiros mortos não começariam uma guerra. E, de qualquer modo, todos os relatos que li sobre a guerra falam a respeito da destruição e do sofrimento terríveis que ela causa. Ninguém começaria uma coisa dessas de propósito.

Ehiru fitou-o e Nijiri ficou assustado ao ver um sorriso no rosto do mentor.

— Ehiru-irmão?

— Não é nada. É só que às vezes me esqueço da sua juventude. — Ehiru encolheu os joelhos e abraçou-os, olhando para o céu. A minúscula e pálida Lua da Vigília despontava timidamente de trás da grande curva de sua irmã: logo amanheceria. — Tenho inveja dessa sua juventude.

Surpreso, Nijiri fitou Ehiru e leu tênues linhas de arrependimento e preocupação nas feições do mentor.

— Você acredita na história da mulher.

Ehiru suspirou ao sopro da brisa.

— Quando o bromarteano teve aquela visão verdadeira, eu conduzi mal o sonho porque me surpreendi. Mas, depois que ele estava morto, vi outra coisa. Um homem, acho, no telhado do prédio em frente. Havia algo *errado* nele, Nijiri. Não consigo explicar. Os movimentos, a forma física, a sensação da presença dele; nunca senti tanto medo em toda a minha vida.

Nijiri se remexeu, desconfortável.

— Uma visão. Uma manifestação da sua culpa. — Ele ouvira falar que narcomancistas fortes às vezes eram afligidos por essas experiências. O dom do sonho nem sempre era fácil de controlar. — Cheia de sangue onírico...

— Não. O sangue onírico estava corrompido; me senti mal, não extasiado. O que vi foi real.

— O Ceifador da kisuati?

— Não consigo pensar em nenhuma outra coisa que deixasse meu coração tão apavorado.

— Mas, para se tornar um Ceifador, um usuário da magia onírica tem que falhar no pranje, recusar o Dízimo Final, ficar uma quadra de dias sem ser Coletado pela nossa confraria, passar despercebido de alguma maneira pelos outros enquanto enlouquece aos poucos... — Ele balançou a cabeça, relutando em acreditar. — É impossível. Os nossos irmãos são sábios e fiéis demais para deixar uma coisa dessas acontecer.

— Imagino que aqueles Ceifadores de muito tempo atrás também tiveram irmãos fiéis no passado.

Nijiri inspirou e encarou Ehiru. O Coletor deu um sorriso desolado, o olhar perdido na distância. As palavras caíram no coração de Nijiri como pedras e ele se calou sob o peso delas. Talvez por respeito à confusão do rapaz, Ehiru também parou de falar, e os dois ficaram pensando.

Mas enfim o mais velho suspirou.

— Eu vi o que vi, Nijiri. E se existem vinte homens mortos que viram a mesma coisa...

— Bem, é algo para o Superior definir. — Nijiri se pôs de pé e alisou o sobrepano, resoluto. Ehiru olhou para ele com uma expressão de tênue surpresa no rosto. — Temos de voltar ao Hetawa e comunicar isso. E você tem de procurar os Compartilhadores e pedir uma infusão.

Ehiru ergueu uma sobrancelha.

— Uma mostra de raiva não me deixa descontrolado.

— Não por si só. Mas houve outros sinais, não houve? — Era impróprio falar sobre essas coisas, a não ser quando precisavam ser ditas. Ehiru endireitou os ombros, irradiando teimosia. Nijiri continuou: — Eu fui treinado, irmão, embora nunca tenha tido a chance de servir de verdade. Você vem tendo mais visões do que o normal? Suas mãos tremeram em algum momento?

Ehiru ergueu uma das mãos e fitou-a.

— Na manhã da Hamyan.

Ele se permitira sofrer durante dois dias? Nijiri fez uma careta.

— Então precisa ser feita. Você não Coletou nenhum dízimo hoje à noite. Até amanhã talvez esteja ouvindo vozes, vendo inimigos debaixo de cada folha...

Ehiru se pôs de pé e o encarou.

— Acho que conheço meu próprio padrão, Nijiri, já que o vivenciei em cada um dos últimos vinte anos.

Foi uma reprimenda branda, mas de todo modo silenciou Nijiri. Ele curvou a cabeça, os punhos cerrados pela vergonha e pela raiva de terem-no lembrado de seu lugar. Mas um instante depois Ehiru suspirou e colocou uma das mãos no ombro dele.

— Vou procurar os Compartilhadores se isso acalmar seus temores — disse ele. — E então nós dois vamos até o Superior...

Em seguida, ele parou, inclinando a cabeça. Nijiri franziu o cenho e abriu a boca para perguntar qual era o problema, mas, antes que pudesse falar, Ehiru ergueu uma mão para o calar. Ele se virou devagar para o norte, estreitando os olhos em direção ao fluxo do rio. Os telhados haviam se aquietado à medida que a grande curva da Sonhadora enfim se escondia, deixando apenas a profunda escuridão monocromática projetada pela pálida luz da Lua da Vigília. Nenhum pássaro cantava; nem mesmo uma brisa balançava os varais cheios de roupa. A cidade estava silenciosa.

Não. Silenciosa, não. A alguns quarteirões de distância, ecoando da rua, Nijiri ouviu a batida de sandálias na pedra. Correndo.

— É leve — sussurrou Ehiru. — Uma mulher, talvez. Ou uma criança.

Nijiri se virou para também se orientar por aqueles pés que corriam, ficando tenso enquanto mil possibilidades (a maioria delas grave) passavam-lhe pela cabeça.

— Uma mensageira. Uma serva em uma missão.

Um estuprador. Um assassino.

Eles se calaram outra vez, prestando atenção. O ritmo da pessoa mudou, derrapando de vez em quando, cambaleando e depois recomeçando. Nijiri franziu o cenho, pois havia algo incontestavelmente urgente no ruído daqueles pés correndo. Algo *frenético*.

Ehiru ergueu a mão em um rápido sinal: *siga em silêncio*. Nijiri obedeceu de imediato quando Ehiru partiu de repente, saltando do telhado onde estavam para o próximo e depois correndo sobre outro. O trajeto deles, Nijiri percebeu à medida que seguia atrás do mentor, cruzaria com o da pessoa que estava correndo mais ou menos dali a meio quarteirão.

Ehiru parou na beirada do telhado de um armazém baixo, espreitando a rua embaixo. Não havia ninguém à vista. O som dos passos cessara.

De uma viela do outro lado do prédio (a direção de onde haviam escutado a pessoa pela última vez), ouviram um grito agudo e assustado. Ehiru já estava se movendo antes que o eco desvanecesse, correndo sem mais nenhum esforço para ser furtivo. Nijiri apressou-se para o acompanhar. Mesmo após dez anos treinando saltos, ainda o chocou ver o mais velho chegar à beira do telhado e não diminuir nem um pouco o ritmo antes de pular. Ehiru deu uma cambalhota, estendendo as mãos para trás à procura de tocar a parede ao cair, os pés apoiados contra a pedra para amortecer o impacto. Um momento depois, ele se soltou, caindo quase mais dois metros para se apoiar sobre os dedos das mãos e dos pés, os olhos fixos no escuro para além da entrada da viela.

Daquela escuridão veio um chiado suave.

Nijiri derrapou e parou no telhado, o coração acelerado. Não havia um jeito mais fácil de descer. Engolindo em seco, ele inspirou fundo para se concentrar como os Sentinelas lhe haviam ensinado e focou a atenção na parede oposta da viela enquanto repetia o truque da cambalhota de Ehiru. No entanto, errou o último salto, aterrissando sem se machucar, mas cambaleando.

Antes que Nijiri pudesse se reequilibrar, alguma coisa saiu voando do escuro e atingiu Ehiru. Parecia um saco de roupa mal empacotado, e tinha cabelo loiro. A garota da mulher kisuati.

Que Hananja tenha misericórdia!

Ehiru gemeu ao ser derrubado pelo peso morto do cadáver. Enquanto se esforçava para se desvencilhar daqueles membros frouxos e daquela cabeça pendendo e daqueles horríveis, horríveis olhos sem visão, Nijiri correu para ajudar... e arquejou quando outra coisa saiu do escuro e o acertou com tanta força que sua visão embranqueceu. Ele bateu nos paralelepípedos, atordoado demais para fazer algo além de se debater fracamente contra a coisa que o atingira. Mas essa coisa não era nenhum cadáver.

— Bela criança — sussurrou uma voz no ouvido de Nijiri. O medo o paralisou; a voz, baixa e áspera, mal parecia humana. — Vou saborear seu gosto.

Mãos fortes como o ferro agarraram os braços de Nijiri. Uma delas segurou os pulsos dele sobre a cabeça. A outra mão, cheirando a sujeira, a bílis e a podridão tateou-lhe o rosto. Nijiri fechou os olhos como reflexo quando pontas de dedos pressionaram suas pálpebras. *Espere, isto é...* Mas no exato momento em que entendeu...

... ele acordou gritando, de alguma forma libertado. O pavor pulsava em seu sangue com tanta intensidade que Nijiri rolou de lado e vomitou um fio delgado de líquido azedo, depois não conseguiu raciocinar o suficiente para se afastar da imundície. Instintivamente, encolheu-se, rezando para o medo passar e para a doentia pulsação em sua cabeça sumir ou matá-lo e acabar logo com aquilo.

Ouviu vagamente sons de carne contra carne, o arrastar de sandálias na pedra. Um rosnado selvagem, como o de um chacal.

— Abominação! — O grito de Ehiru chegou a Nijiri em meio ao seu suplício e parte do medo desvaneceu. Ehiru o protegeria. — Você não vai pegá-lo!

Uma risada áspera foi a resposta da criatura e Nijiri choramingou, pois, de alguma maneira, ouvira essa risada em seus pesadelos... mas não conseguia se lembrar dos pesadelos.

Os paralelepípedos vibraram quando pés bateram neles, correndo para fora do beco. Depois, mãos ergueram Nijiri, aninhando-o contra músculo e calor e um coração que batia forte.

— Nijiri? Abra os olhos.

Nijiri não percebera que seus olhos ainda estavam fechados.

Dedos tocaram suas pálpebras. Ele se debateu e abriu a boca para gritar, aterrorizado. Mas algo doce, cálido e primoroso roçou sua mente, suave como pétalas de flores, expulsando o pavor.

Quando Nijiri abriu os olhos, a expressão preocupada de Ehiru o trouxe de volta à realidade, ainda que em fragmentos.

— Graças à Sonhadora. Achei que a sua alma tivesse se soltado completamente. — O mundo se deslocou de maneira vertiginosa quando Ehiru tomou Nijiri nos braços. — Os Compartilhadores vão conseguir curar você por completo.

Então o mundo começou a sacudir e rodar em uma dança desvairada à medida que Ehiru corria com ele. A última imagem que Nijiri viu antes de ficar inconsciente foi o brilho do amanhecer em camadas, como o cerne de uma pedra preciosa.

11

Acontecia tão raramente que Ehiru foi chamado para cumprir seu dever. Ah, de certo modo, as demandas eram chamados — apresentadas por intercessores, avaliadas por um comitê e santificadas por uma oração antes que um Coletor sequer as visse. Assim, tão distantes. Um chamado direto era melhor. Com ele, a Coleta podia ser realizada durante o dia, apreciada, celebrada. O portador do dízimo podia passar para a alegria eterna com a família e os amigos por perto para testemunhar a maravilha e se despedir.

Mas poucos acreditavam verdadeiramente na bênção de Hananja ou a recebiam como deveriam. Todos os procedimentos, toda a furtividade haviam sido pensados para eles — aqueles de pouca ou nenhuma fé. Mesmo naquele momento, Ehiru notava os que se afastavam enquanto ele andava pelas ruas com sua túnica formal de Coletor, o rosto encoberto, a rosa preta do oásis à vista no ombro. Entristecia Ehiru o fato de que tantos cidadãos de Hananja temiam o maior presente Dela — mas talvez essa também fosse a vontade Dela. Os maiores mistérios da vida, ou da morte, eram sempre assustadores, mas nem por isso deixavam de ser maravilhosos.

No bairro dos comerciantes: amplas casas adoráveis o cercavam. Chegou àquela que procurava e encontrou os habitantes esperando, formalmente vestidos e solenes, em fileiras dos dois lados da porta para mostrar que o caminho estava livre. Um homem alto de pele clara era o senhor da casa. Ele fez uma profunda mesura quando Ehiru passou, mas não antes de o Coletor olhá-lo nos olhos e ler neles a fé. Enfim eis ali um que não entregava de má vontade à Deusa o que era devido a Ela.

Mas, no momento, seu dever era outro. Ehiru não falou nada ao passar pelo velho e entrar na moradia. Ela estaria nos aposentos dos servos. O sacerdote passou por uma cortina e descobriu um vasto pátio onde estaria o átrio de uma casa menor. Várias pequenas cabanas se aglomeravam ali. Algumas mostravam toques pessoais: uma com um jardim florido na frente, outra com glifos irregulares decorando as paredes. Ele analisou cada casa de uma vez, contemplando o que entendera da portadora do dízimo com base no bilhete dela. Fora uma mensagem breve, usando os pictorais compactos de uma pessoa semianalfabeta em vez dos hieráticos mais elegantes ensinados às castas mais altas. Linguagem simples, pedido simples, escrito sem muita habilidade, mas com muito cuidado... Seus olhos se fixaram na casinha mais próxima. Com uma decoração conservadora, de aparência confortável, ligada à casa por um caminho organizado de pedras de rio. Sim, seria aquela.

Quando Ehiru abriu a cortina da frente, sentiu o cheiro: sangue velho, fezes, infecção. Nem o incenso dos herboristas nem os sachês de flores secas que pendiam do teto conseguiam encobrir o fedor. Havia poucas doenças que a magia não podia curar, mas essas eram sempre as piores. A casinha era pouco mais do que um único cômodo grande. O fundo do cômodo estava ocupado por um pequeno catre onde jazia um vulto trêmulo e silencioso: a portadora do dízimo.

Mas ela não estava sozinha. Um menino que não podia ter mais de seis inundações, sete no máximo, estava ajoelhado ao lado do catre. Perto dele havia bacias, pilhas de trapos, um prato com um tipo de pasta de ervas e o incensário. Uma criança tão nova cuidando da mãe no leito de morte?

Então o menino se virou e fitou-o com olhos como o jaspe do deserto que ficou opaco com o passar do tempo e Ehiru teve uma súbita intuição. Os pictorais tremidos e toscos do bilhete. Não eram de modo algum produzidos pela mão de um adulto.

— Você é o Coletor? — perguntou o menino, a voz soando muito baixa.

— Sou.

A criança aquiesceu.

— Ela parou de falar hoje de manhã. — Ele se voltou para a mulher e colocou a mãozinha na mão trêmula dela. — Ela estava esperando você.

Após um instante de contemplação, Ehiru deu um passo à frente e se ajoelhou ao lado do menino. A mulher estava acordada, mas com tanta dor que *Ehiru ficou admirado com seu silêncio. Era uma doença cruel que ele já vira antes, que infectava o intestino de modo que o próprio corpo da vítima se envenenava tentando combater o invasor. Era tarde demais quando surgiam os primeiros sintomas. Ela devia estar defecando sangue havia dias, incapaz de se alimentar com comida, queimando de febre ao mesmo tempo que o choque causava calafrios. Ehiru ouvira descreverem a dor como se algum animal houvesse se aninhado na barriga da vítima e tentasse abrir uma saída a dentadas.*

Os olhos dela estavam fixos no teto. Ehiru passou uma das mãos diante do rosto dela, mas eles tremularam só um pouco. O sacerdote suspirou e tocou o capuz para tirá-lo... depois parou ao pensar na presença do menino. A criança mandara chamá-lo, mas provavelmente a pedido da mãe. Poderia uma criança tão nova compreender a bênção que um Coletor trazia?

No entanto, quando tornou a fitar os olhos velhos de alma cansada do menino, soube que esse podia.

Então tirou o capuz e colocou uma das mãos no ombro da criança, apertando-o suavemente por um momento antes de voltar a atenção à mulher.

— Eu sou Ehiru, chamado Nsha nos sonhos. Eu vim como convocado para tirar você das dores da vigília e entregá-la à paz do sonho. Você aceita a bênção de Hananja?

Não houve nenhuma resposta (exceto um leve tremor) da mulher.

— Ela aceita — sussurrou o garoto.

Depois de um instante, Ehiru aquiesceu.

Então fechou as pálpebras dela e a fez dormir, e criou um sonho que lhe trouxe prazer em vez de tormento. Quando abriu os olhos para observar o último suspiro, as bochechas dela brilhavam devido às lágrimas e o rosto estava extasiado de alegria. Ele ergueu o lençol para arrumá-la e colocar sua marca no peito dela. Ficou tão bonita na imaculada pele castanho--avermelhada. Tão raras vezes ele Coletava mulheres, menos ainda jovens.

— Obrigado — sussurrou o menino.

Ehiru o contemplou.

— Onde está seu pai?

O garoto apenas balançou a cabeça. Ele era da casta servil; qualquer homem que houvesse sentido uma atração passageira pela mãe dele poderia tê-lo gerado. Nenhum parente estaria disposto ou teria condições de sustentá-lo. O senhor da casa poderia ficar com ele ou deixá-lo livre para encon-

trar um novo senhor, se conseguisse. Então a vida dele continuaria em anos de labuta interminável e irrefletida.

Ehiru estendeu uma das mãos para a criança.

— Isso dói em você?

Os olhos do menino se alçaram devagar.

— Hum?

— O seu coração?

— Ah. Dói, Coletor.

Ehiru aquiesceu.

— Não sou Compartilhador, mas tenho a paz da sua mãe dentro de mim. Se alguém tem direito a ela, é você. Me dê sua mão.

A criança pegou a dele — sem medo nem hesitação, notou Ehiru, satisfeito. Então puxou o menino, abraçou-o e compartilhou um instante da alegria que a mãe dele agora conheceria pela eternidade. Um pouco de cura, não mais do que isso. O sangue onírico podia aliviar as feridas do coração, mas nunca era certo acabar completamente com a dor.

O garoto relaxou em seus braços e começou a chorar, e Ehiru sorriu.

Um passo às suas costas. Ele se levantou e se virou com a criança nos braços, avistando o senhor de pé na entrada da cabana. O restante da família e dos servos pairavam logo atrás, espiando.

— Coletor?

— Se não se opõe, Sijankes-ancião, vou levar esta criança comigo para o Hetawa.

O velho ergueu as sobrancelhas.

— Não me oponho, Coletor, mas você tem certeza? Ele é só uma criança, novo demais para ser de muita utilidade como servo.

Só uma criança e só um servo, mas capaz de aceitar a morte e entender sua bênção. Ehiru ajeitou o menino para recostá-lo sobre um ombro e sorriu quando braços magros envolveram seu pescoço. Como Coletor, ele jamais esperara nem queria ter filhos. Apesar disso, afagou as costas do garoto e, só por um momento, perguntou-se se aquela era a sensação de ser pai.

— Ele vai servir à Deusa agora — disse ele.

E foi embora com o menino seguro nos braços, o sangue onírico de uma mãe cálido dentro de si e lágrimas de amor secando em sua pele.

* * *

Ehiru observou quando o Compartilhador Mni-inh, os dedos nas pálpebras fechadas de Nijiri, suspirou e abriu os olhos.

— Você fez bem em compartilhar paz com ele imediatamente. O *umblikeh* estava prestes a romper. — O Compartilhador tirou as mãos de cima do rapaz. — Ele vai se recuperar sem nenhum dano permanente... no corpo físico, pelo menos.

Ehiru fez uma prece de agradecimento à Deusa.

— A criatura passou só o tempo de uma respiração com ele. As Coletas nunca são tão rápidas.

— Você não pode chamar isso de Coleta. — Mni-inh franziu o cenho com tanta intensidade que as sobrancelhas finas e ralas quase se encontraram no meio da testa. — É obsceno demais. O humor foi extraído com tanta força e rapidez que deixou grandes rasgos na mente dele. Eu as curei, mas vão ficar cicatrizes.

Ehiru sofreu em silêncio, baixando o olhar ao chão da alcova.

— É culpa minha.

— Não se atreva a se culpar. Se eu mesmo não tivesse visto a prova, nunca teria acreditado. Pelos deuses, um *Ceifador*. — Ele balançou a cabeça enquanto se levantava para se alongar, fitando Ehiru de soslaio. — Eu teria dito que você enlouqueceu.

— Eu teria dito a mesma coisa antes da noite de hoje — retorquiu Ehiru. Ele levou uma das mãos à têmpora e massageou um ponto dolorido. — Mas visões não deixam machucados nem cadáveres.

Mni-inh franziu a testa, aproximando-se e tirando a mão de Ehiru da frente. Ehiru sentiu os dedos mais frios do Compartilhador contra a têmpora, seguidos do mais sutil dos toques de outra alma contra a sua.

— Você gastou sua última reserva dando paz ao garoto. E não pegou nenhum dízimo hoje?

— Não.

Os lábios do Compartilhador estremeceram, talvez em desaprovação.

— Então precisa de uma infusão. Vou acordar Inesst. Ele tem de sobra para compartilhar com você e, de qualquer forma, já está quase na hora do turno dele.

Ehiru hesitou.

— Acho que... prefiro passar pelo pranje. Agora, em vez de na minha época de costume.

Mni-inh fez cara feia.

— Você já foi insensato por tempo demais sobre essa questão, Ehiru. Sua penitência já foi mais do que suficiente...

— Isso é Hananja quem vai dizer, não você. — Ehiru cruzou os braços e fixou o olhar em Nijiri, sentindo-se mais seguro quanto à decisão. — Tentei Coletar ontem à noite e as circunstâncias exigiram uma suspensão. Depois tentei impedir um assassinato e não consegui. Uma criança está morta, a alma dela foi banida ao tormento. Seu corpo está em uma viela, como se fosse lixo, e agora meu Aprendiz também foi ferido. Parece que Hananja quer que eu continue trabalhando, Mni-inh?

— Parece que você está vendo presságios a cada esquina!

Ehiru apontou para o corpo deitado de Nijiri. O rapaz continuava dormindo, mas começava a respirar mais rápido à medida que se recuperava.

— *Aí* está um presságio. O que você acha que significa?

Mni-inh estremeceu com a brusquidão da fala e, com esforço, Ehiru conteve a raiva antes que ela pudesse alarmar o Compartilhador ainda mais.

— Acha que foi tudo uma visão? — perguntou ele, mais calmo.

Mni-inh revirou os olhos.

— Não, obviamente aconteceu alguma coisa com Nijiri. Mas suas reservas estão baixas o suficiente para serem problemáticas, Ehiru, você não pode negar...

— Não quero negar. Eu acolho isso. Vou para o isolamento agora se você achar que eu deveria, mas não vou ignorar essa coincidência, se é que é coincidência. Acho que Hananja está me chamando para entrar em comunhão com Ela, Mni-inh. Sou Servo Dela, devo obedecer.

— E seu Aprendiz? — Mni-inh apontou para Nijiri, sua própria raiva beirando à agitação. — Se você se submeter ao pranje agora e Ela disser para oferecer o Dízimo Final, ele vai ficar sozinho.

— Sonta-i pode...

— Sonta-i tem dificuldade de encontrar em si a simples compaixão humana para confortar os portadores do dízimo dele, menos ainda para qualquer outra pessoa!

— Rabbaneh, então.

Mni-inh fez uma carranca, exasperado, e cutucou o peito de Ehiru com um dedo.

— Seu tolo teimoso. É por *você* que o rapaz está apaixonado.

— Ehiru estremeceu com a franqueza de Mni-inh, que sempre fora franco demais, capaz de dizer coisas que nenhum Coletor expressaria com palavras. A maioria dos Compartilhadores também não teria dito; era só o jeito de Mni-inh. — É uma coisa boa; só o amor pode curar cicatrizes como as dele. E como as suas, se você algum dia decidir fazer mais do que apenas deixá-las inflamar.

Ehiru deu um passo involuntário para trás, desequilibrado não só pelo empurrão.

— Eu...

Convenientemente, Nijiri escolheu aquele momento para se mexer. Lançando um último olhar a Ehiru, Mni-inh foi até o catre do rapaz e ajoelhou-se, erguendo uma das pálpebras dele para ver. Contraindo os lábios ao calcular alguma coisa que só os Compartilhadores podiam compreender, Mni-inh inclinou-se então e sussurrou no ouvido do rapaz.

As pálpebras de Nijiri se abriram, inexpressivas e desorientadas; depois, deu um salto, derrubando Mni-inh e rolando para longe. Agachou-se contra a parede da alcova, os olhos desvairados, antes que o Compartilhador pudesse fazer mais do que soltar um rápido palavrão arquejante e estender o braço na direção dele.

Ehiru rapidamente segurou a mão de Mni-inh. O treinamento de Sentinela funcionava junto ao instinto; naquele estado, o rapaz poderia quebrar o braço de um Compartilhador. Empurrando Mni-inh para trás, ele se agachou para parecer menos ameaçador.

— Paz, Nijiri. O perigo passou.

Várias respirações depois, a razão voltou aos olhos do rapaz. Quando aconteceu, ele os fechou de novo e recostou-se contra a parede.

— Irmão.

Ehiru se aproximou.

— Estou aqui. O demônio foi embora. Nós voltamos para o Hetawa e você está seguro no Salão da Própria Hananja. Está vendo?

Ele chegou perto o suficiente para estender a mão e tocar a bochecha de Nijiri com as pontas dos dedos. Os olhos do rapaz se abriram e, por um instante, Ehiru voltou dez anos no tempo. *Jaspe do deserto.* Então a visão se dissipou.

— Sim — sussurrou Nijiri. — Estou vendo você, irmão.

Atrás deles, Mni-inh ousou chegar um pouco mais perto.

— Como se sente, Coletor-Aprendiz?

Nijiri suspirou e se mexeu para se apoiar nos joelhos. Para ajudá-lo a se concentrar, Ehiru pegou a mão dele como um assistente de pranje faria.

— Como se uma quarentena de crianças dançasse uma prece dentro da minha cabeça, Compartilhador Mni-inh, todas elas usando sandálias grossas e pesadas. Perdoe-me a irreverência.

Mni-inh soltou uma risadinha ofegante de alívio.

— Dadas as circunstâncias, perdoo você com prazer, Aprendiz. Você lembra o que aconteceu?

O rosto do rapaz ficou momentaneamente imóvel.

— Eu me lembro de... uma viela. Não. Um lugar mais escuro. Havia criaturas. Eu... vi essas criaturas respirarem... — Ele chacoalhou a cabeça. — Não me lembro de mais nada.

O cenho franzido e os lábios apertados diziam o contrário, mas Ehiru não insistiu, nem Mni-inh. Em vez disso, o Compartilhador tocou a outra mão dele.

— Sua memória pode voltar com o tempo. Por enquanto, você precisa descansar.

— Compartilhadores. Sempre colocando o corpo antes da alma. — Ehiru se pôs de pé, puxando o rapaz consigo; Nijiri cambaleou um pouco, mas depois se firmou. — A ameaça ao povo é mais importante do que nosso conforto, Mni-inh. Nós dois vamos descansar depois de fazer nosso relatório.

O rapaz se concentrou nele e assentiu. Mni-inh revirou os olhos.

— Coletores, teimosos demais para ter sanidade! — Ele imitou a voz de Ehiru. — Muito bem. Vou mandar um acólito acordar o Superior...

— Não precisa, Mni-inh.

Eles se viraram. O Superior estava à porta da alcova de cura, acompanhado por Dinyeru, um Sentinela sênior. Uma túnica vestida às pressas adornava os ombros do Superior, mas seus olhos estavam límpidos — e firmes.

Havia mais dois guerreiros atrás dele, notou Ehiru de repente. Estranhos, vestindo o vermelho-e-dourado da Guarda do Ocaso.

— Coletor — falou o Superior em tom baixo —, apresente-se para o julgamento do Hetawa.

Nijiri arquejou. Ehiru olhou para o Superior sem entender. Mni-inh se recuperou primeiro.

— Superior, o senhor não pode acreditar que *Ehiru*...

— Acredito em muitas coisas, Mni-inh. — O Superior deu um passo ao lado; Dinyeru e os dois estranhos entraram na alcova. Nas mãos de Dinyeru havia uma geringonça estranha: dois cilindros articulados, compridos, selados por todo o comprimento, cada um terminando em uma ampola redonda. Algemas, cujo objetivo era prender os antebraços e forçar as mãos a ficarem cerradas: o jugo de um renegado. Ehiru vira o dispositivo muitas vezes quando criança, enquanto limpava objetos no cofre arquivístico do Hetawa. Nunca fora usado no período de vida dele.

— Acredito na beneficência da nossa Deusa — continuou o Superior. — Acredito na honra e no juízo do nosso Príncipe. Portanto, tenho que acreditar quando os guardas dele vêm me contar que uma criança foi assassinada na cidade ontem à noite, uma acompanhante da embaixadora kisuati Sunandi Jeh Kalawe. A sua demanda, Ehiru, não era ela?

Ehiru, em estado de choque, tentou falar várias vezes até a voz sair.

— Sim... aquela jovem de sangue nortenho. É, o corpo dela...

— O corpo da criança revelava uma terrível profanação, Ehiru, da carne e da alma. Foi encontrado em uma viela. — A voz do Superior nunca se alterou, mas as palavras se tornaram afiadas como lâminas. — O que você fez com o corpo da mulher kisuati, Coletor?

Ehiru encarou-o.

— O que eu *fiz*? Não havia nenhum corpo. Declarei uma suspensão até poder discutir a questão com o senhor...

— *Não, não há* nenhum corpo. O dormitório dela estava bagunçado, com sinais de luta; encontraram uma arma, mas *ela* sumiu. — O Superior balançou a cabeça então, a tristeza ocultando a raiva no rosto. — Está claro que a loucura não o dominou por completo, Ehiru, ou você não teria sido capaz de impedir a si mesmo de matar seu

Aprendiz. Agradeço à Deusa por isso. Por esse motivo, não posso bani-lo; alguma parte de você ainda é a nossa rosa negra.

— Por inteiro, Superior! — Mni-inh deu um passo à frente. — Eu examinei este homem. As reservas dele acabaram, é verdade. Ele pode estar acometido dos primeiros sintomas, mas não existe nada dessa corrupção de amplitude espiritual de que o senhor está acusando-o. Pelo amor da Sonhadora, ele está *vazio*, Superior. Se ele tivesse arrebatado uma criança e uma mulher e depois atacado Nijiri, não estaria!

— A mulher estava viva quando fomos embora — falou Nijiri, aproximando-se de Ehiru. Seu tom de voz beirava o desrespeitoso. Atordoado, Ehiru notou que teria de repreendê-lo por isso. — Ela disse que ia sair da cidade, ela e a garota. Tinha medo que mandassem um assassino para matá-la por causa dos segredos que sabia.

— Pode ser — falou o Superior, embora parecesse menos do que convencido aos ouvidos de Ehiru. — Um Teste da Verdade vai determinar a totalidade dessa história. Nesse meio-tempo, o Príncipe exige que a ameaça à cidade seja subjugada.

Atrás dele, Nijiri agravava o desrespeito, falando a uma altura inapropriada.

— A criatura que matou a criança *não* foi o Ehiru-irmão. Eu vi! Ela me tocou e, e... — Ele hesitou, arfando. — Não foi o meu mentor. O Ehiru-irmão lutou contra a criatura para que me deixasse, ele me salvou. Era outra pessoa. Outra *coisa*.

— Nenhum Coletor saiu ontem à noite, Nijiri. — O Superior recuperara o controle de si mesmo; a voz não tinha inflexão. — Sonta-i e Rabbaneh tiveram uma noite de folga muito merecida. A garota morreu em evidente agonia, mas não recebeu nenhum ferimento fatal antes da morte.

— É porque um Ceifador...

— Isso é lenda, *Aprendiz* — disse o Superior, e Nijiri, estremecendo, caiu em um silêncio ressentido. — Uma lenda contada em volta de fogueiras para fazer as noites no deserto passarem. Um Coletor renegado não tem nenhum poder especial nem invencibilidade; ele não passa de uma criatura patética consumida pela própria fraqueza que talvez tenha que ser eliminada para a segurança de todos.

— Então onde estão os irmãos de caminho de Ehiru? — Mni-inh apontou com um gesto brusco para a cortina e o Hetawa atrás dela. — Por que esses estranhos sem juramento, sem treinamento? Nós sempre cuidamos dos nossos...

— Porque o Príncipe exige! — O acesso de raiva do Superior fez Nijiri e Mni-inh recuarem. Ehiru mal notou; estava quase totalmente entorpecido. De esguelha, viu o Superior fazer uma pausa e empregar um esforço visível com o intuito de se acalmar. — Algumas coisas estão além da disciplina do Hetawa — disse o Superior enfim e, desta vez, Ehiru ouviu uma estranha firmeza em sua voz. Como se as palavras, de alguma forma, o sufocassem ao sair. — Ehiru vai ficar no Yanya-iyan. Precisamos levar em consideração o que é melhor para Gujaareh inteira, não só para o Hetawa. — Ele fez um gesto e Dinyeru deu um passo à frente.

— Me perdoe, Coletor. — Dinyeru ergueu o jugo, segurando-o para que Ehiru colocasse as mãos nos cilindros. A expressão do Sentinela era pesarosa, porém determinada. Nem mesmo um Coletor podia superar um Sentinela em combate.

Sobreveio um período de silêncio. Ehiru fechou os olhos.

— Ainda sou Servo Dela — sussurrou ele, e colocou os braços no jugo. Metal frio os envolveu. Ele cerrou os punhos e fez uma careta quando apertaram as tiras dos cilindros, juntando seus antebraços em uma posição desconfortavelmente desajeitada. Um gancho de metal foi encaixado em seus pulsos, prendendo-os juntos.

Então novas mãos pegaram a parte superior de seus braços (mãos de estranhos, segurando-o sem amor) e o levaram para fora do Hetawa.

12

Na foz do rio, o qual ele nomeou em homenagem ao sangue de
Hananja, Inunru construiu uma cidade.

(SABEDORIA)

— O que você quer dizer com "Lin não chegou ainda"? — perguntou
Sunandi.

— *Seya*, Jeh Kalawe, quero dizer que ela não veio. — Etissero
fitou Sunandi, um tanto surpreso. — Não vejo aquela malandra de
cabelo cor de palha desde que sua delegação passou por esta entrada,
uma estação atrás, quando você chegou à cidade. Eu teria me lembrado da garota; ela roubou minha bolsa da última vez que esteve aqui.

— E a devolveu.

Etissero deu de ombros amavelmente.

— Meu povo subtrai os recursos dos tolos o tempo todo. Nossas
crianças brincam desse jogo para aprender o negócio. Mas elas não
costumam pôr o alvo em *mim* e é mais raro ainda conseguirem marcar pontos. — Ele sorriu. — Eu podia ter feito daquela garota uma
boa esposa de negócios se você a vendesse para mim.

— Infelizmente, meu pai decidiu muito tempo atrás que, em vez
disso, Lin e eu devíamos aprender a subtrair segredos dos tolos.

— Uma vergonha para vocês duas. Espionar não dá dinheiro.

Sunandi balançou a cabeça, achando graça e reconhecendo o esforço de Etissero para deixá-la à vontade. Amanhecera havia quase
uma hora e ela passara as duas anteriores em uma fuga angustiante
pelos corredores do Yanya-iyan e pelas ruas de Gujaareh. Mas aqui,

no Bairro dos Infiéis, como convidada de um bromarteano abastado, ela podia descansar escondida em segurança na extensa comunidade fora dos muros de Gujaareh. O bairro crescera no decorrer dos séculos para abrigar comerciantes estrangeiros e outros oportunistas ávidos para lucrar com a riqueza do lugar, mas não dispostos a se submeter à Lei de Hananja ou incapazes de fazê-lo por conta da própria fé. Do lado de fora, as ruas estavam cheias de pessoas ansiosas para terminar o trabalho antes que chegasse o calor tórrido do dia. Sunandi as observou por alguns instantes, momentaneamente surpresa em notar como parecia estranha a pressa agitada delas depois de dois meses na cidade. Os gujaareen raras vezes tinham pressa.

Bem, garotas espiãs de criação kisuati deviam se apressar e o fato de Lin ainda não haver chegado à casa de Etissero preocupava Sunandi. Ela partira uma boa hora antes de Sunandi e isso era tempo mais do que suficiente para ter passado pelo portão ou contratado um balseiro.

Por outro lado...

— Tive dificuldade de sair da cidade — contou Sunandi, fechando a cortina. — Nenhum dos meus amigos estava trabalhando. Em situações normais, não teria sido problema: eu tinha dinheiro suficiente para pagar o pedágio e um suborno, e eles sabiam pelo meu sotaque que eu era estrangeira. Mas estavam mais desconfiados do que de costume. Me interrogaram minuciosamente.

— Interrogaram sobre o quê?

— Quem eu era, aonde estava indo, por que estava partindo ao raiar do dia. Contei a história de praxe para circunstâncias atípicas: uma trabalhadora de casa de timbalin indo ao encontro de um distribuidor para arrumar um carregamento extra. — Ela passou uma das mãos no vestido que ainda usava, feito de um linho fino pregueado em vez do hekeh, que era mais prático. O tecido salientava seus mamilos, e isso era algo que já a havia beneficiado antes. Os homens dificilmente se lembravam de seu rosto. — Eu parecia uma proprietária de casa de timbalin, mas quase não acreditaram. Examinaram meus olhos para ter certeza de que eu era viciada. Queriam saber qual casa podia pagar por uma mulher de pele tão pigmentada.

Etissero murmurou algo na própria língua, mas voltou ao gujaareen para que ela pudesse entendê-lo.

— Eles só ficam tão zelosos assim quando estão procurando alguma coisa. O que você disse?

— Que eu trabalhava para a casa mais cara no bairro alta-casta. Que já fui contabilista em Kisua antes de decair, por isso o sotaque. Felizmente, meus olhos ainda estavam vermelhos porque um Coletor *dekado* e seu assassinozinho em treinamento me acordaram no meio da noite, então me deixaram passar. — Ela suspirou e passou uma das mãos pelos cachos curtos e fechados de seu cabelo. — Acho que os deuses devem ter me concedido mais do que a minha cota de sorte nas últimas horas.

O líder do clã não respondeu e Sunandi ficou assustada ao perceber que ele a estava encarando, o rosto mais pálido do que o habitual.

— Você viu um Coletor?

— Falei para você que alguém tinha tentado me matar. Mas eu o convenci a me poupar.

— Ninguém convence um Coletor a não matar. No máximo eles adiam por alguns dias. Depois vão atrás de você de novo.

Sunandi suspirou e foi até um banco que ficava entre dois pedestais entalhados. Não era acolchoado (um costume bromarteano cujo objetivo era manter a mente dos comerciantes afiada mesmo quando descansavam) e estremeceu ao se sentar com muita força. *Muitos meses vivendo no luxo. Estou ficando mole como o Príncipe.*

Não. O Príncipe só parecia mole na superfície. Ele podia ser exibido e obcecado por prazer, mas uma pessoa mole não conseguiria fazer joguinhos tão terríveis e perigosos.

— Suspensão — disse ela enfim. — Foi o que o Coletor me deu enquanto investiga minha história para ver se é verdade.

— Então, minha doce Sunandi, você é uma mulher morta. — Etissero lançou-lhe um olhar solene.

Ela esfregou o rosto, ainda sonolenta.

— Talvez. O tolo planejava voltar ao Hetawa e exigir a verdade dos mestres. Com sorte, vão matá-lo e resolver meu problema.

— Se o matarem, mandarão outro Coletor. O Hetawa sempre cumpre a demanda uma vez que a sentença foi dada. Eles a consideram um dever sagrado. — Etissero entrelaçou as mãos e suspirou.

— Malditos sejam. Nunca pensei que fosse perder alguém para a maldade deles, menos ainda duas pessoas no espaço de uma oitava de dias.

— Não me coloque em um caixão, companheiro... — Ela fez uma pausa, franzindo a testa enquanto assimilava as palavras dele. — Duas? — Meu primo. — Etissero apoiou os braços na mesa e suspirou. — Você o conheceu. Negociante em Gujaareh para o clã da mulher dele; ficava de ouvidos atentos para mim entre os comerciantes e as pessoas comuns. Ele morava dentro dos muros da cidade... *gostava* de lá, o tolo. Dizia que era tranquilizador. Mas vários dias atrás ele foi encontrado morto na cama. O dono da hospedaria falou que ele parecia ter sido Coletado. Para mim, parecia mais que ele tinha tido um ataque cardíaco ou alguma outra coisa dolorosa durante o sono, mas aqueles gujaareen sempre sabem interpretar uma morte.

Graças a uma ligeira lembrança provocada pelas palavras de Etissero, Sunandi franziu a testa. Também chamaram a morte de Kinja de ataque cardíaco.

— Eu me lembro do homem. Um sujeito grande? Ficava me falando o quanto gostava de mulheres de pele escura.

— Esse mesmo. Charleron. — Etissero balançou a cabeça. — Um dia antes, recebi uma carta dele dizendo que vinha fazer uma visita. Nós nunca conversávamos sobre os negócios do clã, mas ele me contava qualquer fofoca interessante que ouvisse. Dessa vez ele tinha ouvido alguma coisa importante que queria me contar pessoalmente. Algo sobre um rompimento entre o Hetawa e o Ocaso.

Sunandi respirou fundo e o encarou.

— É, eu sei. E depois ele apareceu morto. *Gualoh* assassino. — Ele esfregou os olhos com uma das mãos, dando um tempo a si para se recompor; homens bromarteanos não choravam na frente de mulheres.

— O Hetawa pagou pelo funeral dele. Contrataram carpideiras e uma cantora, compraram uma urna coberta de lápis-lazúli e o colocaram na capela especial deles acima da linha de inundação. Ele foi enterrado como um rei depois que o mataram. Como eu odeio esta cidade.

O silêncio tinha sua própria eloquência às vezes, então Sunandi manteve o dela.

Contudo, durou apenas um instante, até que a pesada porta de madeira da casa (uma necessidade naquele bairro, e com duas fechaduras) bateu no andar de baixo. Pés leves e rápidos nos degraus lhes revelou que o jovem filho de Etissero, Saladronim, voltara de seu turno matinal como mensageiro. Ofegante, o menino subiu a escada, as bochechas vermelhas e os olhos brilhando. Parou o suficiente apenas para fazer uma rápida mesura a Sunandi antes de contar logo as novidades.

— Soldados, pai. No mercado.

Etissero franziu o cenho. Sunandi se levantou e foi até a janela. Lá atrás, ouviu o comerciante questionando Saladronim; o cuidadoso relato do menino sobre detalhes e observações pôs um sorriso momentâneo nos lábios dela. Ao que parecia, Kinja não fora o único a ver o valor de crianças sagazes.

Nas ruas, ela viu o que o garoto quis dizer. Em meio aos tons terrosos descorados das pessoas comuns que tratavam de seus assuntos, lampejos de cores brilhantes se destacavam. Um grupo de guerreiros com armaduras de bronze que cobriam metade do torso se movimentava no meio da multidão. As saias eram de um laranja enferrujado e os lenços amarelos na cabeça balançando de um lado para o outro. Procurando. Sunandi sentiu um frio percorrer a espinha.

Etissero se levantou e foi até a janela, para o lado da moça.

— Aquela não é a guarda da cidade. Nunca vi homens usando essas cores antes.

— Eu já — comentou Sunandi. Ela se afastou da janela, cruzando os braços para conter o tremor. — São os homens do Príncipe, a Guarda do Ocaso. Só saem do Palácio se receberem ordens diretas dele.

Etissero ergueu uma sobrancelha para ela.

— Se você não fosse kisuati, estaria pálida agora.

Ela respirou fundo, tentando acalmar o coração palpitante.

— Mandaram aquele Coletor para me matar. Talvez o Príncipe tenha decidido se assegurar de que o trabalho seja feito como deve.

O comerciante aquiesceu lentamente. Perto da mesa, o filho de Etissero estava sentado de pernas cruzadas no chão, observando os dois com ansiedade.

— Você vai ter que permanecer aqui — disse o homem. — Ninguém sabe que você está nesta casa. Fique escondida por alguns dias e eles concluirão que você deve ter chegado às estradas. Assim, vão seguir em frente e então você também vai poder seguir.

Ela franziu o cenho.

— Não. A informação de Kinja...

— Está esperando desde a morte de Kinja, duas estações atrás. Qualquer descoberta recente que você tenha feito vai sobreviver a um atraso de mais uma quadra de dias. Partir agora significa que os Protetores nunca vão receber a informação porque aqueles homens vão matá-la. Antes tarde do que nunca, sim?

Ele estava certo. Sunandi começou a andar de um lado para o outro em um esforço para dispersar a agitação.

— Muito bem. Mas não uma quadra de dias.

— Se...

— Se o que eu descobri for verdade, os planos do Príncipe poderiam significar destruição para todos nós... nortenhos e sulenhos, gujaareen e kisuati e todos os que negociam com qualquer uma das duas terras. Melhor a tempo do que tarde demais, sim?

Etissero suspirou.

— Agradeço aos deuses do vento e da fortuna que nossas mulheres lá do norte se importam mais com dinheiro do que com política. Não sei o que eu faria se tivesse que voltar para casa para uma mulher como você.

Sunandi se permitiu dar um pequeno sorriso.

— Tudo bem, então. — O comerciante fechou a cortina da janela. — Como você quer fazer isso?

— Veja se o grupo de Gehanu está na cidade. Já viajei com eles, e fazem a rota de Gujaareh a Kisua com frequência nesta época do ano. — Ela respirou fundo. — Isso me deixa com uma única preocupação.

Lin. Etissero viu o rosto dela e entendeu.

Ele foi até o filho e pousou a mão no ombro do menino.

— Pegue alguma coisa para a nossa convidada comer, figos e amêndoas se tivermos; se não tivermos, castanhas de kanpo e queijo. — O garoto levantou-se de um salto e foi para o andar de baixo, e Etissero fitou Sunandi. — Você deveria recuperar as forças para a viagem. O deserto é difícil para os fracos.

As palavras dele não eram menos irritantes, concluiu Sunandi, só por serem verdadeiras. Então sentou-se no banco duro e se alimentou quando Saladronim lhe trouxe comida, dando o melhor de si para inventar novas e severas broncas para dar em Lin quando a garota enfim chegasse.

13

Um Coletor não deve se casar nem adquirir propriedades. Não deve macular o corpo com droga, sexo ou outros malefícios, nem a alma com ligações pessoais além daquelas da fé e da irmandade. Ele é a mão direita de Hananja e pertence inteiramente a Ela.

(LEI)

O tumulto do mercado no fim da manhã entrava pela estreita janela da cela em vozes balbuciadas, nos objetos que retiniam e nos cacarejos e balidos de animais. Havia conforto naquela algazarra, apesar da cacofonia, pois era o barulho da rotina da cidade. Como Hananja poderia não estar satisfeita com a ordem e a prosperidade de seu povo? Ehiru sorriu para si mesmo enquanto se ajoelhava sob a luz e ouvia.

Então, lá de trás, o som da fechadura da porta destoou do zumbido contínuo do mercado. Ele olhou ao redor, curioso. Os homens do posto de guarda haviam sido solícitos com ele até o momento, seu respeito arraigado pelos Coletores ainda forte apesar da ignomínia das circunstâncias. Eles não o haviam incomodado desde que fora trazido para o posto. Mas agora três homens entraram na cela, parando até que a porta se fechasse outra vez. Dois deles eram os Guardas do Ocaso que o haviam trazido ao posto. Posicionaram-se em cada lado da porta, mãos pousadas em punhais. O terceiro era um estranho com vestes de um homem de média-casta — um artesão, conjeturou Ehiru por conta da bata solta e do lenço na cabeça que o homem usava. E, no entanto... Ehiru estreitou os olhos, franzindo o cenho devido a uma estranha sensação de familiaridade quanto ao porte físico e à postura do homem.

— Não me reconhece, Ehiru? Faço isso para enganar as pessoas comuns quando ando no meio delas, mas nunca imaginei que enganaria você também. — O artesão postou-se em uma faixa de luz, sorrindo com um ar de preguiçosa (e familiar) zombaria.

Ehiru recuperou o fôlego.

— Eninket?

O Príncipe ergueu as sobrancelhas, dando um sorriso ainda mais largo.

— Faz anos que não ouço esse nome. Veja bem, eu deveria mandar matarem você por tê-lo pronunciado. — Ele passou por Ehiru, foi até a estreita placa que servia como cama da cela e se sentou com graciosidade real. — Mas acho que podemos ignorar o protocolo, dadas as circunstâncias.

À medida que o choque desvanecia, Ehiru se recompôs e se virou para ficar de frente ao Príncipe. O melhor que pôde, pois o jugo de renegado atrapalhava o movimento, ele ergueu os braços em uma manuflexão e falou em suua.

— Por favor, me perdoe, meu Príncipe. Não tive intenção de desrespeitá-lo.

— Também não precisa se resguardar atrás da formalidade — retorquiu o Príncipe no mesmo idioma, depois voltou ao gujaareen para poderem falar de maneira casual. — Desejei falar com você em particular durante anos, Ehiru. Admito que é injusto fazer isso quando você é efetivamente um prisioneiro, mas você recusou todos os meus convites.

— Sou um simples Servo de Hananja. Você é o Portador da Noite, o Arauto dos Sonhos, o futuro consorte Dela em Ina-Karekh. Um servo não deve comer à mesa do mestre.

— Um servo também não deve evitar o mestre — retrucou o Príncipe, e então suspirou. — Não, não era assim que eu queria. Estamos aqui agora, Ehiru. Não podemos ser irmãos de novo, pelo menos por alguns instantes?

Ehiru manteve os olhos fixos no chão, embora enfim houvesse abaixado os braços e dispensado o suua também.

— Um pássaro pode voltar para o ovo? Você me chama de irmão, mas não somos irmãos há décadas... E talvez...

Ele conteve as palavras, fechando os olhos quando as lembranças o assolaram com uma força repentina e dolorosa. O cheiro de sangue como metal na língua. O arquejo mortal da mãe. Ele quase podia ver as paredes de mármore róseo do Kite-iyan à sua volta...

Visão, disse a si mesmo, e sombriamente voltou a concentrar-se no agora.

— E talvez nunca tenhamos sido irmãos? — perguntou o Príncipe. A voz dele soou suave e séria na câmara mal iluminada. — Então eu estava certo. Você não entende. Nem perdoa. — Ehiru permaneceu em silêncio e o Príncipe suspirou. — Havia pessoas que teriam usado você e o resto dos nossos irmãos para semear o caos em Gujaareh, Ehiru. Pense: sua mãe era uma soonha kisuati e de uma linhagem antiga e com muitos contatos. O filho dela não teria sido mais palatável para os nobres do que o filho de uma dançarina de origem comum como Príncipe? Mesmo uma filha de boa linhagem poderia ter sido usada para fomentar instabilidade, pois Gujaareh já teve mulheres como Príncipe no passado. Fiz o que era preciso para manter a paz, apesar de nunca ter pretendido que nossas mães sofressem. — Ele deu um suspiro profundo. — Deveriam tê-los libertados, não os matado. Isso foi um erro e os homens que o cometeram foram punidos.

A visão passou, mas, no lugar dela, Ehiru descobriu uma centelha de raiva crescendo rápido. Ele se esforçou para abafar o sentimento e manter o olhar fixo no chão.

— A morte é sempre difícil de controlar — falou ele baixinho. — Eu vivencio essa verdade toda noite.

— Então talvez as coisas tivessem sido melhores se eu tivesse a disciplina de um Coletor. — Ele fez uma pausa, olhando para Ehiru com firmeza. — Eu ficava esperando você vir me buscar, sabe? Ao saber que você tinha sido escolhido como o próximo Coletor-Aprendiz, pensei: agora vou responder pelos meus crimes. Mas você nunca veio.

Ehiru se obrigou a dar de ombros.

— Herdeiros cometem assassinatos para chegar à Auréola desde o início de Gujaareh. Até o Hetawa aceita a crueldade necessária para obter e manter o poder, contanto que o Príncipe o use para a paz dali em diante. — Com o tempo, meus *irmãos* — ele colocou a mais sutil ênfase na palavra — me ajudaram a entender isso.

O Príncipe bufou, denotando repulsa, o que sobressaltou Ehiru, fazendo-o olhar para ele.

— O Hetawa. Você se tornou mesmo deles. Como devem amar ter outro da nossa linhagem a serviço deles.

A raiva aumentou mais um pouco e Ehiru descartou o protocolo.

— Explique.

— Ah, então ofendi você. Mas não vou pedir que me perdoe, irmão, pois não me arrependo de odiar sua família adotiva. Como você deveria odiar. — O Príncipe apontou para o jugo de renegado; Ehiru estremeceu. — Afinal de contas, foram eles que injustamente colocaram isso em você.

— O Superior disse que *você* ordenou.

— Eu ordenei a dispensa, Ehiru, antes que o Superior pudesse acabar com sua vida. Não essa humilhação. — De repente, o Príncipe fez um gesto para um dos guardas. — Ache a chave dessa monstruosidade que ele está usando. Não suporto mais olhar para isso.

O guarda fez uma rápida mesura, deu batidas em um determinado padrão na porta do cômodo e saiu quando a porta abriu.

Os punhos de Ehiru, já suados e contraídos depois de horas no jugo, retesaram-se ainda mais.

— *Explique.*

O Príncipe o fitou por um longo instante. Então respondeu:

— Existe mesmo um Ceifador na cidade, Ehiru. Ele matava discretamente até os últimos tempos: homens na prisão, velhos cujas mortes poderiam parecer naturais e outros do tipo. Faz meses que eu sei.

— E não contou nada ao Hetawa?

— Eles já sabiam.

Ehiru cerrou o maxilar.

— Não acredito nisso.

— Claro que não acredita. E não tenho como provar minhas alegações para você. No entanto, eles mantiveram a notícia sobre o Ceifador em segredo por motivos que só o Superior e seus subordinados do mais alto escalão compreendem. Venho tentando encontrar algum meio de provar a existência do Ceifador para forçá-los a agir, mas havia outras questões desviando minha atenção ultimamente. Essa espiã kisuati, entre outras.

Ehiru assentiu.

— Então a demanda veio de você. Você me mandou Coletá-la. Por motivos *políticos*.

— Mandei, de fato. Ela ameaça a cidade. Por que não a matou?

— Coleta não é assassinato!

O Príncipe revirou os olhos.

— Você nunca questionou suas demandas antes, Ehiru? A mulher kisuati não teria sido a primeira.

Ehiru inspirou fundo e encarou o Príncipe, irritado demais para responder. Nesse silêncio intermediário, o guarda voltou. Ele foi até Ehiru para se ajoelhar ao seu lado, mas o Príncipe se levantou abruptamente da cama, afastando-o e pegando a chave. Ele se ajoelhou diante de Ehiru. O guarda arquejou e tirou o sobrepano frontal de imediato para deitá-lo no chão, para que o Príncipe ajoelhasse. O Príncipe recusou o gesto sem jamais tirar os olhos de Ehiru.

— Lembre-se de que eu o libertei, irmão — sussurrou o Príncipe —, enquanto seu Hetawa o prendeu. Lembre-se disso pelo menos.

Ehiru piscou, saindo do estado de choque, e observou enquanto o Príncipe abria com destreza as fivelas e fechaduras do jugo de renegado. Ele o removeu dos braços de Ehiru e o jogou a um canto, onde o objeto caiu com um tinido ruidoso. Ehiru fez um movimento brusco ao ouvir o barulho, depois, com esforço, voltou os olhos para Eninket, o Príncipe.

— Por quê? — perguntou ele, referindo-se a muitos porquês.

O Príncipe sorriu.

— Não posso contar-lhe tudo. De qualquer forma, você não entenderia, isolado como foi mantido. Basta dizer que o Hetawa é corrupto; sua confraria é perigosa para você agora. Vou fazer o possível para limpar seu nome e denunciar os crimes deles, mas você precisa fazer uma coisa para mim em troca.

O Hetawa era corrupto. Ehiru balançou a cabeça, incapaz de assimilar um conceito tão monstruoso.

— O quê?

— A mulher kisuati. Não podemos permitir que ela chegue em Kisua, Ehiru, ou haverá guerra. Meus homens acreditam que ela ainda está nos arredores da cidade, no Bairro dos Infiéis. Encontre-a. Complete a Coleta. Faça isso e garantirei que você volte ao Hetawa com honra em vez de vergonha. Pelo nosso sangue sagrado, eu juro.

Voltar ao Hetawa. Recuperar a ordem e a paz que estavam faltando em sua vida pelo que pareciam ser eras... Ehiru fechou os olhos, sentindo uma silenciosa ânsia.

O Príncipe sorriu e ergueu as mãos para envolver o rosto de Ehiru.

— Sei que vai fazer o que é certo, meu irmão.

Então beijou Ehiru: uma vez em cada bochecha, na testa e nos lábios. Era o modo como o pai de Ehiru o beijara na infância, antes do Hetawa, e as lembranças surgiram de pronto para açoitá-lo como os ventos de uma montanha.

Depois o Príncipe soltou-o, levantou-se e virou-se para bater no chão da cela. Os guardas o seguiram quando a porta se abriu. Ao saírem, a porta continuou aberta, esperando por Ehiru.

Aos poucos, ele endireitou-se, abriu a algibeira à cintura e despejou o conteúdo em uma das mãos. Os adornos brilharam, a moeda riscada da mulher kisuati em meio a eles.

Com cuidado (pois as mãos tremiam de novo e desta vez ele não podia fazê-las parar), colocou tudo de volta na algibeira, menos a moeda. Então se pôs de pé, movendo-se devagar, como um velho, e saiu da cela.

14

*Com a idade de quatro inundações, uma criança gujaareen
deve saber escrever os pictorais do sobrenome, contar de
quatro em quatro até quarenta e recitar os detalhes de cada
sonho logo ao acordar.*

(SABEDORIA)

Nijiri sentou-se no Jardim de Pedra, tentando evitar que as juntas ficassem brancas. Estariam observando isso. Ele não podia dar-lhes motivo para duvidar de seu autocontrole — não se quisesse que o deixassem livre e sem supervisão. Não se pretendesse sair e encontrar Ehiru.

— Escondendo alguma coisa outra vez — disse Sonta-i. Ele estava de frente a Nijiri, perto de uma coluna de pedra da noite, igualmente inflexível. — Acha que não podemos adivinhar seus planos. Que não sentimos o cheiro da fúria envolvendo você como fumaça. Maldição.

— Minha raiva não é compreensível, irmão? — Nijiri manteve a voz calma. — O que me surpreende é você não sentir o mesmo. A paz de Hananja silencia toda a noção de honradez e justiça?

— Nós sentimos raiva, irmãozinho — falou Rabbaneh às costas de Nijiri. Uma mão veio pousar sobre seu ombro, apertando-o de leve. — O sangue onírico não silencia nada. Apenas... suaviza. — Ele fez uma pausa, depois continuou, pensativo: — Se você compartilhasse nossa paz...

Nijiri recuou. Tomou o cuidado de manter o movimento mínimo e suave, uma aversão educada em vez de uma rejeição veemente.

— Prefiro encontrar a paz sozinho.

Rabbaneh suspirou e baixou a mão.

— A escolha é sempre sua. Mas por favor tente lembrar, irmãozinho, que Ehiru foi *voluntariamente*.

— Sim. — Nijiri relembrou a cena: a expressão de vergonha nos olhos do Superior e a de dolorosa tristeza nos de Ehiru. — Ele foi traído pelo Hetawa e não conseguia suportar mais permanecer entre os corruptos.

— Você está passando dos limites — alertou Sonta-i.

Nijiri se levantou e se virou para encará-los, os punhos cerrados nas laterais do corpo.

— Eu falo a verdade, Sonta-i-irmão. Vi o monstro que me atacou ontem à noite. *Ele me tocou*. E a única razão de eu ter sobrevivido foi o fato de Ehiru-irmão ter lutado contra ele e me dado o resto de sangue onírico que tinha. O Compartilhador Mni-inh viu a evidência disso e confirma a versão de Ehiru-irmão. Até o Superior reconheceu que a prisão do nosso irmão não era justiça, mas a vontade do Yanya-iyan. *Política*.

Ele cuspiu essa última palavra como se fosse veneno e ficou satisfeito ao ver Rabbaneh fazer uma careta de repulsa. A expressão normalmente impassível de Sonta-i, porém, ficou pensativa. Sonta-i seria a chave, Nijiri sabia. O dom do sonho recaiu sobre Sonta-i quando ele era novo demais, ou pelo menos diziam os boatos entre os acólitos. Ele não tinha emoções verdadeiras, embora as imitasse bem o bastante quando necessário, e não fazia distinção entre o mundo da vigília e as extravagâncias do sonho. Não dava para confiar em nenhum dos dois; nenhum dos dois era confiável aos olhos dele. Era uma desvantagem na Coleta, mas havia momentos (como agora, talvez) em que a visão de mundo de Sonta-i o tornava o Coletor mais flexível e pragmático de todos. O interesse próprio, e não a fé ou a tradição, impelia-o. Se Nijiri conseguisse apelar a isso, Sonta-i poderia se mostrar um aliado inesperado.

— Nós não julgamos — começou Rabbaneh.

— Mas tradicionalmente temos direito de opinar — interrompeu Sonta-i. — Sobretudo com relação aos nossos. É *estranho* não terem nos consultado.

Nijiri conteve a respiração.

— O Superior teve que tomar uma decisão rápida. — Rabbaneh cruzou os braços e começou a andar de um lado para o outro, e essa tensão também era um sinal, notou Nijiri. A decisão do Superior não era bem-vista por nenhum dos seus dois irmãos de caminho.

— Se Mni-inh tivesse dito que Ehiru representava perigo, então a decisão rápida do Superior teria sido justificada — pontuou Sonta-i.

— Mni-inh diz que a mente dele continua intacta.

— Continua — confirmou Nijiri de forma brusca. — Ele mostra apenas os primeiros sintomas até agora, só o tremor nas mãos e um pouco de raiva...

Percebeu o erro quando os dois o fitaram. O rosto de Sonta-i de algum modo se tornara um pouco mais frio.

— O método de comunhão de qualquer Coletor com a Deusa é particular, Nijiri — comentou ele. — Você entenderá melhor, e sem dúvida respeitará mais, quando tiver enfrentado a longa noite sem sangue onírico.

Nijiri curvou-se sobre as duas mãos, envergonhado.

— Perdão. É que... — Os ombros ficaram tensos, a garganta fechada. *Pela Deusa, não, lágrimas não. Não agora.* — Não posso suportar isso.

Rabbaneh parou de andar, a expressão tensa e sombria.

— Nem eu. — Ele se virou para Sonta-i. — Você entende o que isso significa.

Sonta-i aquiesceu.

— Ainda não temos informação suficiente para avaliar. Portanto, precisamos obter mais.

— Talvez devêssemos levar isso ao Conselho dos Caminhos — falou Rabbaneh. — Nosso julgamento pode ser prejudicado porque estamos muito próximos da situação.

Sonta-i olhou para ele; Rabbaneh se calou. Nijiri franziu o cenho para os dois, confuso.

— Não — disse Rabbaneh por fim. Virou-se, as costas retesadas, e suspirou. — Não acredito nisso.

Sonta-i fitou Rabbaneh por um momento. Então voltou-se para Nijiri, o olhar especulativo.

— Como vai encontrá-lo se sair?

Somente a graça de Hananja impediu que Nijiri soltasse um arquejo alto. Em vez disso, respirou fundo para acalmar as súbitas batidas aceleradas do coração.

— Ele vai estar em um dos postos de guarda — falou ele. — O Yanya-iyan não tem calabouço e a Guarda do Ocaso não controla a prisão.

— Existem oito postos de guarda, Aprendiz. Um para cada quadrante da cidade, interno ou externo.

— Vou ter que verificar todos, Sonta-i-irmão. Mas acho que ele estará em um dos postos internos, já que estão mais próximos do Yanya-iyan. Imagino que os guardas vão querer reforços rápidos ao alcance se o nosso irmão escapar de alguma maneira.

Os olhos de Sonta-i, cinzentos como pedras, examinaram Nijiri durante vários e longos instantes, embora Nijiri não pudesse compreender o que procuravam. Rabbaneh olhou para Sonta-i, incrédulo.

— Você não pode estar pensando seriamente nisso, Sonta-i.

— Nem você nem eu podemos ir — falou Sonta-i. — A cidade só tem dois Coletores em serviço; somos necessários.

— Nijiri também! Ele precisa substituir Una-une. Já é ruim o bastante termos um Coletor inexperiente, mas, se Ehiru estiver perdido, temos que começar a treinar outro.

— Se Ehiru estiver perdido *quando não deveria estar* — falou Sonta-i com a mais tênue ênfase —, teremos perdido muito mais do que um Coletor experiente. Teremos perdido a autonomia que é absolutamente essencial para trabalharmos da maneira correta. Teremos permitido que uma injustiça evidente afete nossas ações. Nós, que temos que ser os mais puros de todos.

Rabbaneh balançou a cabeça.

— Mas Nijiri é apenas um garoto, Sonta-i.

— Ele está com dezesseis anos; pela Lei é um homem. Nos vilarejos rio acima estaria casado, talvez já fosse pai. — Sonta-i concentrou-se em Nijiri, embora suas palavras se dirigissem a Rabbaneh.

— A busca da justiça é dever de todo Coletor, mesmo o menor de nós. Um dos nossos irmãos foi preso injustamente.

— Não é essa a forma de libertá-lo!

— Realmente. Só a verdade pode fazer isso. Mas a verdade, neste caso, atravessa o dever do nosso caminho.

— Você quer dizer que eu e Ehiru-irmão devemos encontrar o Ceifador. — Nijiri arfou, enfim entendendo. O espanto fez sua cabeça rodar. — Você quer dizer que nós devemos matá-lo.

Sonta-i assentiu.

— Vocês precisarão de provas para limpar o nome de Ehiru. O corpo do Ceifador deve servir.

— E se vocês não encontrarem essa prova — explicou Rabbaneh com voz firme —, nem você nem Ehiru jamais vão poder voltar ao Hetawa. Os dois serão declarados corruptos e serão perseguidos. *Nós*, com os Sentinelas, seremos enviados para caçar os dois. Você entende? Enquanto procuram o Ceifador, estarão seguindo o caminho dos Coletores apenas aos olhos de Hananja. Ninguém mais, nem a guarda da cidade, nem a Guarda do Ocaso, nem os Sentinelas, reconhecem isso.

Escolhi o caminho dos Coletores só por um motivo mesmo, pensou Nijiri, erguendo o queixo.

— Vou servir no meu coração se servir em público significa tolerar injustiça.

Para sua completa surpresa, Sonta-i sorriu. Era uma expressão horrível debaixo daqueles olhos cinzentos mortiços, não tinha o menor sinal de divertimento ou prazer, e deparar-se com ela fez cada nervo de Nijiri estremecer.

— Rabbaneh e eu também não suportamos injustiça, Aprendiz — disse Sonta-i. — Estamos mandando *você* para matá-lo.

15

Mulheres são deusas, como a própria Hananja. Elas dão à luz e
moldam os sonhadores do mundo. Amem-nas e temam-nas.

(SABEDORIA)

Era a hora mais quente do dia. Sunandi adormecera em um sofá no passadiço do segundo andar; Saladronim, o filho de Etissero, acordou-a.

— Jeh Kalawe. Tem um homem aqui.

Ela se sentou, desorientada por conta do sono e do calor. Um vento seco, carregado de poeira, entrou na casa, ondulando as cortinas; ela ansiou momentaneamente pelas brisas frescas e úmidas de Kisua.

— Diga que não estou interessada.

— À porta, Jeh Kalawe. Ele falou que era comerciante, mas não parecia bem. Perguntou pela dona da casa. Eu disse que somos bromarteanos, deixamos nossas mulheres em casa, como pessoas sensatas. Ele respondeu que estava tudo certo porque veio ver a dona *kisuati* da casa.

Isso a fez despertar.

— Como era esse homem?

— Alto. Negro, assim como você. Tem cabeça raspada e duas tranças longas na nuca. Ele também não se comportava como um comerciante, Jeh Kalawe. Ele nunca sorria.

— *Bi'incha.* — Sunandi sabia quem era. — Você falou para ele que eu estava aqui?

Saladronim olhou para ela com cara de "você-acha-que-eu-sou-
-louco?".

— Falei para ele que não tinha nenhuma mulher aqui, mas que tinha uma casa de timbalin descendo a rua se ele estivesse desesperado. Depois fechei a porta na cara dele.

— Duvido que... — Mas ela não terminou a frase porque as cortinas se mexeram de novo e o Coletor apareceu ali, emoldurado pela porta do passadiço. Ela arregalou os olhos. Saladronim seguiu o olhar dela, conteve a respiração e cambaleou para trás.

O Coletor inclinou a cabeça para os dois, com movimentos vagarosos e sem fazer menção de entrar. Isso afastou o pavor de Sunandi o suficiente para desfazer o nó na garganta, embora ainda tenha precisado engolir em seco antes de falar.

— Sacerdote. Quase nos matou de susto. Ou é essa sua intenção hoje?

— A suspensão continua valendo — respondeu ele. Fixou os olhos em Saladronim. — Por favor, me perdoe por tentar enganar você, mas eu tinha que conversar com essa mulher.

Saladronim abriu a boca e soltou um guinchar, então pigarreou.

— Não vou permitir que machuque Jeh Kalawe. Ela é convidada do meu pai.

Sunandi quase sorriu com a coragem de Saladronim. Ele a fazia se lembrar de Lin, apesar de que Lin jamais haveria usado tal bravata a menos que tivesse uma arma escondida para dar apoio. Para sua surpresa, o rosto do Coletor também ficou mais brando por um momento. *Pensando no assassino aprendiz, com certeza.*

— Não vou machucá-la — retorquiu o Coletor, e Sunandi quase relaxou antes de recordar que ele não considerava que matar fosse nocivo. — Posso entrar?

Ela se acalmou. Coletores nunca pediam perdão nem licença quando estavam a serviço de Hananja, o que significava que ele viera por interesse próprio e não para Coletar. Sunandi assim esperava. Saladronim olhou-a, inquisitivo; após um momento de hesitação, a mulher assentiu. Respirando fundo, o garoto fez o mesmo.

O Coletor passou pelo umbral da porta, fechando a cortina de novo. Ao entrar, Sunandi lembrou-se das palavras de Saladronim: *mas não parecia bem.* Não parecia mesmo, concordou ela, notando que o Coletor continuava usando o mesmo sobrepano há duas noites. Parecia mais exausto do que o calor poderia justificar. Tinha os ombros caídos e os movimentos visivelmente lentos. No Yanya-iyan, ela calculara que ele tivesse em torno de quarenta inundações... ainda que fosse difícil dizer com certeza, pois ele e o Príncipe compartilhavam da mesma juventude bela e peculiar. Ele agora aparentava todos os anos que tinha e mais alguns.

Uma intuição levou-a a compreender e Sunandi disse:

— Eles se viraram contra você, não foi?

O Coletor ergueu a cabeça com um movimento brusco e fitou-a com algo semelhante a ódio, mas só por um momento antes que a dor o substituísse. Ele desviou o olhar.

Resposta suficiente. Ela respirou fundo e decidiu tentar a diplomacia dessa vez.

— Seu Aprendiz?

Ele balançou a cabeça, os olhos fixos no chão.

— Estou sozinho.

— E por que veio?

— Para voltar ao Hetawa e à minha vida, tenho que completar sua Coleta.

Ele falou em um tom suave, contudo, as palavras fizeram-na ter calafrios, desafiando o calor da tarde. Ao lado, Saladronim ficou tenso.

— Você disse que a Coleta continuava suspensa — comentou Sunandi.

— Está. Eu não aceito suborno. Nem mesmo quando o que oferecem é paz, o que... — O Coletor fechou os olhos e suspirou. — O que desejo mais do que você pode imaginar. Mas seria uma falsa paz se eu apenas a Coletasse e voltasse agora. Tenho muitas perguntas. — Ele se concentrou nela. — Peço sua ajuda para encontrar as respostas.

Sunandi assentiu para encobrir o choque. Ela fitou Saladronim.

— Vá dizer ao seu pai que ele tem outro convidado.

Saladronim fitou-a em muda incredulidade. Ela o encarou e, após um instante, ele balançou a cabeça e saiu rapidamente do passadiço. Ela ouviu os pés batendo contra os degraus de pedra ao descer e apostava três moedas de ouro que ele se esgueiraria de volta para ouvir a conversa.

Mas, de momento, eles tinham a ilusão da privacidade, então Sunandi voltou a atenção para o Coletor.

— Não cabe a mim oferecer hospitalidade para você nesta casa, mas conheço o dono e ele segue o verdadeiro costume de acolhida dos convidados. Ele não ia querer que você ficasse de pé quando está tão claro que deveria se sentar.

O Coletor hesitou; por um instante, ela pensou que poderia recusar. Mas então ele foi até o outro sofá no passadiço e se sentou diante dela com as costas retas e uma postura formal.

— Obrigado. O meu caminho... nós dormimos de dia.

— Civilizado da parte de vocês. — Sunandi relaxou o suficiente para se abanar, na esperança de que isso o encorajasse a relaxar também. — Então quer a minha ajuda. Não sei se posso lhe dar as respostas que procura, sacerdote. Eu mesma, lamentavelmente, tenho poucas. A única coisa que posso oferecer é informação e não tenho nada de novo para contar desde a noite passada. Talvez eu consiga mandar mais para você quando chegar a Kisua.

— Que tipo de informação?

Ela deu um leve sorriso.

— Tem certeza de que quer saber? Tudo foi obtido por meio de corrupção.

Ele balançou a cabeça.

— A corrupção é uma doença da alma, não simples palavras ou informações.

Sunandi gostaria de ter discutido essa questão, mas sabia que era melhor não fazê-lo.

— Kisua tem uma rede de espiões neste continente, no leste e nas terras do norte. Alguns são pessoas comuns. Alguns ocupam postos, como eu. Tudo o que sabemos, mandamos de volta para os Protetores.

— E você acredita, portanto, que eles saberiam alguma coisa sobre o Ceifador de Gujaareh? Por que se importariam?

Ela o encarou com franca surpresa.

— Todas as nações desde a Vastidão Gelada até o extremo sul observam sua terra, sacerdote. Alguns observam para imitar ou competir, mas a maioria o faz por medo. Gujaareh é poderosa demais, rica demais, estranha demais. Aqueles que vivem à sombra de um vulcão seriam tolos se não ficassem atentos quando ele começasse a fumegar.

Ele franziu o cenho.

— Gujaareh não tem nada de estranho. Se temos prosperidade e força, é apenas a bênção de Hananja.

— É o que você diz, sacerdote. Nós que somos de terras não tão abençoadas vemos de maneira diferente. E vemos também os sinais que alertam que o vulcão está prestes a entrar em erupção: o exército de Gujaareh ficou muito maior do que antes e os embaixadores gujaareen estão fazendo alianças secretas com as terras do norte. Nós percebemos quando, ao terem algo para nos dizer, nossos embaixadores padecem de mortes súbitas e misteriosas.

O Coletor tornou a balançar a cabeça, não negando dessa vez, supôs ela, mas confuso.

— Não sei nada sobre tais coisas. — *Nem me importo*, ele não falou, mas Sunandi leu no rosto dele. — O que essas questões têm a ver com o Ceifador?

Tudo, talvez, ela não falou e esperou que ele não conseguisse ver isso em seu rosto.

— Não sei ao certo. Mas sei que seu Príncipe está por trás delas.

Ele estreitou os olhos.

— Não o Hetawa?

— Por que o Hetawa manteria um monstro como animal de estimação?

— Por que o Príncipe manteria?

Sunandi hesitou, então decidiu correr o risco de confiar nele um pouco mais.

— Existem boatos. *Só* boatos, veja bem.

— De que tipo?

— Do tipo que tira o sono das crianças kisuati à noite, sacerdote. Contamos histórias sobre a sua gente para elas. "Seja bonzinho, se não um Coletor vem te pegar."

Ele contorceu o rosto, indignado.

— Isso é uma perversão de tudo o que nós somos.

— Vocês matam, sacerdote. Fazem isso por misericórdia e por um monte de outros motivos que afirmam serem bons, mas, em essência, vocês entram sorrateiramente nas casas das pessoas na calada da noite e as matam enquanto dormem. É por isso que achamos vocês estranhos... vocês fazem isso *e não veem nada de errado*.

A expressão do Coletor tornou-se glacial e Sunandi se conteve antes de emendar outra acusação. Ela não ousou continuar atacando as crenças do outro. Por mais que lhe causasse repulsa, a rígida ortodoxia dele era a única coisa que a mantinha viva.

— Por que o Príncipe permitiria que um Ceifador perambulasse pela cidade? — indagou ele novamente em tom monótono.

Ela respirou fundo e falou devagar.

— Séculos atrás, quando Inunru fundou a fé hananjana em Kisua, não existia nenhuma das regras e rituais que vocês usam agora para controlar a magia. Ninguém sabia o que um Coletor renegado podia fazer até os primeiros Coletores fazerem... e os horrores que infligiram a Kisua são o motivo de a narcomancia ter sido proibida lá. Dizem que um Ceifador pode respirar a morte pelo ar. Dizem que eles *devoram* a alma em vez de mandá-la para outro lugar. Existem histórias sobre eles drenarem a vida de dezenas, até centenas de uma vez sem se saciarem...

Ele começou a balançar a cabeça antes que ela terminasse.

— Impossível. Eu consigo carregar o sangue onírico de duas, talvez três almas dentro de mim. Levei vinte anos para chegar a esse resultado.

— Estou apenas repetindo as histórias, sacerdote. No começo, os hananjanos em Kisua registraram muitos exemplos do que os Ceifadores eram capazes de fazer e dos "usos" da terrível magia deles. Os registros foram proibidos com o resto da magia onírica, mas as *histórias* continuam sendo contadas até hoje. São usadas para assustar as crianças, sacerdote, mas e se alguém ouvisse esses relatos e acreditasse? E se alguém poderoso, que quisesse mais poder, decidisse conferir se as narrativas sobre a magia do Ceifador são verdadeiras?

O Coletor não disse nada. Sunandi viu que a postura dele se tornara ainda mais rígida, o cenho franzido em clara inquietação. Ele se levantou abruptamente, assustando-a, e começou a andar de um lado a outro no estreito passadiço.

— Isso seria insanidade. Essa criatura é uma praga ambulante, é ânsia sem alma. Ninguém poderia controlá-la. — Ele quase cuspiu as palavras, falando tão rápido e com tanta aspereza que as palavras quase atropelavam umas às outras. — Não havia ninguém por perto para direcionar o ataque. Ela agiu segundo a própria loucura.

Demorou um momento para Sunandi entender o que o Coletor queria dizer, e então ela perdeu o ar.

— Você viu!

Ele aquiesceu, distraído, ainda andando de um lado a outro. Ela percebeu com certa preocupação que, quando o Coletor não as cerrava em sua agitação, as mãos dele tremiam como as de um idoso doente.

— Ontem à noite — explicou ele. — A criatura nos atacou em uma viela depois que nós saímos do Yanya-iyan... — Ele parou de andar e fitou-a subitamente horrorizado, como se houvesse acabado de se lembrar de alguma coisa. — *Indethe etun'n ut Hananja* — sussurrou. Suua, embora com um toque arcaico que Sunandi vira apenas nos poemas e contos mais antigos. *Que o olhar de Hananja recaia sobre ti.* A versão deles de uma bênção, embora Sunandi preferisse que Hananja guardasse o olhar para si mesma.

Mas foi a pena no olhar do Coletor que mais a perturbou.

— O que foi?

— O Ceifador — falou o sacerdote, com tanta suavidade quanto na noite anterior, compassivo mesmo com a morte nos olhos. — Quando a encontramos, ele já a tinha matado. A sua criança de sangue nortenho...

O coração de Sunandi se despedaçou.

Através de um vago bulício, ela ouviu o resto das palavras.

— A viela estava escura, mas vi o corpo com clareza. Por favor, me perdoe. Eu teria dado paz a ela... teria conduzido a menina em segurança até Ina-Karekh se...

Se houvesse restado algo para Coletar.

De início, Sunandi não notou que estava gritando. Somente quando mãos tomaram seus pulsos foi que se deu conta de que as erguera para arranhar o rosto. E foi somente quando algo raspou sua garganta que percebeu os gritos angustiados e sufocados que ecoavam das paredes da casa de Etissero. Através da perturbação mental, viu Etissero no alto da escada com uma faca na mão, olhando confuso para a cena à frente. Então os braços do Coletor a envolveram e ela se deixou ficar entre eles, angustiada demais para se importar com chorar no ombro do assassino que jurara matá-la.

— Eu aliviaria isso para você, se pudesse — sussurrou o Coletor em meio ao bulício —, mas não me restou nem um pouco de paz para compartilhar. Contudo, ainda tenho amor. Pegue, filha de Kalawe. Quanto precisar.

Nunca vai haver o bastante, pensou Sunandi com amargura, e deixou a dor envolvê-la como uma mão em punho.

16

Quatro são os tributários do grande rio. Quatro são as colheitas
desde a estação da inundação até a poeira. Quatro são os
grandes tesouros: timbalin, mirra, lápis-lazúli e jungissa.
Quatro faixas de cor marcam a face da Lua dos Sonhos.
Vermelho de sangue.
Branco de semente.
Amarelo de icor.
Preto de bílis.

(SABEDORIA)

Nijiri vira seis inundações quando o aceitaram na Casa das Crianças.
Muito antes disso, começara a aprender os costumes da casta servil
na qual nascera. Ainda se lembrava das primeiras lições da mãe sobre
o modo apropriado de andar: costas curvadas, passos curtos porém
rápidos para transmitir humildade e propósito. Nunca olhe nos olhos
de alguém de casta superior. Quando estiver esperando, olhe para
a frente, mas não veja nada, não demonstre nada, nem impaciência
nem cansaço, não importa quanto tempo tenha passado de pé.

— Eles vão ver você, mas não vão ver você — ela lhe dissera. —
Quando precisarem de ti, você já vai ter vindo. O que precisarem,
você já terá feito. Se não precisarem mais de você, você não vai existir.
Faça essas coisas e terá o tanto de liberdade que nossa casta permite.

Essas lições lhe serviram bem na jornada para se tornar Coletor. Servos eram servos, afinal. E naquele dia, não teve dificuldade
alguma em entrar no primeiro posto de guarda fingindo ser o cria-

do de um vendedor de vinho. Ele gaguejou e se curvou de forma tão convincente que os guardas não questionaram o cabelo raspado nem a algibeira no atamento e não olharam nem uma vez para o rosto dele enquanto contava a história. Seu mestre tinha muito vinho doce gelado com suco de frutas sobrando, será que eles não queriam comprar para dar aos prisioneiros? Ele faria um desconto se quisessem comprar. Os guardas estavam interessados demais em vinho barato para tomar cuidado com o que diziam, contando a ele entre risadas que não tinham nenhum prisioneiro, mas comprariam o vinho para consumo próprio. Nijiri saiu prometendo trazer o produto e nunca voltou.

A artimanha também funcionara no segundo posto de guarda, embora de fato tivessem um prisioneiro. Depois de observar o número de guardas e a localização das saídas, fora bastante fácil para Nijiri passar pela viela ao lado do prédio, onde subiu em um vaso de armazenamento para espiar pela fenda da janela. O homem que estava ali dentro tinha a aparência suja e meio famélica de um servo não reivindicado ou maltratado que provavelmente se tornara ladrão para sobreviver. Não era Ehiru.

Mas essa descoberta deixou Nijiri preocupado, pois significava que suas duas primeiras suposições quanto à localização do Coletor estavam erradas. Nenhum dos homens nesses postos era da Guarda do Ocaso. Se Ehiru estivera em um dos dois, já se fora de lá.

E se eu o tiver perdido? E se o levaram para a prisão... ou o mataram?

Não. Ele não podia se permitir pensar essas coisas.

O pior do calor da tarde desvanecera quando Nijiri parou em uma cisterna pública para beber água. Ele estava tão abatido que, de início, não percebeu a pressão de um olhar às suas costas. Um punhado de pessoas rondava o quadrado onde estava a cisterna, bebendo nas canecas que havia ali ou dando água aos cavalos no bebedouro dos animais. Só quando o soldado tocou seu ombro que Nijiri notou a proximidade do sujeito. Ele se sobressaltou e virou, derrubando o conteúdo da caneca e empregando cada pitada de força de vontade para não enfiar o punho na garganta dele por reflexo.

— Assustado — disse o homem com uma risadinha. Ele era alto, bonito, tinha pele de tom bronze e tranças cuidadosamente entrelaçadas, provavelmente zhinha ou de alguma família abastada da casta militar. E usava a armadura de ouro enferrujado da Guarda do Ocaso.

O coração de Nijiri acelerou.

Então se lembrou de ser um servo. Deixou cair a caneca e fez uma profunda mesura.

— Por favor, me perdoe, senhor. Molhei o senhor? Perdão.

— Você não me molhou, rapaz. E, mesmo que tivesse, é apenas água.

— Sim, senhor. Como posso servi-lo? O senhor quer água? — Isso angariou-lhe um olhar feio do servo da cisterna, que provavelmente esperava uma gorjeta.

O guarda riu.

— Não, não, rapaz. Seu mestre precisa que você volte logo? Ele se importa se você emprestar seus serviços?

Nijiri se endireitou um pouco de sua posição inclinada, mantendo os ombros curvados. A mente ficou acelerada; ele não podia deixar essa chance escapar. Tinha de haver alguma maneira de sondar o guarda em busca de informação, se conseguisse prender o interesse dele.

— Hã, não, senhor — respondeu. Uma vaga lembrança o fez acrescentar: — Contanto que ele não perca nada com isso, senhor.

— Claro. — O guarda pôs a mão na algibeira do cinto e tirou uma grossa moeda de prata, exibindo-a e depois guardando-a. — Para o seu mestre. Não vou segurar você por muito tempo. — Ele apontou com a cabeça para uma viela próxima, estreita e coberta pela penumbra.

Esquecendo a humildade por um instante, Nijiri fitou-o, confuso. Mas, de repente, uma lembrança da Noite Hamyan voltou-lhe à cabeça e, com ela, as palavras do Príncipe. *Alguém poderia ter feito de você um servo de prazer.*

Pela graça da Deusa e todos os Seus divinos irmãos. Aqui também? Por um momento, ele lutou contra a fúria.

Nijiri estava abrindo a boca para murmurar uma desculpa quando o tilintar ritmado de sinos chamou sua atenção. Do outro lado do quadrado onde estava a cisterna, entrou um pequeno grupo vindo de uma rua secundária: quatro vultos usando um diáfano hekeh amarelo ao redor de um quinto vestido verde pálido. Irmãs de Hananja.

As pessoas reunidas no quadrado se afastaram em reverência, abrindo caminho. O guarda inspirou quando o grupo se aproximou da cisterna, recuando com uma mesura respeitosa. O servo da cisterna fez o mesmo e só tardiamente Nijiri se lembrou de se curvar também.

— Pare, criança. — A mulher de túnica verde no centro do grupo ergueu uma das mãos para apontar para ele. O véu ocultava quase tudo, a não ser o mais tênue contorno do rosto, mas o pulso de Nijiri acelerou de qualquer forma ao ouvir a voz dela. Seria possível?

Ele se endireitou, apontando para si mesmo sem acreditar, como deveria um servo submisso. Ela assentiu.

— Venha — ordenou. Ela e suas acólitas se viraram e ele as seguiu rapidamente.

As acólitas o cercaram, deixando que Nijiri caminhasse ao lado da Irmã. Ninguém os seguiu quando saíram do quadrado. Ele olhou para trás e vislumbrou a irritação guerreando com o espanto no rosto do guarda. O espanto venceu e o homem deu para Nijiri um sorriso triste mas amável antes de se afastar. Então eles viraram em uma rua diferente, em direção ao bairro dos artesãos. As lojas e os ferreiros já haviam fechado; apenas algumas pessoas ainda estavam por ali. Algumas delas fitavam Nijiri e as Irmãs, depois desviavam o olhar rapidamente; a maioria nem olhava. Talvez o invejassem por ser escolhido como portador de semente onírica, mas ninguém demonstraria essa inveja abertamente. Fazer isso desagradava Hananja... e desagradava as Irmãs.

— Imprudente, Coletor-Aprendiz — asseverou a Irmã, a voz baixa, sem se propagar. Ela andava em um ritmo majestoso, os sinos nas bordas da túnica e do véu tilintando. — Um homem determinado a conseguir prazer raramente oferece muita informação, antes ou depois.

Nijiri sentiu as bochechas pegarem fogo.

— Irmã Meliatua?

Não podia ver muito bem o rosto dela, mas achou que ela houvesse sorrido.

— Você se lembra.

Não poderia ter esquecido.

— Era o único jeito, Irmã. Eu... — Nijiri hesitou, sem saber ao certo quanto contar a ela.

Ela falava sem olhá-lo.

— Ehiru não está mais preso. Ele foi solto logo após o zênite do sol, depois saiu da cidade pelo portão sul. Estava com um objeto dela, então um guarda contou para ele como encontrar a embaixadora kisuati. Não sei por que ele foi solto.

Nijiri ficou tão atônito que levou o período de várias respirações para falar.

— Você... como você...

Outro possível sorriso.

— Eu escutei, Coletor-Aprendiz, assim como ensinei você a fazer na Hamyan. Nós da Irmandade temos contatos dentro e fora de Gujaareh que estão dispostos a nos dar informações úteis.

Nijiri franziu a testa, tentando adivinhar.

— Contatos kisuati?

— E soreni, e jellevita, e muitos outros, inclusive alguns da sua confraria. Rabbaneh me pediu para ajudar você. Ele disse que você estaria nas proximidades dos postos de guarda.

Então era mais do que sorte ela ter aparecido quando apareceu.

— Então sabe onde posso encontrar meu mentor, Irmã?

— Não, mas o guarda no portão sul talvez saiba, se conseguir convencê-lo a contar para você. Mas deve ir logo. Imagino que Ehiru vai obter a informação da mulher kisuati e então matá-la. Depois disso, quem pode dizer para onde ele vai?

Nijiri franziu o cenho.

— Coletores não "matam", Irmã.

Meliatua tornou a sorrir.

— Na realidade, eu não compartilho meu corpo com os portadores de dízimo, Aprendiz. Apenas dou os sonhos para eles. Porém, quando acordam, eles estão exaustos e saciados, os corpos estremecendo com a recordação do êxtase. Você acha que a distinção tem muita importância para eles, se é que tem alguma?

Nijiri enrubesceu.

— Suponho que não.

— Você precisa aprender a ver as coisas de muitos ângulos, Nijiri. Quando muito, esse foi o único defeito do seu mentor. Ele só enxerga a Lei de Hananja. — Ela suspirou; sinos ecoaram em torno do véu dela. — Essa estreiteza de propósito faz dele o melhor de sua confraria, mas também o deixa despreparado para lidar com os esquemas dos corruptos.

Nijiri tentou não pensar na expressão de completa derrota no rosto de Ehiru quando os guardas do Ocaso o levaram embora.

— Então é meu dever carregar esse fardo para ele, Irmã.

Meliatua olhou para ele de relance, depois desviou o olhar.

— Entendo. Você conhece um pouco sobre corrupção. Mas é tão jovem... — Era uma pergunta.

Nijiri hesitou, mas havia algo nela que encorajava a sinceridade.

— Eu era da casta servil antes de o Hetawa me adotar. Minha mãe me ensinou como satisfazer o desejo de um adulto quase antes de eu aprender a andar. É uma coisa que a maioria dos pais da casta servil ensina para os filhos. Uma coisa que esperam que a criança nunca precise, mas que podia significar sobrevivência se algum dia chegasse o momento. — Ele encolheu os ombros, então ficou mais sério: — Não tive problemas como servo. Apenas como acólito, no Hetawa.

Ela não falou nada, apesar de Nijiri ter feito uma pausa, temendo a censura dela. O silêncio dela ajudou; após um momento, ele conseguiu relaxar e continuar.

— Todos os acólitos entram na lista — explicou ele. — Para servir como ajudante no pranje, quero dizer, sempre que um Coletor ou Compartilhador passa pelo ritual. É supostamente impossível escapar desse dever; mas há jeitos. E em *qual* lista acaba entrando costuma ser uma questão de conquistar a preferência do Professor que controla aquela lista.

— Você queria estar na lista de Ehiru?

O passo de Nijiri vacilou por um instante. Aflito, ficou em silêncio; Meliatua suspirou e tocou a mão dele para tranquilizá-lo.

— Eu também tive uma mentora — disse ela em voz baixa. — Se nós tivéssemos esses rituais, eu teria desejado servir a ela e a mais ninguém. Não importa quanto isso pudesse ter sido considerado errado ou egoísta pelas minhas companheiras.

Nijiri assentiu lentamente.

— É. Era assim.

— Você o ama. Ehiru.

Nijiri parou no meio do caminho, o sangue enregelando, e Meliatua parou também. Antes que ele pudesse balbuciar alguma desculpa, entretanto, ela se aproximou, como uma amante, pousando as palmas no peito dele.

— Fui da casta servil também — falou ela com delicadeza. — Lembro as mesmas lições que você, mas lembro também que algumas dessas lições estavam erradas, Coletor-Aprendiz. Eram todas sobre se proteger, se tornar forte o bastante para sobreviver a uma vida como servo. Não existiam lições sobre como amar de forma segura ou o que fazer se não amava assim.

Nijiri encarou-a, esquecendo de momento que estavam no meio de uma rua aberta, cercados pelas ajudantes dela e só os deuses sabiam por quem mais. Ele se lembrou da sensação inicial de que ela de algum modo lera sua mente na Noite Hamyan, mas não. Talvez fosse apenas o fato de que ela o compreendia.

— Eu... — Ele hesitou, passou a língua pelos lábios. — Não sei o que fazer.

Meliatua encolheu os ombros.

— Você fez o que podia: esteve perto dele, ajudou-o, deixou que ele o ajudasse. No final das contas, é tudo que qualquer um de nós pode fazer por quem ama. E ele precisa de você, Nijiri. Mais do que ele percebe. Talvez até mais do que você percebe. — As mãos dela afagaram o peito dele; inadvertidamente, o rapaz pôs as mãos na cintura dela, uma vez que essa parecia a única maneira apropriada de reagir ao toque dela.

— Mas você sabe: ser Coletor é tudo para ele. Você consegue amá-lo sabendo que sempre estará em segundo lugar no coração dele?

— Eu sempre soube disso. — Nijiri fechou os olhos, recordando as noites que passara acordado, querendo. Sabendo que jamais poderia ter o que queria. Mas... — Vou aceitar o que ele puder me dar e ficar satisfeito com isso. É só que...

Um Coletor pertencia por completo a Hananja, diziam os Professores. Isso era verdade a respeito de todos os quatro caminhos do serviço de Hananja, mas os Coletores eram especiais mesmo entre os caminhos. Ninguém se importava se os Professores ou os Compartilhadores se esgueiravam para dentro do quarto uns dos outros à noite, contanto que fossem discretos. Mesmo os Sentinelas ficavam com irmãos de vigilância, e lutavam mais por eles do que quaisquer outros. Mas entre os Coletores era diferente. Respeito, admiração, amor fraterno, esses sentimentos eram certos, aceitáveis, até encorajados. Só o desejo único e egoístico era proibido.

— É muito difícil, Irmã — sussurrou ele, incapaz de fitar os olhos dela. — Eu me tornei Coletor porque queria ser forte. Porque então não precisaria dos outros e a tristeza não teria mais o poder de me machucar. Queria estar com Ehiru; queria *ser* Ehiru. E agora...

Meliatua sorriu através do véu e, depois, com muita, muita delicadeza, afastou-o.

— Agora você não é mais criança — disse ela. — Agora você entende: os Coletores são tão fortes quanto os outros homens. Agora sabe que não pode ser Ehiru, mas pode ser digno dele. E agora sabe: não existe vergonha em amar.

Ele não pôde deixar de dar um sorrisinho amargo.

— Não. Mas existe mais dor do que eu esperava. E resistir exige mais força do que imaginei.

Ela o observou um pouco mais antes de inclinar a cabeça coberta pelo véu.

— Então me desculpe por perturbar sua paz, Coletor-Aprendiz.

— Meliatua voltou a andar e, depois de um instante, ele forçou as pernas a se mexerem de novo. O coração dele demorou mais para se tranquilizar, mas ela permaneceu calada ao andar e, aos poucos, ele se acalmou.

— Tem um fiscal no bairro dos Infiéis que é conhecido meu. — Revelou após um bom tempo. — O posto dele fica depois do portão, na terceira esquina. Pergunte por um guarda metade jellevita chamado Caiyera. Diga a ele que é meu amigo e ele vai falar onde está a mulher kisuati. Mas faça isso logo; o turno dele termina não muito depois do pôr do sol.

Nijiri alçou os olhos para o céu, que já estava ficando vermelho.

— Sim, Irmã.

Eles haviam chegado a outro cruzamento. O mercado de rua ali estava movimentado com a presença de pessoas e comércio; muitos compradores só saíam quando o período mais quente do dia havia passado. Do outro lado da praça havia uma rua ampla, marcada por um arco e, algumas ruas além, Nijiri podia ver o portão sul, que conduz ao Bairro dos Infiéis.

— Não se demore após escurecer, Coletor-Aprendiz — alertou Meliatua, e ele a olhou, surpreso. — O monstro que assombra as ruas à noite experimentou sua alma uma vez e pode querer mais. Você ainda não tem a habilidade para lutar contra ele.

A inquietação lutava contra o orgulho; Nijiri endireitou os ombros.

— Fui pego de surpresa, Irmã.

Ela voltou a sorrir, mas algo nesse sorriso o fez entender que ela não estava zombando dele.

— Claro. — Ela se aproximou de novo, ergueu uma das mãos e tocou a bochecha dele, fazendo tilintar os sinos. — Vá com as bênçãos de Hananja, Nijiri, e lembre que também não existe *corrupção* no amor.

Meliatua virou as costas, as acólitas seguindo-a, e só depois que ela o havia deixado é que Nijiri compreendeu suas palavras. Elas o fizeram se sentir... não melhor. Mas mais seguro de si.

Com o senso de propósito renovado, ele começou a andar rumo ao portão para ir ao encontro de Ehiru.

17

O Coletor meditara, rezara, mas não fora suficiente. Nunca era suficiente. No fim, quando a mente esquecia as orações e perdia a capacidade de meditar, a única coisa que restava era a terrível e incessante algaravia da necessidade crua. Apenas uma coisa podia silenciar essa necessidade. De manhã eles viriam, de manhã eles viriam; esse se tornou seu motivo para viver. Até lá, não havia nada a fazer senão suportar. Distrair-se. Havia um menino preso aos seus pés, de olhos fechados. Uma oferenda. O Coletor ergueu a mão livre e afagou uma das bochechas do garoto, admirado com a beleza e a inocência da juventude. Ele poderia devorar essa beleza, pintar-se com aquela inocência. Será que isso apagaria os pecados de sua vida? Talvez pudesse descobrir.

Ele não sentiu fúria quando mergulhou o punho na barriga do menino a primeira vez. Fora uma maneira de se distrair, nada mais. Mas quando o garoto arregalou os olhos, cheios de choque e agonia e daquela horrível e doentia consciência de como deve ser a sensação da morte quando ela chegar, alguma coisa substituiu a necessidade pulsante e turbulenta: alívio. O menino jamais experimentara tamanha dor antes. Estava aterrorizado. E, ao ver o medo e a agonia de outra pessoa, o medo e a agonia do próprio Coletor diminuíram. Só um pouco, mas até isso ajudava.

Ah, sim. E o garoto tinha olhos tão adoráveis. Como o jaspe do deserto.

Então ele ergueu o punho e golpeou outra vez, e outra, logo vendo-se maravilhado com as contorções do menino, seu choro, seus roucos e confusos apelos. Com o tempo surgiu sangue também, e isso lhe deu o maior prazer de todos.

* * *

Ehiru acordou com um arquejo, o coração acelerado na fresca escuridão da casa de Etissero.

Não podia ter sido um sonho. Ele mal tinha sangue onírico suficiente para sustentar a própria vida naquele momento e, mesmo que tivesse mais, não poderia ter sido um sonho. Fazia vinte anos que não sonhava.

Uma visão então — mas uma visão horrível, repugnante. Ehiru se sentou, levando as mãos à testa para atenuar a dor causada pela exaustão, por dormir fora de seu padrão normal e pela crescente necessidade de sua alma. Ele mal conseguia pensar com aquela dor, mas conhecia sua narcomancia básica bem o bastante. A maioria das visões nascia das lembranças. Nijiri nunca o servira no pranje e, portanto, Ehiru jamais batera no rapaz. Não poderia ter batido. Infligir tal dor de propósito a outra pessoa não era apenas corrupção, era alheio ao seu próprio ser.

A menos que suas lembranças não fossem tão claras como ele acreditava. Ou a menos que as imagens que atormentavam seu descanso fossem não uma visão do passado, mas uma visão verdadeira do futuro.

Ele gemeu, desprovido demais de paz até para rezar.

— Ehiru-irmão.

Cerrou os punhos e se pôs de pé bruscamente, preparando-se para atacar. Mas o vulto sentado no sofá de frente para Ehiru no passadiço não se mexeu, esperando que ele se acalmasse. Essa reflexão libertou sua mente da letargia, de modo que pôde enfim pensar. Nijiri.

Ehiru sentiu um aperto no estômago. *Algum dia eu machuquei você?*, quis perguntar, mas não conseguiu arranjar coragem para encarar a resposta.

A forma mal iluminada de Nijiri se mexeu e se aproximou, agachando-se ao lado do sofá sob uma faixa de luz da Lua da Vigília. O temor de Ehiru diminuiu ao ver uma preocupação genuína no rosto do rapaz. Poderia alguém que ele usara de forma tão cruel ainda amá-lo? Com certeza aquela era a prova.

— Você não está bem, irmão — disse Nijiri no mais suave dos sussurros, como em uma Coleta. — Você precisa de uma infusão.

— Eu preciso de *paz* — retorquiu Ehiru e estremeceu quando sua voz cortou o silêncio, rouca e mais alta do que o habitual. — Mas Ela me nega isso mesmo no sono.

Nijiri pegou a mão de Ehiru, desajeitado, e levou-a ao próprio rosto. Afastou o dedo indicador e o médio, tentando colocá-los sobre os próprios olhos fechados. Uma oferenda.

— Não! — Ele recolheu a mão; Nijiri franziu o cenho. — Meu controle está enfraquecendo, Nijiri. Pode ser que eu não pare só com um pouco.

— Então pegue tudo, irmão. — Nijiri fitou-o com firmeza. Tão confiante! — Você sabe que não tenho medo.

As palavras trouxeram uma lembrança do primeiro encontro entre eles: o portador da morte e a criança que a acolheu. Essa recordação sempre trazia paz para Ehiru e não deixou de fazê-lo agora, afastando a confusão e a tristeza que a visão falsa causara. Ele soltou o ar.

— Hananja não escolheu você ainda, e não vou arriscar sua vida. Posso aguentar mais alguns dias. Haverá outros que precisam de Coleta. Sempre há.

O rapaz fez cara feia.

— Não gosto desse plano, Ehiru-irmão.

— Nem eu. Mas a única alternativa é voltar para o Hetawa, o que ainda não posso fazer. — Ele parou quando entendeu as implicações da presença do jovem. — Mas *você* deveria estar lá. Por que não está?

— O Sonta-i-irmão e o Rabbaneh-irmão me mandaram para ajudar você a escapar da Guarda do Ocaso.

— *O quê?*

Nijiri apertou a mão dele para silenciá-lo; Ehiru estava chocado demais para manter a voz baixa.

— O Ceifador é uma abominação contra a Deusa — sussurrou o rapaz. — O Superior e o Príncipe não cumpriram o dever deles de destruí-lo, portanto, nós, você e eu, devemos caçar a criatura. — Ele hesitou, depois acrescentou: — Fazer isso também vai provar sua pureza, irmão. Então vamos poder voltar para o Hetawa.

Pela abençoada Hananja, será que eu era tão tolo quando tinha dezesseis anos? Se era, obrigado por me deixar chegar aos quarenta.

— Rabbaneh e Sonta-i deveriam saber que não é assim. Mesmo se destruirmos o Ceifador, não podemos mais confiar no Hetawa. Alguém de lá *criou* esse monstro.

— E, quando voltarmos ao Hetawa, vamos encontrar essa pessoa, ou pessoas — falou Nijiri, teimoso. — É mais fácil de dentro do Hetawa do que de fora. Podemos buscar a ajuda do Conselho dos Caminhos...

— Os membros do Conselho podem estar envolvidos nesse pesadelo...

— Então vamos expurgá-los também! — Atônito, Ehiru olhou para Nijiri e viu que a expressão dele se tornara fria e feroz. Era um vislumbre fugaz do Coletor que Nijiri se tornaria um dia e, apesar de tudo, Ehiru sentiu o coração se encher de orgulho.

— Sonta-i-irmão me fez lembrar do papel do nosso caminho — continuou o rapaz. — Devo lembrar a você? Se o Hetawa se tornou corrupto, então é nosso *dever* purificá-lo segundo a Lei de Hananja. É simples assim, irmão.

Simples assim.

Ehiru se recostou contra a parede, sentindo o mundo se inverter de novo. Seria possível? Retomou sua oração anterior, agradecendo Hananja por lhe conceder mais uma vez a visão clara dos dezesseis anos, mesmo que indiretamente, através dos olhos de Nijiri. Dois dias de infelicidade e confusão desvaneceram de seu coração e, pela primeira vez no que pareciam ser eras, ele sorriu.

— Às vezes é prudente o mentor ouvir o aprendiz em vez de o aprendiz ouvir o mentor. — Ehiru apertou a mão de Nijiri, depois apontou para o outro sofá no passadiço. — Descanse. De manhã partimos com a mulher kisuati. Vamos para Kisua.

— Kisua? Mas o Ceifador está aqui.

Estava, mas as respostas de que Ehiru precisava (quem, como e por quê) não estavam. Matar a criatura não eliminaria a corrupção da situação toda; ele não podia confiar em ninguém em Gujaareh. Mas a mulher, Sunandi, procurava a mesma verdade que ele, e em sua terra natal ela tinha os recursos para desvendá-la. Corrupta ou não, ela seria útil para a causa dele.

— Vamos voltar depois — ele falou para Nijiri —, mas primeiro resolveremos a questão da suspensão da mulher. Se o que ela diz é verdade, então o Ceifador pode ser apenas um sintoma de uma doença muito maior.

— Em que sentido?

Ehiru suspirou quando parte de sua paz desvaneceu. Ele sabia que ela só podia ser passageira.

— Pode ser preciso fazer um expurgo em Gujaareh inteira.

Quando terminarmos, os estoques de sangue onírico do Hetawa vão transbordar.

SEGUNDO INTERLÚDIO

Esta verdade Gujaareh jamais gostou de admitir: a nossa Hananja não é a maior entre os filhos da Lua dos Sonhos. Ela não é engenhosa como Dane-inge, que dança arco-íris pelo céu para marcar o fim da estação da inundação. Nem é laboriosa como Merik, que tritura as montanhas e enche os vales deixados pelo pai no cio. No entanto, ficou a cargo de Hananja cuidar da saúde e da felicidade da família — uma tarefa importante em qualquer linhagem, sem dúvida, mais ainda entre os imortais. Assim, Ela criou o lugar que chamamos Ina-Karekh, onde os demais deuses podem se entreter com todas as maravilhas que se possa imaginar. Mas, porque não havia onde pôr esse lugar (pois Ina-Karekh é mais vasto do que o céu e a terra), Ela o guardou dentro de si. Ensinou aos irmãos e irmãs a separarem seu eu mais íntimo e mandar apenas essa parte para Ina-Karekh, deixando o restante para trás. E porque os deuses achavam nossa espécie divertida, Ela compartilhou esse dom com os mortais.

Pode-se dizer, contudo, que isso é um tipo de loucura. Reflita: nossa Deusa convidou muitas pessoas para morarem na mente Dela. Como Ela tem os próprios pensamentos? Onde em Ina-Karekh inteira estão escondidos os sonhos Dela — se é que Ela se permite alguma coisa?

Então reflita sobre o seguinte.

Quando o Coletor Sekhmen era criança, não conseguia dormir a menos que as Irmãs Luas cantassem para ele à noite. Ele tentava cantar as cantigas delas para seus irmãos na Casa das Crianças, mas eles só ouviam silêncio.

Quando era acólito, o Coletor Adjes conversava muito seriamente com os Reis de Gujaareh em seus Tronos dos Sonhos.

O Coletor Me-ithor mostrou sinais do dom do sonho cedo, mas seus pais eram infiéis e tentaram mantê-lo longe do Hetawa. Com sete inundações, ele matou a mãe na cama achando que ela era um monstro.

Na época dos pranjes do Coletor Samise (do qual só estou falando para ilustrar meu relato), era necessário amarrar as mãos dele com faixas de hekeh e colocar um pedaço de madeira em sua boca, ou ele se arranhava e se mordia para tirar os insetos de sob a pele.

Você acha que eu difamo os nomes deles ao dizer essas coisas? Difamei a Deusa ao sugerir que a loucura dela contamina os servos? Então entenda isto: o dom do sonho sempre foi uma espada de dois gumes. Mas, como Ela nos ensinou, não é sábio procurar o tesouro naquilo que outros podem desprezar como maldição? Não é sagaz da nossa parte transformar a loucura em magia?

18

Quando a morte chegar inesperadamente, preserve a carne.
Convoque salmistas e cantores, queime incensos e chame os
ancestrais. Bata tambores para afastar o morto de Hona-
Karekh e faça orações para os deuses guiarem o rumo da alma.
Doe um dízimo para o Hetawa a fim de não arriscar a alma de
nenhum ente querido outra vez.

(SABEDORIA)

Sunandi acordou pouco depois do amanhecer ao ouvir os gritos zangados de Etissero. Levantando-se da cama onde chorara até pegar no sono, colocou um vestido e foi para o andar de cima para encontrar Etissero empertigado, gritando em três línguas comerciais. Não ficou surpresa ao ver a causa da raiva dele: o jovem aprendiz do Coletor chegara. O rapaz estava na frente do mestre agora, emitindo aquela combinação peculiar de determinação e protecionismo que Sunandi notara duas noites antes.

Duas noites antes. Fazia mesmo tão pouco tempo que mandara Lin para a morte?

O Coletor-jovem alçou os olhos para ela. Etissero seguiu o olhar dele e parou na metade de um insulto à mãe deles em soreni. Parecendo envergonhado, Etissero passou a falar em um suua hesitante:

— Por favor, me perdoe, Voz-Oradora. Não quis acordá-la.

— Tudo bem — respondeu ela em bromarteano, depois concentrou-se nos Coletores.

Ehiru estava de olhos abaixados, demonstrando a vergonha que se esperava de qualquer pessoa que houvesse violado o costume de acolhida. Ele parecia melhor do que no dia anterior, mas ainda não muito bem. O rapaz... quando Sunandi o fitou, ele estreitou os olhos, examinando o rosto dela. Os gujaareen podiam ler a morte, dissera Etissero, então ela olhou de volta e deixou que visse sua tristeza. Ele piscou, surpreso, depois assumiu um ar solene; um instante depois, assentiu, compreendendo. Sim, e os Coletores liam a morte melhor do que todos.

— Você vem com a gente, então? — perguntou ela ao jovem.

— Vou — respondeu ele.

— Certo. — Sunandi virou-se para Etissero. — Você acha que o grupo de Gehanu consegue acomodar três em vez de uma?

Etissero pareceu pronto para reclamar, contudo, se contentou com cruzar os braços e lançar um olhar ressentido aos Coletores.

— Sim, sim, o número não importa. Mas a *aparência* sim, e nenhum desses dois vai conseguir se passar por nada além dos assassinos que são.

— Nós não... — começou o aprendiz, mas o Coletor pôs uma das mãos em seu ombro e ele se calou de imediato.

— Com a roupa certa, podemos nos misturar bastante bem — disse Ehiru. — Que disfarce usaremos para viajar?

— A da caravana de um menestrel. — Etissero sorriu, desafiando-os a parecerem horrorizados.

Ehiru também sorriu.

— Essas caravanas têm muitos membros. Guardas, aqueles que se apresentam, trabalhadores que cuidam dos animais e dos bens do grupo. Nijiri e eu vamos ser esses trabalhadores. Eu serei kisuati, e ele, gujaareen.

— Os kisuati falam suua!

— Assim como eu, senhor, falo kisuati coloquial e cerimonial — respondeu Ehiru nesse idioma. Falou sem nenhum vestígio de sotaque gujaareen, notou Sunandi, embora houvesse um traço de alta-casta em suas inflexões.

— Você é um kisuati que um dia foi rico e respeitado — emendou ela, e Ehiru aquiesceu, compreendendo. Sunandi se virou para Etissero e voltou a falar gujaareen para que ele pudesse entender. — Você vai nos presentear com roupas apropriadas e suprimentos para a viagem? Não vou ofendê-lo oferecendo reembolso, especialmente considerando que você será família na minha própria casa quando visitar Kisua da próxima vez. — E, claro, ela lhe direcionaria tantos negócios lucrativos dos soonha quanto pudesse.

O gesto pareceu apaziguar Etissero.

— Claro. Vou pedir para Saladronim encontrar roupas para o rapaz, eles são quase do mesmo tamanho.

Ele passou ao lado da mulher no caminho para a escada, mas parou e tocou o braço dela.

— Tem certeza, Nandi? — Ele voltou a olhar para os Coletores sem se dar o trabalho de disfarçar sua antipatia nem baixar a voz. — Se aquele negro machucar você, eu o mato.

— Você não vai fazer nada disso — retrucou ela, olhando subitamente para Ehiru. O Coletor mais velho virou-se e foi até a cortina do passadiço, dando-lhes tanta privacidade quanto possível. O aprendiz, porém, fitou-os com frieza por um instante antes de se virar para seguir o mestre.

— O costume de acolhida...

— *Não se aplica* depois que eu sair da sua casa, Etissero. E, por mais que me ame, você mesmo disse: já estou morta. A menos que eu consiga convencer esses dois de que minha aparente corrupção é o esquema de pessoas ainda mais corruptas, com propósitos mais corruptos. — Sunandi sorriu, resignada. — E mesmo assim pode ser que me matem. Talvez até estejam certos de fazer isso.

Etissero a encarou por um momento.

— Você não matou a malandra, Sunandi.

— Eu a mandei partir. Eu sabia que nossos inimigos fariam de tudo para guardar os segredos que ela carregava. Um capitão de exército que fizesse o mesmo em tempos de guerra aceitaria sua responsabilidade pela morte de um subordinado, não aceitaria?

— Você não é capitã de um exército, a garota não era um soldado e nós não estamos em guerra.

— Estamos sim, Etissero. Ou estaremos assim que eu disser aos Protetores o que está acontecendo nesta cidade. Lin nem sequer foi a primeira vítima dessa guerra, só que vai me fazer sentir mais saudade. — Ela fechou os olhos e tocou o peito. Se um Ceifador não estivesse envolvido, ela poderia pelo menos esperar que Lin encontrasse Kinja, em algum lugar na vastidão de Ina-Karekh. Então, eles poderiam ter sido pai e filha na morte como não puderam, em vida. Mas os Ceifadores não deixavam nada em nenhum dos mundos quando faziam uma vítima: nenhuma vida desperta, nenhuma alma para sonhar. Ela nem mesmo tinha esperança de conforto.

Etissero pegou a mão dela.

— Se não fosse por esses... — ele apontou com a cabeça para os Coletores —, eu mandaria você ficar até a tristeza passar, Nandi. Você devia estar entre amigos nessa hora, não entre inimigos.

— É melhor estar entre inimigos. Eles vão me ajudar a lembrar por que Lin morreu. — Sunandi deu um sorriso que não sentia e delicadamente soltou a mão da dele. — E eu coloquei a sua família em risco o suficiente ao permanecer aqui.

O semblante dela ficou entristecido, mas Etissero não falou nada, pois sabia que Sunandi dizia a verdade. Ela sorriu, aproximou-se e deu-lhe um beijo no rosto.

— Agora se apresse — ela pediu. — A caravana com certeza vai partir antes do descanso da tarde.

* * *

Quando chegaram, a praça do mercado do Bairro dos Infiéis estava lotada, o ar carregado de poeira e do cheiro de comidas fritas e de estrume de animais. Clientes e comerciantes negociando mercadorias misturados em uma massa animadamente caótica que fazia os mercados organizados de Gujaareh parecerem fúnebres em comparação. Logo Sunandi viu recordações menos agradáveis de que não estavam mais na Cidade de Hananja: batedores de carteira perambulavam no meio da multidão enquanto vendedores de mercadorias mais suspeitas faziam negócios apressados nas redondezas. Sorrateiramente, ela guardou a bolsa de mão dentro das roupas de viagem.

Em princípio, temeu que os dois gujaareen, desacostumados com os costumes mais rudes para além dos muros da cidade, pudessem ser descuidados. No entanto, o Coletor já escondera a bolsa e, como de hábito, o rapaz seguiu as deixas do mestre. Até certo ponto: Ehiru se locomovia pela turba com tanta calma e facilidade que ninguém poderia tomá-lo pelo monstro piedoso que de fato era, mas Nijiri ficava boquiaberto com tudo à sua volta. Ele parecia exatamente um fugitivo da casta servil tendo o primeiro vislumbre da vida além dos muros de Gujaareh, mas Sunandi não pensou se tratar de fingimento.

Sunandi diminuiu o passo quando chegaram a uma área onde a aglomeração se diluía para circular em torno de um grupo de camelos, pilhas de mercadorias empacotadas e pequenos animais em gaiolas. Uma variedade de pessoas (ela notou gujaareen, kisuati, bromarteanos, kasutsenos, soreni e o que parecia uma dançarina jellevita) apinhavam-se em torno e em cima da caravana como formigas, verificando arreios e carregando camelos. Sunandi avistou no meio do caos uma mulher alta e forte, com as destemidas feições de uma nativa do extremo sul. Antes que pudesse chamá-la, a mulher se virou e percebeu a presença dela.

— Nefe! — gritou, abrindo os braços e sorrindo. — Quanto tempo, pirralha! Venha aqui que eu vou dar um castigo a você.

Sunandi sorriu e foi até a mulher, sendo envolvida por braços grandes em um abraço apertado que a ergueu vários centímetros no ar. Ela resfolegou, mas aguentou o abraço, rindo quando a mulher enfim a colocou no chão e estreitou os olhos para ela, ainda segurando seus ombros. De soslaio, ela pôde ver os Coletores observando.

— Você precisa de alguma coisa outra vez. *Ah-che.* — A mulher fez uma careta. — Você nunca aparece a não ser quando precisa.

— Porque você não me escorraçou ainda. — Sunandi apontou os dois gujaareen. — Meus companheiros e eu precisamos de travessia para Kisua. Rápida e discreta.

A mulher olhou de relance para os homens e resmungou, desinteressada, antes de voltar a atenção para Sunandi.

— Você sabe que levo você, Nefe, mas não vai ser uma viagem confortável. Vamos pela rota do deserto, não pelo caminho do rio. Não há nada ao longo do rio além de vilarejos pobres que não podem nos pagar. Pelo menos em Tesa vamos conseguir lucro.

Sunandi fez uma careta.

— Na verdade, eu esperava que você dissesse isso. A rota do deserto é mais rápida.

— Você detesta a parte alta do deserto, sua molenga mimada.

— Não vou reclamar. A pressa é mais importante do que o conforto desta vez.

O sorriso da mulher desvaneceu; ela examinou Sunandi de perto.

— Você está com sérios problemas.

— Estou, 'Anu.

Gehanu não fez mais perguntas, mas deu um aperto firme e tranquilizador nos ombros de Sunandi.

— Então levaremos você até lá. Deve demorar só sete dias pela estrada do oásis. Onde está aquela sua menina pálida? Ela reclama mais do que você.

Sunandi baixou os olhos e a mulher conteve a respiração.

— Pela luz insana da Lua! Então acho que temos que ir agora.

Por fim, ela se virou para os dois gujaareen.

— Eu sou Gehanu. E vocês?

Sunandi viu o rapaz lançar um olhar indeciso para Ehiru, que se curvou sobre uma das mãos e o jovem logo o imitou.

— Eu sou Eru, e esse garoto é Niri — disse ele em suua. — Vamos trabalhar para pagar a travessia, senhora.

Sunandi piscou, surpresa. Ehiru curvara os ombros e usara um tom mais agudo de voz, tornando-a ligeiramente anasalada. Ele manteve os olhos baixos, como um humilde baixa-casta. Junto ao sotaque alta-casta, era perfeito para o papel que ela lhe dera: um kisuati que fora rico um dia, agora deserdado e humilhado devido a alguma indiscrição da juventude. Ela pôde ver Gehanu examinando-o e de pronto ignorando-o.

— Claro que vão, *che* — retorquiu Gehanu. — Todos nós trabalhamos aqui. O que sabe fazer, rapaz?

Nijiri curvou-se ainda mais em uma perfeita mesura da casta servil gujaareen com uma inflexão de mão, indicando que não fora reivindicado e estava disposto a aceitar um novo mestre. Quando se endireitou, olhou para Gehanu com uma engenhosa mescla de tímida esperança e medo que divergia em absoluto de seu verdadeiro comportamento.

— Limpo muito bem, senhora — respondeu ele. — Posso fazer qualquer outra coisa se me mostrar uma vez só como se faz. Exceto...

exceto cozinhar. — Ele pareceu tão abatido devido ao fato que Sunandi quase riu.

Gehanu, por sua vez, deu uma risada alta — uma única vez, mas ficou claro que o rapaz a encantou.

— Vamos garantir que você não chegue perto do fogueira, então. — Ela olhou para os caravaneiros e levantou a voz em um grito estrondoso. — Mexam-se, pedras preguiçosas, vamos sair antes do zênite do sol!

Os caravaneiros a ignoraram com uma expressão de costume. Ehiru apontou com a cabeça para um grupo que carregava sacos em uma carroça.

— Devo ajudar, senhora?

— Se você achar que consegue fazer isso sem estragar tudo. — Gehanu apontou para a carroça e Ehiru aquiesceu, indo se juntar aos carregadores. Ela ficou olhando enquanto ele andava, um semblante de aprovação no rosto.

— Você, rapaz, sabe cantar?

Nijiri pareceu surpreso.

— Cantar, senhora?

— É. Abrir a boca, deixar os sons saírem, de vez em quando com palavras.

A pele do rapaz, quase tão clara quanto a de um nortenho, ficou espantosamente rosada.

— Não muito bem, senhora.

— Dançar?

— Só danças de orações, senhora. Como qualquer gujaareen.

— É um começo. No sul, talvez você possa mesmo ser uma novidade. — Ela olhou para Sunandi. — Você é amiga. Seu colega que fala bonito não, mas aceitar passageiros é uma coisa que os outros não questionariam, se esses passageiros aparentarem ter condições de pagar. Os gujaareen da casta servil não têm permissão para acumular dinheiro. Então o seu amigo aqui vai ser um dançarino que estou pensando em aceitar como aprendiz e para contrato permanente. *Che?*

Nijiri pareceu surpreso. Uma afiada agulha de frio transpassou a espinha de Sunandi. Fazia anos que ela não cometia um erro tão bobo e amador. Kinja teria lhe batido por isso. Lin teria ficado chocada. Bastava uma pequena inconsistência, qualquer erro de lógica, para levantar suspeitas. Havia muitas pessoas em um grupo de menestréis que ganhariam dinheiro extra de bom grado denunciando estranhos suspeitos para guardas de portões ou oficiais de entrepostos comerciais. Ela poderia ter levado todos à morte.

Gehanu viu que Sunandi ficou horrorizada e a pegou pelo braço, levando-a em direção aos camelos e fazendo um sinal para Nijiri segui-las.

— *Sowu-sowu*, Nefe, não se preocupe. Vou cuidar de você como sempre faço. Vamos levar você de volta para casa rápido como rapinantes e aí vai ficar tudo bem. *Che?*

Dizia-se que os deuses favoreciam os tolos porque eram engraçados de observar. Agradecendo em seu íntimo a qualquer que fosse o deus que a achara engraçada no momento, Sunandi recostou-se contra Gehanu, agradecida.

— *Ah-che.*

A fila da caravana já se formara. Seis camelos sem carga seguiam na retaguarda para serem vendidos durante a viagem. Gehanu mandou que colocassem selas em três deles para Sunandi e seus companheiros e, quando o sol estava a pino, eles enveredaram pela estrada poeirenta e distorcida pelo calor.

19

*Um Coletor deve, sob a orientação do caminho dos Sentinelas,
fortalecer corpo e mente para os rigores do serviço Dela. Ele
deve atacar rápida e decisivamente em nome Dela, de modo
que a paz possa se seguir com a mesma rapidez.*

(LEI)

Rabbaneh pousou em um telhado próximo à praça do Hetawa, ofegando e tremendo. Excesso de sangue onírico. Ele vinha Coletando quase toda noite desde a morte de Una-une, e duas vezes em algumas delas desde que Ehiru começara a penitência. Tantas pessoas da cidade requeriam os serviços de um Coletor, era cruel fazê-las esperar. Sentou-se atrás de um galpão de armazenamento e encostou a cabeça na parede, esperando a tontura passar. Ele não era Ehiru. Seu dom do sonho nunca fora forte. Seria bom (*muito* bom) quando as coisas enfim voltassem ao normal no Hetawa.

A princípio, o som de passos nas pedras da praça lá embaixo não incomodou Rabbaneh. O sangue onírico ainda ressoava em sua alma, inundando a mente com seu brilho cálido. Servos voltando para casa após o trabalho tarde da noite, talvez; que importância tinha? Mas aos poucos a consciência penetrou o estado de confusão e ele percebeu que as pessoas andavam rápido, permanecendo bem juntas. Ocasionalmente, o ritmo dos passos destoava quando uma pessoa ou outra acelerava para acompanhar. E um conjunto de passos se atrasava de tempos em tempos, a ênfase mudando de um pé para o outro e voltando para o primeiro. Com os olhos da mente, Rabbaneh viu o dono desses passos caminhando com os companheiros, mas olhando de vez em quando ao redor, verificando se estavam sendo seguidos.

Rabbaneh abriu os olhos.

Outra Coleta estava além de sua capacidade naquele momento, mas ele com certeza podia marcar um portador de dízimo para uma visita mais tarde. Agachando-se, esgueirou-se até a beira do telhado e espiou, na esperança de ver o rosto do acusado.

Eles estavam quase do outro lado da praça, dirigindo-se a uma rua dois quarteirões à direita de Rabbaneh. Ele contou três homens: dois agindo como guardas de outro que estava no meio. Estavam longe demais para que fosse possível ver com clareza. A Sonhadora já desaparecera, deixando as ruas escuras e opacas sob a mísera luz da Lua da Vigília, mas as pisadas ruidosas deles poderiam muito bem ter sido uma lamparina para um Coletor.

Em silêncio, Rabbaneh seguiu pelos telhados.

O bairro dos artesãos se misturava a uma área da casta superior que ocupava a parte mais bonita do rio. Um bairro zhinha: as casas diferiam muito do tradicional estilo gujaareen, incorporando arquiteturas de uma dúzia de culturas estrangeiras com pouca atenção à praticidade, só à singularidade artística. Nesse ponto, Rabbaneh foi forçado a desacelerar, pois uma construção tinha um telhado de placas planas e inclinadas que era muito difícil de atravessar, e outra tinha tantas estátuas de monstros elaboradamente esculpidas ao longo das beiradas que ele não conseguia encontrar um acesso fácil. Maldizendo os tolos que tinham mais dinheiro do que bom gosto, por fim encontrou um telhado com revestimentos sobrepostos e bem arranjados de tijolo cozido. Teve que se apoiar nas mãos e nos dedos dos pés para distribuir o peso e evitar quebrá-los, mas conseguiu atravessar e subiu no telhado gujaareen apropriado logo além, o que lhe permitiu alcançá-los. Quando a presa parou, ele fez o mesmo.

Os três homens estavam diante da porta lateral de uma casa ampla. O tamanho indicava que a casa sem dúvida pertencia a uma das linhagens zhinha mais antigas, mas Rabbaneh não reconheceu os pictorais da família que decoravam a verga. Quando a porta se abriu, tampouco reconheceu o homem que fez um sinal para os três convidados entrarem. De qualquer forma, era provável que fosse apenas um servo.

Mas *reconheceu* enfim os três homens quando a luz da entrada iluminou-lhes os rostos. O Superior e os Sentinelas Dinyeru e Jehket. *Em nome Dela e da visão interior.* Rabbaneh conteve a respiração. A porta se fechou depois que eles entraram. Rabbaneh procurou uma maneira de subir naquele telhado. Se conseguisse descer a uma janela ou se pendurar em uma sacada...

Ele avistou o perigo e ficou paralisado. Havia outro homem no telhado da residência zhinha, coçando-se sob a sombra de uma chaminé. Cabelo raspado, espada pequena ao lado do quadril, armadura cor de bronze cujo brilho era ofuscado por um tecido em tonalidade de céu de tarde cor de ferrugem.

Um guarda do Ocaso? Isso significava que o Superior ia se encontrar com alguém de Yanya-iyan. Alguém que tinha a sanção do próprio Príncipe.

Olhando ao redor, Rabbaneh avistou sete guardas nas sombras que antecediam o amanhecer: um total de três no telhado da casa, outros três distribuídos pelos telhados de construções próximas e um sétimo no solo, silenciosamente posicionado próximo ao estábulo da casa.

Não era o suficiente. A Guarda se locomovia em grupos de quatro. Onde estava o oitavo?

O leve rangido de um passo atrás dele deixou Rabbaneh arrepiado. Ele se obrigou a não reagir, embora imaginasse uma linha incandescente no centro de suas costas, para onde o guarda sem dúvida apontava o golpe iminente. Quando o instinto lhe disse que o inimigo estava perto o bastante, ele atacou, girando para atingir a parte plana da lâmina. Surpreso, o guarda fez um movimento brusco e tentou posicionar a lâmina de novo, mas, a essa altura, Rabbaneh já estava em cima dele, derrubando-o para que os outros guardas não vissem a luta. Antes que o homem pudesse gritar, Rabbaneh tapou-lhe a boca com uma das mãos e usou a outra para fazer sua jungissa de escaravelho zunir, colocando-a sobre a testa do homem. O sujeito se retesou, paralisado, mas ainda acordado; seu pavor lutava contra a magia. Rabbaneh sorriu e aproximou dois dedos bifurcados dos olhos dele. Por reflexo, os olhos se fecharam e Rabbaneh pousou os dedos nas pálpebras, reforçando a magia da jungissa com um poderoso comando narcomântico. Demorou longas e tensas respirações, mas, por fim, a rigidez abandonou o corpo do guarda; ele caiu no sono.

Deixando a jungissa no lugar (ela manteria o feitiço do sono), Rabbaneh voltou para a beira do telhado. Seis vultos ainda patrulhavam calmamente os telhados, o sétimo no solo. Ele não fora visto. Sorrindo, Rabbaneh cruzou o telhado, movendo-se outra vez sobre os dedos das mãos e dos pés. Com cuidado, passou sobre a beirada e deixou-se cair em uma janela, apoiando os dedos dos pés no peitoril. Ele podia ouvir alguém roncando alto lá dentro. Deixou-se cair mais uma vez, segurando no peitoril com as mãos, gemendo só um pouco quando as juntas rasparam na parede. Gemeu uma segunda vez ao cair no chão, desta vez pousando agachado. Seria reprovado por seu antigo mentor, Sonta-i, por todo o barulho que estava fazendo, mas era impossível evitar. Lamentavelmente, não era mais tão jovem, nem tão magro, quanto fora um dia.

E aquela não era uma missão para compartilhar a paz de Hananja. As regras para espionar com certeza eram diferentes.

Ele foi até o canto do prédio que acabara de descer e analisou ao redor. Um guarda continuava próximo ao estábulo, andando de um lado para o outro. A entrada dos servos sem dúvida era ali. A entrada principal também estava dentro do seu campo de visão. Mas Rabbaneh não precisava de entrada: uma janela serviria a seus propósitos. Ele alçou o olhar e observou por algum tempo, notando que os guardas no telhado só olhavam para o chão de vez em quando. Havia uma viela do outro lado da rua que passava atrás da residência zhinha. Se algum dos guardas olhasse para baixo enquanto ele estivesse atravessando, ou se o guarda do estábulo se virasse para o lado dele...

Não havia nada a fazer a não ser confiar em Hananja. Sussurrando uma prece rápida, Rabbaneh esperou até o guarda do estábulo caminhar na outra direção, depois atravessou a rua correndo.

Não sobreveio nenhum grito, então ele penetrou ainda mais nas sombras e começou a fazer uma verificação na casa. As primeiras janelas eram inúteis: quartos com ocupantes. O segundo conjunto de janelas então, pois davam para as cozinhas. Um ar cálido e com cheiro de condimento atravessou as cortinas; ele podia ouvir os servos preparando comida para os convidados. Perfeito.

Escalou a lateral da casa rapidamente, usando a janela como ponto de partida e depois passando para o cano de cerâmica de uma calha, que ia até o telhado. Quando chegou às janelas do andar de cima, parou, encontrando bases de apoio nas abraçadeiras do cano, pois encontrara o que procurava: a voz do Superior podia ser ouvida com clareza, vinda lá de dentro.

— ... não tinha o *direito* — disse a voz. Rabbaneh ergueu as sobrancelhas; era quase um berro. O Superior raramente demonstrava tanta raiva no Hetawa.

— Tenho todo o direito — retrucou uma voz diferente em um tom virulento, também familiar, embora Rabbaneh não se recordasse do dono da voz. — Você não fez menos que isso ao meu pai e, se eu não tivesse tomado as rédeas, estaria fazendo o mesmo comigo. Considero o retorno do meu irmão um passo rumo à reparação daqueles crimes.

— Você não o entende! — exclamou o Superior. — Ele *acredita*. A Lei Dela está no sangue dele, na própria alma. Se você o manipular assim, ele não vai se dobrar para virar um joguete seu, ele vai *quebrar*.

— É possível. Mas, quando ele quebrar, será na sua direção. Ele gastará a fúria no Hetawa, depois se voltará para mim em busca de conforto. E oferecerei conforto de bom grado porque o sangue ainda é mais forte do que qualquer juramento.

Ehiru, percebeu Rabbaneh com um calafrio. Eles estavam falando sobre Ehiru. E isso significava que a outra pessoa não era um representante, mas sim o próprio Príncipe.

— Ele não sabe o que você é. — Da voz do Superior escorria aversão. — Se soubesse, ele mesmo o Coletaria.

— Sou apenas o que você fez de mim — disse o Príncipe. Ele falava tão baixo que Rabbaneh tinha que se esforçar para ouvir. — O que acha que ele vai fazer com *você* quando descobrir?

O Superior não respondeu e, quando o Príncipe voltou a falar, seu tom havia mudado.

— E meu irmão é o que você fez dele, então infelizmente percebo que não é confiável. Você tem certeza de que era ela?

— Absolutamente — respondeu uma terceira voz. Rabbaneh não reconheceu essa nem um pouco. — Um dos meus homens a avistou no mercado. Ela se juntou a uma caravana de menestrel que saiu da cidade ontem no zênite do sol. Demiti os homens do portão por falhar em detê-los.

— E Ehiru estava com ela. — O Príncipe suspirou. — Achei que os Coletores fossem honrados.

— Não ouse! — O Superior parecia furioso. — Se Ehiru julgar a mulher corrupta, vai pôr termo à vida dela. Ele...

— Não posso esperar que ele se decida — retrucou o Príncipe. — Se a mulher chegar a Kisua, não dá para saber o que os Protetores farão. Preciso deles surpresos, assustados. *Previsíveis.* — Ele suspirou. — Charris, mande um pombo-correio para o sul. As nossas tropas que estão lá conseguem alcançar a caravana?

— Se os menestréis pegaram a rota pelo rio, conseguem com facilidade. Se foram pelo deserto, vai ser mais difícil. Cada caravana segue o próprio trajeto. Mas, se passarem por Tesa, meus homens conseguem pegá-los lá.

— Faça com que peguem. — A voz do Príncipe tinha a intensidade do comando.

— Você vai matá-la bem diante dos olhos de Ehiru? — perguntou o Superior. — Vai esfregar o nariz dele na sua corrupção e ainda esperar que ele sirva a você?

Houve um momento de silêncio.

— Ele vai acabar vendo a corrupção, Superior — disse o Príncipe, agora ainda mais baixo. — Afinal, está ao redor dele.

O Superior não respondeu. O terceiro homem, Charris, pigarreou no desconfortável silêncio que se seguiu.

— O que fazer com o Coletor depois que a mulher estiver morta? — indagou. — Ou se ele já a tiver matado?

— Eu cumpro minhas promessas para o meu irmão — falou o Príncipe. — Se ele tiver matado, então acompanhe-o de volta e permita que retorne ao Hetawa. Todas as acusações contra ele serão retiradas. Não serão, Superior?

Em voz baixa, o Superior respondeu:

— Serão.

— Se ele não tiver matado — continuou o Príncipe —, então a barganha estará perdida. Capture-o e traga-o de volta, mas para o Yanya-iyan. Ileso, por favor. Terei outra utilidade para ele.

— Não ouse. — Essa veio do Superior, agitado devido à fúria e ao medo, percebeu Rabbaneh. — Não *ouse*.

— Eu ouso muito mais do que você jamais poderia imaginar, Superior. — Houve uma pausa; cerâmica tilintou contra cerâmica enquanto um líquido era derramado. — Agora volte correndo para o seu buraco e fique lá encolhido até eu precisar de você.

Para a surpresa de Rabbaneh, o Superior não reagiu a essa demonstração de desprezo. Seguiu-se um roçar de tecido e um arrastar de sandálias: a reunião acabara.

Rabbaneh desceu o cano rapidamente e atravessou o beco e a rua correndo até a construção ao lado. As sombras o envolveram no exato momento que a porta da residência zhinha se abriu. O Superior saiu, fez um gesto seco para os Sentinelas seguirem-no, e eles foram embora noite adentro.

Subindo no telhado, Rabbaneh voltou para onde o guarda ficara dormindo, a jungissa de escaravelho ainda zunindo levemente sobre a testa dele.

— Você é um homem de sorte — sussurrou Rabbaneh, tirando a pedra e colocando os dedos sobre os olhos do sujeito. — Terá um sonho agradável sobre deixar de fazer o seu trabalho e tirar uma soneca. Seu capitão provavelmente vai puni-lo, mas não com a morte. Isso porque você não vai se lembrar de me ver aqui, a não ser como fragmento de um sonho.

Ele tecia o sonho na mente do homem enquanto falava. Não era a aplicação mais ética da narcomancia, mas talvez Hananja perdoasse o uso indevido porque as intenções dele eram puras. E porque a vida de um irmão de caminho estava em risco — embora apenas os deuses soubessem o que poderia ser feito quanto a isso àquela altura.

Era suficiente que eles soubessem, concluiu Rabbaneh, e correu para casa a fim de compartilhar a informação com Sonta-i.

20

Me diga, Mãe Lua, me diga
Ai-yeh, yai-yeh, e-yeh
Quando o Irmão Sono virá chamando?
Ai-yeh, an-yeh, e-yeh
Na noite em que o rio está dançando?
Ai-yeh, o-yeh, e-yeh
Na paz do sonho que a luz da lua está sonhando?
Ai-yeh, hai-yeh, e-yeh
Me diga, Mãe Lua, me diga,
Ai-yeh, kuh-yeh, e-yeh
Quem vai trazer para casa meu Irmão?
Ai-yeh, si-yeh, e-yeh
Embora eu o receba cantando?
Ai-yeh, nai-yeh, e-yeh
Vou ter que cantar sozinho minha canção?

(SABEDORIA)

No primeiro dia fora da cidade, a caravana atravessou um tributário do Sangue da Deusa, passando por um vilarejo chamado Ketuyae. Ali, Nijiri teve o primeiro vislumbre de como as pessoas dos vilarejos rio acima viviam. As cantigas ritmadas de trabalho das lavadeiras ficaram em sua mente, assim como lembranças menos agradáveis da miséria. A vila era tão pequena que sequer merecia ser um templo satélite de Hananja; ele viu um único Coletor sobrecarregado em uma cabana que era praticamente um puxadinho. Algumas das estruturas usadas como casas em Ketuyae eram pouco mais do que barracos feitos de barro, gravetos e folhas de palmeiras. Não havia criptas públicas para os mortos, apenas faixas de terreno onde os corpos (não eram sequer queimados!) haviam sido jogados de qualquer jeito em uma cova na terra. Ele não viu nenhum poço limpo, nenhuma casa de banho. Não conseguia distinguir os alta-castas dos servos. Quando perguntou a um membro da caravana como as crianças do vilarejo recebiam educação formal, obteve apenas um dar de ombros como resposta.

Agora Ketuyae era uma recordação agradável. Eles vinham fazendo uma viagem difícil havia dois dias, passando primeiro por áridos e rochosos sopés de montanhas e depois pelas vastas dunas açoitadas pelo vento do Mil Vazios. O deserto não tinha de fato mil quilômetros de largura, entendeu Nijiri, mas era difícil acreditar que não tivesse quando, nas costas de um camelo, ele não conseguia ver nada além de areia e o horizonte distorcido pelo calor em todas as direções. Os quatro dias que restavam de viagem pareciam muito bem ser mil anos.

Ele se perdera em uma infeliz contemplação da areia nos olhos, do calor e dos regatos de suor descendo pelas costas quando o choque de receber um banho de água gelada no rosto e no pescoço o fez sair daquele estado de infelicidade. Ele gritou, olhou ao redor e viu Kanek, um dos filhos de Gehanu, sorrindo de cima de outro camelo, com um cantil aberto na mão.

— Acorde, menino da cidade. — Kanek sorria. — Estamos quase lá.

— Lá? — Nijiri piscou para a água sair dos olhos, tentando entender. Não podiam já estar em Kisua. E por que Kanek estava desperdiçando água?

— O oásis em Tesa, menino da cidade. Está vendo?

Ele apontou para a frente. Nijiri seguiu a direção apontada pelo braço e viu o que, de início, parecia ser só mais uma miragem brilhando no horizonte. Então notou as palmeiras se esticando rumo ao céu e as construções se espalhando em volta dos troncos delas.

Kanek jogou mais água nele.

— Logo vamos tomar banho e beber tudo o que quisermos, lavar nossas roupas para nos livrarmos do cheiro de montes de esterco. Então acorde!

Seu bom humor era contagiante e Nijiri começou a jogar água em Kanek em resposta, dando-lhe um bom banho antes de Gehanu, vários camelos à frente, virar-se e os encarar. No entanto, o ânimo da caravana inteira pareceu melhorar quando a notícia se espalhou. Nijiri olhou ao redor em busca de Ehiru, perguntando-se se ousaria jogar água no irmão — e seu bom humor se dissipou de imediato. O camelo de Ehiru se arrastava perto da retaguarda da caravana, locomovendo-se mais devagar que seus companheiros. Sobre ele, Ehiru andava com a cabeça baixa e com o lenço pendurado em torno do rosto, sem dar qualquer sinal de que ouvira a novidade.

— Vá acordar o seu amigo — falou Kanek, seguindo o olhar de Nijiri. — Acho que ele ainda está no deserto.

Nijiri aquiesceu e refreou o camelo, ficando para trás da coluna da caravana até estar lado a lado com Ehiru.

— Irmão? — chamou ele. Manteve a voz baixa, embora nenhum dos outros caravaneiros estivesse perto o bastante para ouvir.

Ehiru levantou a cabeça devagar; concentrou-se em Nijiri como se estivesse a uma grande distância.

— Nijiri? Está tudo bem?

Claro que não, irmão.

— Você ouviu? Logo vamos chegar em Tesa.

— Já? Ótimo.

Ele falava baixo, mas Nijiri ouviu o distanciamento em sua voz. Era assim que a mudança sempre começava com o pranje: a atenção do Coletor aos poucos se voltava para o interior para se concentrar na luta que estava por vir, deixando quase nada para coisas não essenciais como personalidade ou emoção. Esse seria o primeiro sinal na superfície, em princípio. Mas, em algum lugar dentro de Ehiru, o *umblikeh* que o mantinha inteiro estava ressequido e repleto de rachaduras. Sem sangue onírico para alimentá-lo, esse fio se desgastaria, afrouxando a alma dele, que oscilaria incontrolavelmente entre a vigília e o sonho. Com o tempo, o fio se romperia e a alma de Ehiru voaria livre para a morte — mas não antes de ele perder toda a capacidade de distinguir visão e realidade.

E, enquanto Ehiru lutasse para manter a mente intacta, sua alma estaria sedenta, tão sedenta pela paz que o sangue onírico podia lhe dar. Se seu controle esmorecesse uma vez que fosse...

Se ele esmorecer, tenho que Coletá-lo.

Estaria Nijiri pronto para isso? Quase sem treinamento, longe de casa, sob pressão do tempo? Não, claro que não estava. E, mesmo que pudesse de algum modo ficar pronto, poderia ele então manter a perfeita paz no coração, como deveria um Coletor?

Com mais força do que o necessário, Nijiri pôs uma mão sobre a de Ehiru.

— Pode levar algumas horas ainda até chegarmos ao oásis, irmão — disse ele para se distrair. — Você está com fome? — Vasculhou a túnica e encontrou um dos embrulhos de pano com comida que haviam sido distribuídos no último horário de descanso. — Tenho bolo de semente de hekeh que sobrou do café da manhã. Gehanu encharca o bolo de mel... — Ele desembrulhou a guloseima pegajosa e a ofereceu.

Ehiru olhou para o petisco, estremeceu como se vê-lo o deixasse enjoado e desviou o olhar. Nijiri franziu o cenho.

— O que foi, irmão?

Ehiru não falou nada.

Então era uma visão. Prematuro demais: fazia só três quadras de dias que Ehiru dera o último dízimo aos Compartilhadores.

— Me diga o que viu, irmão, por favor — pediu Nijiri, mantendo o mesmo tom de voz.

Ehiru suspirou.

— Insetos.

O rapaz fez uma careta e começou a embrulhar o bolo. A maioria das visões era inofensiva. Mas, assim como a dor para o corpo, as visões desagradáveis serviam de alerta para a mente, indicando desequilíbrio ou lesão. Era algo com que os Compartilhadores conseguiam lidar apenas temporariamente: subtrair o excesso de bílis onírica, acrescentando icor onírico suficiente para restaurar o equilíbrio interior, talvez outras coisas; Nijiri nunca aprendera muito mais do que técnicas básicas de cura. Só o sangue onírico poderia oferecer uma cura permanente.

— Não existe nenhum inseto. Mas guardo até a visão passar, se quiser.

— Não — contestou Ehiru. Ele estendeu a mão e pegou um pedaço do bolo, levou-o à boca sem olhar e comeu, mastigando sombriamente. — Foi só uma visão. Coma você o resto.

Nijiri obedeceu, remexendo-se para aliviar a dor nas nádegas. Se nunca mais andasse de camelo, morreria em paz.

— Podemos descansar direito hoje à noite, irmão — comentou Nijiri. Ele hesitou, então acrescentou: — E você pode tirar sangue onírico de mim, só o suficiente para evitar...

— Não.

Nijiri abriu a boca para protestar, mas Ehiru se antecipou com um pequeno sorriso doloroso.

— Meu controle estava fraco da última vez que você ofereceu; agora acabou de vez. Não quero matá-lo, meu aprendiz.

A escolha de palavras deu calafrios em Nijiri, apesar do calor do deserto.

— Coletar não é *matar*, irmão.

— De qualquer forma, você estaria morto. — Ehiru suspirou, erguendo a cabeça para olhar na direção do oásis distante. — E pode haver outra maneira.

— Qual?

Ehiru apontou com a cabeça para o meio da caravana. Uma liteira de pau-de-balsa e lençóis balançava em meio ao rio de cabeças envoltas por lenços, carregada por jovens fortes sobre os camelos de cavalgar mais suave. De dentro da liteira veio o som de uma tosse cansada e violenta.

— A matriarca deles — disse Ehiru bem baixinho. — Já ouvi essa tosse antes. Eu arriscaria que ela sofre de pulmões enrijecidos ou talvez de doença-dos-tumores.

— Bílis onírica pode curar essa última se ela tiver forças para suportar a infusão — comentou Nijiri, tentando recordar as aulas sobre Compartilhamento. Ele vira a anciã nas horas de pausa. Era uma criaturazinha alegre que provavelmente fora ágil antes da doença, havia pelo menos setenta inundações. Seu corpo velho reagiria com mais lentidão ao poder de cura dos humores, mas o esforço não era inútil.

— Mas não sei nada sobre pulmões enrijecidos... — Ele parou de falar, compreendendo de repente o que o outro queria dizer. — Ah...

Ehiru anuiu, observando a liteira.

— Ela poderia ter visitado o Hetawa antes de os menestréis partirem de Gujaareh, mas não visitou.

Ela não quer ser curada! Nijiri conteve o entusiasmo. Era a melhor de todas as circunstâncias possíveis. E, no entanto, as palavras irritadas que Ehiru dissera algumas noites antes, depois que Nijiri se recuperara do ataque do Ceifador, ficaram em sua cabeça.

— Então você mudou de ideia sobre se testar? — Ele não falou *enfrentar o pranje*, pois não se falava dessas coisas em meio a leigos, nem mesmo em voz baixa.

— Não. Ainda pretendo me submeter ao julgamento Dela. Mas preciso procurar sangue onírico agora, senão me tornarei perigoso para os nossos companheiros. — Ele suspirou. — Quando eu resolver o problema da corrupção do Hetawa, poderei contemplar a minha.

— Sim, irmão. — Nijiri tentou sentir-se feliz com esse adiamento.

— Claro que existe uma bênção nisso. Você finalmente vai ter a chance de ajudar em uma Coleta.

Nijiri conteve a respiração; ele não pensara nem um pouco nesse detalhe.

— Vai conversar com ela, irmão? Hoje à noite? Posso participar?

Ehiru conseguiu soltar uma risada áspera, o que diminuiu um pouco a preocupação de Nijiri. Se ele ainda era capaz de achar graça, não estava tão mal quanto o rapaz temia.

— Sim, hoje à noite farei a avaliação. Você pode participar se ela quiser, meu aprendiz voraz. — Depois ele ficou sério. — Isso serve aos nossos propósitos, Nijiri, mas nunca devemos esquecer que as necessidades do *portador do dízimo* vêm em primeiro lugar.

— Sim, irmão.

Eles ficaram em silêncio pelo restante da viagem a Tesa.

Quanto mais se aproximavam, palmeiras surgiam da areia até ficarem do tamanho de montanhas. A cidadela lá embaixo era claramente muito mais próspera do que Ketuyae. Havia campos estreitos entre as casas, que utilizavam um sistema de irrigação que parecia ter sido improvisado por todo o vilarejo com canos de barro cozido. Plantas em vasos cresciam nos locais onde os canos não chegavam, em sacadas e telhados e esquinas. Ver tanto verde melhorou o ânimo de Nijiri. Ele deu uma olhada em Ehiru e ficou feliz de ver que o mentor parecia ter recuperado um pouco do estado de alerta, assumindo uma postura mais ereta sobre o camelo e analisando ao redor com interesse.

185

Crianças vinham rodear a caravana, tagarelando em um dialeto enrolado de gujaareen que Nijiri mal entedia; elas ofereciam doces, garrafas de água, flores e outros enfeites de boas-vindas. Adultos saíam das casas ou tiravam os olhos do trabalho e fitavam-nos, acenando. Gehanu, aparentemente bem conhecida pelas pessoas da cidadela, acenava de volta e gritava saudações enquanto cavalgavam. A caravana continuou avançando até a rua se alargar e eles se virem diante do oásis: um lago circular rodeado por uma mureta, com algumas dezenas de metros de diâmetro, mas nitidamente o coração do vilarejo. Todas as ruas levavam a ele; linhas de irrigação saíam das muretas como os raios de uma roda.

Ali eles pararam e desceram dos camelos, amarrando-os perto de cochos reservados para dar água aos animais. Gehanu caminhou em meio ao grupo, gritando instruções e as regras da cidade: vigiar as mercadorias da caravana em turnos, disputas na beira da água eram proibidas e todos tinham que fazer pelo menos uma visita às casas de banho do vilarejo.

— Caso contrário nenhuma das moças ou dos rapazes daqui vão olhar duas vezes para vocês — disse ela. Um grupo de garotas de Tesa que estava passando por ali deu risada para enfatizar o argumento dela.

Nijiri passou algum tempo descarregando e alimentando os animais junto de todos os outros. Espiou a liteira no chão e observou discretamente enquanto um jovem ajudava a idosa a andar um pouco para aliviar a rigidez das pernas. Ela parava a cada poucos passos para dar várias tossidas ocas e ruidosas. Cada acesso a deixava visivelmente fatigada, apoiando-se com mais força no braço do jovem. Estava magra e fraca e era provável que estivesse doente havia meses. Nijiri sentiu um aperto de empatia e raiva no coração.

— Tendo pensamentos assassinos, rapaz?

Nijiri sobressaltou-se, virou-se e viu Sunandi por perto, despejando uma jarra de água no cocho dos animais. Ela parecia uma caravaneira rústica em todos os aspectos: os lábios grossos agora estavam rachados, a pele seca, e haviam desaparecido as vestiduras de cores vivas que usara na casa de Etissero, os brincos, os colares que davam voltas. Ali, vestia apenas camadas de túnicas em tons terrosos, como o restante deles. Cobrira o cabelo curto com um lenço cuidadosamente enrolado que acentuava muito bem seu rosto anguloso, de olhos grandes (Nijiri teve de admitir, relutante, que ela era muito bonita), mas, fora isso, era como se fosse outra malabarista ou dançarina com o grupo da caravana.

Sunandi não olhou para o jovem enquanto trabalhava e manteve a voz baixa, mas ele ouviu a raiva no tom dela.

— Você acha que é melhor para ela sofrer desse jeito? — perguntou Nijiri. — Um Compartilhador poderia ter aliviado a dor.

— A um preço.

— Alguns sonhos! De uma pessoa tão idosa, devem ser abundantes. Gujaareh inteira poderia se beneficiar com o poder que existe dentro dela.

Ela se endireitou e enxugou a testa com uma das mangas, depois o encarou.

— Você soa como um abutre — acusou. — Rodeando os fracos, esperando a chance de se alimentar. Todos da sua espécie: necrófagos piedosos e bem-intencionados.

Nijiri sentiu calor, depois frio, percorrer seu corpo. Sentou-se na sacola que carregava e se virou para encará-la.

— Você lamenta a morte da sua garota de sangue nortenho — falou ele, mantendo a voz baixa. — Ninguém aliviou a dor para você, então vou perdoar o insulto. Mas você, com sua vida cheia de mentiras e corrupção, não pode compreender nada sobre as bênçãos de Hananja. Sinto pena de você por isso.

Sunandi o encarou de volta. Sem confiar que conseguiria continuar sendo civilizado por mais tempo, Nijiri se virou e foi ao oásis, onde Ehiru estava ajudando alguns dos outros a distribuir água pelos cochos dos animais. Nijiri se juntou a ele e ajudou sem dizer uma palavra até que o trabalho estivesse terminado. Então Ehiru, que obviamente havia notado o estado de espírito do outro, pegou o braço dele e puxou-o para um lugar tranquilo ao lado de uma banca que vendia ração.

— Me conte. — Foi tudo o que ele disse, e Nijiri contou.

Quando terminou, a raiva havia sido substituída pela vergonha. Ehiru não falou nada por um bom tempo, observando-o, e Nijiri enfim desabafou:

— Eu não devia ter ficado bravo. Ela estava sofrendo. Devia ter consolado a moça.

— Devia — concordou Ehiru —, mas desconfio que ela não queria o consolo de quem culpa pela morte da garota dela.

— Eu não matei a garota! A abominação fez isso!

— Para ela, você e o Ceifador... e eu... somos a mesma coisa.

Nijiri cruzou os braços, apoiando o peso na outra perna.

— Nunca entendi por que algumas pessoas temem a Coleta — disse ele. — Os bárbaros não sabem nada. Mas os kisuati cultuam Hananja, mesmo que não da mesma maneira que nós. Eles são civilizados. — Olhou para Ehiru e viu um sorriso triste nos lábios do mentor.

— Civilização pode não ser tudo aquilo que você imagina, Nijiri.

— Ehiru deu um breve aperto reconfortante no ombro de Nijiri, depois puxou o rapaz para que andasse com ele em direção à caravana.

— Mas, no futuro, quando um portador de dízimo atacar com raiva e você sentir raiva como resposta, pense em sua mãe.

Nijiri parou de andar, atônito.

— Minha mãe? Mas ela morreu em paz. A garota de sangue nortenho, não.

— Minha mãe morreu em paz também — comentou Ehiru. — Não com a ajuda de um Coletor, mas através de sua própria força divina. Porém, durante anos ainda desejei que ela não tivesse morrido. Mesmo sabendo que a veria de novo em Ina-Karekh, só pensava que nunca mais poderia conversar com ela, nunca mais sentir os braços dela me envolvendo, nunca mais sentir o cheiro dela, não enquanto eu vivesse. Às vezes ainda sinto essa dor. Você sente?

E de repente a velha dor estava ali no coração de Nijiri, mais forte do que fora durante anos.

— Sinto.

E, enquanto falava, entendeu. Se *ele* ainda sentia tanta dor anos depois, sabendo que a mãe tivera uma boa morte, como deveria ser pior a dor para Sunandi, cuja agonia ainda estava viva e exacerbada pelas horríveis circunstâncias da morte da criança?

— Você entende — disse Ehiru. Ele parou então e os dois olharam para cima. A caravana estava começando a se instalar, armando tendas em uma praça pavimentada reservada pelos moradores da cidadela para esse propósito. Do outro lado da praça, uma menininha ajudava a idosa a entrar em uma tenda redonda, grande e ricamente decorada.

— Os que sofrem merecem a nossa compaixão — comentou Nijiri, o que pensara naquele remoto dia em um casebre de servos. — Não vou me esquecer de novo, irmão.

Ehiru aquiesceu e juntos voltaram às tendas a fim de se prepararem para a Coleta.

21

*Um Coletor deve trazer imediatamente todos os dízimos
coletados ao Hetawa para serem confiados aos seus confrades
do caminho dos Compartilhadores. Apenas a menor das
porções deve ser guardada pelo próprio Coletor.*

(LEI)

Após retomar seu disfarce de aristocrata em desgraça, Ehiru encontrou Gehanu na tenda dela.

— A senhora tem um pouco de raiz de eathir? Em algumas terras é chamada de gethe.

Gehanu parou de mastigar algum tipo de carne temperada no espeto. Mulheres do vilarejo haviam se misturado ao bando de menestréis durante o descarregamento, vendendo comida e bebida.

— Está planejando colocar alguém para dormir?

Ehiru sorriu e tocou o próprio torso, logo abaixo das costelas.

— O gethe pode aliviar os espasmos nesta região. Às vezes faz a tosse parar.

Ela ergueu as sobrancelhas.

— Ah. Para Talithele, *che*?

— É esse o nome da anciã? Sim, senhora.

— Você não parece um curandeiro.

— Há curandeiros na minha família, senhora. Alguns até servem o Hetawa em Gujaareh. Aprendi alguns truques.

— Hum. Espere. Kanek! — O berro quase pegou Ehiru de surpresa, mas ele se acostumara pelos maneirismos rudes da mulher nos

190

últimos dias. Ouviu-se um arrastar de pés do lado de fora e então Kanek enfiou a cabeça dentro da tenda, de cara feia. — Vá achar o chefe do vilarejo e peça raiz de ghete — Gehanu instruiu.

— Ghete? Vinho de palmeira é mais gostoso, mãe.

— Apenas faça o que eu disse, seu shiffa mal-educado. — Ela ficou encarando até ele desaparecer. Ouviram os resmungos do menino à medida que os passos foram desvanecendo.

— Obrigado, senhora. — Ehiru estendeu as duas mãos retas e curvou-se sobre elas.

— *Ete sowu-sowu.* — Ehiru achou que podia ser a língua penko, mas não tinha como saber ao certo. O gujaareen dela era fluente, pelo menos, embora tendesse a falar rápido demais; levava tempo para ele separar palavras e sotaque. — Se puder deixar Talithele mais confortável, vai valer a pena ficar devendo para o velho maldito e ganancioso que administra a cidade. — Ela deixou de lado o espeto e vasculhou entre as túnicas por um momento, encontrando enfim um cachimbo comprido. Tornou a erguer a voz. — E uma brasa da fogueira! — Um vago som de irritação foi a única resposta.

Ehiru sorriu.

— É bom ter filhos de confiança.

— *Ah-che.* Como aquele seu garoto, hum? Vejo que ele está sempre por perto, garantindo que ninguém te incomode muito, cuidando dos problemas antes que você os perceba. — Gehanu não viu o olhar de surpresa de Ehiru, uma vez que procurou de novo e encontrou folhas secas, que começou a colocar no cachimbo. — Se pelo menos meus filhos fossem inteligentes e atenciosos igual a ele. Embora, é claro, Niri não seja seu filho. — Ela o fitou, seus grandes olhos sulenhos reluzentes e penetrantes.

— Não, senhora, ele não é.

Ela grunhiu e mordeu outro pedaço de carne do espeto.

— Companhia na cama?

A ideia fez Ehiru sorrir.

— Protegido. Estou ensinando coisas da vida para ele.

Gehanu grunhiu, achando graça.

— E ele dá ouvidos? *Motro sani'i.* Um milagre para impressionar até os deuses.

— Dá ouvidos quando interessa. — Ehiru sorriu. — Rapazes.

— Hum. Novos demais para terem juízo, velhos demais para apanhar. Mas as moças são piores, acredite. Três filhas em casa, junto a meus outros três filhos. Eu deveria bater no meu marido por me engravidar todas essas vezes, mas ele é bonito e come pouco, então o mantenho por perto. — Gehanu inclinou a cabeça, examinando-o. — *Você* é bonito. Tem esposa?

Ehiru desejou com todas as forças que Kanek voltasse logo.

— Não, senhora.

— Está procurando? — Ela sorriu, exibindo uma lacuna substancial entre os dentes da frente. Nas terras do sul, isso assinalava uma mulher com grande paixão, ou pelo menos fora o que Ehiru ouvira dizer.

— Não, senhora.

— Por quê?

— Sou um servo, senhora. — Ele e Nijiri haviam decidido manter o disfarce o tempo todo, embora Gehanu já houvesse adivinhado que eles não eram o que pareciam. Ela não sabia toda a verdade e era impossível saber quem poderia estar escutando através das finas paredes das tendas.

— Tem que fazer mais servos de algum jeito, *che*? Nefe é bonita. Ehiru forçou uma risada.

— Verdade. Mas ela é de um mundo diferente, senhora.

— Hum, é. De qualquer forma, aquela ali não tem tempo para crianças. Sempre ocupada, sempre preocupada com alguma coisa. Ela precisa de um homem bom e tranquilo como você, mas nunca vai diminuir o ritmo o suficiente para isso.

A aba da tenda se ergueu de novo (para grande alívio de Ehiru) e Kanek entrou.

— Ghete. — Ele colocou uma bolsinha amarrada com um cordão de couro no tapete da tenda.

— Quanto o chefe pediu pela raiz? — perguntou Gehanu.

— Nada. Ele ficou tão surpreso que a gente queria ghete que me deu o pacote sem pedir nada em troca.

— Há! Ele deve estar caducando. Ótimo. Vou fazer mais negócios com ele amanhã. Agora vá tomar banho, você está fedendo.

Kanek revirou os olhos pelas costas de Gehanu, piscou e sorriu para Ehiru e saiu. Ehiru se curvou humildemente em agradecimento e estendeu a mão para pegar a bolsa. A mão de Gehanu pousou sobre a dele, impedindo-o.

— Você entende que os nossos costumes são diferentes dos seus, *che*? — Ela estreitou a boca em algo que não era bem um sorriso; seus olhos estavam sérios. — Sei que a hora dela vai chegar logo, não sou boba. Mas lembre-se: ela não pediu por você.

Ehiru ficou paralisado, percebendo de repente o que Gehanu queria dizer, perguntando-se como ela descobrira e concluindo por fim que não fazia diferença. Essas coisas eram o desejo de Hananja.

— Vou respeitar a vontade dela — afirmou ele, desfazendo-se do modo afetado de falar que usara antes. — A vida dela não causa nenhum dano, então a morte dela será escolha própria.

Gehanu lançou-lhe um longo olhar avaliador, mas enfim aquiesceu e soltou a mão dele.

— Conheci um da sua espécie antes, faz muito tempo — contou ela. — Veio buscar um gujaareen da nossa trupe que teve o apêndice supurado. Ele era quieto e estranho igual a você, mas tinha muita bondade nos olhos.

Ehiru soltou a bolsa de eathir, agora que os dois sabiam que ele não precisava dela. Se a idosa o recusasse, o povo de Gehanu podia dar a raiz para ela em um chá.

— Foi assim que você me reconheceu?

— Eu desconfiava, mas não tinha certeza. Ele não era triste como você. Não achei que sua espécie ficava triste, nem louca, nem qualquer outra coisa. — Ela estreitou os olhos. — Você não *devia* ficar assim, devia? O que tem de errado com você?

— Estou me preparando para morrer.

— Para que, em nome dos deuses?

Ehiru não teve coragem de mentir, embora soubesse que a verdade a deixaria desconfortável.

— Eu destruí a alma de um homem.

Gehanu conteve a respiração e recuou, o horror estampado no rosto. Depois o horror desapareceu, substituído pela preocupação.

— Foi acidente?

Poucos daqueles estranhos haviam feito essa pergunta. Era um alívio que não presumissem que ele era mau.

— Sim. — Ele olhou para as mãos. — E não. Foi incompetência. Esqueci meu dever e deixei o medo e o preconceito ditarem minhas ações. Só por um momento, mas foi o bastante.

Ela franziu a testa.

— Você tem intenção de fazer isso de novo?

— Claro que não. Mas existem…

— Então pare de se lamentar e siga em frente. — Ela fez um gesto com uma das mãos e de súbito notou o cachimbo ainda não aceso nela. — Minha avó precisa de você, Coletor, então acorde e faça seu trabalho. Agora vá.

Ele pestanejou, surpreso.

— Você confia em mim para completar essa tarefa adequadamente?

— Você é surdo?

Ehiru abriu a boca, depois a fechou. Ela já lhe dera a resposta. Por um instante, ficou emocionado, o coração parecendo que ia explodir de gratidão — e pavor também, pois e se conduzisse mal a Coleta, como fizera da última vez?

Não. Gehanu estava certa. Talithele precisava do Coletor Ehiru, não do penitente infeliz dos últimos dias. Ele respirou fundo e endireitou-se.

— Aceito sua demanda. Vou me preparar e depois falarei com Talithele-Anciã para fazer um Teste da Verdade.

Ela inclinou a cabeça em sinal de aprovação enquanto ele se levantava e saía.

Nijiri estava por perto, claro.

— Um banho primeiro — disse Ehiru e, sem dizer uma palavra, o rapaz o seguiu até a casa de banho da cidade.

Ehiru pagou para os dois e um homem do vilarejo os levou até a sala de ensaboar, onde se despiram e ficaram sentados esperando enquanto o homem os esfregava com folhagens de palmeira e um sabonete acre. Depois de enxaguar, foram conduzidos à sala de banho e ficaram ali mergulhados na água morna perfumada de óleo. Nijiri manteve um silêncio respeitoso o tempo todo, dando a Ehiru alguns instantes preciosos para rezar. Quando Ehiru sentiu que se banhara por tempo suficiente, ficou surpreso ao notar que a mente estava quieta e o coração, em paz. Ele ergueu a cabeça. Nijiri estivera observando-o; quando viu os olhos de Ehiru, sorriu.

— Venha — disse Ehiru. Eles saíram da piscina, secaram-se, vestiram roupas limpas e depois se dirigiram à tenda de Talithele. — Espere do lado de fora.

O rapaz aquiesceu e esgueirou-se para as sombras atrás da tenda. Ele iria se e quando Ehiru o chamasse e isso só aconteceria se Talithele o quisesse ali.

O acampamento dos menestréis havia se acomodado para a noite, embora alguns dos membros mais jovens houvesse começado uma apresentação improvisada, tocando lira e címbalos à beira d'água. De dentro da tenda, Ehiru ouviu silêncio; ou a ajudante de Talithele fora embora ou dormira junto a ela. Se fossem gujaareen, ele teria entrado sem perguntar. Em vez disso, tamborilou os dedos no couro esticado da tenda.

— Anciã? Podemos conversar?

Algo se remexeu lá dentro, seguido por outra das tosses violentas da idosa. Depois que o barulho cessou, ele ouviu:

— Conversar o quanto for possível, seja quem for. Entre.

Ehiru entrou pela aba da tenda. Por dentro, era espaçosa e confortável, iluminada por uma lamparina de cera de abelha que pendia do buraco de saída de fumaça. O cheiro de mel não chegava a disfarçar o da velhice e da doença, mas Ehiru não prestou atenção a isso. Grossos tapetes de pelo cobriam o chão e acolchoavam a pedra dura. As paredes internas da tenda haviam sido pintadas com estampas geométricas de cores vivas segundo um estilo sulenho que ele não reconhecia. No centro do cômodo havia dois catres, mas só um estava ocupado no momento. A idosa estava ali, esforçando-se para se sentar e cumprimentar o visitante.

Ehiru aproximou-se rápido para agachar-se ao lado dela e apoiá-la em uma pilha de almofadas.

— Me perdoe, Talithele-Anciã. Não tive a intenção de interromper seu descanso.

— Não daria para eu descansar com essa maldita tosse — murmurou Talithele. Ele ouviu o sotaque agitado de Gehanu nas pala-

195

vras dela. A idosa estreitou os olhos então, fitando-o de alto a baixo.

— *Ah-che*. O rapaz bonito que se juntou a nós em Gujaareh. Eles te deram a tarefa de "cuidar da velhinha" esta noite?

Ehiru sorriu.

— Seria uma honra se tivessem me dado, Anciã, mas não. Vim por um motivo diferente.

Ele parou enquanto ela tossia outra vez, uma tosse forte e claramente dolorosa. Havia uma garrafa de água e uma caneca em uma bandeja próxima. Quando o espasmo passou, ele serviu água e levou a caneca até os lábios dela, segurando-a enquanto a idosa bebia. Ela fez um gesto de agradecimento com a cabeça quando terminou.

Colocando a caneca na bandeja, Ehiru parou por um momento e depois colocou a mão na túnica em busca da algibeira à cintura. Tirando-a, abriu-a e despejou os ornamentos de Coletor na palma da mão.

Talithele espiou as pedras polidas com ávida curiosidade. Ele pegou a cigarra e a estendeu para que ela visse.

— A senhora sabe o que é isto?

Era impossível confundir o brilho preto-azulado da jungissa ou zunido característico quando ele deu uma batidinha nas costas da cigarra. Talithele arregalou os olhos.

— *Kilefe, che*? O que nós chamamos de pedra viva. Ouvi falar que ela zunia, mas nunca tinha visto.

Ele sorriu.

— Nós a chamamos de jungissa. O zunido não é vida, é magia. As pedras caem do céu de vez em quando; acreditamos que são resquícios da semente do Sol espalhados pelo céu. Levou dez anos para entalhar esta aqui e levei cinco para aprender a usá-la. — Ele girou a cigarra nos dedos, pensativo. — Existe apenas um punhado de jungissa no mundo inteiro.

Ela aquiesceu, fascinada — mas então os olhos brilhantes se estreitaram para ele.

— Na minha terra, contamos histórias sobre as pedras kilefe e sobre o que os sacerdotes-guerreiros dos reinos do rio faziam com elas.

Ehiru anuiu, olhando nos olhos dela.

— Usamos as pedras para manter no lugar os feitiços do sono enquanto viajamos com a pessoa que está dormindo para Ina-Karekh, o que nós chamamos de reino dos sonhos.

— *Ah-che.* — Talithele se recostou, pensativa. — Você veio me matar.

— A morte é apenas parte do que eu trago.

Ele ergueu uma das mãos e tocou a bochecha dela. Ela estava velha, fraca; ele podia sentir o fio dela da espessura de um cabelo. Com o menor toque de sua vontade, Ehiru a empurrou para as fronteiras de Ina-Karekh, cuidadosamente guiando-a para um sonho de lembrança agradável. Uma visão do vilarejo natal dela surgiu na mente dos dois. Ao redor havia cabanas com telhados de palha, cabritos sendo perseguidos por crianças, galinhas-d'angola ciscando na terra. Ele sentiu cheiro de esterco e de poeira fina de grãos vindo do celeiro próximo. Viu o jovem alto e belo que Talithele amara havia tanto tempo e, por um instante, amou junto a ela.

Com um suspiro de arrependimento, terminou o sonho ali, trazendo-a delicadamente de volta a Hona-Karekh. Ela estava tão perto da morte que ele não precisara sequer colocá-la para dormir para essa breve viagem; a idosa piscou uma ou duas vezes e então o fitou.

— Em Gujaareh, meu dever é guiar os outros a Ina-Karekh da maneira como mostrei à senhora — disse ele, afagando a bochecha dela, admirando a beleza em cada marca desgastada pelo sol antes de enfim pousar a mão sobre a dela. — Não tenho a habilidade de curá-la, mas posso pelo menos garantir que sua vida além-túmulo seja pacífica e cheia dos seus entes queridos e lugares favoritos.

Talithele o observou, depois suspirou longamente.

— Como você é sedutor. Nunca imaginei que seria cortejada de novo na minha idade ou que me sentiria tão tentada a ceder. Quantas mulheres você conseguiu com essa língua de prata?

Ehiru sorriu.

— Nenhuma, Anciã. As mulheres são proibidas para a minha espécie. Mas... — Ele baixou os olhos, sentindo o rosto se afoguear sob o olhar astuto dela. — Amei muitas no cumprimento do meu dever.

— *Ti-sowu?* Você disse que amou? — Ela inclinou a cabeça, faceira. — Você me ama?

Ehiru não pôde deixar de rir, embora em tom baixo para não quebrar o encanto da paz.

— Acredito que poderia amar, Anciã. Quando compartilho os sonhos de outra pessoa, é difícil não amá-la.

Ao dizer essas palavras, caiu em silêncio e quase estremeceu devido à intensidade do calafrio que percorreu seu corpo. Seria isso então? Pervertera a Coleta do bromarteano porque, no instante após aquela misteriosa visão verdadeira, ele fracassara em amar o portador do dízimo de Hananja? Ele já não gostara do homem — sem motivo, simplesmente porque era bárbaro. E então permitira que o preconceito suplantasse seu senso de dever. Falhara em dominar sua aversão e seu medo como talvez houvesse feito por outra pessoa.

Estava tão perdido em meio a essa revelação que sua atenção vagou; Talithele teve outra tosse forte que o trouxe de volta. Em seu íntimo, praguejou e deixou de lado os pensamentos inapropriados. Sua intenção fora a de mantê-la calma e relaxada para aliviar a tosse.

Mas, quando ela se recuperou, seus olhos aguçados desnudaram a alma dele.

— Você está atormentado, sacerdote.

Ele inclinou a cabeça.

— Me perdoe, velha mãe. Minha mente vagou.

— Não há nada a perdoar. Um erro é coisa pequena. — Ela voltou a sorrir. — Mas você saberia disso, não saberia? Pobre homem.

— Hein?

Talithele virou a mão que estava debaixo e segurou a dele, batendo no dorso da mão do sacerdote com a outra mão.

— Posso ver como criaram você — disse ela, a voz suave apesar da rouquidão. — Tiraram tudo o que importava para você, *che*? Abalaram seu mundo inteiro e deixaram você sozinho. E agora você acha que o amor surge no espaço de uma respiração e que silenciar a dor é gentileza. Ah, mas você está errado.

Ele franziu a testa, tão aturdido que se esqueceu do feitiço que vinha tecendo.

— Aliviar a dor *é* gentileza, velha mãe. E meus sentimentos pelas pessoas que ajudo...

— Não duvido do seu amor — falou ela. — Acho que você é um homem feito para amar. Seus olhos me fazem *querer* a morte, existe tanto amor neles. Mas não é real. O amor verdadeiro dura anos. Causa dor e resiste a ela.

Ehiru estava atordoado demais para responder. Quando enfim encontrou as palavras, mal conseguiu balbuciá-las.

— Que a dor vem com o amor, isso eu posso aceitar, velha mãe. Perdi entes queridos... família. Mas eles morreram rápido e agradeço à minha Deusa todos os dias por essa bênção. A senhora está dizendo que teria sido melhor deixá-los sofrer?

Talithele bufou alto.

— Sofrer faz parte da vida. Todas as partes da vida estão misturadas, você não pode separar uma coisa só. — Ela deu batidinhas na mão dele outra vez, amavelmente. — Eu poderia deixar você me matar agora, homem encantador, e ter paz e bons sonhos para sempre. Mas quem sabe o que consigo em troca se eu ficar? Talvez tempo para ver um novo neto. Talvez uma boa piada que vai me fazer rir durante dias. Talvez outro jovem bonito flertando comigo. — Talithele deu um sorriso sem dentes, depois teve outra tosse horrível e violenta. Ehiru a estabilizou com mãos trêmulas. — Quero cada momento da minha vida, homem bonito, os dolorosos e os doces igualmente. Até o fim. Se essas forem todas as lembranças que vou ter pela eternidade, quero levar comigo tantas quanto for possível.

Ele não conseguia aceitar as palavras dela. Em sua mente, viu de novo o rosto da mãe, belo e aristocrático, marcado por fios de sangue. Podia sentir o cheiro do sangue e da bílis e o fedor de entranhas esmagadas; viu os olhos da mãe fixos, sem ninguém para fechá-los. Mulheres eram deusas e não precisavam de ajuda para chegar a Ina-Karekh, mas a morte dela ainda assim fora horrível, em nada parecida com a morte de rainha que ela merecia.

Ele olhou para Talithele e, nesse momento, pôde ver a mesma infâmia terrível esperando-a. Ela tossiria até os pulmões se despedaçarem e morreria afogada no próprio sangue. Como poderia deixá-la sofrer desse jeito? Não, pior — ficar de braços cruzados e não fazer nada?

Eu poderia levá-la de qualquer modo, veio o pensamento. *Gehanu jamais saberia.*

E, na esteira desse pensamento, veio um calafrio do mais puro horror.

Engolindo em seco, Ehiru puxou as próprias mãos das dela.

— É seu direito recusar o dízimo — sussurrou ele. As palavras saíram mais por hábito do que por esforço consciente. — Sua alma está saudável e sua vida não causa nenhum dano. Fique em Hona-Karekh com as bênçãos de Hananja.

Ele se levantou dos tapetes e teria sumido da tenda àquela altura, mas parou quando ela disse:

— Sacerdote, posso aceitar a dor, mas não sou uma deusa, apesar do que seu povo possa pensar. Meus últimos dias serão mais fáceis de suportar se eu não estiver sozinha. *Che*?

Ehiru ouviu a esperança lamentosa na voz dela e quase chorou.

— Então virei visitar a senhora de novo, velha mãe — respondeu ele com a voz embargada.

Talithele sorriu.

— Então, no final das contas, você me ama. Bom descanso.

— Bom descanso, velha mãe.

Ele saiu da tenda e continuou andando, as passadas rápidas, os punhos cerrados nas laterais do corpo. Quase de imediato ouviu o ruído de pés atrás de si quando Nijiri se recuperou da surpresa e o seguiu. O rapaz não fez perguntas, pelo que Ehiru ficou extremamente agradecido quando chegou ao muro do oásis, caiu de joelhos e agarrou a borda de uma pedra lisa como se sua vida dependesse daquilo. Talvez ele pudesse dançar. Talvez devesse chorar. Qualquer coisa, contanto que afastasse a mente do terrível pecado que quase cometera e do gosto amargo do desejo por sangue onírico na boca.

Não fez outra coisa além de tremer ali na poeira até Nijiri pegar em sua mão.

— *Tatunep niweh Hananja* — falou o rapaz, o verso inicial de uma prece. De repente, a angústia de Ehiru começou a desvanecer. Outra vez o jovem provara seu valor.

Não há mais tempo. Devo prepará-lo para servi-La agora, pois não posso mais fazer isso.

Depois curvou-se sobre as mãos e se perdeu em orações.

22

As pedras jungissa só podem ser tocadas por aqueles a serviço
de Hananja.

(LEI)

O Ceifador não serve a Hananja. Ele não precisa mais de uma pedra.

★ ★ ★

Niyes foi tolo de achar que poderia fugir deste pesadelo, pensou Charris.
Agora *General* Charris, elevado ao posto de Niyes. No passado, talvez ele houvesse ficado satisfeito com a nomeação e a vitória
indireta sobre o velho rival, mas não mais. Naquele instante, daria
qualquer coisa para poder devolver a Niyes o título e o sórdido dever
que vinha com ele.

Os prisioneiros sabiam que iam morrer. Moviam-se relutantes,
somente depois de os guardas empurrarem e gritarem muito; Charris
podia ver o desespero em seus olhos. Não havia como eles terem visto
a carroça fechada de paredes espessas que Charris trouxera à prisão
e que estava agora em um pátio adjacente. Não poderiam saber sobre
o monstro trancafiado dentro dela — no entanto, pareciam sentir a
iminência da morte. Podiam ser criminosos, mas eram verdadeiros
gujaareen também.

Por conta disso, Charris (em geral, mais pragmático do que de-
voto) rezava por eles. *Que Hananja vele por vocês nos lugares escuros*

201

que habitarão pela eternidade, murmurava mentalmente. *E que possam morrer melhor do que Niyes, pois vi o corpo dele quando aquela coisa terminou.*

— Senhor.

Charris se virou e viu um mensageiro em posição de sentido, acompanhado por um dos guardas da prisão. O mensageiro suava e estava imundo, quase cambaleando de exaustão. Charris estreitou os olhos e mandou o guarda buscar água com limão e sal. Depois apontou para o chão e o mensageiro agradecidamente se sentou.

— Relatório.

— As ordens foram entregues às tropas do sudeste pelo pássaro mensageiro dois dias atrás — disse o rapaz. — Outro pássaro foi enviado de lá para o sudoeste. O comandante do sudeste não confia em pássaros mensageiros para informações importantes, então me mandou entregar a mensagem para... — Ele hesitou. — Para o alto deserto. Matei um cavalo para chegar lá, mas entreguei a mensagem com êxito. Na viagem de volta, passei pela cidade fronteiriça de Ketuyae. A caravana de menestréis atravessou o rio quatro dias atrás.

— Quatro dias atrás? Tem certeza? — Salvo em caso de tempestades ou acidentes, a rota mais rápida pelo deserto até a cidade comercial mais ao norte do Protetorado kisuati costumava demorar sete dias. Ketuyae ficava a um dia de Gujaareh. Eles teriam passado de Tesa a essa altura, metade da viagem cumprida.

— Sim, senhor. Mas o comandante do deserto me garantiu que a tropa dele conseguiria alcançar a caravana. Eles têm bons rastreadores. E têm cavalos shadoun, criados e treinados para o alto deserto e três vezes mais rápidos do que qualquer camelo.

Isso significava que levaria mais um dia, talvez dois, para uma tropa aquartelada encontrar e alcançar a caravana de menestréis. Bem na fronteira. Ele só podia rezar para que Sesshotenap, o comandante das forças do deserto, tivesse bom senso suficiente para mandar homens sem uniforme gujaareen. A única coisa de que precisavam era que uma patrulha kisuati pegasse um grupo de soldados gujaareen onde não deveriam estar, enviados por um forte que não deveria existir, tentando matar uma embaixadora kisuati. A guerra estava a caminho

(Charris não era cego), mas um incidente como esse poderia precipitá-la mais do que o Príncipe gostaria.

E, se isso acontecer, vou ter sorte se ele só cortar minha cabeça. O que o fez se lembrar do trabalho pendente.

O guarda voltou com um biscoito salgado e uma caneca de água com limão, os quais entregou ao mensageiro, uma vez que as mãos do homem não paravam de tremer.

— Descanse uma quadra de dias — falou Charris —, mas você precisa sair daqui para fazer isso. Guarda, leve-o ao estábulo.

O mensageiro sobressaltou-se e deixou escorrer um pouco da água pelo queixo; por hábito, limpou-o com uma das mãos e lambeu o líquido que ficou nela.

— Senhor? Perdão, mas meu cavalo está meio morto e eu não estou muito melhor...

— Pode pegar uma montaria descansada do nosso estábulo. Mas deve ir logo.

— É mais um dia inteiro daqui até a cidade, senhor!

Charris fez uma carranca.

— Então fique — retrucou ele. — Mas quando ficar sabendo o que está para acontecer e o barulho assombrar seus pesadelos pelo resto da vida, lembre que tentei poupá-lo.

Ele se virou, ignorando o "senhor?" confuso do mensageiro às suas costas. Ao sair do parapeito e entrar na escada da torre, ouviu o guarda da prisão dizendo ao mensageiro para não ser tolo e ir embora. Ah, mas é claro, os guardas da prisão já haviam testemunhado esse horror, embora em menor escala. Sabiam melhor do que o próprio Charris o que estava por vir.

O carcereiro da prisão encontrou-o no térreo, seu sulcado rosto tenso devido ao nervosismo.

— O seu, hã, convidado está inquieto, senhor — disse o homem, virando para caminhar com Charris. — Tentamos colocar comida pelas barras da janela, mas ele rosnou e arremessou para fora. Poderíamos tentar de novo...

— Não — retorquiu Charris. Levou a mão à algibeira e tirou o pedaço áspero de pedra jungissa que o Príncipe lhe dera. — Não é comida o que ele quer neste exato momento. Certifique-se de que seus homens saiam do pátio e depois espere.

Ele atravessou o corredor arqueado que conduzia ao outro pátio. Normalmente, os prisioneiros eram soltos para se exercitarem ali, mas, no momento, o local poeirento abrigava apenas a carroça reforçada. Os cavalos haviam sido desatrelados para que parassem de friccionar contra o arreio: eles ficavam tentando se afastar da carroça. Enquanto andava em direção a ela, Charris não ouviu nada vindo lá de dentro, embora sentisse a atenção da coisa ali. As persianas das janelas estavam pregadas bem rente, exceto aquela usada para alimentar o ocupante. Essa tinha barras, mas, quando ele se aproximou, só viu escuridão.

Parou um pouco além do alcance de qualquer braço que pudesse se estender pelo meio das barras e respirou fundo para disciplinar os pensamentos. O Príncipe lhe dera instruções explícitas, mas, entre as batidas do coração e o conhecimento do que ia acontecer, ele mal conseguia se lembrar delas.

Então ouviu algo se mexer dentro da carroça. Uma voz hesitante, grossa e empastada, falou de lá da escuridão.

— É o pôr do sol, irmão? Nós... vamos sair hoje à noite?

Charris engoliu em seco e deu uma batida nas costas da pedra para fazê-la zunir.

— Hoje à noite não — respondeu, mantendo a voz suave. — Mas tem trabalho para você aqui. Consegue senti-los? Col... — Ele parou, procurou outra palavra. — Reunidos. Cem homens no pátio ao lado. Eles foram julgados corruptos e precisam da sua ajuda.

Seguiu-se o barulho de um movimento dentro da carroça; o ligeiro tinido de correntes.

— Eu os sinto. São tantos. — Então a voz endureceu. — Tantos *corruptos*.

Charris engoliu em seco.

— Sim. Você deve levá-los, irmão, todos de uma vez. Entendeu? De onde você está, sem tocá-los. Consegue fazer isso?

— *Os pergaminhos eram explícitos* — o Príncipe lhe dissera. — *Em todos os relatos, os Ceifadores podiam fazer isso e ainda mais, Charris: ver sem usar os olhos, matar sem usar as mãos, sorver a vida como se fosse vinho e cuspir maravilhas. Magia para rivalizar com os deuses. Você não quer ver isso por si mesmo?*

Nem por todas as riquezas do mundo, pensara Charris, embora soubesse que não devia dar essa resposta em voz alta.

Dentro da carroça, ele ouviu uma respiração longa e lenta, como se a criatura testasse o ar através da janela com barras.

— Imundície e ódio. Você sente, irmão? O medo deles?

— Sim. — Essa resposta Charris não teve que fingir. — Eu sinto.

— Imundície. — A voz do Ceifador estava firme de novo, quase raivosa. — Eles sempre têm medo de nós. Sem fé... blasfêmia. Devo purificar todos. Eu devo... Eu devo...

Os primeiros gritos pegaram Charris de surpresa. Ele pensara que haveria algum aviso. Mas ainda podia ouvir a criatura murmurando para si dentro da carroça, ao mesmo tempo que gritos individuais se mesclavam em dezenas, formando depois um grande coro de angústia — que então começou a silenciar voz a voz.

Em seguida, o coro recomeçou mais próximo.

Charris virou-se na direção da passagem arcada e ficou paralisado pelo choque. O carcereiro estava ali, o corpo rígido, o rosto contorcendo-se em uma expressão diferente de tudo o que ele havia visto — embora o homem estivesse com os olhos fechados. Dormindo. Eram os guardas que estavam gritando ao vê-lo; o carcereiro em si estava em silêncio. Enquanto Charris observava, o carcereiro começou a tremer por inteiro, as mãos se fechando e abrindo em rápidos espasmos, urina se esparramando no chão poeirento embaixo dos sobrepanos. Os olhos se abriram de repente, despertos, porém não despertos, brancos como conchas. Os músculos do pescoço ressaltavam em cordões esticados conforme os dentes rangiam de forma audível.

— Não — sussurrou Charris.

— *Sem fé* — rosnou o Ceifador.

Estava acontecendo em toda parte agora, em todo o forte. Os prisioneiros estavam mortos. Os guardas estavam morrendo.

— Não! — O horror finalmente tirou Charris do estupor. Ele correu até a carroça e bateu nas barras. — Pare! Eles não! Eles... eles são seus irmãos, você não devia, eles não...

— Meus irmãos não teriam medo. — Veio a voz lá de dentro, soando mais lúcida agora. Mais do que lúcida: havia um toque cruel e alegre naquela voz.

— Pare, maldito! Você está matando todo mundo!

Algo se mexeu nas sombras e então, de súbito, o Ceifador aproximou-se das barras. Seus olhos, da cor do ferro corroído, cercados de um branco injetado, viam além do mundo algum lugar apavorante aonde Charris rezava para nunca ir. Abrigando-os, um rosto extremamente magro, a pele tão esticada sobre os ossos que brilhava como couro. Naquele momento, a pele enrugou (ele achou que ouviria o ruído dela se contraindo e se dobrando como folhas mortas) em um ricto que Charris percebeu horas depois tratar-se da tentativa do Ceifador de sorrir.

— Eu não *mato* — falou o Ceifador.

Ali perto, o último dos guardas se calou. Encarando aqueles olhos, desejando poder fechar os próprios, Charris bruscamente se deu conta de que o único som que podia ouvir além do vento era o leve zunido da jungissa. Todas as outras pessoas na prisão estavam mortas.

Todas, menos ele.

Só a jungissa me protege, compreendeu ele.

Ao entender isso, sua mão começou a tremer traiçoeiramente.

Ele se lamuriou, sentindo com uma certeza instintiva que, se deixasse a pedra cair, o Ceifador o levaria. Podia ver isso nos olhos insanos daquela coisa. Aquilo (pois Charris não conseguia mais pensar no Ceifador como um homem) penetraria sua mente, cortaria seu fio e o arrastaria para a caverna escura, úmida e fria no próprio âmago. Lá, devoraria mente e alma, deixando para trás a carne para apodrecer.

Como que ouvindo seus pensamentos, o Ceifador aquiesceu. Depois se afastou das barras, desvanecendo uma vez mais nas sombras. Tremendo sem controle, Charris derrubou a jungissa. Ela caiu na terra e parou de zunir, deixando apenas o suave sussurro do vento.

Passou-se um tempo.

Era mais tarde, Charris não saberia dizer quanto. Ele não teve nenhum pensamento durante aquele tempo, enquanto esperava a primeira carícia fria e invisível da morte. Mas, à medida que a mente foi voltando aos poucos a funcionar, percebeu as lentas e pesadas respirações dentro da carroça. O monstro, tendo se alimentado, agora dormia.

Charris ergueu os olhos e viu que as estrelas haviam surgido, emoldurando o imenso hemisfério da Sonhadora nascente. Sob sua luz multicolorida, ele se curvou, tenso, e pegou a jungissa. Depois de pensar por um momento, fez a pedra zunir outra vez e encaixou-a no colar de ouro e lápis-lazúli que sua mulher lhe dera no casamento. O ligeiro sibilo da pedra ressoava contra o metal em uma cantiga monótona. Essa cantiga o reconfortou quando ele enfim se virou para sair do pátio, dirigindo-se ao estábulo para encontrar os cavalos. Por um momento, a perspectiva de cavalgar à noite com aquela *coisa* atrelada a ele quase o fez estancar, mas a cantiga da jungissa aos poucos afastou os medos. Ela o manteria a salvo. Até os monstros respeitavam limites.

Ele cuidadosamente passou por cima do corpo do mensageiro enquanto se preparava para voltar ao Yanya-iyan.

23

Um Coletor deve sempre levar consigo a marca do Hetawa:
a flor sagrada Dela, a lágrima-da-lua. Da mesma forma,
deve deixar sua marca na forma de uma flor de menor
importância, pois, na execução da bênção Dela, o Coletor é
semelhante à divindade.

(LEI)

Quando Sunandi viu o Coletor entrar na tenda da velha senhora, decidiu agir. Cerrando os punhos, foi atrás dele com a intenção de denunciá-lo diante da caravana inteira se fosse necessário... e então o rapaz saiu das sombras ao lado da tenda. Ela ficou imóvel, de repente inquieta. Será que os Coletores-Aprendizes tinham permissão para matar? Ela não conseguia recordar, mas algo lhe dizia que este não se importaria com permissões.

Mas o rapaz a assustou ao falar.

— Ele tem aprovação. A da Deusa é a única coisa de que precisa, mas ele também falou com Gehanu.

Isso estilhaçou a raiva crescente de Sunandi. Ela descerrou os punhos e o encarou.

— Não acredito.

— Nem todos temem a morte como você. — Não havia desdém na conduta do rapaz dessa vez. Sua raiva da discussão anterior parecia ter desaparecido por completo. — Vá falar com Gehanu se duvida de mim.

— Eu vou.

Ela virou as costas antes que pudesse se questionar. A lógica lhe dizia que o Coletor podia matar a idosa enquanto conversasse com Gehanu, mas, de repente, a coragem pareceu tê-la abandonado. O comportamento do rapaz a deixara muito nervosa. Naquela breve conversa ele parecera semelhante demais ao mentor, emanando a mesma mescla perversa de ameaça e compaixão. Aquilo fora um desagradável lembrete de seu próprio status de "suspensão" e o conhecimento ainda menos agradável de que eles podiam revogar o status quando quisessem.

Fora um erro de avaliação desconsiderar o rapaz como ameaça, concluiu Sunandi, tentando controlar o medo ao atravessar o acampamento batendo os dedos na tenda de Gehanu. O que quer que o Hetawa fazia para treinar seus assassinos já deixara marca no fundo da alma dele.

Gehanu gritou na própria língua para Sunandi entrar e sorriu quando viu quem era, mudando de idioma com a facilidade de uma negociante veterana.

— Ah, Nefe. Achei que ainda estivesse no banho, desfrutando um pouquinho da civilização. Mulher mimada da cidade.

Sunandi forçou um sorriso, movendo-se para se sentar de frente ao catre de Gehanu.

— Tomei um bom banho mais cedo. 'Anu, sobre os meus acompanhantes...

— O sacerdote, você quer dizer? — Gehanu sorriu ao ver o surpreso aceno de confirmação de Sunandi. — Você tem tantos segredos, alguns deles se soltam quando não está vendo.

— É o que parece. Então ele *tem* sua aprovação? O rapaz falou que tinha. Não acreditei nele.

— O rapaz foi uma surpresa. Nunca vi um sacerdote jovem antes, mas imagino que não possam nascer prontos de uma abóbora. Sim, falei que ele podia conversar com Talithele.

— Você... — Ela se esforçou para manter o tom educado e não acusatório. — Você está ciente do que ele poderia fazer com ela?

— Se ela quiser.

— A espécie dele não se importa se você quer ou não.

Gehanu ergueu uma sobrancelha.

— Não foi você que o trouxe para cá?

— Fui coagida. Não confio nele. Nem sequer gosto dele.

— Uma pena. Ele parece bastante decente.

— Para um assassino! Um dos *irmãos* dele... — Sunandi parou de falar quando a tristeza aflorou de novo para se misturar à raiva, quase sufocando-a. Fez a palavra sair contornando o nó na garganta. — Lin.

— A pestinha? Ela foi Coletada?

— Não, assassinada. A coisa que está a solta pela cidade...

— Ah! — Gehanu soltou um suave lamento. — Isso não! Me diga que não! — Ela conteve a respiração quando Sunandi confirmou com a cabeça. — Ah, pelos deuses do céu e da terra!

— Aquele monstro começou como Servo de Hananja, assim como ele — falou Sunandi, acenando na direção da tenda de Talithele. — É por isso que você devia detê-lo.

Mas, para sua surpresa, Gehanu balançou a cabeça.

— Não cabe a mim. A escolha é de Talithele.

— Eu falei para você...

— Ele disse que ia pedir permissão. Acredito nele.

— Você não pode acreditar em nada do que ele fala! Nem ele percebe quanto é mau!

O rosto de Gehanu ficou impassível e foi só então que Sunandi se deu conta de que erguera a voz na tenda de sua anfitriã.

— *Bi'incha*. Perdão, Gehanu. — Ela suspirou, esfregando os olhos. — Estou ficando louca. Sinto tanta saudade da Lin, não consigo mais pensar.

— Está perdoada — respondeu Gehanu de imediato, suavizando a expressão do rosto e estendendo a mão para tocar o ombro de Sunandi. — Meu coração sofre junto a você, Nefe. Mas Talithele está morrendo. Na minha terra, ela estaria cercada por dezenas de rebentos, seria recebida por todos os ancestrais enterrados na nossa terra. Aqui ela está quase sozinha e distante da terra natal. O sacerdote dá outra escolha para ela. Não tenho o direito de tirar essa escolha. — Gehanu ergueu o cachimbo, inalou longamente e soltou fumaça. — Pelo menos com o sacerdote não vai sentir dor.

Sunandi baixou o olhar, sentindo a própria dor ressoar com a de Gehanu. Se pudesse ter dado essa escolha a Lin (a Coleta ou a morte terrível que a garota teve), será que teria dado? Recusou-se a contemplar essa questão. Em vez disso, falou:

— Me perdoe por questionar sua decisão.

Gehanu deu de ombros.

— Se consola você, duvido que ela vá aceitar a oferta dele. Perguntamos se ela queria ir ao Hetawa enquanto estávamos em Gujaareh e ela respondeu que não. Não queria ser curada, só quer deixar a vida correr seu curso. Não acho que tenha mudado de ideia em uma oitava de dias. Ela vai ficar por aqui o máximo de tempo que puder, só para me atormentar.

Sunandi sorriu contra a própria vontade.

— Isso seria bom.

— Bom? Você não conhece a mulher. Agora chega disso. Estou feliz que tenha vindo porque tenho outra coisa para te falar.

— Ah?

Gehanu assentiu, colocando o cachimbo no suporte. Começou a vasculhar a túnica.

— O chefe do vilarejo tinha uma mensagem que queria enviar. Já que você fala por Kisua… — Ela tirou a mão de uma dobra na roupa e abriu-a para revelar um pergaminho minúsculo. Sunandi conteve a respiração: era o mesmo tipo de pergaminho que Kinja sempre usara para se comunicar com a rede de espiões de Kisua. Ela não percebera que a rede se estendia até Tesa. Kinja devia ter cultivado a amizade do chefe do vilarejo por conta própria.

Ela pegou o pergaminho e o abriu, passando rapidamente os olhos pelos hieráticos codificados.

— Estranho.

— Outro segredo extraviado?

— Não tenho certeza. A mensagem diz que alguns dos shadouns viram coisas estranhas a leste de Tesa, na parte alta do deserto. Rastros onde não devia existir nenhum: camelos e cavalos em grande número, carregando coisas pesadas o bastante para deixar marcas duradouras. Dois rastreadores foram para o leste para segui-las, mas nunca voltaram. Não entendo por que o chefe achou que isso era importante.

Gehanu franziu o cenho.

— A tribo shadoun vive na parte alta do deserto há gerações. Um rastreador se perder é fora do comum. Dois é ruim.

— Eles podiam estar rastreando uma caravana de comerciantes pobre demais para passar por Tesa. Alguns coitados que se perderam. Um bando de saqueadores pode tê-los matado, talvez.

— Vários, se fosse o caso. E com muitas provisões. Você não pode trazer essa quantidade de cavalos para a parte alta do deserto sem uma fonte confiável de água e ração. Não parecem caravaneiros pobres e perdidos.

— Soldados, então? — Sunandi balançou a cabeça. — Não. O Mil Vazios é um território neutro entre o Protetorado e os Territórios Gujaareen. Pertence às tribos do deserto; nenhuma das duas terras pode mandar soldados para cá. Nenhuma das duas terras *poderia*... não há nada lá fora a não ser areia. Soldados precisam de acampamentos, cavalos precisam de estábulos...

Ela parou de falar ao mesmo tempo que Gehanu arregalou os olhos, ambas compreendendo a verdade no mesmo instante.

— E um modo de reabastecer — acrescentou Gehanu.

Sunandi aquiesceu, a mente entorpecida pelas implicações.

— Um forte. Perto de um dos oásis menores é o mais provável. Mas de que extensão, e abrigando um efetivo de que tamanho? Não podem ser muitos. Um efetivo muito grande teria deixado rastros permanentes ao andar pelo deserto. Mas não precisa ser um efetivo grande. Só o suficiente para atacar as defesas de Kisua de uma direção inesperada antes dos verdadeiros exércitos de Gujaareh. Com uma surpresa dessas, eles poderiam tomar as cidades mais ao norte do Protetorado e estabelecer uma base de operações antes que nosso exército pudesse voltar para lutar contra eles. — A mão tremia e ela a fechou em torno do pergaminho. — Mesmo com o alerta de Kinja, jamais sonhei que o Príncipe fosse tão louco.

Gehanu a observava, mordiscando o lábio inferior.

— Vou avisar todo o acampamento. Vamos partir bem antes do amanhecer e andar o mais rápido possível.

Sunandi aquiesceu.

— Quanto mais rápido levarmos a notícia a Kisua, melhor.

— Não só isso. — Gehanu deu um sorrisinho doloroso. — Aqueles rastreadores sumiram porque existe um exército lá fora tentando não ser notado, matando qualquer um que encontra. Se alguns desses rastros recentes vieram de mensageiros trazendo ordens da cidade para esse exército, da cidade onde alguém tentou te matar, acho que talvez eles estejam fazendo de tudo para *nos* encontrar. *Che?*

O frio da noite no deserto chegara, mas não foi o que causou o calafrio de Sunandi.

— *Ah-che* — sussurrou ela.

— *Ti-sowu.* — Gehanu sorriu outra vez, virando-se para uma sacola ali por perto. Ela a abriu e pegou duas canecas, seguidas de uma cabaça polida com entalhes decorativos. — Aqui. Você precisa dormir hoje à noite.

Sunandi ergueu as sobrancelhas quando Gehanu lhe entregou uma caneca e serviu uma quantia generosa do líquido da cabaça. Vinho de paniraeh, uma bebida forte feita apenas nas regiões mais distantes do sul. Mesmo sem querer, ela sorriu ao olhar para a canequinha.

— Vou precisar mais do que isso se for para dormir logo.

— Prometi que ia cuidar de você, não prometi? — Sorrindo, Gehanu tirou uma segunda garrafa da bolsa, depois acenou para a que já estava aberta. — Esta é sua.

TERCEIRO INTERLÚDIO

Agora que você já ouviu as histórias maiores, devo começar a menor, pois vi seu cansaço e distração. Não, não peça desculpas. Somos homens do Hetawa, afinal; o sono não é um obstáculo. Ali, use o sofá. Durma, se quiser. Vou tecer a narrativa nos seus sonhos.

Começou com um louco. Na época que Gujaareh era nova (só tínhamos a cura da carne naqueles tempos), as castas da cidade começaram a tomar forma. Os nobres soonha de Kisua que haviam se estabelecido aqui se dividiram em dois grupos: os shunha, que queriam manter os costumes de Kisua tanto quanto possível, e os zhinha, que queriam fazer de Gujaareh algo novo. Os primeiros eram reservados e preservaram as tradições mais importantes da nossa pátria-mãe, enquanto os últimos se misturaram com os forasteiros e adotaram muitos dos costumes deles. Cada grupo precisava do outro pois, sem essa mescla de tradição e progresso, Gujaareh jamais poderia ter se estabelecido como uma poderosa nação comercial tão rapidamente. No entanto, cada grupo desprezava o outro, pois as divisões entre eles eram profundas.

Duas coisas os mantinham unidos: o amor por Hananja e o ódio aos nossos inimigos. Naquela época, Gujaareh era ameaçada pelos shadoun, uma orgulhosa tribo do deserto que contemplava a crescente riqueza de Gujaareh e a cobiçava. Eles achavam que nós éramos moles graças a nossos hábitos civilizados e à nossa crença em uma deusa adormecida. Mas os repelimos inúmeras vezes quando enviaram grupos de ataque para testar nossas defesas. Foi o grande General Mahanasset que liderou nosso exército naquele tempo — um homem nascido um shunha puro, mas também havia aprendido os costumes das terras estrangeiras. Suas vitórias eram brilhantes, sua força em batalha era lendária; todos o amavam, dos soldados até os anciãos mais rígidos.

Todavia, com o passar do tempo, a liderança dele começou a falhar. Primeiro ele perdeu uma batalha, depois outra. Vieram boatos das linhas de combate sobre um comportamento estranho. Mahanasset dava ordens a soldados mortos havia muito, gritava com fantasmas que ninguém mais podia ver. Os Protetores da cidade, pois nós fazíamos as coisas como em Kisua naquela época, começaram a temer que seria necessário substituí-lo, o que seria um golpe terrível para o povo. Se Mahanasset caísse em batalha, a cidade o reverenciaria e os exércitos lutariam com mais afinco para vingar seu nome. Mas se ele fosse colocado de lado, a cidade ficaria magoada pela tristeza. Com os shadoun pairando como necrófagos, nós não ousamos nos enfraquecer.

Assim Inunru, o fundador da nossa fé e chefe do Hetawa naqueles tempos, interveio com uma possível solução. No antigo conhecimento da narcomancia trazido de Kisua, existia uma forma secreta de curar que fora proibida na pátria-mãe porque trazia a vida assim como a morte. Contudo, aplicada de forma apropriada, essa arte secreta talvez tivesse o poder de fazer o que os curadores do Hetawa não conseguiram de outro modo: devolver uma alma destroçada à paz.

É, você entende agora. Parece estranho pensar que algo hoje tão valorizado na nossa sociedade foi um dia temido e mal compreendido, mas esse foi o começo da mudança. Mahanasset foi trazido ao Hetawa — delirante, doente, incapaz de distinguir entre o real e a fantasmagoria. Um dos sacerdotes do Hetawa, um ancião moribundo, ofereceu-se como doador do sonho. O próprio Inunru realizou a transferência de um para o outro — e, no processo, a cidade contemplou não um, mas dois milagres. O primeiro foi a restauração da sanidade de Mahanasset. Ele se levantou do leito pleno e saudável em todos os sentidos. O segundo e inesperado milagre foi a alegria com que o velho sacerdote morreu. "Hananja, estou chegando!", dizem que ele gritou durante o sono antes do fim. E não havia dúvidas de que o idoso morrera feliz, pois Inunru compartilhou sua alegria com todos os presentes. Muitos choraram ao saber que ele vivenciara tal paz.

O resto você pode imaginar. Mahanasset retomou o controle do exército e o conduziu em um ataque devastador contra os shadoun, forçando-os a pagar um tributo, impedindo-os de comercializar e asseverando ao mundo a força de Gujaareh. Os moribundos começaram a vir ao Hetawa em quadras, depois em hordas, escolhendo a paz em vez da tristeza e da dor. Os doentes também eram trazidos para o Hetawa e liberados sãos ou com os corpos curados. Quando Mahanasset voltou das vitoriosas campanhas, as pessoas ficaram tão contentes que o tornaram governante no lugar dos Protetores, nomeando-o "rei", como os bárbaros faziam com seus senhores. Mas ele recusou o título.

— Esta é a cidade de Hananja, assim como eu sou um servo de Hananja — disse ele. — Só Ela pode ser a única verdadeira governante aqui. Vou governar em nome Dela como Príncipe e reivindicar o título de "Rei" apenas quando eu puder tomar meu lugar ao lado Dela em Ina-Karekh. E vou governar sob a orientação do Hetawa, sem a sabedoria do qual Gujaareh poderia ter sucumbido.

E assim foi feito. Sob o governo de Mahanasset, a lei do Hetawa se tornou a lei de Gujaareh e a paz de Hananja se tornou o presente do Príncipe para o povo. E foi desse modo que começamos a reverenciar Hananja acima de todos os outros.

24

*Os membros dos quatro caminhos da sabedoria de Hananja
têm permissão para ignorar a decência e a ordem de comando,
contanto que isso seja feito a serviço da paz.*

(LEI)

O Superior do Hetawa estava em seu escritório desfrutando dos sons do início da manhã e perguntando-se, outra vez, quanto tempo demoraria antes que seus Coletores viessem buscá-lo.

Havia se passado um dia e uma noite desde o encontro com o Príncipe e suas consequências. Em geral, quando voltava desses encontros nas primeiras horas da manhã, poucos dos residentes do Hetawa estavam por ali: apenas os dois Sentinelas que lhe serviam de guarda-costas, os que estavam de guarda e o punhado de Compartilhadores do plantão noturno. Às vezes, alguns acólitos sonolentos acompanhavam esses últimos, observando os caminhos dos Sentinelas ou dos Compartilhadores, e alguns aprendizes auxiliavam os confrades mais velhos. Mas quando o Superior passou pelo Salão de Bênçãos naquela manhã, Rabbaneh estava lá, ajoelhado aos pés de Hananja, mas não rezando. Em vez disso, o Coletor estava de frente para a entrada e não havia vestido o manto com capuz; ele ainda estava em serviço. Era chocante vê-lo daquela forma, refletiu o Superior, de costas para a estátua. Uma afronta para Hananja, embora branda, uma vez que a estátua não passava disso.

Mas os olhos de Rabbaneh se fixaram no Superior, o rosto sério, o olhar condenador. *Existe apenas uma afronta a Hananja aqui*, disseram aqueles olhos. E, assim, o Superior soube que chegara a hora de pagar seu Dízimo Final.

Desde então, passara o tempo em seus aposentos, ordenando que não permitissem a entrada de visitantes para que pudesse rezar e se preparar para a paz de Hananja. Durante a noite, adormecera inadvertidamente e ficara atônito ao acordar vivo. Não havia tempo para dar instruções ao Professor Maatan, seu sucessor escolhido, sobre os segredos que vinham com o manto de Superior. De qualquer forma, esses segredos haviam dado errado. Talvez, se morressem com ele, o Hetawa pudesse sobreviver à tempestade iminente.

A cortina de miçangas da frente chocalhou, anunciando que alguém entrara nos aposentos. O Superior ficou tenso, depois se obrigou a relaxar. Somente um mensageiro do Conselho ou um Compartilhador respondendo a uma emergência podiam violar a privacidade do Superior quando ele a solicitasse. E os Coletores, claro. Estes iam aonde quisessem. Ele abriu os olhos.

Eles estavam do outro lado da mesa, solenes, ainda vestindo as túnicas formais sem manga após a Cerimônia de Dízimo da manhã. Não era uma Coleta, então. O Superior não sabia ao certo se deveria sentir alívio ou aborrecimento.

— Queremos conversar com você, irmão Superior. — Sonta-i, soando como se tivesse vindo para discutir o clima. E talvez não significasse mais do que isso para ele, com seu peculiar senso de certo e errado. Não havia dúvidas de que era Rabbaneh quem precisava de explicações e detalhes; para Sonta-i era uma questão simples. Se o Superior era corrupto, então o Superior ia morrer.

— Sim — respondeu o Superior. — Eu estava esperando.

— Viemos apenas conversar — falou Rabbaneh. Ele se sentou na cadeira do outro lado da mesa do Superior. Sonta-i continuou de pé.

— Um Teste da Verdade então. Eu deveria agradecê-los pela consideração. — O Superior suspirou. — Apesar de parte de mim preferir que vocês acabem com isso.

— Explique — disse Sonta-i. — Talvez façamos sua vontade.

O Superior se levantou e foi até um armário próximo. Abriu-o e pegou uma garrafa vermelha, forjada em vidro por um dos maiores artesãos da cidade. Os Coletores evitavam beber por prazer próprio, mas às vezes o faziam em nome de um portador de dízimo.

— Bebam comigo, irmãos. Ainda não sou um ancião. Não estou pronto para passar minhas últimas horas sozinho.

— Isso é uma confissão? — Rabbaneh observou o rosto dele com atenção conforme o Superior pegava três taças vermelhas do armário e as colocava sobre a mesa. — Você está *pedindo* a bênção de Hananja?

O Superior parou por um instante, refletindo, depois suspirou e começou a servir.

— Sim para a primeira pergunta, não para a segunda. Eu gostaria muito de viver. Mas conheço a lei desta terra tão bem quanto vocês e, por essa lei, a Lei Dela, sou corrupto. O que quer que pensem de mim, nunca *quis* ser hipócrita. — Ele parou, pegando a taça e acenando para que pegassem as restantes. Rabbaneh hesitou, mas pegou uma. Sonta-i não o fez.

Em vez disso, falou:

— Quer queira, quer não, você se tornou um. Só um hipócrita rebaixaria nosso irmão como renegado e então permitiria que o Príncipe o levasse embora. Se achava que era perigoso, ele jamais devia ter saído do Hetawa e dos cuidados dos confrades. Mas Rabbaneh diz que você agiu por ordem do Príncipe. — Somente por um momento, algo passou pelo rosto desgastado de Sonta-i: curiosidade. — Como é que o Superior do Hetawa, o principal Servo de Hananja, segue alguma ordem que não a Dela?

O Superior ergueu a taça e tomou um gole, saboreando o gosto nítido e doce. Um licor giyaroo, uma das poucas iguarias do norte de que já gostara.

— Vocês devem entender que eu não sabia de tudo no começo. O Príncipe é mestre em ocultar seus planos. Durante três anos, até eu fui enganado. Agora sei a verdade: o Príncipe é louco.

O rosto de Rabbaneh estava implacável. O bem-humorado Rabbaneh, que fora o Rabbaneh temperamental nos anos antes de se tornar Coletor. Era fascinante ver que algo de suas antigas personalidades podia vir à tona em momentos como esse.

— Então ele deveria receber sangue onírico e ser curado.

O Superior lutou contra o impulso de rir. Encobriu-o tomando um longo gole da taça.

— Ele *recebeu* sangue onírico. Foi assim que este pesadelo começou. Ah, mas havia começado muito antes disso, nos espasmos do nascimento de Gujaareh e mesmo antes desse acontecimento, em Kisua. Ele deveria confessar tudo, contar toda a verdade para que pudessem passar pelo mesmo choque, horror e desilusão que o afligiram desde que descobrira.

Não. As palavras de seu predecessor voltaram-lhe à mente, cheias de uma sabedoria repugnante: *Um Servo de Hananja existe para aliviar a dor de Gujaareh. O papel do Superior é aliviar a dor de seus colegas Servos. Existem segredos que destruiriam a confraria; é seu dever guardá-los sozinho.*

Guardá-los e ser esmagados debaixo deles, ao que parecia.

— O Príncipe matou o pai para obter o trono — contou o Superior, olhando para a taça vermelha. — Essas coisas acontecem. Mas quando Eninket, perdão, nosso Príncipe, tomou a Auréola, começou logo a mostrar sinais de uma perigosa instabilidade. Entre outros atos curiosos, ele enviou uma divisão para o Kite-iyan e mandou matar todas as esposas do pai e as outras crianças, até os recém-nascidos. Inclusive a própria mãe. Só Ehiru sobreviveu porque o Hetawa havia reivindicado o garoto àquela altura. — Ele fez uma pausa, pensativo. — Alguns dizem que a mãe dele tinha o dom da visão verdadeira e sabia que o massacre viria. Nunca saberemos com certeza, já que Ehiru não fala sobre o passado.

— Talvez porque não tenha nada a ver com a situação atual — retorquiu Sonta-i.

O Superior sorriu. Invejava a capacidade dos Coletores de ver o mundo em termos simples: paz e corrupção, bondade e maldade. Um Superior não tinha esse luxo.

— Tem tudo a ver com a situação atual, irmão Sonta-i, mas agradeço sua impaciência. — Ele tomou outro gole do licor. — O dever do Hetawa parecia claro. Oferecemos sangue onírico ao Príncipe — como privilégio de poder, entendam. As alta-castas da cidade dizem que o sangue supera o timbalin ou qualquer outra droga que dá prazer. O fato de que ele cura a mente é uma coisa que elas não entendem e para a qual não ligam, mas serve aos nossos propósitos.

Então mandamos um Compartilhador para fornecer o sangue onírico e realizar a cura. Mas o Compartilhador descobriu que não existia nenhuma loucura para curar, pelo menos não no sentido físico. Os humores dele estavam em equilíbrio; a cabeça não tinha nenhuma lesão. Os... excessos do Príncipe foram cometidos em perfeito estado de sanidade.

— Corrupção — falou Rabbaneh, fazendo cara feia. — No *Trono do Ocaso*.

— Aconteceu antes — comentou o Superior, tomando o cuidado de deixar a ironia fora da voz. Eles já estavam irritados o bastante. — Certa quantidade de corrupção é inerente a qualquer posição de poder. Toleramos pela paz da cidade. Mas o que é relevante neste caso é que o Príncipe, como resultado de nossa tentativa, experimentou sangue onírico. Ele exigiu mais.

Sonta-i o fitava com olhos estreitados, talvez detectando a prevaricação. Para evitar o olhar investigativo do Coletor, o Superior bebeu o resto do licor, que lhe deixou um agradável rastro ardente garganta abaixo.

— Você não deu sangue onírico para ele, deu? — Rabbaneh arregalou os olhos quando compreendeu, ou pensou ter compreendido, o perigo. — Em quantidades suficientes para curar...

O Superior suspirou.

— Um Príncipe que consegue matar a própria mãe é capaz de muitas coisas, Coletor Rabbaneh.

Rabbaneh levou um momento para absorver a informação. Quando o fez, conteve a respiração.

— Ele não ousaria ameaçar o Hetawa! Gujaareh inteira se insurgiria contra ele.

— Ele nunca ameaçaria *abertamente*. Mas não se engane: embora o Hetawa e o Trono do Ocaso deem a entender que compartilham o poder da cidade, junto dos alta-castas e dos militares, o Príncipe é mais forte do que qualquer um dos grupos sozinho. Normalmente, temos o apoio do povo para equilibrar essa fraqueza a nosso favor: qualquer tentativa de controlar o Hetawa por parte de qualquer poder da cidade seria vista como uma afronta à Própria Hananja. Até as castas servis pegariam em armas por nós. Mas, nesse caso, o Príncipe tinha uma arma para combater isso: a arma que nós demos a ele. Ele alegaria que a cura marcava a tentativa do Hetawa de controlar o Trono.

O Superior viu o horror quintessencial dessa ideia nas expressões dos dois enquanto a assimilavam. O Hetawa, publicamente acusado de corrupção? Impensável. Intolerável. Os dois eram tão, tão puros.

— Então agora o Ocaso controla o Hetawa de Hananja. — Sonta-i cruzou os braços. — Por mais sórdida que seja esta circunstância, não explica seu encontro secreto com o Príncipe altas horas da noite, como um criminoso se esquivando. Ou o fato de que o objeto da conversa era nosso irmão. Você vai explicar.

O Superior sentiu os dedos apertarem a taça. Esperto Rabbaneh, não apenas seguindo-o, mas também ouvindo escondido. Então essa era a recompensa por protegê-los. Ele rezava para que a fé deles sobrevivesse à verdade. Levara muitos anos para a própria fé se recuperar.

— Em parte é porque Ehiru é o último irmão vivo dele — respondeu o Superior. — Acho que ele gosta de enfim ter a vida do irmão nas mãos. O resto... Entendam, meus irmãos Coletores, que nem mesmo eu percebia até onde o Príncipe estava disposto a ir. Achei que, se continuássemos lhe dando sangue onírico, seria suficiente. Como Superior, mergulhei na corrupção, porém, sempre tentei impedir que ela penetrasse minha pele. O bem do povo, a vontade de Hananja; mantive essas coisas acima de tudo na minha mente.

— A corrupção é uma doença da alma — pontuou Sonta-i.

O Superior não esperara nenhuma piedade dele. Mas quando olhou para Rabbaneh e viu a mesma dureza nos olhos do Coletor mais jovem, soube que o julgamento de Hananja havia por fim recaído sobre ele.

Que assim fosse.

— Conte o resto para nós, Superior — disse Rabbaneh suavemente. — Conte tudo.

— Sangue onírico — falou o Superior. — No final das contas, tudo se resume a isso.

Que as bênçãos Dela possam me purificar, pensou enquanto começava a confissão final, *e purificar o Hetawa também. Que eu possa encontrar em Ina-Karekh a paz que nunca mereci. E que vocês, meus Coletores, meus irmãos, encontrem a força para salvar todos nós.*

25

*As sombras de Ina-Karekh são o lugar onde habitam os
pesadelos, mas não a fonte deles. Nunca se esqueça: as terras
das sombras não estão em outra parte. Nós as criamos. Elas
estão dentro de nós.*

(SABEDORIA)

A primeira metade da viagem a Kisua fora preenchida pela rotina:
o despertar ao amanhecer e o café da manhã seguidos por doze tór-
ridas horas de entorpecimento do corpo e da mente sobre o camelo
enquanto abriam caminho pelo mar de dunas douradas. Mas então
chegara Tesa, o ponto no meio do caminho, e depois disso a rotina
mudara. Uma nova noção de urgência parecia haver tomado conta
de Gehanu. Ela conduzia a caravana pelo deserto em um ritmo que
deixava até os menestréis mais experientes reclamando ao fim do dia.
Eles começavam antes da alvorada e terminavam um bom tempo
após o pôr do sol, parando apenas quando continuar ameaçaria a saúde dos camelos.

Nijiri estava agradecido, apesar da própria exaustão e das dores.
Em meio àquele ritmo brutal, poucos menestréis percebiam os tremores de Ehiru apesar do calor do dia, ou seu olhar disperso. Ou as
preces que murmurava baixinho continuamente, uma ladainha contra o caos turbulento de sons e visões que com certeza começara a
dominar-lhe a mente. Era o começo do pranje — ali no deserto selvagem, a quilômetros de qualquer centro de civilização onde pudessem
encontrar um portador de dízimo adequado, sem nenhuma esperança

de privacidade ou isolamento para aliviar o sofrimento durante o teste de Hananja. E, cercados por infiéis, pois mesmo os gujaareen entre os menestréis eram do tipo que veneravam a Deusa só com palavras, não com o coração. Eles não se ofereceriam para as necessidades de um Coletor, independentemente de quanto reverenciassem os mais altos Servos de Hananja. Então que outra coisa Nijiri podia fazer além de ficar ao lado de Ehiru à noite, sussurrando orações para ajudá-lo a se concentrar na realidade? Durante o dia, cavalgava ao lado do Coletor, auxiliando o irmão quando podia e utilizando-se de toda sua astúcia para desviar a atenção acidental dos menestréis.

Mas, como ele temera, um membro do grupo já notara.

A mulher kisuati o confrontou no descanso do meio-dia.

— O que há de errado com ele? — indagou ela.

Eles haviam começado a adentrar a charneca que pressagiava a fronteira norte de Kisua. O rastro do Sangue da Deusa serpenteava em preguiçosas voltas a leste e a oeste a essa altura, o que (em conjunto com o fato de que a viagem para o sul era contra a corrente) tornava a rota pelo deserto a opção mais rápida. Mais um dia e atravessariam o rio no Estreito de Imsa, que marcava a fronteira norte da terra natal de Sunandi.

Aí ela terá poder. Nijiri se lembrou disso ao aceitar o cantil que Sunandi ofereceu, a desculpa que ela encontrou para conversar a sós com ele. Já que chegariam logo ao rio, ele bebeu bastante antes de responder, fazendo uma careta devido ao gosto salobro.

— Passou tempo demais desde a última Coleta — explicou Nijiri, falando baixo. Estava sentado à sombra do camelo, próximo o bastante para vigiar Ehiru, mas não tão perto que os outros caravaneiros fossem notar.

Ela se agachou de frente para ele.

— Quando ele vai virar uma daquelas *coisas*?

— Não falamos sobre isso com leigos...

Sunandi vociferou um rio em suua nos ouvidos do jovem, rápido demais para ele acompanhar, embora o conteúdo grosseiro fosse óbvio.

— Vai falar sobre isso *comigo* — terminou ela em gujaareen. Claro. Ela também vira que o equilíbrio de poder entre eles estava mudando. Ainda podiam matá-la e a matariam se Ehiru a julgasse corrupta, mas na terra dela, tal ato faria a ira dos Protetores recair sobre as cabeças deles.

Nijiri suspirou.

— Os Coletores não são como os outros homens. Os dízimos que Coletamos para a Deusa nos fazem mudar. Com certeza você ouviu isso em narrativas do seu povo.

— Ouvi. Vocês enlouquecem se não matam. Por que você não enlouqueceu ainda?

Nijiri sentiu as bochechas arderem em um misto de raiva e vergonha.

— Sou apenas um aprendiz. Nunca coletei sangue onírico.

— Ah. Então responda à minha pergunta: quando ele vai mudar?

— Ele não vai.

Outro xingamento em suua.

— Está claro que já começou.

— Ele nunca se permitiria se transformar em uma abominação dessas. Ele morreria primeiro. — Nijiri se esforçou para conter as lágrimas que ferroavam seus olhos. — Ele está morrendo *agora*. Se fosse o monstro que você pensou, metade desta caravana estaria morta. Em vez disso, ele espera, suportando pesadelos que você não consegue nem imaginar. Não consegue ver o sofrimento dele?

Sunandi balançou para trás ao ouvir a pergunta angustiada do jovem; Nijiri pôde ler consternação nos olhos dela.

— O que eu vejo parece loucura. O que ele está esperando?

Nijiri curvou a cabeça, dizendo a si mesmo com firmeza que não choraria diante daquela infiel.

— Está me esperando — sussurrou.

— Você!

— Sou a única pessoa aqui que pode dar a morte para ele da forma apropriada. Se eu conseguir. Meu treinamento está completo, mas eu nunca... minha narcomancia é... — Ele arfava, cerrando os punhos. Respirou fundo para se controlar. — Não tem como praticar a Coleta. Quando chega a hora, o aprendiz deve simplesmente *fazer*. Mas Coletar meu mentor...

Sunandi o encarou quando ele hesitou e deixou as palavras desvanecerem. Várias respirações se passaram. Em Gujaareh, era considerado apropriado permitir esses silêncios na conversa, mas Nijiri já percebera que aquilo era algo que os estrangeiros não faziam. Se Sunandi estava calada, nunca indicava pensamentos pacíficos.

— Preciso ajudá-lo — falou Nijiri enfim. Devolveu o cantil a ela e se pôs de pé. — Hoje à noite eu... Depois de hoje à noite, eu é que vou com você descobrir o que os Protetores podem compartilhar sobre os planos do Príncipe. Depois voltarei a Gujaareh e destruirei o Ceifador. — Palavras vazias. O monstro o mataria e os dois sabiam disso. Mas não havia nenhuma outra coisa que ele pudesse dizer com a tristeza ainda apertando-lhe a garganta.

Ela o observou, franzindo o cenho, a raiva visivelmente atenuada.

— Por que ele veio nesta viagem? — perguntou. — Parece tolice se sabia que não sobreviveria.

Nijiri balançou a cabeça.

— Um Coletor pode passar várias oitavas de dias sem sangue onírico, tanto quanto uma volta completa da Lua da Vigília. Mas isso entre a paz e a ordem do Hetawa, onde o Coletor pode rezar e se acalmar nos Jardins da Contemplação. O medo e o perigo devoram o sangue onírico mais rápido. — Ele suspirou, infeliz. — O coração de Ehiru já não estava em paz em primeiro lugar por conta da última Coleta dele, que não deu certo. E então ele conheceu você, com as suas acusações contra o Hetawa. E depois o Ceifador atacou e o forçou a usar a última reserva para me salvar. — Ele tornou a suspirar, abaixando a cabeça. — Coletores precisam de paz para se desenvolverem. Em mais de um sentido.

Sunandi o fitou por um longo momento. Então fez uma coisa estranha: levantou-se, deu alguns passos, depois parou e voltou.

— Do que ele precisa?

— O quê?

— Para sobreviver. — Ela contraiu os lábios como se as próprias palavras a ofendessem, mas perguntou: — Ele pode ser salvo a essa altura?

Nijiri fez cara feia.

— Você espera que eu acredite que se importa?

— Me importa que argumentar com os Protetores vai ser mais fácil se ele estiver do meu lado. — Sunandi deu um sorrisinho como resposta ao olhar de afronta de Nijiri. — Um dos temidos Coletores de Gujaareh, o famoso Ehiru, pedindo ajuda ao Protetorado kisuati porque não pode mais confiar em seus próprios governantes? Isso vai apelar tanto para a vaidade deles quanto para a razão. E contribuir para meu prestígio.

— Como se atreve a usá-lo para os seus... os seus... — Nijiri ficou procurando as palavras, quase indignado demais para falar. — Os seus jogos imundos e *corruptos*.

— Abaixe a voz, seu tolo!

Ele a abaixou imediatamente, a raiva arrefecendo ao notar os olhares curiosos dos outros caravaneiros e se dar conta de que seu rompante fora entreouvido. Mas deixou o olhar exprimir a aversão, fazendo cara feia para a mulher como jamais teria feito a uma das Irmãs.

— Se ao menos ele revogasse a sua suspensão... — comentou ele. Manteve o tom de voz gentil, ainda que as palavras fossem cruéis. — *Isso* o salvaria. Mas ele é honrado demais para levar até pessoas como você sem ter certeza da sua corrupção.

Sunandi sorriu e, mesmo sem querer, ele ficou impressionado com a dureza dela.

— E agradeço por essa consideração — disse ela —, por isso estou disposta a ajudar você a salvá-lo. Ele precisa de morte, certo? Existe um hospital, pense nele como um templo, mas só para curar, não para venerar, na cidade de Tenasucheh, logo após a fronteira kisuati. Posso levá-lo para lá, conversar com os curadores. Se ele matar alguém que já está morrendo, talvez eu consiga justificar para os Protetores.

Salvar o Ehiru-irmão. A esperança, depois de tantos dias sem ela, assaltou Nijiri com tanta intensidade que parecia queimar-lhe a barriga.

— Tem que ser alguém que queira morrer. Caso contrário, ele pode recusar.

Sunandi revirou os olhos.

— Alguém que queira, então. Apesar de que um moribundo não deveria ser tão exigente.

— Ele não é como você. Para um Coletor, a morte é uma bênção.

— Mas não para você. — Ela lhe deu um sorriso frio e astuto; Nijiri estremeceu. — Vi como olha para ele. Você faria qualquer coisa para ele continuar vivo... então vai aproveitar essa oportunidade, mesmo que me despreze. E depois vai estar ao lado dele no Salão dos Protetores e implorar pela ajuda, sabendo que cada palavra sua aumenta meu poder. Então eles vão me ouvir, embora eu seja apenas a filha inexperiente e jovem demais de Kinja. Precisamos usar um ao outro agora, assassinozinho, se quisermos alcançar nossos objetivos.

Nijiri estremeceu devido às palavras dela e suas implicações — muito além dos esquemas mesquinhos que ela imaginava. Era como os Professores, mesmo o lascivo Omin, haviam alertado: *aqueles que se associam aos corruptos acabam se tornando corruptos*. O mal era a mais contagiosa das doenças, tão virulenta que nenhuma planta, cirurgia ou humor onírico podiam curar. A noção que uma pessoa tinha do que era normal, aceitável, tornava-se distorcida pela proximidade do erro: nações inteiras haviam sucumbido dessa forma, primeiro à decadência; depois ao colapso. Sunandi, e talvez Kisua inteira, já estavam agonizando, e agora ela cuspira essa doença em Nijiri. Somente sua determinação definiria se a doença passara e o deixara mais forte ou se o consumira por completo.

Mas ele manteria as necessidades dos outros em primeiro lugar em seus pensamentos, assim como o Coletor Rabbaneh lhe ensinara. Correria o risco da corrupção, se necessário, para garantir que a paz fosse restaurada e a justiça fosse feita. Porque era isso que um Coletor fazia. E se lhe custasse a alma fazê-lo... bem, pelo menos poderia salvar Ehiru. Isso por si só valeria a pena.

— Que seja. — Nijiri se virou para ir contar as novidades para Ehiru. Talvez, sabendo que esse hospital estava perto, seu irmão pudesse resistir um pouco mais. Mas então parou.

Ehiru estava de pé. Saíra da cabana provisória que os menestréis usavam para se proteger do sol no descanso do meio-dia e estava agora de frente para o norte. Aos olhos de Nijiri, a deterioração ficava evidente no modo como Ehiru balançava de leve ao estar de pé e no rosto encovado; ele não tinha mais fome. Mas as costas estavam retas e os olhos, embora esmaecidos devido a uma ligeira confusão, como se ele duvidasse de algo que estava vendo, estavam lúcidos naquele instante. Nijiri sentiu um pouco mais de esperança. Com certeza Ehiru poderia resistir mais um ou dois dias.

— Tem alguma coisa ali — disse Ehiru de repente. Os menestréis olharam-no surpresos. Ele deu outro passo na areia quente e rochosa. — Algo está vindo para cá.

Nijiri foi até ele, esquecendo Sunandi quando tocou o braço do irmão e falou em voz baixa:

— É uma visão, irmão? Me diga o que está vendo.

— Maldade — respondeu Ehiru e, por um instante doentio, Nijiri se perguntou se Ehiru falava dele. Mas os olhos do Coletor estavam fixos no horizonte.

— Não. Pelos deuses, não. — A mulher kisuati estava por perto; Nijiri viu que os olhos dela também estavam fixos no horizonte.

Perplexo, Nijiri seguiu o olhar dos dois e enfim viu por si mesmo: uma fileira de pontinhos cobertos de poeira entre as linhas distorcidas pelo calor, tremeluzindo e se solidificando e tremeluzindo outra vez, mas se aproximando.

— Maldade e sangue — disse Ehiru e depois se virou para Nijiri. — Devemos correr.

26

Um Coletor deve se submeter ao teste Dela uma vez por
ano. Deve se desfazer de todos os dízimos e caminhar entre
o sonho e a vigília tendo apenas o favor Dela para guiá-lo.
Deve resistir nesse estado por três noites ou até que a morte
se avizinhe. No auge do teste, deve ser auxiliado por alguém
que não dê o dízimo de má vontade. Se alguma vez o Coletor
reivindicar o dízimo Dela para os próprios objetivos egoístas,
ele fracassará.

(LEI)

Nas fronteiras entre Ina-Karekh e Hona-Karekh, uma voz sussurra.

Por um tempo, Ehiru conseguiu ignorar a voz, como aprendera a
fazer havia muito. Negue uma visão e ela não tem poder. Esta é fácil
de negar. É suave, às vezes inaudível, desconexa e balbuciante quando
ele consegue ouvi-la. Mas não cessa e de vez em quando diz algo tão
provocativo que ele não consegue deixar de responder.

*As palavras dele estavam cheias de mentiras. "Lembre que eu libertei
você" me ame me perdoe me sirva.*

Eninket?, pensa Ehiru. Talvez.

*Uma mentira, outra mentira. O Superior. A mulher kisuati. A Lei e
a Sabedoria da sua fé. Seus irmãos, todos os seus irmãos.*

Não. Eu não acredito nisso.

Todos os seus irmãos. Até o garoto. Irmão protetor amante filho.

Nijiri jamais mentiria para mim. Não vou ouvir mais nada disso.

* * *

Uma visão:

Ele caminha pelas margens do Sangue durante o pôr do sol, o Kite-iyan brilhando no alto da colina a uma distância próxima. Ele é pequeno. A mãe segura sua mão. Ele olha para a mulher de quem não consegue mais se lembrar com clareza, embora partes dela permaneçam em sua mente: a pele macia como pedra da noite polida, uma risada intensa como vinho de tifa, olhos que são lagos em uma noite sem a Sonhadora. Ela é bonita? Deve ser, pois é estrangeira e, no entanto, tornou-se a primeira esposa de um rei. Ele gostaria de lembrar mais coisas dela.

— Em breve — ele diz para ela, a voz de um homem vindo de sua garganta de criança. — Vou ver você de novo em breve.

* * *

— Não é real, irmão.

Ehiru pisca e vê escuridão. O ar gelado arrepia sua pele. A luz cambiante da Sonhadora faz as dunas parecerem rolar como água à distância. Um corpo quente pressiona seu catre. Nijiri.

— Eu sei — responde Ehiru, embora esteja começando a duvidar de que aquilo que vê não seja real. Sua mente começou a vagar em direção a Ina-Karekh e ele sabe melhor do que ninguém que a terra dos sonhos é um lugar real com poder real.

— Quero ficar com a minha mãe — fala ele, e o rapaz estremece. Ehiru lamenta causar dor dessa maneira, mas Nijiri é um homem pelas leis do povo deles, um Servo juramentado da Deusa. Chegou a hora de encarar a responsabilidade de sua função. — No Kite-iyan. Você nunca viu aquele palácio, então vou descrevê-lo para você. — E ele descreve, baseando-se em uma centena de lembranças da infância, ornamentando a beleza desnecessariamente. — Posso moldar o restante, mas precisa ser esse lugar. Ela vai estar lá e quero vê-la de novo.

As lágrimas do rapaz molham sua pele.

— Não peça isso de mim, irmão. Por favor.

Mas não há mais ninguém e os dois sabem disso. E, mesmo que os outros irmãos estivessem disponíveis, ele escolheria Nijiri, pois o garoto o ama. Essa é a chave, Ehiru entende agora. A Coleta é um ato de amor; sem isso, torna-se algo perverso. Quando Nijiri o Coletar, haverá uma beleza mais sublime do que ele jamais conheceu porque o jovem o ama há anos, amou-o em meio à dor e além, amou-o com uma força que faz empalidecer o amor do Sol pela Sonhadora.

Ele não sente vergonha ao pensar em usar esse amor para seus próprios fins. Sempre foi um presente dado de graça entre eles.

* * *

A voz retorna no meio da manhã, quando eles retomam a cavalgada e a monotonia enfraquece a parede que ele construiu para conter a loucura. Ele ignora a maioria dos delírios dela até que ela diz:

A mulher kisuati é bonita, não é?

Ele está preparado para isso. O desejo é uma das primeiras emoções que se libertam quando as reservas de sangue onírico de um Coletor se esgotam. Ele ignora a voz e a imagem que ela planta em sua mente: Sunandi deitada em um sofá vermelho, o pescoço longo inclinado para trás à espera dos lábios dele, os seios fartos prontos para as mãos dele, o desejo nos olhos de cílios compridos. Ocorre uma intensa agitação em sua genitália, mas isso ele também ignora por uma questão de hábito.

Nem uma vez com mulher nenhuma a vida toda. Por quê? As mulhe-res kisuati sabem maneiras de evitar filhos.

Os filhos são a menor das proibições, ele pensa, irritado. Existe também o risco de corrupção, maior ainda com ela. A mentira é seu ganha-pão.

A voz soa triunfante, como se fazê-lo responder fosse sua batalha particular.

Não é preciso mentir na cama, ela sussurra maliciosamente. *Não é preciso falar. Apenas a faça deitar, afaste as coxas dela e enterre seus problemas naquela carne.*

Não.

A voz cai na risada, áspera e zombeteira, porque sabe que a recusa dele não é por falta de interesse. Ela vai tentar outra vez quando a determinação do sacerdote estiver mais fraca e ele se tornar mais suscetível às sugestões. É só uma questão de tempo.

* * *

Outra visão. O fogo dança no horizonte. A própria terra está queimando. Vultos inumanamente altos caminham entre as chamas em direção a ele. Deuses? Mas os rostos são familiares. Ele arqueja quando reconhece seus irmãos: Sonta-i, Rabbaneh e Una-une.

Mas Una-une está morto...

Ao se lembrar desse fato, vê que seu velho mentor lhe sorri. Mas não há afeição no sorriso, embora tivessem sido praticamente pai e filho durante os meses de treinamento. Ao contrário, o sorriso é frio, cruel. Una-une abaixa os olhos e, quando Ehiru olha, vê que os deuses-Coletores andam não sobre areia ou pedra, mas corpos. Os cadáveres estão esparramados e feios, totalmente desprovidos de dignidade, ainda que, para o horror dele, haja símbolos marcados nas peles. A papoula de Rabbaneh. A beladona de Sonta-i. A orquídea verde de Una-une. Sua própria rosa do oásis, árida e negra. Quando fita essa última, que repousa sobre o seio de uma bela mulher baixa--casta, *a mãe de Nijiri, ó Hananja*, o pé de Una-une desce e esmaga o peito dela. Ehiru ouve ossos se quebrando, vê sangue coagulado jorrando ao redor da sandália do mentor, sente o cheiro e o gosto do fedor. É profanação do tipo mais obsceno e ele grita para que parem.

— Eles não podem — diz uma voz ao seu lado, e ele fita os olhos solenes de Nijiri. — Este é o caminho dos Coletores.

* * *

Ehiru se liberta da visão em silêncio, alguma parte de si recordando a tempo de que está cercado de estranhos infiéis que olharão desconfiados para um homem que começa a gritar sem nenhum motivo aparente. Superabundância de bílis onírica, ele diagnostica à medida que o coração disparado desacelera. Um Coletor não produz mais sangue onírico por conta própria. Quando suas reservas estão baixas, a mente aumenta a produção dos outros humores em uma tentativa inútil de compensar. A enunciação acadêmica o ajuda a se concentrar na realidade enquanto o som dos ossos se quebrando ainda ecoa em seus ouvidos.

— Pausa para descanso, irmão — diz Nijiri.

Sempre o auxiliar devotado. Ehiru aquiesce, vazio e entorpecido demais para falar. Ele se lembra de frear o camelo para poder descer, faz os movimentos para armar a cabana por hábito. Quando se senta à sombra, sobrevêm os tremores. Ele puxa as roupas para mais perto do corpo e se concentra em abrir o cantil, rezando para que ninguém note suas mãos trêmulas.

Não consigo resistir por muito mais tempo, pensa ele e olha para Nijiri quando o rapaz vem ajudá-lo com o cantil. Ele não vai implorar: o garoto deve aceitar o dever por si mesmo. *Mas logo, Nijiri. Por favor, logo.*

Nijiri olha para o rosto dele e seu próprio rosto se contorce em agonia. Ehiru estende a mão para tocar-lhe a bochecha, desejando perversamente que tivesse sangue onírico para aliviar a dor do rapaz. Mas Nijiri se afasta e, embora seu coração sofra, Ehiru sabe que aquilo é necessário. Talvez, colocando uma distância entre eles, Nijiri encontre a força para cumprir seu dever. É uma prova de aprendizagem excepcionalmente cruel, mas a vontade de Hananja não pode ser negada. Nijiri é forte o bastante para isso, pensa Ehiru com orgulho. O garoto sempre teve alma de Coletor.

O jovem vai se agachar à sombra do camelo dele, balançando-se um pouco para a frente e para trás enquanto luta com a própria consciência. Então a mulher kisuati se aproxima de Nijiri com um cantil e Ehiru quer observá-los, ver se o rapaz consegue manter a calma desta vez, mas não pode porque tem outra visão e é tão intensa que ele não consegue resistir e vê...

* * *

Sangue e morte na areia sangue e fogo sangue sobre sangue sobre sangue. Mate a mulher kisuati mate as testemunhas mate todos exceto Ehiru, traga-o de volta acorrentado acorrentado acorrentado.

Maliciosamente, a voz diz: *Eninket sabe que você o traiu.*

Não traí ninguém. Quando a suspensão terminar...

Atraso, desobediência. EleEla é o Avatar; a palavra dele é a palavra Dela, que é Lei. Mas ainda há tempo. Mate a mulher agora e Elaele terá misericórdia. Você pode voltar ao Hetawa. Pode ter paz outra vez. A mulher é jovem, mas a vida dela foi rica. O sangue onírico dela terá um sabor doce quando você o absorver em sua alma.

Não! Não posso Coletar para obter um ganho egoísta! Isso é uma atrocidade...

Atrocidade é o que vai acontecer agora. Por sua causa. Não se esqueça disso, tolo, amado de Hananja. Sangue de verdade vai jorrar por sua causa.

Ele alça o olhar e vê a morte chegando. Uma visão verdadeira...

★ ★ ★

A realidade voltou, dura como um murro.

— Tem alguma coisa ali — falou ele. Não sentiu nenhuma urgência quando as palavras saíram. — Algo está vindo para cá.

Nijiri se postou ao seu lado de imediato.

— O que você está vendo?

Os vultos vinham do horizonte em direção a ele, imensos, sorridentes, os olhos frios. Eram maus, e ele disse isso a Nijiri. Fugir era a única opção, embora já sentisse que a fuga seria inútil.

— Levantar acampamento! — gritou Gehanu, correndo entre os menestréis que iam e vinham com rapidez, apesar de seu tamanho. — Rápido, temos que ir! Soldados de Gujaareh!

A confusão dos menestréis bateu contra a mente de Ehiru, as perguntas contra o ouvido dele. Por que soldados de Gujaareh os ameaçariam? De onde esses soldados haviam vindo? Ehiru também não sabia, mas alguém sabia. Não havia confusão na mulher kisuati quando ela se virou para a montaria mas, enquanto se virava, seus olhos cruzaram com os dele e revelaram o medo.

— Eles pretendem matar você desta vez — Ehiru falou para Sunandi.

Ela estremeceu, depois os lábios se contorceram em um sorriso amargo.

— Parece que não tenho ouvido outra coisa de vocês, gujaareen, ultimamente. — Então Sunandi desapareceu, dirigindo-se para o camelo, e Nijiri o puxava para o dele.

Ehiru agarrou o braço do rapaz.

— Ficarei bem — assegurou ele, e viu o garoto arregalar os olhos ao notar sua repentina lucidez. Deu um sorriso forçado como resposta; a determinação de um Coletor era uma coisa formidável. Nijiri sorriu de volta antes de aquiescer e correr em direção ao próprio animal.

Eles montaram e apressaram os camelos batendo-lhes até que andassem a meio-galope, o máximo que corriam. Os camelos sentiam o medo e obedeciam sem protestar. A fronteira kisuati estava a apenas meio dia de viagem. Era impossível saber a que distância os gujaareen estavam em meio à distorção causada pelo calor ou mesmo se tinham avistado a caravana. Havia esperança.

Não, não há, riu a voz na mente de Ehiru.

Quando ele olhou para trás, os pontinhos oscilantes no horizonte se transformaram em formas nítidas: homens a cavalo, quatro quadras ou mais, cavalgando a toda velocidade para alcançá-los. Os menestréis gritavam uns para os outros em uma urgência poliglota e por toda parte ao redor de Ehiru apareciam adagas, chicotes e uma ocasional espada pequena. Então Gehanu gritou alguma outra coisa e os líderes da caravana viraram, fazendo o resto parar. De imediato, começaram a fazer círculos, de costas uns para os outros, armas em punho. A liteira de Talithele estava no centro, junto ao grosso das mercadorias, de modo a tornar as montarias mais fáceis de manobrar.

Para Sunandi, Ehiru ouviu Gehanu gritar:

— Vá!

Ao que Sunandi respondeu:

— Nunca vou conseguir.

— Tente, droga! Vamos segurá-los aqui.

Mas Ehiru já podia ver que a dupla fileira de cavalos havia se dividido, alguns virando para o leste e outros para o oeste a fim de cercá-los. Os menestréis jamais conseguiriam conter todos os soldados, e apenas um seria suficiente para se separar do ataque em duas frentes e atropelar Sunandi.

— Pelos fogos de Merik, eles não estão desacelerando nem um pouco. — Ehiru ouviu um dos menestréis arquejar, e então os soldados estavam em cima deles.

Em algum lugar em meio ao caos que se seguiu, Ehiru saltou do camelo, rolou e se pôs de pé na areia. Conseguia lutar melhor no chão. Um soldado cavalgou até ele com a espada posicionada; ele se preparou. Precisou de toda a força e a habilidade para segurar a parte plana da lâmina entre as mãos quando o soldado tentou golpear sua cabeça. Mas ele jogou o peso para um lado e virou a espada bruscamente; a surpresa e o impulso fizeram o soldado soltar o punho enquanto o cavalo passava. Ehiru derrubou a lâmina no chão, e então arquejou quando a visão ficou borrada, outra paisagem se sobrepondo à paisagem atual. Uma floresta saída de um pesadelo: samambaias cujas gavinhas se estendiam em sua direção, folhas de palmeira gotejando veneno...

Não! Não agora! Não...

— ... esse aí, droga! — Ehiru se desvencilhou da visão e viu um soldado do outro lado do caos, refreando o cavalo para gritar com o homem que acabara de tentar decapitar Ehiru. Este não usava uniforme (nenhum deles usava), mas a marca da casta militar gujaareen estava estampada nos traços marcantes e maxilar forte. — As ordens são para levá-lo de volta vivo!

Então Ehiru não teve mais tempo para pensar. Poeira e cacofonia encheram o ar, gritos humanos misturados com pânico animal e tinido de metal. À sua volta, a vida e a morte oscilavam em cenas breves: o filho de Gehanu, Kanek, esforçando-se para controlar sua montaria assustada enquanto um soldado se aproximava por trás. A cantora Annon usando desesperadamente sua preciosa harpa como escudo enquanto um soldado golpeava o instrumento com a espada. Um dançarino cujo nome Ehiru desconhecia gritando no chão com a barriga aberta e os intestinos pulando para fora.

A visão do Coletor se fixou nesse último. Uma Coleta seria mais misericordiosa do que a morte que o dançarino enfrentava agora. Dando meia-volta, Ehiru saiu pisando duro em direção ao homem, a batalha ao seu redor desvanecendo em meio a tanto ruído de fundo.

— Não há Compartilhadores aqui — sussurrou ele para si mesmo. As palavras soaram vazias, apesar de ser verdade. Ele colocou de lado a culpa e tentou se concentrar no dever. — Precisa ser feito.

Mas antes que pudesse alcançar o homem, surgiu alguma agitação em sua visão periférica. Uma distração, ignorada. Mas ela entrou em seu campo de visão e ele viu um soldado, o cavalo desviando de um menestrel com um chicote...

NÃO!

... e o dançarino não produziu nenhum som quando o casco do cavalo atingiu-lhe a cabeça. Cérebro e osso foram pulverizados pelo chão, a essência inteira de um homem espalhada na poeira.

Ehiru não estava preparado para a raiva; uma torrente de ódio tão violenta que fez sua cabeça martelar. Mas o soldado que havia lhe roubado o portador de dízimo já se lançara ao combate.

Mate-o, disse a voz.

E Ehiru respondeu:

— Sim, matarei.

Ele correu atrás do soldado, quieto, determinado. Algo passou pelo seu campo de visão e bloqueou o caminho, um soldado diferente brandindo uma espada, palavras sobre rendição. Ehiru afastou a espada para um lado e agarrou o braço que a segurava, golpeando o cotovelo dele com a base da mão livre. O estalo úmido da junta se quebrando pareceu o da cabeça do dançarino, que poderia ter sido condenado a uma eternidade nas terras das sombras pelo descuido de um soldado.

— Vou vingá-lo — sussurrou Ehiru para a alma do dançarino, puxando o soldado de braço quebrado, que gritava, de cima do cavalo. O soldado continuou gritando, contorcendo-se no chão e segurando o braço destruído e pendurado. Ehiru o contemplou por um momento, depois lembrou que aquele não era o soldado que queria. Contornou o cavalo sem cavaleiro e continuou seguindo sua presa.

Outro soldado caiu aos seus pés, sufocando e cuspindo sangue. Nijiri apareceu correndo, pronto para atacar de novo, mas conteve o golpe quando viu que o soldado estava incapacitado. Ehiru sorriu ao vê-lo.

— Irmão! — O rapaz tinha um olhar inflamado. — Há mais soldados se aproximando pelo sul, provavelmente uma patrulha kisuati.

Se pudermos resistir um pouco mais... — O jovem recuperou o fôlego e se virou quando outro soldado avançava sobre ele.

— Ótimo — disse Ehiru, seguindo em frente. O garoto era um Coletor, podia tomar conta de si mesmo.

Ele avistou o soldado que marcara perto do centro daquela loucura... perigosamente próximo à liteira de Talithele.

— Você *não* vai fazer isso — sussurrou ele e passou por um camelo sem cavaleiro para agarrar, pela parte debaixo do braço, a peça de couro que cobria metade do torso do homem. Puxou com todo o peso e o soldado sobressaltado caiu no chão, confuso, mas ainda tentando erguer a espada. Ehiru pisou na arma e pôs um joelho sobre o peito do homem para prendê-lo ao chão. Depois agarrou o cabelo e o queixo para quebrar o pescoço dele...

Mate-o.

Ele franziu a testa, parando.

Para a Deusa. Um dízimo foi perdido; eis aqui outro dízimo.

Em torno de Ehiru, o mundo era um caos. Os soldados haviam avistado a patrulha kisuati e começavam a recuar, assolados pelos menestréis sobreviventes. Gehanu estava no chão, abraçando o corpo de Kanek e gritando sua dor.

Tanta morte e desperdício. A corrupção da mulher e as mentiras do Superior e Eninket ele é Eninket.

— Você devia ter confiado em mim — Ehiru vociferou para o rosto mais abaixo, o soldado arregalou os olhos, então colocou as mãos no rosto do homem...

mãe

... e forçou-o a fechar os olhos...

Hananja imploro sua paz

... e ele estava dentro do soldado e a amostra de sangue onírico foi um doce choque, como o primeiro respingo de chuva após uma longa seca. Depois da amostra, uma torrente. Ehiru inclinou a cabeça para trás e gritou em êxtase conforme o ser do soldado vertia no doloroso vazio dentro dele, emanando vida que aflorava do seu âmago e ia até as pontas dos dedos das mãos e dos pés. Era tão delicioso, tão poderoso que sua cabeça rodava e sua virilha pulsava e seu couro cabeludo se arrepiava e AH DEUSA ISSO ele precisava de mais muito mais, e deixou a alma de lado para procurar. Não havia sobrado nada além do pouco de que a alma necessitava para permanecer intacta, mas de que importava? Ele cortou o fio e absorveu o sangue onírico que derramou e esmagou a alma e devorou-a também e, quando não restava nada além de farrapos de agonia mortal, só então ficou satisfeito.

O horror assomou violentamente das profundezas da consciência de Ehiru e aniquilou a paz com uma única palavra. O nome de seu pecado:

Ceifador.

27

Inunru, o primeiro Coletor e fundador de Gujaareh, criador da narcomancia, pai da cura: os detalhes de seu assassinato se perderam como desenhos na areia.

(SABEDORIA)

À medida que os soldados avançavam sobre eles, Gehanu agarrou o braço de Sunandi.

— Para a liteira.

Sunandi se empenhou em forçar o camelo a se virar; o animal ansioso ainda queria correr.

— Me esconder com uma idosa doente? Não sou covarde...

— Não discuta comigo, mulher tola! Entre lá e talvez sobreviva para alertar sua terra!

Não havia como contra-argumentar. Engolindo o orgulho, Sunandi desceu do camelo e correu para a liteira. Dois dos menestréis estavam ajudando Talithele lá dentro, empilhando sacolas para ajudar a protegê-la. Ela se juntou a eles e entrou no frágil cercado de madeira e tecido com a anciã. Um instante depois, irrompeu o rumor de caos em torno delas, gritos, tinido de metal e o ronco de camelos assustados. A liteira estremecia com as vibrações de cascos e corpos contra o chão.

Amedrontada, Talithele prendeu a respiração, o que se tornou uma tosse violenta. Sunandi ajudou-a a segurar um pano contra a boca, envolvendo-a com um braço para dar-lhe conforto e desejando que as batidas do próprio coração desacelerassem. Mas os ruídos de fora eram terríveis demais para dissipar os temores. Finalmente (pois não saber tornava a espera pior), ela puxou para o lado um dos tecidos da liteira para espiar por uma fresta.

Pelos aconselhamentos dos Protetores!

Só podiam haver se passado alguns instantes desde o início do ataque, mas o ar já estava carregado de poeira, de fedor de sangue e coisa pior. Pouco adiante da tenda jazia o corpo de um dos homens que as haviam ajudado a entrar na liteira. Mais além ela viu outro menestrel cair do camelo, gritando; um momento depois arquejou, horrorizada, quando um soldado o atropelou. Gehanu passou correndo, gritando como uma louca e brandindo uma espada pequena com ambas as mãos. Em seguida, o coração de Sunandi saltou-lhe à boca quando um soldado girou o cavalo e olhou para a liteira, estreitando os olhos, avistando-a ao espiar pela cortina.

— Precisamos ir! — Passando o braço ao redor de Talithele, pôs o ombro sob o braço da idosa (ela era leve como uma criança) e puxou-a pelo outro lado, esforçando-se para passar por cima das sacolas. Atrás, podia ouvir a batida de cascos e praticamente sentir a malícia do soldado voltada para suas costas conforme o homem se aproximava, mais perto ainda, perto o suficiente para perfurá-la com a espada.

Houve um relincho agudo de protesto às suas costas. Sunandi pôs uma das mãos no chão para se preparar e colocar Talithele em cima de um saco de frutas; a terra estremeceu com força contra sua palma quando algo pesado aterrissou por perto. Ela se levantou com dificuldade e viu: o cavalo do soldado estava morto, bem como o soldado, esparramado sobre a liteira agora destruída, o pescoço quebrado. Em cima do soldado, os punhos ainda cerrados, Nijiri olhava para o corpo com algo semelhante a choque no rosto.

Sunandi ajudou Talithele a se endireitar e tentou recuperar o fôlego.

— Assassinozinho — disse ela entre uma arfada e outra. — Que sorte a minha que você é.

Ele estremeceu e encarou-a, a raiva tomando o lugar do choque nos olhos de um castanho-claro. Então seu rosto se endureceu, tornando-se tão frio quanto o do mentor.

— Fiquem comigo — Nijiri ordenou. — Carregue a idosa, protejo as duas.

Sunandi quis recusar, mas o pragmatismo (e o relincho de outro cavalo à medida que caía ali por perto) se sobrepôs à mesquinhez. Aquiescendo, ela pegou Talithele nos braços e se postou atrás dele, tentando não ficar colada a ele em meio ao seu pavor. Nijiri ficou onde estava, mantendo os destroços da liteira e a bagagem empilhada às costas, agachado em algum tipo de posição de defesa. Mas quando Sunandi olhou ao redor, ficou aliviada de ver que haveria pouca necessidade das habilidades do garoto. Embora a caravana estivesse claramente perdendo, os agressores recuavam, gritando alertas uns para os outros e olhando para o sul em visível agitação. Sunandi seguiu o olhar deles e avistou outro grupo de cavaleiros se aproximando, levantando uma nuvem de poeira e posicionando à frente os escudos de madeira em tom púrpura e dourado do Protetorado. O alívio quase lhe trouxe lágrimas aos olhos.

De repente, Nijiri ficou tenso e virou-se, olhando não para os cavaleiros kisuati, mas em uma direção oposta:

— Fique aqui — disse e, antes que ela pudesse protestar, ele saiu correndo.

Sunandi o viu parar ao lado de Ehiru, que estava caído de joelhos ao lado do corpo esparramado de outro soldado. Mas ela não tinha mais tempo para decifrar aquilo enquanto chegava o grupo de resgate.

Os cavaleiros kisuati se dividiram, a maior parte da tropa ainda a perseguir os gujaareen ao passo que uma quadra virou-se e desacelerou para cavalgar entre os menestréis. Sunandi olhou para Talithele, dividida.

— Me ponha no chão — sussurrou a anciã. A voz estava rouca. — Vou ficar bem.

Após outro instante de hesitação, Sunandi agachou-se e ajudou Talithele a se deitar entre sacos de ervas do norte, cuja fragrância agradável pouco encobria o cheiro de morte ao redor delas. Eles haviam deixado todas as cabanas para trás quando levantaram acampamento, então ela colocou alguns dos restos destruídos da liteira sobre a pilha e fincou uma vara quebrada no chão, prendendo um pano na extremidade para oferecer alguma sombra à mulher. Depois se virou e ergueu os punhos. Um dos cavaleiros kisuati, um homem magro de olhos grandes com uma cicatriz terrível no rosto, cavalgou até ela.

— Sou Sunandi Jeh Kalawe, Primeira Voz dos Protetores designada para trabalhar em Gujaareh — gritou ela quando o homem parou. Ela ergueu a manga da túnica para revelar a faixa dourada ao redor do seu bíceps, tirando a meia esfera de ágata polida encaixada como enfeite. No lado reto da pedra estava inscrito um pictoral formal em um desenho de dupla lua estilizada acima de três árvores: o selo de livre passagem cedido a todos os funcionário do alto escalão de Kisua.

— Você está bem longe do local de trabalho, Oradora — comentou ele, erguendo as sobrancelhas. — O que aconteceu aqui? Esses aí não eram a corja de bandidos de costume.

— Soldados gujaareen.

— Gujaareen! Mas como...

— Acredito que pode existir um forte escondido em algum lugar do deserto. — Sunandi se aproximou, estendendo a mão para colocá-la na sela dele. — Eles atacaram para me impedir de levar esse segredo aos Protetores, mas tenho mais segredos para contar, todos igualmente importantes.

Os olhos dele se arregalaram, depois endureceram.

— Você vai contá-los, Oradora. Quando meu capitão voltar, vou atualizá-lo e a acompanharemos para nos certificarmos disso.

— Essas pessoas precisam de ajuda primeiro. Elas... — A tristeza e a culpa assaltaram-lhe e ela baixou a cabeça. — Elas sofreram muito por minha causa.

O tenente aquiesceu e fez um sinal para os três cavaleiros começarem a ajudar os feridos. Sunandi ajudou o máximo que pôde, andando entre os menestréis para realizar a desagradável tarefa de separar os praticamente mortos dos que ainda podiam ser salvos.

— Não é culpa sua, Nefe. — A voz de Gehanu tirou Sunandi do torpor. Kanek jazia morto sobre os joelhos de Gehanu, o peito dele uma vermelhidão só. Rastros de lágrimas haviam secado nas bochechas da mulher. — As pessoas por trás disso não se importam com o que provocam para conseguir o que querem. A gente só estava no caminho deles.

Sunandi suspirou e desviou o olhar.

* * *

Os sobreviventes mal chegavam a duas quadras do grupo — um terço do número que saíra de Gujaareh. Como uma ninharia dos deuses em compensação pela crueldade de alguns momentos antes daquele povo, os mais feridos sobreviveriam graças aos gujaareen do grupo. Nijiri revelou aos outros que era um Servo de Hananja e pediu dízimos de humores para ajudar a curar os ferimentos. Ele conseguia apenas realizar curas simples como fechar ferimentos e cessar infecções, mas ainda assim era de grande ajuda. Os três menestréis gujaareen que haviam sobrevivido imediatamente o deixaram colocá-los para dormir e retirar do sonho deles o que precisasse. O rapaz não lhes contou que tipo de Servo era, notou Sunandi, e eles não perguntaram. Nem o censuraram por mentir, pois os Servos de Hananja costumavam andar disfarçados por vários motivos. O poder da fé, mesmo nas crianças gujaareen expatriadas, era forte.

A tropa kisuati voltou para informar que os soldados gujaareen, após uma batalha campal, começaram a voltar as espadas contra si mesmos quando ficou claro que perderiam. Os que hesitavam eram mortos por golpes de espada ou por flechadas pelo capitão deles, que conseguiu se ferir mortalmente antes que o desarmassem. Ele morreu quando tentaram interrogá-lo.

— Aqueles dois vão me acompanhar também — informou Sunandi, apontando com a cabeça para Ehiru e Nijiri. Ehiru estava sentado sobre algumas bagagens, curvado, ao que parecia, pela exaustão; Nijiri agachara-se ao lado dele, oferecendo-lhe água. O rapaz analisou ao redor enquanto conversavam, prestando atenção.

O capitão os examinou com uma olhada e estreitou os olhos, desconfiado.

— Gujaareen?

— Sim. Prometi apresentá-los aos Protetores.

— Eles poderiam ser assassinos.

Sunandi deu um sorriso breve.

— Garanto a você que não são.

O capitão fitou-a por um longo instante, depois aquiesceu.

— Há muitos cavalos extras da tropa gujaareen. Precisaremos de alguns para carregar os corpos, mas você e seus companheiros podem ficar com um para cada. O restante vou dar à caravana para compensá-los pelas perdas.

— Eu agradeço — disse Gehanu, entreouvindo e aproximando-se. O rosto dela estava seco agora, mas as rugas haviam se aprofundado. Ela parecia velha e cansada. — Isso vai ajudar.

— Gehanu... — Sunandi ficou procurando o que dizer.

Gehanu lhe deu um sorriso fatigado, estendendo a mão para apertar o ombro dela.

— Vá — falou ela. — O sofrimento e a morte fazem parte da vida. Nós vamos ficar bem.

Sunandi sentiu um aperto da garganta. *É minha culpa*. Ela começou a se afastar, lamentando a perda de Kanek e da amizade com Gehanu, uma vez que seria difícil que sobrevivesse a um golpe daqueles. Mas Gehanu resmungou, irritada, e puxou-a de forma brusca para um abraço apertado. Sunandi ficou tensa, depois não conseguiu refrear as lágrimas quando o capitão discretamente se retirou.

— Você ainda é a filha do meu coração — sussurrou Gehanu. Ela tremia, Sunandi percebeu, ela mesma se esforçando muito para não chorar. — Isso nunca vai mudar.

Quando Gehanu enfim soltou Sunandi, ela se afastou, relutante, recordando a noite em que uma comerciante estrangeira dera abrigo a uma criança de rua cuja incompetência para roubar a levara a apanhar até quase morrer. Aquela comerciante levara a criança, uma menina bonita e inteligente sem futuro, ao conhecimento de um velho nobre soonha sem herdeiros. Ele lhe dera outro nome e a educara para lutar contra reis — mas a criança de rua jamais esquecera aquela primeira gentileza.

— Você continua sendo uma velha maluca e intrometida — respondeu Sunandi.

Gehanu deu uma risadinha enferrujada e balançou a cabeça.

— Kinja nunca conseguiu domar você, criança selvagem. Agora vá.

Relutante, Sunandi virou as costas. Não muito longe, Ehiru montara em seu cavalo e Nijiri estava perto do dele. Outro cavalo fora selado para ela e, naquele momento, Sunandi montou nele, sentindo uma pontada de emoção ao contemplar o sul. Naquela direção estavam seu lar e uma tempestade de problemas quando os Protetores ficassem sabendo da conspiração de Gujaareh.

Problemas? Seja mais sincera e diga "guerra".

Ela fitou Nijiri, que levou um momento para perceber o olhar dela; estava observando o mentor. Quando por fim se virou, ela ficou chocada com o desespero desolador no rosto dele. Então Nijiri a notou e a expressão dele se tornou uma fria máscara profissional.

— Precisamos resolver isso, Jeh Kalawe — disse ele.

Sunandi franziu a testa, perguntando-se o que o perturbara. O soldado que ele matara? Ele fora treinado para matar, mas não com tanta brutalidade. Então ela olhou mais adiante, para a figura curvada, parada demais e encapuzada de Ehiru e adivinhou.

Bem. Pelo menos não teremos que perder tempo indo ao hospital agora.

Depois daquele dia longo e sangrento, diante de um futuro muito pior, esse foi o pensamento mais reconfortante que sua mente cansada conseguiu trazer à tona.

O capitão deu ordem para partirem, e eles esporearam os cavalos em direção a Kisua.

28

O Príncipe protege Hona-Karekh assim como o Hetawa
protege Ina-Karekh.

(LEI)

A sala de audiência do Yanya-iyan estava quase vazia quando Charris entrou pelas portas de bronze. A plataforma na extremidade, uma série de degraus que levavam ao trono, costumava estar cheia de cortesãos e adoradores. Agora abrigava apenas o Príncipe, de pé com os braços estendidos enquanto dois ajudantes vestiam-lhe a armadura que cobria totalmente o torso — a vestimenta tradicional do Ocaso em tempos de guerra. Um terceiro servo, atrás dele, segurava a Auréola no lugar, movendo-a quando ele virou.

— Ah, Charris. Por favor, faça um relatório.

Charris ajoelhou-se ao pé dos degraus.

— Nenhuma notícia do sul ainda, milorde. O ataque deve ter acontecido só ontem à noite. Levaria tempo para as tropas voltarem e mandarem um pássaro ou um mensageiro.

— Hum. Bem, quer a mulher esteja viva, quer esteja morta, ela pode ter mandado uma mensagem. Teremos de presumir que os kisuati foram avisados. — Ele se virou, as escamas bronzeadas do peitoral brilhando, os braços ainda suspensos nas laterais do corpo. — Pareço adequadamente marcial, Charris? Não da casta militar, claro, mas aceitável?

— Mais do que aceitável, milorde. O senhor inspirará nossos soldados a lutar com todas as forças.

— Falou como um verdadeiro alta-casta. — O Príncipe baixou os braços, olhou-se uma última vez e assentiu, satisfeito. Dispensados, os servos saíram rapidamente do salão, exceto o que segurava a Auréola. — Não preciso de bajulação, Charris. Niyes entendia isso. Com o tempo, espero que você entenda também.

Charris respirou fundo para controlar as agitadas emoções.

— Sim, milorde.

— Claro que existem benefícios em ter um general como você, Charris. Você não faz perguntas embaraçosas, não me olha com desaprovação. Suponho que isso seja revigorante. — Descendo os degraus com o carregador da Auréola a reboque, o Príncipe fez um gesto brusco para Charris se levantar e segui-lo. Eles passaram pelo fundo do salão, Charris acenando para os Guardas do Ocaso, que se posicionaram atrás deles quando o Príncipe saiu do recinto.

— No fim das contas, a lealdade é o que mais importa — continuou o Príncipe. — Pegue como exemplo nosso amigo louco e homicida, que neste momento está acorrentado e descansando nas catacumbas embaixo do palácio. Ele não pensa, não mais. Não age a menos que eu mande, ou a menos que esteja com fome e alguma presa chegue perto. Isso limita a utilidade dele em vários sentidos, mas nunca preciso temer que me traia. Existem reis que lutam a vida inteira para conquistar esse tipo de lealdade, e aqui criei lealdade à vontade. — Ele riu. — Poder de verdade, Charris. Meu pai e todos os Príncipes antes de mim nunca tiveram isso, mas eu terei.

A sala de audiência ficava no andar mais alto do Yanya-iyan. Quando o Príncipe o conduziu à sacada particular da família real, Charris conteve a respiração ao ver a cidade inteira esparramada diante deles, o chão tão distante que as pessoas perambulando pela praça do mercado pareciam pequenas como bonecos. A oeste, o rio e as terras férteis, fonte da prosperidade de Gujaareh. Em direção ao norte, Charris pôde ver o delta do rio e a orla costeira do Mar da Glória. Era o reino inteiro do Príncipe, estendido até onde a vista alcançava.

Então ele olhou para o leste e ficou tenso.

— Você deve me perdoar por não ter contado sobre isso — disse o Príncipe. Charris podia sentir os olhos do outro sobre seu rosto, absorvendo a reação. — O almirante Akolil menospreza os militares em terra e geralmente tento mantê-lo tranquilo. Mas chegou a hora de você saber.

Navios, pensou Charris, aturdido. De onde estavam, eles podiam ver o porto leste, que se abria ao Mar Estreito e permitia que Gujaareh fizesse negócios com a costa continental até Kisua. O porto estava cheio de navios, *navios de guerra*, aglomerando-se para chegar às docas de carga. Mais além, ele podia ver a extensão do Mar Estreito se estendendo desde o litoral de Gujaareh até o horizonte. E lá viu mais navios, fileiras cuidadosamente ancoradas deles. *Centenas* deles. Salpicavam a água como pústulas.

— A construção de navios no Mar da Glória dois anos atrás — murmurou Charris. — O recrutamento para prover mais tropas do que nós temos.

— De fato. — Charris ouviu um tom de orgulho na voz do Príncipe. — Com a ajuda de nossos aliados, esses navios terão feito a longa viagem contornando o norte do continente, através de oceanos de gelo flutuante e de outros perigos fantásticos demais para nomear. Perdemos muitos, porém ainda mais resistiram. E agora quase todos chegaram cheios de ferozes guerreiros bárbaros. Os kisuati ficarão muito surpresos.

Charris fez um esforço para conseguir falar.

— Quando?

— Eles zarpam amanhã. Mandei apressarem o reabastecimento o máximo possível. Akolil me garante que eles conseguem chegar ao Estreito Iyete em um único dia e no litoral norte de Kisua em uma oitava de dias, ou talvez alguns dias mais. Muito antes do que eu pretendia, claro, graças a Niyes e Kinja e à adorável e traiçoeira Sunandi. E eu queria ter vinte mil tropas em vez de apenas dez; o resto só vai chegar daqui a semanas ou meses. Mas dez deve ser o suficiente para a primeira onda. Afinal, Kisua também não está pronta.

Charris se virou para encará-lo, atônito demais para se censurar como costumava fazer.

— O senhor pretende mesmo fazer isso. Kisua é duas vezes maior...

— Mas nós somos duas vezes mais ricos. E o isolacionismo de Kisua lhe rendeu inimigos entre as tribos do norte, que se ressentem da maneira como Kisua acumula negócios com o sul. Os nortenhos ficaram ávidos para lutar quando lhes prometi o controle desse comércio. — O Príncipe sorriu, virando-se para contemplar o leste. — Mas não sei se manterei o acordo. Afinal, todas as tropas deles vão morrer. As espadas de Gujaareh é que vão enfim vencer a fera kisuati.

— Vão morrer? — indagou Charris bruscamente, tentando raciocinar em meio ao torpor dos pensamentos. Guerra. Numa escala dessas, era uma guerra para envolver o continente inteiro e as terras do norte também. Dali a apenas uma oitava de dias.

— Claro. O nosso amigo louco se desenvolveu até mais rápido do que eu esperava, o que é sorte minha, já que fui forçado a agir cedo. Tudo depende do Ceifador.

E então, de repente, Charris descobriu o que o Príncipe ia fazer.

Ele deve ter arquejado, pois o Príncipe lançou-lhe um olhar penetrante antes de sorrir ante a expressão horrorizada do general.

— Sangue onírico — falou o Príncipe. Ele pôs uma das mãos no ombro de Charris. — No final, tudo se resume a isso. Minha linhagem não será mais escravizada pelo Hetawa. E Gujaareh não será mais apenas um ponto de intersecção do comércio. Podemos nos tornar o centro de uma civilização que abarca continentes, trazendo paz e prosperidade para todos. E eu darei ao povo um deus *vivo*, de carne e não só de sonhos, para venerar. Entende?

Charris entendia. E, por um instante interminável, ficou ali, a traição de Niyes empalidecendo diante de sua própria ânsia de desembainhar a espada e atacar o Príncipe.

Mas o ímpeto passou. Ele era zhinha, um verdadeiro filho de Gujaareh, e o Príncipe era o Avatar de Hananja. Atacá-lo era mais do que traição, era blasfêmia. E então ele se ajoelhou, erguendo os braços em uma manuflexão apropriada.

— Entendo, meu Príncipe — respondeu. — Minha vida é sua.

— Sempre foi — replicou o Príncipe.

Em seguida, virou-se para admirar a vista.

29

*Espera-se que aqueles que honram Hananja obedeçam à Lei.
No entanto, aqueles que moram nas terras dos infiéis têm
permissão para ocultar sua fé conforme necessário para
manter a paz.*

(LEI)

Kisua.

A capital parecia infindável como o oceano. Era fácil reconhecer a história compartilhada de Gujaareh nas paredes brancas iluminadas pelo sol e nas estreitas ruas pavimentadas de paralelepípedos, mas a semelhança terminava aí. Havia também grandes edifícios largos, alguns com quatro ou cinco andares. Havia vergas de folha dourada, incrustações de azulejo em cores vivas e as resistentes e trancadas portas de madeira escura esculpida. Videiras cresciam em profusão sobre a maioria das construções, as flores aromatizando o ar quente e úmido com perfumes tão intensos que Nijiri podia sentir o cheiro a quarteirões de distância. À fragrância se misturavam sons estranhos: risadas estridentes e discussões furiosas, gritos de comerciantes vendendo mercadorias, canções de ninar e de amor havia muito esquecidas em Gujaareh. Ele conseguia saborear os três mil anos da cidade na língua, fortes e densos como os sonhos de um idoso.

Atrás dele, no cômodo fechado por cortinas, Ehiru dormia. Estava em silêncio desde o incidente no deserto, agia somente quando Nijiri o orientava, seus olhos não acompanhavam nada, perdidos em outro reino. No caminho para a cidade, Nijiri conseguira esconder a condição de Ehiru dos soldados, embora desconfiasse que Sunandi houvesse notado. Ela não protestara quando ele insistiu em dividir os aposentos com Ehiru, apesar de a casa dela ser grande o suficiente para ter muitos aposentos de hóspedes. Os servos trouxeram comida e roupas limpas, depois saíram sem perturbá-los, dando a Nijiri tempo e privacidade para dar banho em Ehiru e cuidar do próprio asseio.

Ao pôr do sol, Nijiri se ajoelhara na sacada para rezar e procurar paz dentro de si. Ele meditou até a Sonhadora surgir, sua luz de quatro matizes uma companheira familiar e reconfortante. Por fim, voltou aos aposentos de hóspedes. Ehiru estava entre as cortinas translúcidas, inquieto apesar da jungissa de libélula de Nijiri na testa. Nijiri abriu as cortinas e se sentou ao lado dele, estendendo a mão para pegar a jungissa. Com as pontas dos dedos, acompanhou as linhas franzidas na testa do mentor. Parecia não haver paz para o favorito de Hananja nem mesmo durante o sono. Havia apenas uma maneira de Ehiru voltar a ter paz.

Nijiri virou a mão para pôr um dedo em cada pálpebra do mentor.

Ehiru falhara no teste do pranje. Coletá-lo agora seria uma generosidade — muito mais generoso do que deixá-lo acordar e encarar a dimensão de seu crime. Era dever de Nijiri como aprendiz de Ehiru, seu dever como Servo de Hananja. No Hetawa, Ehiru já teria sido encaminhado. No entanto...

A mão de Nijiri tremia.

No Hetawa, Ehiru não teria passado pelo teste no meio de uma batalha, cercado pelo caos e pelos inimigos. Como poderia o teste realmente medir o controle dele em tal circunstância? Até Nijiri havia matado — não com narcomancia, mas assassinato era assassinato. E, por conta disso, porque se afastara para proteger uma portadora de dízimo em suspensão e não ajudado Ehiru como devia ter feito, o Coletor encarara seu momento de maior provação sem ninguém para auxiliá-lo. A falha era tanto de Nijiri quanto dele.

— Irmão...

Ele retirou a mão, tomado por uma angústia tão intensa que seu peso parecia esmagá-lo. Encostando a testa na de Ehiru, ele chorou, impotente, grandes soluços ruidosos que ecoavam pelo aposento de hóspedes e provavelmente mais além, mas não se preocupava mais com o que Sunandi ou os servos pensavam sobre seu sofrimento. Só queria que Ehiru acordasse, o fizesse se calar e o abraçasse, como fizera naquele dia tão distante em que se encontraram pela primeira vez. *Eu morreria por você*, pensara naquele dia e, em vez disso, aprendeu a matar, andar em sonhos, dançar a alegria de sua alma. Fizera todas essas coisas para se tornar digno desse homem, que era o mais próximo de um pai que já conhecera. O mais próximo de um amante que já quisera. Não havia palavras para o que Ehiru significava para ele, nem mesmo a Irmã Meliatua compreendera inteiramente. Deus, talvez. Muito mais do que Hananja jamais fora.

As lágrimas se esgotaram depois de um tempo. Quando o aperto na garganta diminuiu, ele se endireitou, respirando fundo para tentar recuperar o controle. Duas manchas de umidade pintaram o rosto de Ehiru. Nijiri limpou-as e fez o mesmo com a própria face.

Toda a paz arduamente conquistada durante a meditação da noite se fora. Suspirando, Nijiri se pôs de pé e passou uma das mãos pelo cabelo, virando-se para ir... e parando ao ver a silhueta à entrada. Sunandi.

Ela entrou sem pedir, os pés descalços avançando silenciosamente sobre os tapetes de capim entrelaçado, o luar iluminando o rosto dela em lampejos ao passar perto das janelas. Embora fosse provável que ela tivesse ouvido o choro dele, não fez nenhuma menção ao assunto nem olhou para Nijiri enquanto passava. O rapaz estava cansado demais para se sentir agradecido.

Ao chegar ao pé da cama, ela parou, contemplando Ehiru por um longo instante.

— Ele vai morrer?

Outrora Nijiri a teria odiado por fazer essa pergunta. Agora, apenas desviou o olhar.

— Vai.

— Quando?

— Quando eu fizer meu dever.

— Precisa ser agora?

— Ele pegou o sangue onírico de um homem e não deu paz em troca. Pelas nossas leis, não existe crime maior.

Sunandi suspirou, cruzando os braços.

— Ele dorme bem para um criminoso.

— Um pequeno feitiço de sono. Se estivesse em seu normal, eu jamais teria conseguido lançar esse feitiço sobre ele.

O rapaz olhou para a jungissa em suas mãos, virando-a pelas asas de aparência frágil. Pertencera a incontáveis Coletores no decorrer dos séculos e, antes disso, a pedra a partir da qual fora talhada voara pelo céu, girando entre os próprios deuses. Talvez até houvesse tocado a própria Lua dos Sonhos antes de cair na terra em forma de magia solidificada.

— A privação enfraqueceu muito o *umblikeh* dele — explicou Nijiri, baixinho. — O fio que liga a alma ao corpo e ao mundo da vigília.

— E agora que ele não está mais... em privação?

— Em circunstâncias comuns, com o tempo, o fio poderia se regenerar.

Sunandi lançou-lhe um olhar de esguelha.

— Ele não vai ter tempo se você Coletá-lo.

Nijiri balançou a cabeça.

— No Hetawa ele poderia ter conseguido, ao longo de meses, em isolamento. Aqui fora, em meio a toda essa loucura... — Nijiri fez um gesto apontando a sacada, Kisua, o mundo. — Não, mesmo deixando de lado a questão do crime, é inútil.

Ele sentiu o olhar de Sunandi quando se dirigiu à porta da sacada e se recostou contra ela, contemplando a cidade e desejando que fosse Gujaareh. Desejando também que a mulher kisuati fosse embora. Restava-lhe tão pouco tempo com Ehiru...

Mas Sunandi passou tanto tempo em silêncio que Nijiri enfim se virou para ver se ela estava lá. E ficou tenso, pois ela ousara se sentar na cama de Ehiru, afagando os cabelos não raspados dele.

Ela alçou o olhar, viu a raiva de Nijiri e sorriu.

— Me perdoe a familiaridade. Ele me faz lembrar de alguém que um dia conheci e amei muito. — Sunandi afastou a mão. — Ele devia ter escolha.

— O quê?

— Escolha. Se vai morrer, quando vai morrer. Eu poderia aceitar as coisas terríveis que sua espécie faz se vocês fizessem só com quem quer.

Nijiri fez cara feia.

— Você acha que ele não quer? *Um Coletor de Hananja?*

Ela estremeceu.

— Talvez ele queira. Porém, a cidade dele se prepara em segredo para a guerra, o irmão dele planeja usar magia do mal, um Ceifador espreita nas sombras e ele não vai viver para ver nenhuma dessas coisas resolvidas. Parece mais cruel do que matá-lo imediatamente.

A mão de Nijiri se fechara, agarrando a cortina.

— Você só o quer conosco quando estivermos diante dos Protetores amanhã.

— Isso não posso negar. Mas também será útil para você, pois vai me ajudar a salvar sua cidade e a minha. Seja lá no que você acredite, não quero ver guerra entre nossas terras. Também me dói ver vocês dois sofrendo assim. — Nijiri soltou um resmungo de descrença, mas Sunandi o ignorou, ainda fitando Ehiru. — Quando ele me contou sobre Lin… eu odiei todos da sua espécie. Todos os que usam magia. Agora começo a ver que é o seu Hetawa que é mau, não vocês.

Ele abriu a boca para maldizer a blasfêmia dela, então recordou a expressão nos olhos do Superior quando levaram Ehiru preso com um jugo de renegado.

— Não o Hetawa *inteiro*. — Ah, esse argumento foi fraco.

— Verdade. Você e seu mentor e até o Ceifador que levou a minha Lin… vocês são as vítimas aqui. As vítimas mais lamentáveis de todas porque *acreditam*.

Nijiri a encarou, depois enfim se sentou em uma poltrona próxima. Esfregou o rosto com as mãos.

— Talvez você esteja certa.

Ela se calou, talvez pela surpresa de ele ter concordado, talvez só por respeito à dor dele. Quando voltou a falar, manteve a voz suave, tal qual um Coletor faria.

— Deixe que ele viva até amanhã. Deixe que ele ouça o que os Protetores têm a dizer. Não sei que tipo de informação podem dar, mas, conversando com eles, seu mentor poderia fechar o abismo entre a minha terra e a sua. Talvez isso lhe dê um pouco mais de paz antes…
— Sunandi hesitou, procurando uma forma delicada de se expressar.

— Antes de morrer — Nijiri terminou por ela. Fitou-a nos olhos e deu um sorriso sombrio. — A morte não nos preocupa, lembre-se.

— Ele se concentrou em Ehiru e ficou sério. — Ele não vai ficar satisfeito comigo quando acordar.

— Aguente. — Sunandi levantou-se. — Sua espécie toma decisões sobre a vida e a morte de outras pessoas o tempo todo, não toma? Talvez esteja na hora de um de vocês aprender a encarar as consequências dessas decisões em vez de apenas matar quem não concorda.

Era outro insulto, mas havia um toque de gentileza subjacente ao azedume e Nijiri viu nos olhos de Sunandi que isso era o mais próximo que ela conseguia chegar de uma oferta de paz. Ele assentiu; não havia mais raiva nele, apenas tristeza.

— Talvez seja, Oradora.

Ele a viu erguer as sobrancelhas ao ouvi-lo usar o título apropriado. Após um longo instante, Sunandi assentiu.

— Bom descanso então, assassinozinho. De manhã, os Protetores vão nos receber. Esteja pronto.

Ela se virou e saiu, deixando Nijiri sozinho com Ehiru e com seus pensamentos.

Após momentos de silêncio, o rapaz se levantou da poltrona. Atravessando o cômodo até a lateral da cama de Ehiru, ergueu as cobertas e se deitou, aninhando-se na dobra do ombro do mentor. Embalado pela batida constante do coração de Ehiru, ele dormiu o resto da noite — não exatamente em paz, mas abençoadamente sem sonhos.

30

Todos os que dão de si para o Hetawa têm direito ao seu
cuidado e conforto.

(LEI)

Ehiru abriu os olhos ao primeiro sinal da luz do amanhecer.

Ainda estou vivo, pensou, e entrou em desespero.

Ao seu lado, Nijiri murmurava enquanto dormia. Havia rastros de lágrimas no rosto do rapaz, notou Ehiru, e manchas no próprio peito também. Isso afastou parte da angústia, pois era egoísta de sua parte esquecer que sua morte também era o teste de Nijiri. Suspirando, limpou as marcas do rosto de Nijiri.

— Me perdoe — sussurrou, e o garoto respondeu com outro suspiro.

A dor oca dentro de si desaparecera, preenchida pelo sangue onírico do soldado. No entanto, ele não sentia nem um pouco da paz ou da satisfação habituais que deveriam ter vindo após uma Coleta — o que não era nenhuma surpresa, uma vez que o que fizera com o soldado não poderia de modo algum ser chamado de "Coleta". Ehiru fechou os olhos e viu de novo o rosto do soldado: zangado no começo, depois aterrorizado quando percebeu a intenção dele. Lembrou-se da sensação da alma do homem ao lutar para escapar de sua ânsia — e isso também atiçara o desejo de Ehiru. Mesmo agora, ele estremecia ao recordar a euforia quando destruiu aquela alma, recompensado por uma vertiginosa espiral de prazer cujo ápice fora mais maravilhoso do que qualquer coisa que já vivenciara na vida. Uma simples

Coleta empalidecia em comparação, e essa era a prova de sua corrupção irremediável. Não sentira esse prazer ao matar Charleron de Wenkinsclan. No íntimo, ria, uma risada amarga e sem graça, de sua arrogância de antes: ele se achara sujo demais para servir Hananja naquele momento? O que Ela deveria pensar da imundície purulenta que ele se tornara agora?

O pensamento o deixou angustiado demais até para chorar.

— Irmão? — Ao chamado, Ehiru abriu os olhos e viu que Nijiri acordara. A voz do rapaz estava rouca; o rosto, inchado. — Você está comigo de novo?

— Estou.

Ele fixou os olhos no teto de mosaico, incapaz de olhar diretamente para o aprendiz. Por que o Superior o tornara mentor do garoto? Ele nunca fora apto para uma responsabilidade dessas.

Mas Nijiri baixou os olhos e de repente Ehiru se deu conta de que o rapaz culpava *a si mesmo* pelo que acontecera.

— Eu teria cumprido o meu dever ontem à noite, irmão, mas pensei... hoje... os Protetores... — Ele hesitou outra vez, então respirou fundo e visivelmente procurou encontrar calma. — Pensei que talvez você quisesse ver pelo menos essa parte resolvida.

— Poucas pessoas à beira da morte têm a chance de resolver seus problemas — comentou Ehiru, o tom de voz neutro. — Os Coletores não deveriam receber nenhum privilégio especial nesse sentido.

— Sei disso. — A voz do garoto endureceu de súbito e Ehiru fitou-o, surpreso. Havia um tipo firme e desesperado de determinação no rosto dele, a determinação de alguém que sabia estar fazendo algo errado, mas o fazia mesmo assim. — Mas não posso cumprir a ordem dos nossos irmãos sem sua ajuda. Não consigo desvendar tantos segredos e não consigo encontrar e destruir o Ceifador. Não sozinho. Sou só um aprendiz, Ehiru-irmão. Você não pode pedir tanto de mim.

Ehiru suspirou, pois sabia que Nijiri estava certo.

— Depois posso voltar com você para Gujaareh — disse ele e balançou a cabeça ao ver a intensa chama de esperança nos olhos do garoto. — Só isso, Nijiri. Em Gujaareh, Sonta-i e Rabbaneh podem ajudá-lo a encontrar o Ceifador e purificar o Hetawa. Quando você pegar meu dízimo... — O semblante de Nijiri mudou; Ehiru continuou implacavelmente: — Então será um Coletor por completo. Juntos, vocês três terão a força para fazer o que precisa ser feito.

O rapaz curvou-se sobre as duas mãos, trêmulo. Após vários segundos, ergueu a cabeça, agora controlado, embora Ehiru desconfiasse ser apenas uma aparência superficial encobrindo a total falta de paz. Era um começo, presumiu ele.

— Sim, irmão — respondeu Nijiri, cada palavra uma resistência irritante disfarçada de calma. — Vou fazer o que você me pede.

Ehiru soltou lentamente o ar. Sentando-se, girou as pernas e pôs os pés no chão e

um olho de luz na escuridão, olhando e tripudiando enquanto ele tremia em uma jaula e implorava a Hananja que o matasse

Ele ficou paralisado.

— Irmão?

Uma visão. Ele estava repleto de sangue onírico, mais do que de costume, uma vez que não dera o excedente a um Compartilhador e, todavia, sua alma continuava vagando.

— Irmão. — Havia medo na voz de Nijiri agora.

Eu compartilho esse medo, meu aprendiz.

Quanto tempo até que a loucura o reivindicasse de novo? Uma oitava de dias? Menos? Quanto tempo até que a ânsia voltasse, desta vez insaciável? Seu sangue gelou mais ainda ao recordar o que fizera durante a batalha. Pusera para dormir sem jungissa um homem desperto que resistia ativamente. Despedaçara o sangue onírico da mente daquele sujeito no espaço de meras respirações. Esses não eram os poderes de um Coletor.

Quanto tempo até ficar igual ao monstro que atacara Nijiri?

— Prometa que vai fazer o que pedi, Nijiri — sussurrou. A voz soou vazia aos próprios ouvidos. — Prometa que vai me mandar para Ela enquanto ainda sou Nsha.

Ele dera seu nome de alma ao garoto apenas uma vez, dez anos antes, mas é claro que Nijiri se lembrava. De soslaio, ele viu o rapaz respirar. Depois, Nijiri respondeu, com sinceridade desta vez:

— Eu juro, irmão. — E pôs a mão sobre a de Ehiru.

Para mostrar que não tem medo de mim. Ah, mas você vai ter, meu aprendiz. Todos terão medo de mim no final se você falhar. O seu conforto é vazio.

Ah, mas como ele era fraco, desejava esse conforto mesmo assim! Ehiru virou a mão para cima, entrelaçando os dedos aos dele, e ficaram desse jeito em silêncio até os servos de Sunandi virem buscá-los.

* * *

O Salão de Reuniões do Protetorado ficava no centro da capital de Kisua. Era uma construção modesta, baixa e ampla, com paredes de pedra marrom e nada do esplendor do Yanya-iyan, apesar de abrigar os governantes de uma terra. Pequenas torres sem adornos emolduravam a grande entrada; os pisos eram de mármore, mas escuro e sem polimento. As pessoas que estavam nos degraus (requisitantes e vendedores de influência, supôs ele, muitos dos quais fediam à corrupção) observaram o grupo de Ehiru passar. A maioria estava bem-vestida e silenciosa, os olhos refletindo uma mescla de desconfiança e admiração. E o reconheceram de pronto pelo que era, embora tanto ele quanto Nijiri estivessem vestindo túnicas soltas em tom cru, que eram a coisa mais próxima que Sunandi conseguira encontrar da vestimenta diurna de um Coletor. Cuidadosos com os pertences de Sunandi, eles não haviam arrancado as mangas; ninguém podia ver as tatuagens. Mas, de algum modo, aquelas pessoas sabiam.

Contudo, a austeridade do lugar reconfortou Ehiru quando ele entrou no Salão atrás de Sunandi e com Nijiri ao lado. Havia algo naquela arquitetura simples e na solenidade das pessoas que viu lá dentro (verdadeiros detentores de poder e responsabilidade, talvez, não meros aspirantes) que o lembrava do Hetawa em Gujaareh. Em outras e melhores circunstâncias, ele poderia ter se sentido em casa.

Eles passaram por uma arcada de luzes fracas e entraram no Salão propriamente, uma câmara abobadada iluminada por aberturas cobertas por treliças próximas ao teto. A luz do sol salpicada de partículas de poeira alumbrava uma mesa curvada de pedra que se estendia de uma extremidade do Salão até a outra. Ehiru contou dezessete pessoas sentadas à mesa, todos anciãos com aparência de nobreza — embora fosse difícil distinguir a casta aqui nesta terra onde se misturar com estrangeiros era visto com maus olhos. Um punhado de assistentes estava entre as colunas atrás dos Protetores;

havia guardas dos dois lados da câmara, observando Ehiru com clara desconfiança. Fora isso, não havia mais ninguém no local a não ser os Protetores e eles três.

Sunandi parou no espaço em frente à mesa e fez uma elaborada mesura antes de falar em suua formal.

— Estimados e sábios, eu me apresento diante dos senhores com saudações. Sou sua voz, olhos e ouvidos em terras estrangeiras e imploro que me ouçam agora sobre um assunto de grande urgência.

A figura central, uma mulher idosa de cabelo ralo com tranças twist, fez um gesto com a mão.

— Nós lemos seu relatório inicial, Oradora Jeh Kalawe, e o do capitão da tropa que resgatou você nos territórios neutros.

Sunandi se endireitou e adotou uma conduta menos formal, embora ainda mantivesse os olhos respeitosamente baixos.

— Os senhores também leram o relatório de Kinja Seh Kalabsha?

— Lemos seu relato sobre ele, sim. Nós preferíamos ter lido o original da própria mão de Kinja, Oradora. — Ela lançou a Sunandi um olhar severo.

— Minha protegida Lin morreu tentando trazer esse documento para os senhores, Estimada. — Ela fez uma pausa de apenas um instante, mas Ehiru viu a centelha oculta de raiva nos olhos dela. — Não consegui recuperá-lo entre os restos mortais dela.

— Sentimos muito pela perda de sua escravizada, Jeh Kalawe — disse outro dos Protetores, embora aos ouvidos de Ehiru não parecesse lamentar. A desconsideração casual da garota nortenha por parte do homem foi horrível, mas explicava muito da atitude defensiva de Sunandi com relação a ela. — Você pode pedir uma compensação depois desta audiência. Mas admito que tenho algumas preocupações quanto ao seu relatório. — Ele estreitou os olhos, fitando-a, depois lançou um olhar desdenhoso para Nijiri. — Tenho preocupações mais significativas quanto a você trazer estes forasteiros aqui, sejam quem forem.

Sunandi endireitou os ombros.

— São Coletores de Gujaareh, Estimado. O sacerdote hananjano Ehiru e seu aprendiz Nijiri. Eu os trouxe aqui a pedido deles. Eles também procuram o conselho dos Protetores.

Houve murmúrios de surpresa após essa declaração e vários Protetores sussurraram rapidamente entre si. Por fim, a mulher ao meio da mesa falou:

— Não consigo imaginar o que os sacerdotes profanos de Gujaareh poderiam querer de nós.

— Informação, Honrada Anciã — respondeu Ehiru em suua formal, a voz dele provocando outra agitação entre os Protetores. Ele viu Sunandi encará-lo, consternada, enquanto violava algum tipo de protocolo, mas não se importava. Restava-lhe pouquíssimo tempo para se preocupar com decoro.

— Muitos eventos perturbadores aconteceram na minha terra ultimamente — falou ele. — Um Ceifador anda pelas ruas da capital, não reprimido e talvez instigado por aqueles que estão no poder. Vinte homens... — Ele olhou para Sunandi. — Vinte homens e a menina da Oradora morreram nas mãos dele. Fui responsabilizado pelos ataques do Ceifador, mas libertado com a condição de Coletar a Oradora Jeh Kalawe. E agora seus próprios soldados encontraram tropas gujaareen no Mil Vazios, outra vez tentando matar a Oradora. Quero saber por que tantos dos meus concidadãos querem esta mulher morta.

A idosa ergueu as sobrancelhas até a raiz dos cabelos.

— Você acredita que sabemos?

Ele inclinou a cabeça em direção a ela.

— Acredito que deve haver um motivo para o Príncipe se corromper e arriscar uma guerra com Kisua para ocultar os segredos que esta mulher carrega. Acredito que há um motivo para o Hetawa ajudá-lo e permitir que o Ceifador exista. E acredito, apesar de não ter nada além dos meus instintos como prova, que todas essas coisas estão ligadas de alguma forma. Não posso confiar em ninguém da minha terra que sabe a verdade. Talvez forasteiros sejam a resposta.

Houve outro rumorejo na câmara enquanto os Protetores sussurravam entre si. Sunandi olhou para Ehiru de soslaio.

— Você é mais louco do que eu pensava — murmurou ela em gujaareen.

Ele aquiesceu, sem achar graça. Muito em breve seria verdade.

Logo os Protetores concluíram a discussão.

— Muito bem, Coletor de Gujaareh — disse a anciã. — Metade das coisas que ouvimos dos nossos espiões nos últimos tempos são tão inacreditáveis que mal sabemos o que fazer com elas. Talvez uma troca de informações nos dê algumas respostas também. — Ela olhou para outro dos Protetores, que fez uma carranca antes de enfim suspirar.

— Devo adverti-lo de que nossas informações são incompletas — falou o homem. — Mas começa muitos anos atrás, quando nossos aliados shadoun encontraram um túmulo no sopé do deserto oeste, bem distante das trilhas habituais. Eles o encontraram porque tinha sido remexido, e roubado, recentemente. Os ladrões fugiram para o norte, em direção a Gujaareh. No começo, não achamos que fosse importante, mas é claro que o ocorrido foi investigado. Agora acreditamos que era o túmulo de Inunru, o primeiro Coletor e fundador da sua fé.

Nijiri franziu a testa, confuso, e deixou escapar:

— Mas esse túmulo foi perdido séculos atrás e seria sagrado para nós agora. Por que algum gujaareen profanaria...? — Sunandi o encarou e ele se aquietou de imediato.

— Seu aprendiz fala a verdade, Coletor, mesmo que sem permissão — disse o ancião, lançando a Nijiri um olhar igualmente repressor antes de voltar a se concentrar em Ehiru. — É bom saber que vocês ao menos preservam uma reverência apropriada pela história da sua fé, ainda que não a maneira apropriada de venerar.

Ehiru aprumou o queixo.

— Alguns poderiam dizer que nós preservamos os dois melhor do que Kisua, Honorável Ancião. A magia também foi usada aqui no passado.

O idoso lançou-lhe um olhar azedo.

— Isso foi antes de percebermos o horror de um poder desses.

— Talvez. Mas o que isso tem a ver com a questão atual?

— Nós não sabíamos até ontem à noite, quando lemos o relatório de Kinja segundo fornecido por Jeh Kalawe. — O ancião suspirou. — Muitos séculos atrás, aqui em Kisua, os primeiros sacerdotes que exploraram a magia onírica começaram a enlouquecer, ou pelo menos é o que diz nossa tradição. Inunru, que também corria risco, examinou-os na esperança de determinar a causa e a cura. Um século depois, quando a magia foi proibida e os seguidores dele foram banidos, a maior parte dos registros de Inunru foi destruída para que o conhecimento que continham não perdurasse e prosperasse de novo, como uma pestilência. — Ele franziu os lábios. — Mas sempre existiram histórias de que alguns dos seguidores de Inunru conseguiram tirar vários pergaminhos da cidade.

— Sempre acreditamos — disse a anciã — que os pergaminhos estavam em Gujaareh. Mas, ao que parece, estavam perdidos para o seu povo também... até pouco tempo atrás. — Ela olhou para Sunandi, a expressão sombria.

Sunandi anuiu devagar.

— Eu vi uma caixa fechada nos aposentos do Príncipe. É onde acredito que estão guardados.

— Hum. — A anciã parecia cansada, como se não estivesse dormindo bem. Superabundância de bílis onírica, catalogou parte da mente de Ehiru, enquanto o resto de si ouvia, tão entorpecido como se fosse obra de um feitiço do sono. — Sim. Foram os homens do Príncipe que saquearam o túmulo, ou pelo menos é o que acreditamos. Toda essa loucura começou depois disso.

Sunandi inspirou fundo.

— E isso explica muitas outras coisas, Estimada. — Ela olhou para Ehiru, embora continuasse falando com eles. — Meu mentor Kinja suspeitava há muito tempo que o Príncipe planejava uma guerra. Os contatos dele alertaram sobre as negociações do Príncipe com várias tribos do norte para criar uma aliança militar. E ocorreu uma avalanche de importações fora do comum: madeira maciça e ferro, artesãos nortenhos da construção naval e coisas do tipo, embora tudo isso tenha acontecido pouco a pouco há alguns anos. Vários meses atrás, Kinja também ficou sabendo que o Príncipe havia criado um Ceifador intencionalmente. Ele controla a criatura usando um conhecimento secreto, sem dúvida dos pergaminhos roubados. A criatura foi usada como assassino, matando todos que pudessem interferir nos planos do Príncipe. As mortes se assemelhavam a Coletas ou causas naturais. Kinja, o próprio Kinja pode ter sido... — Aqui ela hesitou só por um instante, lutando visivelmente contra a emoção.

— Em Gujaareh, ninguém questionaria essas coisas — murmurou Ehiru, mais para ela do que para os Protetores. Ele sentiu uma pena renovada por Sunandi agora, ouvindo que tanto o mentor quanto a protegida dela haviam morrido nas garras do Ceifador. Por isso, tentou reconfortá-la, ainda que apenas com palavras, uma vez que eram a única coisa que ele tinha. — Ninguém a não ser os Coletores, e nós não sabíamos. Se soubéssemos, teríamos ajudado você.

Ela assentiu bruscamente, recuperando o controle de si mesma, e encarou os Protetores outra vez.

— Antes de sair de Gujaareh, também fiquei sabendo que a criatura estava envolvida em vários incidentes na prisão da capital. Muitos prisioneiros morreram de uma maneira que intriga até os gujaareen, pois são homens jovens e saudáveis que falecem durante o sono, cruelmente. Então parece que o Príncipe não está satisfeito em usar o Ceifador como um mero assassino conveniente. Ele cultiva o mau da criatura, ajudando os poderes dela a crescerem por razões que só ele conhece. — Sunandi hesitou, olhando para Ehiru. — O que não consegui saber ao certo era sobre o envolvimento do Hetawa.

E assim não ousou confiar a ele tudo o que sabia. Ehiru ouviu o pedido de desculpa na voz dela e assentiu, demonstrando que o aceitava, embora estivesse admirado com tal pedido, considerando o ódio que Sunandi sentia pela espécie dele. Mas, de algum modo, no decorrer dos últimos dias, os sentimentos dela quanto aos Coletores... não, quanto a *Ehiru*, aparentemente haviam mudado. Havia um grau de respeito na conduta dela agora que ele jamais esperara ver.

Ehiru olhou para Nijiri e viu uma compaixão relutante no jeito como o rapaz fitava Sunandi. Uma mudança nos dois lados então. Ótimo.

— E Kinja descobriu, embora tenha sido Jeh Kalawe quem nos trouxe essa informação — completou a anciã com um olhar de aprovação para Sunandi —, que, nos últimos cinco anos, desde que o Príncipe encontrou os pergaminhos, Gujaareh vem construindo discretamente uma frota de navios a níveis úteis somente para guerra. Outros espiões confirmaram isso. Estaleiros fora da cidade, ao longo do Mar da Glória, vêm fabricando navios em grande quantidade. Nós não vigiamos o Mar da Glória de perto. Ele não tem conexão com o Oceano Leste e, portanto, não representa ameaça para Kisua, ou pelo menos era o que acreditávamos. Mas agora sabemos que esses navios foram projetados com cascos mais espessos do que o necessário para aquele mar, foram construídos com técnicas emprestadas das tribos do norte. Portanto, suspeitamos que o Príncipe agora tem uma frota de navios que pode navegar circundando todo o continente norte, atravessando as águas congeladas e perigosas no topo do mundo para alcançar os mares do leste. — Ela fez uma pausa. — Suspeitamos que o Príncipe já *tenha enviado* esses navios, a maioria alguns anos atrás. Cada um partiu do cais assim que estava pronto, nunca mais do que um por vez. Mas, pelo volume de materiais envolvidos e pelos palpites dos nossos próprios comandantes, estimamos que quinhentos navios podem ter feito a viagem pelo norte a essas alturas. — Ela deu um longo suspiro. — Seu Príncipe tem a paciência de um Ancião.

"A mulher kisuati. Não podemos permitir que ela chegue em Kisua, Ehiru, ou haverá guerra." As palavras de Eninket ecoavam na mente de Ehiru e ele estremeceu diante da dimensão do extravio do irmão. A guerra já havia sido declarada. Só a escolha do momento é que fazia alguma diferença.

— Tem — concordou Ehiru. Estava irritado outra vez, muito irritado: outra marca de sua corrupção. Controlou-a com esforço. — A paciência é apenas um dos dons que a nossa Deusa concedeu para ele. Eu não tinha percebido até agora como ele usou mal esses dons.

Um toque de compaixão pareceu cintilar nos olhos da anciã por um instante.

— Então talvez você possa nos fazer o obséquio de compartilhar suas informações — pediu ela. — Como eu disse, suspeitamos que o Príncipe fez acordos secretos com várias tribos do norte para uma aliança militar e para uma travessia segura pelas águas delas; esses acordos foram negociados primeiramente com um bromarteano. Um membro do clã, um bromarteano chamado Charleron de Wenkinsclan, era um dos contatos de Kinja Seh Kalabsha. Ele morreu faz pouco tempo. Jeh Kalawe ouviu boatos de que ele foi Coletado, ou talvez Ceifado. Você sabe alguma coisa sobre isso?

Deusa, me perdoe. Essa loucura vai muito mais além do que jamais imaginei. Ehiru fechou os olhos e respirou longa e demoradamente.

— Eu coletei o dízimo dele.

Os Protetores começaram a murmurar outra vez, embora a anciã rapidamente os mandou calarem-se.

— Quem ordenou a morte dele? O Príncipe? Os próprios concidadãos? Antes de morrer, ele deu alguma informação a você sobre uma briga entre o Príncipe e o Superior?

— Essas coisas eu não sei — respondeu Ehiru. — A demanda chegou do modo habitual. Me falaram que ele tinha uma doença incurável. Eu não tinha motivo para desconfiar de qualquer coisa fora do comum.

Mas, ao mesmo tempo que dizia isso, lembrou-se das palavras do bromarteano no sonho: *eles estão usando você*. E também se lembrou da silhueta que estivera observando de um telhado próximo.

Se eu não o tivesse matado, o Ceifador teria. Ele estremeceu ao compreender enfim, tarde demais e com uma amarga ironia.

A anciã olhou para os colegas Protetores.

— Os clãs bromarteanos são membros relutantes da aliança graças aos seus extensos laços tanto com Gujaareh quanto com Kisua. Eles permaneceram tão neutros quanto possível, só fazendo acordos com outros clãs mais inclinados a lutar, como os soreni. Mas alguns deles, como Charleron, estavam dispostos a nos alertar do perigo.

— Nenhuma tropa saiu de Gujaareh — refletiu outro homem, mexendo em um ponto da mesa. — Os exércitos estão com a força máxima, posicionados como de costume, mas não começaram a se mover. Disso podemos ter certeza.

— Os feen e os soreni têm portos ao longo do Oceano Leste e têm ligações com tribos que têm portos até mesmo ao longo dos mares congelados do norte e do Tempestuoso. Gujaareh tem uma grande riqueza, eles podem pagar para outros lutarem as guerras deles. Então, se as embarcações do Príncipe estavam vazias para poderem viajar mais rápido e se pudessem ser preenchidas com guerreiros do norte depois de fazer a viagem pelo oceano...

O silêncio recaiu na câmara. Em meio a ele, Sunandi pigarreou.

— Com todo respeito, Estimada, nossos guerreiros estão preparados para um ataque?

Uma idosa no outro extremo da mesa lançou um olhar duro para Sunandi.

— Não fazemos outra coisa desde que soubemos sobre a frota de guerra de Gujaareh, Oradora.

— Mesmo assim, o Príncipe agiu mais habilmente do que o esperado — comentou a mulher ao centro. Ela falou em um tom pesaroso, indiferente aos olhares repressores de seus colegas Conselheiros. Após um longo instante, ela ergueu a cabeça. — Agradeço pelo relatório, Jeh Kalawe e Coletores de Gujaareh.

Sunandi repetiu aquela mesura. Mas, ao endireitar-se, hesitou.

— Estimados e sábios. Faz muitos séculos que Kisua não entra em guerra e nunca guerreou com a nação-filha, Gujaareh. Não resta nenhuma esperança de paz?

— Isso depende do Príncipe — respondeu a mulher ao centro.

— Vamos tentar conversar com ele, claro — acrescentou outro dos companheiros dela. — Mas parece pouco provável que ele esteja interessado na paz depois de investir tanto nesse ataque.

A mulher ao centro suspirou, balançando a cabeça.

— E o que você vai fazer, Coletor Ehiru?

— Voltar para Gujaareh — respondeu ele. — Ainda há a questão do Ceifador, já que parece que vocês não descobriram nenhuma informação sobre a ligação dele com tudo isso. Mas, quanto ao resto, meus irmãos precisam saber dos planos do Príncipe. Ainda existem algumas pessoas no Hetawa em quem confio e que vão me ajudar a impedir isso, se for possível impedir. A guerra é a maior ofensa possível a Hananja.

A Anciã pensou sobre o assunto por um momento.

— Vocês podem pegar cavalos e provisões para facilitar a viagem para casa. Mas cuidado: ao vir para cá, podem ter se tornado inimigos do seu senhor.

Ele tornou a se curvar sobre uma das mãos em respeito a ela.

— Nós servimos Hananja, Anciã. Nosso Príncipe é apenas o Avatar Dela e, como tal, só governa com o consentimento Dela.

Ao se endireitar, lembrou-se do rosto de Eninket no último encontro: sorridente, tranquilizador. Mentindo entredentes. A fúria voltou, não a fúria vermelha, brutal, com que ele vinha lutando desde o deserto, mas uma coisa mais limpa e mais bem-vinda: a raiva fria e justa de um Servo da Deusa.

Talvez eu não esteja corrompido completamente ainda, concluiu. *Talvez consiga continuar sendo eu mesmo por tempo suficiente para administrar a justiça de Hananja uma última vez. E, para você, meu irmão de nascimento, essa justiça está há muito atrasada.*

Vendo algo dos pensamentos de Ehiru transparecerem no rosto, a anciã arregalou os olhos. Mas o temor desvaneceu e ela respondeu com um aceno lento e sombrio.

— Então eu lhe desejo boa sorte, Coletor — falou ela. — E para o bem de todos, boa caça.

31

*O Hetawa oferecerá cura para todos, tanto gujaareen quanto
estrangeiros, fiéis e infiéis. A Deusa acolhe todos os que sonham.*

(LEI)

Nijiri ouviu a multidão antes de saírem do Salão de Reuniões. A
princípio, pensou tratar-se do rio, embora já houvesse visto, enquanto
passavam pela cidade, que ele fazia uma curva a oeste, desaparecendo
nas montanhas verdes e cobertas de névoa à distância. Então seus
ouvidos discerniram palavras, expressões e gritos e ele se deu conta
de que eram *vozes* — tantas se erguiam e falavam ao mesmo tempo
que o resultado era uma algazarra monótona. Ele não podia imaginar
por que tantas pessoas se reuniriam em um caos tão desregrado. Nenhuma reunião pública em Gujaareh jamais era tão barulhenta. Seria
uma revolta? Ele ouvira falar que tais coisas aconteciam em terras
estrangeiras. Em seguida, saiu do prédio e viu.

Pessoas, centenas delas, possivelmente milhares, aglomeradas
nos degraus do Salão de Reuniões, nas ruas e nas vielas mais adiante;
homens, mulheres, crianças e idosos, tantas que ele não conseguia ver
o fim da turba. Mas quando ele e Ehiru surgiram nos degraus com
Sunandi, o bulício atenuou antes de cessar por completo. Os três pararam, se vendo como foco de incontáveis pares de olhos.

Passou-se o intervalo de algumas respirações. Nijiri fitou os rostos
das pessoas mais próximas da multidão e viu muitas coisas, de medo e
curiosidade a raiva e adoração. Mais do que tudo, viu algo que o deixou chocado e confuso, pois, apesar de ter presenciado aquilo muitas

vezes em Gujaareh, jamais esperava ver em uma cidade que chamava os Coletores de anátema. *Esperança.* Mas o que queriam de Ehiru (só de Ehiru, ninguém parecia sequer notar Nijiri), ele não podia imaginar.

Então o Coletor deu um passo à frente, virando as palmas das mãos abertas ao lado do corpo. Surpreso, Nijiri se apressou para segui-lo, ouvindo Sunandi murmurar alguma coisa baixinho e depois fazer o mesmo. Quando ele olhou o rosto de Ehiru, surpreendeu-se de novo, pois a tensão e a tristeza do último mês haviam desvanecido do rosto do irmão. Na realidade, ele sorria enquanto andava em direção à turba e sua expressão era aquela de que Nijiri se lembrava do primeiro encontro, anos e anos antes: ternura, austeridade, afeto, desapego. *Paz.* A multidão, vendo isso, murmurou e abriu caminho para ele, sussurrando entre si.

Então Nijiri ouviu o som de botas e o tinido de armaduras vindo de trás, perturbando a aura de paz. Observando ao redor, percebeu que vários guardas do Protetorado haviam saído e ocupado os degraus, cochichando entre si ao ver a aglomeração. Nijiri os ignorou e se concentrou em Ehiru, uma vez que se sentia seguro de que testemunhava nada menos do que uma intervenção da Deusa. Kisua abandonara a narcomancia havia séculos, mas o respeito pela prática e a fé no poder de Hananja nitidamente permaneciam pelo menos em uma pequena parte de sua alma antiga. Como aprendiz de Ehiru, era dever dele testemunhar um acontecimento tão importante.

Faço isso com o coração feliz. Hananja, obrigado por fazer meu irmão voltar a ser ele mesmo, ainda que só por este momento.

Alguém avançou em meio à multidão, arrastando outra pessoa. Ehiru parou. Nijiri ficou tenso, mas era só um homem puxando uma criança consigo — uma criança, ele percebeu horrorizado, acometida por algum terrível mal que a incapacitara em certo ponto de sua curta vida. A cabeça do menino rolava para trás como se ele não tivesse força ou controle para erguê-la e, embora suas pernas funcionassem, faziam-no com dificuldade, cambaleando e fraquejando em um grau tão instável que, sem a ajuda do homem, ele poderia desabar. Pior ainda, Nijiri viu que os dois braços dele tinham murchado, tornando--se minúsculos e inúteis do cotovelo para baixo.

— C-Coletor, com licença — chamou o homem. Ele usava a vestimenta de um ferreiro e falava em um dialeto suua tão carregado que Nijiri mal o entendia. — Meu filho, este é meu filho, você vai curá-lo? Leve a minha vida se ajudar, Coletor, sou um seguidor fiel de Hananja, os curadores aqui não podem fazer nada por ele, *por favor.*

Como se essas palavras tivessem sido um sinal, outras vozes de repente se ergueram em volta deles. "Minha mãe, Coletor, está morrendo", gritou uma mulher, e o marido de outra, e um soldado apontou para o olho que faltava, e um idoso curvado implorou para ser mandado para junto da mulher em Ina-Karekh a fim de que não ficasse mais sozinho... Eram tantos. Todos eles, tão ávidos, avançando e estendendo as mãos em súplica. Até começaram a olhar para Nijiri: dedos tocavam seus ombros, sua túnica. Alguém acariciou-lhe a nuca, e ele, sobressaltado, afastou-se, vislumbrando um desejo desesperado nos olhos de uma mulher antes de a multidão avançar outra vez e ela se perder ali no meio.

De repente, havia mãos *demais*, vozes suplicantes demais ao redor deles, querendo, precisando, desesperadas por mais do que dois Coletores, do que *dez* Coletores jamais poderiam proporcionar. Nijiri arquejou quando alguém puxou sua túnica, rasgando-a; ele reagiu por puro instinto, afastando a mão e adotando uma postura de defesa. Alguém agarrou Sunandi também e Nijiri viu de soslaio que ela arregalou os olhos, alarmada ao recuar.

— Deixe-me ver o seu filho — pediu Ehiru ao primeiro homem que falara.

A voz dele se sobressaiu ao estrépito cada vez maior, embora não a houvesse erguido. A multidão ainda se aquietou e retrocedeu. No novo silêncio, Ehiru deu um passo à frente e segurou o queixo da criança entre os dedos, endireitando a cabeça bamba do menino para examinar olhos que não focavam em nada.

— Ele continua sendo ele mesmo — anunciou o homem, a voz carregada de lágrimas não derramadas. — Essa doença que faz definhar começou quatro anos atrás e destruiu o corpo dele, mas ele ainda tem mente. É meu único filho.

— Eu entendo — Ehiru comentou e suspirou. — Ele pode ser curado, mas não por mim. Uma cura assim precisaria de semente onírica para regenerar os músculos e os nervos, e de bílis onírica para deter qualquer crescimento que tenha dado errado. Uma cirurgia poderia ser feita para retirar partes do corpo dele que foram danificadas e não podem ser recuperadas, mas isso exigiria sangue onírico para acabar com a dor e icor onírico para restabelecer a força. Levaria muitos meses e existe a possibilidade de não resolver de todo o problema. Não tenho a habilidade de fazer nenhuma dessas coisas.

— Mas você é um Coletor...

Ehiru alçou o olhar e os protestos do homem morreram nos lábios.

— Um Coletor, não um Compartilhador. Só posso ajudá-lo de uma maneira — disse Ehiru. No silêncio, as palavras se propagaram.

O homem conteve a respiração, mas, em vez de recuar, como Nijiri esperara, ele estendeu a mão e agarrou o braço de Ehiru com força.

— Então ajude-o dessa maneira — retorquiu o homem. — Meu filho chora toda noite sabendo que nunca vai poder herdar a nossa ferraria, casar ou cuidar de nós, os pais dele; ele vai ficar assim pelo resto da vida. Ele vai chegar à idade do amadurecimento em dois anos, mas ainda usa fralda como um bebê! Cada movimento dói! Ele me implorou muitas vezes para matá-lo, mas eu, eu jamais... a coragem... — O homem estremeceu, curvando a cabeça e balançando-a intensamente. — Mas se ele não pode ser curado...

Ehiru o observou por um momento, depois olhou para o menino. Um terrível movimento espasmódico perpassou o corpo da criança, lágrimas brotando de seus olhos e escorrendo pelo rosto, a boca se abrindo e fechando e abrindo de novo. Demorou o intervalo de longas e dolorosas respirações para Nijiri se dar conta de que aquele movimento frenético e espasmódico era o esforço da criança para acenar que concordava.

Ah, Deusa, como você poderia permitir que tal sofrimento continuasse? Como alguém poderia?

Mas recebeu resposta para a prece, embora não esperasse, pois Sunandi deu um passo à frente e pôs uma das mãos no pulso de Ehiru.

— Não posso permitir isso — disse ela, baixo, o rosto desanimado, mas não afastou a mão.

Ehiru apenas a olhou. Entretanto, Nijiri ouviu arquejos da multidão e, quando se virou para ver o que os assustara, viu dois dos guardas descendo os degraus, lanças em punho.

— Faça isso e eles matarão você e o pai do menino, Coletor — ela acrescentou, erguendo a voz alto o bastante para que a turba ouvisse.

Depois olhou para o homem, suspirando. — Entendo que seu filho está sofrendo, mas o que pede vai contra todas as leis que honramos.

O homem a encarou. Em seguida, precipitou-se contra ela, arrastando a criança aflita, tentando golpear a mulher com a mão livre, o rosto contorcido de raiva. A multidão gritou em apreensão coletiva. Ehiru segurou o sujeito de imediato e puxou o homem e a criança de volta para trás; Nijiri entrou na frente de Sunandi para protegê-la.

— Honramos? — gritou o homem. — O que eu deveria honrar? *Você está vendo o meu filho?* O que a lei faz por ele, vagabunda alta-casta?

Ehiru colocou uma das mãos no peito dele e o empurrou para trás com firmeza.

— Paz — falou, e mesmo que Nijiri não houvesse sentido o fluxo impulsivo de sangue onírico entre eles, saberia graças ao que aconteceu na sequência. O homem recuperou o fôlego e cambaleou para trás, por reflexo segurando o filho perto de si. Piscou para eles sem nenhum sinal da fúria anterior, concentrando-se em Ehiru em atônita admiração.

— Leve seu filho para o Hetawa em Gujaareh — Ehiru disse para ele. Então se virou para Sunandi e para os guardas, os olhos frios de raiva suprimida. — Isso é permitido, não é? Ou até mesmo o conselho de um Coletor é ilegal aqui?

Ela o fitou por um longo instante e, com um calafrio, Nijiri viu que Sunandi sabia o que Ehiru fizera com o homem zangado. Como sabia, ele não podia imaginar; talvez ela apenas fosse uma observadora habilidosa. Independentemente, com uma palavra dela os guardas podiam matar Ehiru por usar narcomancia e, no processo, libertá-la da ameaça da suspensão, pelo menos até que os problemas estivessem resolvidos em Gujaareh e outro Coletor fosse enviado para recolher o dízimo dela. Um gosto amargo de bílis veio à boca de Nijiri; ele cerrou os punhos. *Mulher perversa de alma imunda!*, pensou, desejando que Sunandi sentisse sua ira. *Se ele morrer, há outro Coletor bem aqui para tirar sua vida inútil!*

Mas Sunandi ergueu uma das mãos, fazendo um gesto para os guardas ficarem tranquilos.

— O aconselhamento é autorizado — declarou ela —, embora eu deva acrescentar que qualquer um que for para Gujaareh para ser curado com magia nunca terá permissão para voltar a Kisua. Essa sempre foi a nossa lei.

— Eu não me importo nem um pouco com as suas leis — retrucou Ehiru. Depois se virou e começou a avançar pela turba outra vez. Eles se afastaram, abrindo caminho.

Sunandi suspirou, seguramente lendo a raiva na posição rígida dos ombros largos dele. Nijiri lançou seu próprio olhar furioso e depois seguiu Ehiru. Após um momento e um último sinal para os guardas, ela se juntou a eles.

— Apesar do que você possa pensar — disse em voz baixa —, eu o impedi para salvar a vida dele.

Nijiri bufou.

— Ele permitiu que você o impedisse para salvar a *sua*.

— O quê?

Ele fez um gesto, apontando a multidão, que começara a murmurar e se inquietar, angústia e raiva estampadas em muitos rostos.

— Olhe para essas pessoas, Oradora. São fiéis de Hananja e vieram para ver o mais alto Servo Dela. Se aqueles guardas tivessem atacado Ehiru, você acha que alguma força que não fosse a dos próprios deuses teria impedido a ira deles?

Sunandi parou de forma abrupta. Nijiri continuou andando, bravo demais para se preocupar se a turba fechasse o cerco e acabasse com ela naquele instante. Mas ouviu as sandálias dela batendo contra as pedras enquanto corria para alcançá-lo e, relutantemente, forçou-se a pensar na mãe, como Ehiru lhe ensinara. Isso acalmou a raiva e ele diminuiu o passo.

— Parece que passei muitos anos estudando os estrangeiros e não tempo suficiente com o meu próprio povo — comentou ela, soando chateada. Ele tomou isso como a versão dela de um pedido de desculpas. — Você os vê com mais clareza do que eu.

— As pessoas são iguais em todo lugar.

— Todas as pessoas, menos ele. — De soslaio, ele a viu acenar em direção a Ehiru.

Nijiri sorriu, erguendo a cabeça com orgulho.

— Verdade. Todas as pessoas, menos ele.

Seguindo atrás de Ehiru, eles passaram pela última pessoa da multidão e voltaram para a casa de Sunandi.

32

É o som de gritos que acorda o pequeno Ehiru.

Por um momento, ele permanece na cama, ouvindo o coro das respirações de seus irmãos e imaginando se o barulho é resquício de algum sonho. Mas descarta essa ideia, pois nunca se esquece de seus sonhos e, apenas um momento antes, estivera deslizando sobre as terras férteis próximas ao Kite-iyan. Não houvera gritos naquele instante, só o fluxo oco do vento e a agitação de seus sobrepanos. Ele se lembra da carícia dos fios da cevada contra a pele, provocando cócegas, o cheiro fermentador de lama quente nos canais de irrigação, o sol às costas, o céu azul e seco. No passado, mergulhara na lama para saber qual era a sensação. Certa vez ela tentara afogá-lo, mas ele era um verdadeiro filho de Gujaareh. Proclamou seu nome de alma — EU SOU NSHA — e tomou o controle do sonho, de modo que a lama se tornasse o útero do qual ele se lembra somente quando dorme: inofensivo, envolvente e profundamente reconfortante.

Mas agora o sonho desvaneceu e ele está no mundo real, onde é apenas um menininho e seu coração se enche de repentino medo.

Ele se senta; vários de seus irmãos fazem o mesmo. Este é o aposento onde dormem os filhos mais novos do Príncipe. Tehemau viu sete inundações do rio e é o mais velho, mas é para Ehiru que os outros meninos olham. Ele só tem cinco anos e não entende que veem nele uma sabedoria peculiar, simplesmente aceita. "Tocado pela Deusa", os tutores chamam. "Abençoado com o dom", disse o sacerdote que veio ao Kite-iyan alguns dias antes para examiná-lo. Ele deu a Ehiru um colar com um pingente intrigante: uma obsidiana oval, polida e gravada com uma lágrima-da-lua estilizada.

"*Antes que se passem quarenta dias, você vai se juntar a nós*", o sacerdote lhe disse naquela ocasião. "*Você é um filho do Hetawa agora*". Ehiru sabe que isso é tolice. Ele é filho de sua mãe e do pai que raramente vê, mas que ama mesmo assim, e talvez dessa Hananja de quem tanto ouviu falar. Mas passa os dedos no pingente neste momento e estremece quando uma centelha de pressentimento o perpassa.

Saindo da cama, sussurra para os irmãos que eles deveriam encontrar um lugar para se esconder. Ele vai ver o que está acontecendo. Tehemau insiste em acompanhá-lo, em grande parte para manter as aparências. Ehiru aquiesce, embora Tehemau molhe a cama e, às vezes, depois de um pesadelo, chore como um bebê. Ehiru gostaria que um dos irmãos mais velhos estivesse ali — Eninket, que é gentil e sabe as melhores histórias, ou talvez o guerreiro Tiyesset. Mas pelo menos a presença de Tehemau será um conforto.

Ele e Tehemau se esgueiram para o corredor e correm de uma cortina e vaso de flor para a outra. À frente está o aposento onde geralmente eles podem encontrar várias das mães deitadas em sofás e almofadas, conversando ou participando de jogos com dados, desenhando letras ou verificando pergaminhos com algarismos. Um lugar de atarefada paz. Em vez disso, encontram os efeitos do caos: mesas e sofás virados, almofadas jogadas no chão, dados esparramados. Tehemau começa a chamar pela mãe e Ehiru instintivamente o manda ficar quieto. Eles ouvem outro grito por perto, seguido por algo estranho: vozes altas de homens, mais graves e mais ásperas do que as dos eunucos que costumam trabalhar no palácio de primavera do Príncipe. Os guardas do palácio nunca têm permissão para entrar a menos que o pai deles tenha vindo para uma visita. Será que foi isso o que aconteceu? Mas, se for, então por que os homens parecem tão bravos?

Virando um canto de parede, eles espiam:

Duas mães no chão, imóveis, suas vestes elegantes escurecidas devido ao sangue que está se espalhando. Outra mãe está encolhida em um sofá ali perto, quase balbuciando enquanto pergunta por quê por quê por quê? Os soldados a ignoram. Estão discutindo. Um deles quer poupá-la ("*por tempo suficiente para aproveitar*"), mas os outros insistem que sigam as ordens. A discussão termina abruptamente quando um dos homens cospe no chão e atravessa a garganta da mãe com a espada. Ela para de falar e olha para ele surpresa, sangue escorrendo de seus lábios. Então ela cai para trás.

Tehemau grita. Os soldados os veem.

Tehemau chega mais longe do que Ehiru porque suas pernas são mais compridas. Um soldado agarra Ehiru por um cacho lateral e o puxa com tanta força que a visão dele fica turva; ele grita e cai. O medo desacelera tudo o que ocorre em seguida. Em meio a um nevoeiro de lágrimas dolorosas, ele vê outro soldado derrubar Tehemau no chão, praguejando enquanto o menino se debate descontroladamente. Quando o soldado desembainha a faca, ela reflete luz das lamparinas coloridas. O mesmo acontece com o sangue de Tehemau, formando um arco ao jorrar e se espalhando sobre o mármore depois de o soldado passar a faca em seu pescoço.

Ehiru não grita — nem mesmo quando o soldado que o arrasta para de andar e pega a própria faca. Ela faz uma curva graciosa para cima, refletindo arco-íris turvos como a Lua dos Sonhos.

— Espere — diz um dos outros homens, contendo a mão que segura a faca.

— Pensei que você quisesse uma mulher — ri aquele que olha para Ehiru.

— Não, veja. — O soldado aponta e outro solta uma exclamação de surpresa, e Ehiru sabe que eles viram o pendente do Hetawa pendurado em seu pescoço.

— Leve-o para o capitão — diz o primeiro. Aquele que segura Ehiru guarda a faca e o arrasta pelo cabelo.

— Tente escapar e mato você — fala ele. Ehiru ouve, mas não responde. Seus olhos estão fixos em Tehemau, que parou de se mexer agora. Tehemau fez xixi nas calças de novo, nota Ehiru. Em meio ao medo, ele sente pena, pois, para onde quer que a alma dele tenha ido, Tehemau provavelmente está com vergonha.

Os soldados arrastam Ehiru pelos corredores onde a conversa e a música de suas mães um dia ecoaram, entremeadas pelo falatório e pelas brincadeiras de seus irmãos. Agora os corredores estão preenchidos pelos sons e cheiros da morte. As cenas passam devagar, como tantas peças de menestréis. No corredor ele vê vários de seus irmãos mais velhos mortos. Tiyesset está de bruços entre eles, com o suporte de uma lamparina nas mãos, um guerreiro até o fim. Quando passam pelo jardim do átrio, Ehiru consegue ouvir estranhos gemidos; entre as folhas, vê uma de suas mães se debatendo debaixo de um soldado que a está machucando, mas não matando. Os soldados que estão com Ehiru veem isso e retomam a discussão enquanto o arrastam. Passam por um dos dormitórios das meninas e ali Ehiru vê muitos corpos. Foram os gritos delas que acordaram Ehiru e os irmãos.

Por fim, chegam ao salão principal. Aqui os soldados param diante de um homem que veste mais vermelho e dourado do que eles. O homem se inclina para examinar o pingente de Ehiru.

— Ele não é seu! — grita uma voz, e essa desperta Ehiru do torpor. Sua própria mãe. Ele se vira, ignorando a dor no couro cabeludo causada pelo movimento, para vê-la surgir de um corredor lateral. Ela usa uma vestidura de brocado em cores vivas e o colar de ouro e âmbar que o pai de Ehiru lhe dera; ela está majestosa e não tem medo. Soldados imediatamente a seguram pelos braços, arrastando-a para a frente. Ela mal parece notar a presença deles. — Eu dei meu filho para o Hetawa — ela declara ao capitão. — Machuque-o e corra o risco de atrair a ira da Própria Deusa.

Ao ouvi-la, o capitão faz cara feia e ordena que os homens a matem.

O mundo desacelera outra vez. Duas facas perfuram o peito e a barriga dela, depois o pescoço e a lateral do corpo. Os homens dão um passo atrás. Ehiru se precipita para a frente sem se importar se vai perder o couro cabeludo, mas, por sorte, o aperto do soldado afrouxara e ele consegue se libertar com apenas alguns fios a menos. O menino alcança a mãe enquanto ela cai, tropeçando e fracassando em seu esforço para pegá-la. Ela pousa no chão com força suficiente para quicar, mas depois fica imóvel, as mãos deslizando até o chão em cada lado do corpo, os olhos se fixando nos dele. Ela está sorrindo. Ehiru derrapa de joelhos ao lado da mãe, o chão está escorregadio devido ao sangue, a vestidura dela gruda em suas mãos quando tenta segurá-la em um esforço para fazê-la levantar.

— Não chore — sussurra ela. Há sangue em seus lábios. Ele grita alguma coisa, não sabe o quê. — Não chore. — Ela volta a mandar. Ergue a mão para tocar o rosto dele, desenhando uma linha úmida em uma bochecha. — É assim que deve ser. Você vai ficar em segurança agora; a Própria Hananja vai proteger você. Você é filho Dela agora.

E então ela para de falar. A mão dela cai. Os olhos ainda estão fixos nos dele, mas de algum modo diferentes. Ehiru ainda está gritando quando os soldados o arrastam para trás; eles o ignoram. Estão aborrecidos, assustados por algum motivo.

— Não dava para saber que ela era a primeira esposa — diz o capitão. Ele parece abalado. — Tantas mulheres aqui, não dava para saber. É o que vamos falar para ele.

— E o pentelho?

— Para o Hetawa, para onde mais? Você quer explicar para os Coletores como ele morreu?

Sem resposta.

— Vamos entregá-lo no caminho de volta para o Yanya-iyan. No que se refere a hoje à noite, ele não estava aqui.

Então levam Ehiru para fora, o amarram e prendem em uma sela como uma bagagem e, quando a matança termina, vão embora com ele pela noite do deserto adentro. E quando o jogam nos degraus do Hetawa e o deixam lá para os Sentinelas o pegarem, ele recorda as palavras do velho sacerdote e percebe que não eram um erro, mas uma profecia. Agora, apesar de que jamais teria escolhido isso, ele era um filho do Hetawa. Agora e para sempre.

* * *

Ehiru abriu os olhos e ergueu a cabeça que encostara nos joelhos. O jardim de Sunandi o cercava, mais desordenado e mais denso do que os jardins gujaareen costumavam ser, embora não menos belo. Endireitando-se da posição desajeitada, esticou a perna e suspirou, alçando o olhar para a Sonhadora por entre graciosos ramos de uma árvore shimanantu. Ele viera para meditar, mas, em vez disso, o calor úmido de Kisua o fizera dormir — e rememorar. Não era uma das coisas mais sensatas a fazer no ambiente externo e sem cortinas; ele coçou a perna e fez uma careta quando sentiu uma quadra de picadas de inseto. Então ficou tenso ao ouvir um passo atrás dele.

— A cama não está do seu agrado, Coletor?

Ele se virou e relaxou ao ver Sunandi, parada a alguns metros de distância no pórtico que era a entrada do jardim. Usava apenas um vestido leve, fazendo-o voltar momentaneamente à noite do encontro entre eles no Yanya-iyan, que agora parecia tão distante.

— A cama é ótima — respondeu ele. — Coletores não dormem à noite.

— E, no entanto, você parece ter acabado de acordar de uma boa soneca.

Não sou mais exatamente um Coletor, pensou ele, mas não falou. De qualquer maneira, era provável que ela soubesse.

— Onde está o seu assassinozinho?

Ehiru balançou a cabeça.

— Em Ina-Karekh, embora o corpo dele esteja no seu quarto de hóspedes com a minha jungissa para mantê-lo dormindo. Se não fosse por isso, estaria acordado também, preocupado com todos os nossos problemas.

— Hum, é. — Sunandi suspirou. — Fico feliz de saber que os Coletores também têm noites de insônia. Faz vocês parecerem mais humanos.

— Eu poderia dizer o mesmo sobre os embaixadores — retorquiu ele, virando-se para olhar para a Sonhadora outra vez. A Lua da Vigília espreitava pela curva da irmã maior, um sinal do amanhecer que estava por vir. — Alguém da sua profissão deve ver muita maldade dia após dia. Me surpreende que ainda consiga ficar preocupada o bastante com alguma coisa a ponto de perturbar seu sono.

— Uma questão de grau, Coletor. — Ela desceu os degraus e foi para o gramado ao lado dele. — As maldades diárias não são nada para mim, é verdade, mas essa guerra é muito mais do que isso. — Ela hesitou, depois acrescentou em um tom de resignação: — Talvez eu devesse ficar feliz porque não vou viver para ficar tão cansada.

Ehiru suspirou para as Luas.

— Você tentou impedir a guerra. Não existe corrupção nisso.

Ele sentiu a surpresa e a súbita atenção de Sunandi no momento de silêncio que se seguiu.

— Mesmo que os meus métodos...?

— A corrupção é uma doença da alma, não das ações, Jeh Kalawe. E apesar de as ações costumarem ser sintomas da corrupção, é dever de um Coletor ir além das superficialidades. Quando eu voltar a Gujaareh, vou informar o Conselho sobre minha opinião. — Ele olhou de volta para ela. — Porém, certifique-se de que nunca vai se corromper a ponto de aceitar a maldade *sem* perder o sono, ou será perigoso você entrar em Gujaareh outra vez.

Ela soltou o ar, uma quadra de dias de tensão liberados naquele único som, e fechou os olhos, talvez mandando uma prece de agradecimento a quaisquer deuses que respeitasse, ou talvez só saboreando a vida de novo. Mas, quando tornou a abri-los, a velha irreverência estava lá.

— Certifique-se de informar ao seu aprendiz também, sacerdote. Ele não gosta de mim.

Apesar do estado de ânimo, Ehiru sorriu.

— Nijiri tem pouca experiência com estrangeiros e com mulheres. Você o deixa confuso.

— E aquilo que confunde deve ser destruído?

— Ou entendido. Mas você, Jeh Kalawe, é uma mulher difícil de entender na melhor das circunstâncias. Não pode culpar Nijiri por jogar a toalha e decidir que matá-la era a solução mais simples para o problema.

Ela deu uma risada sonora e suave. Ele a observou, indiretamente fascinado pelo som e pelas longas linhas graciosas do pescoço dela.

— Ele não seria o primeiro homem a chegar a essa conclusão — comentou ela, alçando o olhar para as Luas. — O Príncipe parece ter tido a mesma sensação. E Kinja costumava fazer brincadeiras sobre isso. — Então se calou de forma brusca e o Coletor se lembrou de que ela ainda estava de luto.

— Esse Kinja — falou ele, contemplando a Sonhadora enquanto dizia isso. No entanto, vislumbrou a expressão dela de soslaio e sentiu sua repentina tensão. Ele manteve o tom suave, tentando expressar que só queria confortá-la. — Me conte sobre ele, já que parece que ele morreu tentando salvar a sua terra e a minha.

Ela ficou em silêncio por um tempo. Era um comportamento tipicamente gujaareen da parte dela, embora Ehiru desconfiasse que Sunandi não fosse gostar de ser descrita assim.

— Ele era... — ela começou devagar. — Bem. Oficialmente, meu pai por adoção. Mas, na verdade, era mais como você para Nijiri, um irmão mais velho, um mentor, um amigo. — Ela fez uma pausa então, fitando-o. — Mas talvez não exatamente da mesma maneira. Eu nunca quis ser amante de Kinja.

— E, mesmo que quisesse, o amor dele por você teria sido grande demais para satisfazer seu desejo — retorquiu Ehiru em tom calmo. — Um pai exerce tal poder sobre uma mulher que nenhum amante deveria ter e vice-versa. — Ele encolheu os ombros. — Esse tal de Kinja parece um homem honrado. Homens honrados não são egoístas assim.

— Talvez você devesse dizer isso ao seu aprendiz, sacerdote.

Ehiru balançou a cabeça devagar e espantou um inseto persistente que tentava picá-lo.

— Conheço Nijiri desde que ele era criança. Nada o detém nem o convence do contrário quando ele põe uma coisa na cabeça. Isso vai fazer dele um bom Coletor. — E então, porque o momento parecia exigir certo grau de candura, acrescentou: — E sou egoísta o suficiente para querer o amor dele pelo tempo que me resta. Não vou abusar desse amor, mas também não sou forte o bastante para rejeitá-lo. Talvez você vá pensar mal de mim por conta disso.

Sunandi suspirou e se agachou ao lado dele, abraçando os joelhos.

— Não. Não penso mal de você. Aceite o amor enquanto tiver, sacerdote, de qualquer direção que vier, apropriado ou inapropriado, pelo tempo que durar. Porque ele sempre, sempre chega ao fim.

A dor da jovem, aquela solidão sofrida, era quase mais do que Ehiru podia suportar. Ele queria tanto tocá-la, afastar a tristeza com um afago e ministrar paz na sequência, mas não se atreveu. Seu desejo por ela já era perigosamente forte. E também, ele percebeu com tristeza, não podia ceder sangue onírico. Sua mente estava consumindo rápido demais o que ele tomara do soldado.

Bem, havia outras formas de compartilhar a paz.

— Não sou uma mulher. Não terei forças para viajar sozinho quando habitar permanentemente Ina-Karekh — disse Ehiru —, mas, antes disso, se tiver a oportunidade, vou procurar esse Kinja e falar que ele é um homem de sorte.

Um pequeno tremor percorreu o corpo de Sunandi, o rosto dela se contorceu.

— Obrig... — Mas ela não conseguiu completar a frase. Lágrimas brotaram em seus olhos de repente. Ehiru desviou o rosto e se calou para permitir que ela tivesse ao menos essa privacidade.

Depois de um momento, ela respirou fundo e falou em tom mais calmo:

— O garoto disse que você pretende... é... fixar residência permanente em Ina-Karekh em breve.

— Sim. Eu preciso. — Ele baixou os olhos. — Não estou mais no total controle da minha mente, Jeh Kalawe. Mesmo este momento é uma ilha de lucidez na enchente de loucura que me cerca. Na verdade, você não deveria ficar a sós comigo. Não é seguro.

— O garoto não tem medo de você.

— Mas você deveria. Até ele deveria. — Ele suspirou, observando as sombras do jardim se mexerem com a brisa.

— Não. — Ehiru se surpreendeu ao sentir a mão de Sunandi sobre a dele. — No deserto, você suportou dias de loucura quando poderia ter acabado comigo facilmente. Essa não é a conduta de uma besta assassina, não importa o que você tenha feito com aquele soldado. E, como você diz, Coletor, às vezes *precisamos* julgar uma pessoa pelas intenções, não pelas ações.

E depois, chocando-o ainda mais, ela se inclinou e o beijou.

Durou só o intervalo de uma respiração, apenas tempo suficiente para Ehiru saborear o mais tênue toque dos lábios escuros como cerejas, suaves como pétalas de rosa. Nunca beijara uma mulher. Mais tarde, ia se lembrar do cheiro de qualquer que fosse o óleo que ela passara depois do banho, do som da respiração dela, de um gosto de canela na ponta de sua língua. A sensação de outra mão sobre a sua e a maciez do seio dela contra seu braço. Mais tarde sonharia estar puxando-a para mais perto, lamentaria o fato de que jamais tornaria esses pensamentos realidade e se alegraria pelo menos por ter tido a chance de vivenciar isso nos últimos dias de vigília.

Depois Sunandi recuou com um sorrisinho triste e Ehiru a fitou, ainda atordoado.

— Que a visão interior de Hananja esteja sempre com você — disse ela baixinho, as sílabas da bênção rolando lindamente em sua língua materna. Então afagou a bochecha dele com uma das mãos. — Não posso te desejar paz porque, quando voltar para sua terra natal, vai ter que lutar. Mas boa sorte.

Em seguida se levantou e foi embora do jardim. Ehiru ficou olhando-a por um bom tempo, sem saber ao certo o que pensar, ou se deveria pensar. Por fim, ocorreu-lhe que se sentia melhor. Mais seguro das escolhas que fizera e do caminho que encarava. Ao seu próprio modo, ela lhe dera paz.

— Paz e sorte para você também, Sunandi de Kisua — disse o Coletor em voz baixa. — E adeus.

33

*Há a inundação uma vez por ano, que marca a experiência.
Há a Sonhadora cheia uma vez a cada década, que marca o
conhecimento. Há a Lua da Vigília a cada manhã, que marca
a contemplação. Há o rio, sempre presente, que marca a
história.*

(SABEDORIA)

Viajando com o fluxo do Sangue da Deusa, levou nove dias para chegarem às cercanias dos Territórios Gujaareen. Nijiri passou a maior parte dos dias contribuindo com o trabalho na barcaça que os levou para o norte a caminho de casa. Quando não estava remando ou pescando para o jantar, ocupava o tempo vendo as terras férteis passarem dos dois lados do rio enquanto deslizavam sobre as águas. Às vezes jogava tehtet, um jogo de números em que era preciso blefar e mentir para ganhar, com a tripulação kisuati da embarcação. Sem querer, tornou-se querido por eles ao perder todas as rodadas.

Manter-se ocupado ajudava Nijiri a não pensar no futuro, embora não passasse disso. Às vezes alçava o olhar e via Ehiru, que preenchia a maior parte das horas livres de pé na proa da barcaça como uma estátua solene, absorto em quais fossem os pensamentos que ocupavam a mente dele naqueles dias. Em outros momentos, a barcaça flutuava por um vilarejo, passando por fazendeiros que preparavam os campos para o segundo plantio e por crianças que davam água aos animais nas margens do rio. Nijiri ficava profundamente impressionado com a avassaladora *normalidade* do que via. Para além dos campos, amplas e terríveis conspirações estavam em marcha: exércitos em movimento, monstros soltos, morte em aterrorizante escala ameaçando tragar toda a terra. No entanto, para as pessoas comuns de Kisua e Gujaareh, a vida continuava como fora havia séculos, incólume diante do tempo ou dos problemas.

É por isso que lutamos, pensava Nijiri, acenando e sorrindo para uma criança de fazenda ou para uma jovem bonita. Essa vida simples era a mais verdadeira paz de Hananja, que os sacerdotes do Hetawa haviam devotado suas vidas para proteger havia gerações. Era isso o que realmente significava ser um Servo de Hananja.

Então ele olhava para Ehiru e lembrava o que os esperava em Gujaareh, e a paz que havia encontrado desvanecia outra vez.

Assim ele passou os dias enquanto os vilarejos se tornaram postos comerciais, e os postos comerciais se tornaram cidades e pequenas vilas e, por fim, no décimo dia, as torres e a periferia de Gujaareh começaram a crescer à distância.

O capitão da barcaça (um antigo oficial do exército kisuati) estava otimista quanto aos riscos conforme a tripulação se preparava para o fim da viagem.

— Já passei mais do que a minha cota de contrabando pelos portões de Gujaareh — disse ele a Nijiri ao empilhar mercadorias para os fiscais de imposto. — Vocês não são diferentes do restante, então relaxe.

Mas Nijiri não conseguia relaxar. A visão dos muros familiares de Gujaareh haviam agitado a saudade de casa e o pavor dentro dele e, à medida que se aproximavam, crescia o pavor. Não era o pavor do dever inevitável que ele enfrentava quando chegasse o momento do Dízimo Final de Ehiru; essa tristeza em particular era uma coisa constante e onipresente. A nova sensação era ao mesmo tempo mais intensa e mais alarmante.

Perturbado e inquieto, ele foi até Ehiru, que operava o segundo remo para que pudessem navegar com maior precisão agora que outras embarcações apareciam com mais frequência ao redor deles. Todo o tráfego do rio aumentara conforme se aproximavam do porto de entrada de Gujaareh; os tripulantes brincavam dizendo que logo conseguiriam atravessar o rio passando de barco em barco.

— Meu coração tremula como uma mariposa no peito, irmão — murmurou ele, segurando o bastão para ajudar Ehiru. — Nunca tive o dom da visão verdadeira, mas tudo em mim está com medo de voltar para a cidade.

— Não temos motivo para temer — falou Ehiru, mantendo a voz igualmente baixa. — Ninguém está procurando por nós, pelo menos não aqui. Gujaareh ficou rica tratando bem os comerciantes; só precisamos nos manter calmos e devemos passar pelos portões sem incidentes.

— E depois que passarmos pelos portões?

— Eu preferiria procurar nossos irmãos de caminho, mas não sei como podemos chegar até eles no Hetawa sem que os outros, aqueles em quem não confio mais, como o Superior, saibam. — Ele pareceu mal-humorado por um breve instante, depois suspirou. — Por enquanto, temos a surpresa do nosso lado. Isso servirá de alguma coisa.

Nijiri franziu a testa e exalou.

— Você está falando de ir direto para o Yanya-iyan então. E fazer o que, Coletar o Príncipe logo de cara? Sem...

— Sim, Nijiri — confirmou Ehiru, lançando-lhe um olhar duro. — Pretendo fazer exatamente isso.

Um Coletor destrói a corrupção — e o poder, se for necessário, dissera Rabbaneh. E ele estava certo de instruir Nijiri a não mais pensar como alguém da casta servil. A paz verdadeira requeria a presença da justiça, não só a ausência do conflito.

Nijiri mordeu o lábio, reprimindo aquela parte de si mesmo que estremecia com a ideia de fazer algo tão audacioso e se empenhou na tarefa em questão.

— Deveríamos procurar a Irmã Meliatua — sugeriu ele. — Ela e as Irmãs têm muitos aliados pela cidade; talvez possam nos ajudar.

— Hum. — Ehiru pareceu pensar no assunto. — Se ela conseguir levar uma mensagem ao Hetawa... ou uma pessoa escondida... — Ele olhou para Nijiri e, de súbito, o rapaz se deu conta do que o mentor estava pensando.

Nijiri fez uma careta.

— Você não vai entrar no Yanya-iyan sem mim.

Ehiru abriu a boca para argumentar, depois pareceu pensar melhor. Balançou a cabeça, os olhos enrugando em uma expressão zombeteira.

— Você se tornou um aprendiz teimoso e rude, Nijiri.

— Sempre fui assim, irmão. — Apesar do mau humor, o jovem não pôde deixar de sorrir. Mas foi um momento fugaz. Ehiru ficou sério e olhou por sobre as águas. Não era difícil adivinhar a direção de seus pensamentos.

— Ehiru-irmão. — Nijiri hesitou, depois falou bruscamente: — Estive pensando. Talvez você pudesse se apresentar ao Conselho dos Caminhos. Se pudesse passar pelo pranje de novo na paz do Hetawa...

Ehiru tirou uma das mãos do remo e estendeu-a. Mesmo sobre o suave balanço da barcaça, o tremor em sua mão era acentuado. Nijiri conteve a respiração e Ehiru pegou o remo outra vez, segurando-o com força para disfarçar.

— Veja bem — disse Ehiru. De rosto inexpressivo, ele se virou para contemplar o rio. — Em mais uma quadra de dias, vou ser inútil para você assim como fui no deserto. Então preciso agir rápido.

Haviam se passado doze dias desde o incidente no deserto, mas a reserva de Ehiru já estava vazia outra vez — provavelmente estava vazia havia dias, se suas mãos estavam ruins daquele jeito. Abalado, Nijiri voltou a virar o remo.

Ao chegarem mais perto da cidade, o tráfego fluvial ficou ainda mais intenso, forçando-os a desacelerar e até parar em algumas ocasiões, uma vez que os barcos se aglomeravam em nós e linhas que levavam ao arco do Portão do Sangue, que começava a despontar. A tripulação murmurou, irritada. Obrigando-se a deixar a dor de lado o suficiente para prestar atenção, Nijiri observou o capitão gritar a outro barco próximo para perguntar por que o tráfego estava muito pior do que o habitual.

— Ouvi falar que estão revistando os barcos — respondeu o homem, dando de ombros. — Procurando contrabando, talvez, ou mercadorias escondidas. Quem sabe?

— Pelas mãos de Mnedza — disse um dos tripulantes, franzindo a testa. — Por que, em nome das terras das sombras, eles congestionariam metade do rio com revistas nos barcos? Ficaram loucos? Assim só vão para casa hoje quando a Lua nascer.

O capitão olhou para Ehiru e Nijiri, embora falasse alto para toda a tripulação.

— Não temos nada com que nos preocupar — disse ele. — A nossa carga é estritamente legal... desta vez. — Isso provocou uma risada desconfortável da qual Nijiri não conseguiu compartilhar.

O barco deles se acercou da rede de píeres e pontes que formavam o Portão. Dos dois lados do rio, soldados vestindo a plissaia cinza da Guarda se aglomeravam nos píeres como formigas. O pavor de Nijiri cresceu ao vislumbrar um pescador hirto de fúria, vendo um soldado remexer com o cabo da lança a pesca do dia. Quando enfim chegaram a um cais, um homem usando o lenço com adorno azul de um fiscal de impostos se aproximou do barco, ladeado por soldados.

— Amarrem o barco — ordenou ele bruscamente, e a tripulação obedeceu. Por ordem do capitão, Nijiri e Ehiru empurraram a âncora da barcaça pela borda e depois ficaram entre os demais tripulantes, observando.

O fiscal de impostos entrou no barco com a facilidade da longa prática e começou a vasculhar as pilhas de cestos e baús. Os soldados embarcaram com menos habilidade, mas se moveram com propósito quando chegaram ao lugar onde estavam os tripulantes.

— Diga nome, lugar de origem e ramo de atividade — falou um deles. Enquanto outro soldado fazia anotações em um pergaminho largo, os membros da tripulação começaram a responder cada um por vez. Quando chegou a de Ehiru, ele usou o nome falso que dera a Gehanu antes da viagem pelo deserto. Nijiri fez o mesmo.

— Você não parece kisuati, rapaz — comentou o soldado, estreitando os olhos.

— Ele nasceu em Gujaareh — interrompeu o capitão, tranquilo. — Minha irmã dormiu com um nortenho e se mudou para cá quando a família a pôs para fora. Eu o contratei por enquanto, desde que não seja tão preguiçoso e indolente quanto o pai.

O soldado bufou e passou para o próximo da fila. Nijiri soltou o ar, aliviado em seu íntimo; o capitão piscou para ele.

Por fim, os soldados terminaram de entrevistar os tripulantes.

— Tudo bem então — falou aquele que estava fazendo anotações. — Virem-se e ergam os braços, e aí estará terminado.

O capitão sobressaltou-se.

— O que é isso? Eu atravesso o rio entre Kisua e Gujaareh faz dez anos e...

— Novas ordens do Yanya-iyan — disse o outro soldado. Falou em um tom estafado, tendo pronunciado essas palavras muitas vezes antes. — Ocorreram problemas ultimamente com espiões e contrabandistas. Vocês podem ter contrabando escondido.

O capitão arregalou os olhos, de fato ofendido.

— Você ficou louco? Eu...

O soldado sacou a espada e em um movimento rápido encostou a lâmina na garganta do capitão, que se calou de imediato.

— Ordens do Yanya-iyan — repetiu o soldado, falando lenta e friamente agora. — A cidade do Príncipe obedece à lei do Príncipe.

De esguelha, Nijiri viu Ehiru indignar-se com essa perversão da doutrina do Hetawa, mas é claro que não podiam repreendê-lo por isso. Os membros da tripulação ficaram tensos, irritados pelo capitão, mas havia pouco que pudessem fazer sem colocar a vida dele em risco.

— Isso pode ser simples e rápido — falou o soldado com a espada, com um toque de exasperação desta vez. — Se não fizeram nada de errado, não têm nada a temer.

Um a um, os tripulantes obedeceram. Nijiri fez o mesmo, suspirando por conta da indignidade, mas Ehiru virou-se lentamente. Seus olhos cruzaram com os de Nijiri e o rapaz ficou perplexo de ver que o mentor cerrara a mandíbula devido à tensão.

Mas por que ele está com medo? Não temos nenhum contrabando e mal temos dinheiro suficiente que valha a pena roubar. Só...

E então se lembrou. Os sobrepanos pretos, escondidos sob as roupas kisuati. Os ornamentos de Coletor.

O coração dele começou a bater forte à medida que os soldados avançavam pela fila, apalpando os tripulantes e retirando armas, bolsas de dinheiro e coisas do tipo. Estavam sendo rápidos, ele notou com a parte da mente que ainda conseguia funcionar em meio ao medo crescente. Seus ornamentos estavam em uma bolsa guardada na faixa de sua plissaia kisuati. *Tomara que na pressa eles não percebam*, rezou em silêncio. Talvez sentissem os objetos e os ignorassem pensando tratar-se de dados ou pedaços de tehtet ou apenas a coleção de pedras de um garoto...

As mãos do soldado apalparam com força o torso dele e pararam ao encontrar a bolsa. Em meio ao pânico crescente, Nijiri sentiu o soldado tirar a bolsa de sua saia; ouviu o tinido de pedras quando ela foi aberta. Ao ouvir o soldado murmurar um palavrão, sabia que estavam perdidos.

Ele olhou para Ehiru; só havia uma chance. Articulou a palavra com os lábios: *lutar?*

A expressão de Ehiru o deixou perplexo, pois a tensão fora substituído pela introspecção. Ele balançou a cabeça de leve, depois virou o rosto para os soldados. Engolindo em seco, Nijiri também se virou e não ficou surpreso ao ver uma espada apontada para a sua garganta.

— Coletor Ehiru — disse o soldado; a voz estava trêmula. — Coletor-Aprendiz Nijiri. Disseram para ficarmos de olho em vocês, mas que provavelmente tinham saído da cidade.

— É óbvio que voltamos — retorquiu Ehiru.

— Vocês vão vir conosco agora! — exclamou o outro soldado, quase tremendo de empolgação.

— É óbvio que iremos — respondeu Ehiru. Ele baixou os braços e, impassível, olhou para a espada apontada para si. — Para o Yanya-iyan, presumo.

Foi então que Nijiri entendeu. Enfim haviam encontrado uma forma de entrar no Yanya-iyan.

34

Um Coletor pode servir enquanto passar no teste Dela. Ao final do serviço, deve oferecer o sangue de sua alma para uso Dela. Um Coletor pertence por completo a Hananja, na vida e na morte.

(LEI)

Muito abaixo do Yanya-iyan ficava o Yanyi-ija-inankh, os Tronos Terrenos dos Reis Imortais. Fila após fila de prateleiras preenchiam os silenciosos corredores tortuosos, cada uma abrigando as urnas funerárias dos Príncipes anteriores de Gujaareh. Intercalados entre as prateleiras havia murais de laca que retratavam o tempo de cada governante sobre o Trono dos Sonhos em alto-relevo, acompanhados de pictorais formais que delineavam o nome dele ou dela e suas realizações em Hona-Karekh. Como testemunho da ambição dos fundadores de Gujaareh, menos da metade das prateleiras e paredes haviam sido preenchidos nos mil anos de existência da cidade — apesar de muitas prateleiras conterem as urnas de cônjuges favoritos, soldados aclamados e outras pessoas dignas de nota a quem havia sido concedida a honra de descansar ao lado de seus governantes. Levaria mais mil anos para as catacumbas se encherem por completo.

Mas haviam encontrado um uso temporário para o espaço vazio, percebeu Ehiru. Três celas pequenas, construídas às pressas, haviam sido colocadas contra uma das paredes vazias, arruinando a graciosa arquitetura das catacumbas com feiosas grades de ferro. Aquela visão encheu Ehiru de um sentimento de afronta conforme os soldados o empurravam para dentro de uma das celas e o trancaram.

Nijiri gritou quando um soldado o empurrou brutamente para dentro de outra, depois de Ehiru. Não haviam atado as mãos dos dois, mas os soldados pareciam saber muito bem dos riscos do contato físico com um Coletor, usando os cabos das lanças para impeli-los a andar. Nijiri olhou feio para eles e esfregou um hematoma novo na parte de trás da coxa ao se agachar ao lado de Ehiru.

— E agora, irmão? — Ele soou tenso, porém controlado, e Ehiru desconfiou que a tensão era tanto ansiedade quanto medo.

— Agora nós esperamos — respondeu Ehiru, examinando o entorno enquanto os guardas assumiam suas funções do lado de fora das celas. Elas não passavam de grades retas feitas com barras de ferro forjado, amarradas com pedaços de corda de modo a formar um cubo; a porta era apenas uma placa rústica de bronze colocada sobre uma abertura entre as barras. Os soldados tinham de rolar uma pedra entalhada em forma de roda em frente à coisa para fechar a porta. A estrutura toda havia sido presa a uma parede próxima das catacumbas porque estava claro que, se isso não fosse feito, ela se inclinaria exageradamente e talvez caísse. De aparência frágil, mas mesmo assim difícil de escapar.

A cela mais próxima às deles estava vazia, mas a mais afastada abrigava um ocupante. Sob a luz fraca da tocha, Ehiru não conseguia distinguir detalhes do vulto encapuzado que, a julgar pela ausência de movimento, poderia ser somente um monte de trapos.

— Só esperamos? — Nijiri olhou na direção dos guardas, erguendo as sobrancelhas. Eles não podiam falar livremente, mas não havia nada a dizer que os inimigos já não soubessem.

— O Príncipe virá em breve — afirmou Ehiru.

Não demorou muito para que se comprovasse sua certeza. Depois de uma hora mais ou menos, os soldados voltaram a ficar atentos quando os corredores ecoaram de súbito o ronco de correntes e de enormes dobradiças de metal. Era o mecanismo que abria as pesadas portas de pedra que vedavam as catacumbas durante a estação da inundação. Uma rajada de ar fresco e o tinido de sandálias anunciaram a chegada do Príncipe, junto a quatro Guardas do Ocaso e a criança que carregava a Auréola. Duas outras crianças, também servas, seguiam os guardas, cada uma carregando uma braçada de pesadas correntes de ferro.

O Príncipe, resplandecente com uma armadura de escamas de bronze e uma saia de linho vermelha, parou diante da jaula.

— Ehiru — falou ele com um sorriso cordial. — Estou feliz em vê-lo de novo.

— Eu não estou feliz de ver você, Eninket — respondeu Ehiru.

Eninket ergueu as sobrancelhas, o sorriso desvanecendo.

— Vejo que os kisuati encheram sua cabeça de mentiras antes de mandá-lo de volta. — Ele suspirou. — Se pelo menos você tivesse matado a mulher. Eu poderia te poupar tanto sofrimento.

— Chega de mentiras, Eninket — retrucou Ehiru. — Você planejou uma *guerra* espontânea para atender à sua ganância, violando todas as nossas leis. Eu o declaro corrupto...

— Você não me declara nada. — Com a mesma rapidez com que o sorriso desvanecera do rosto de Eninket, agora uma carranca o substituía. — Eu jamais devia tê-lo deixado com o Hetawa quando descobri que estavam com você. Seria melhor que tivesse morrido com todo o resto dos nossos irmãos do que crescer para se tornar outro fantoche deles. — Ele se aproximou da cela, embora ainda não estivesse ao alcance dos braços. Ehiru forçou os músculos retesados a relaxar. — Você sabe o que eles fizeram com o nosso pai, Ehiru? Eu o vi se prostrar uma vez, abjeto como o mais humilde membro da casta servil, aos pés de um sacerdote do Hetawa. Ele implorou, chorou, prometeu fazer o que pedissem se lhe dessem sangue onírico. E eles deram, rindo de sua humilhação.

Ao lado de Ehiru, Nijiri soltou um resfolgo abafado.

— Não — falou ele. Ehiru franziu a testa, incrédulo, a surpresa tirando-o daquele estado de raiva. — O sangue onírico é usado para curar.

Eninket inclinou a cabeça para trás e deu uma risada amarga, o som ecoando pelos túmulos.

— *Curar?* — Ele se afastou, começando a andar de um lado a outro em seu acesso de raiva, os punhos fechados nas laterais do corpo. — Sangue onírico é o maior segredo do poder nesta terra, Ehiru! Você e seus irmãos de caminho coletam centenas de dízimos todos os anos. Acha mesmo que todos eles são usados só para reconfortar viúvas de luto e amenizar as cirurgias dos fazendeiros machucados?

Ehiru encarou-o de volta, ciente de um terrível pavor instintivo surgindo no fundo da mente. Aquilo não era de modo algum o que esperara. *Não quero saber sobre isso*, pensou.

Mas não se podia negar a vontade de Hananja.

— Sangue onírico é mais doce do que vinho ou afrodisíaco, mais potente do que timbalin puro — afirmou Eninket. Ele havia parado de andar de um lado a outro. A voz estava afiada como uma espada, mas também suave. Como a de um Coletor. — Uma única gota pode avivar a mente, acalmar o coração e tornar o corpo impenetrável à dor, ao cansaço, até à idade, pelo menos por um curto período. Mas frequentemente e em excesso, mesmo o homem mais forte começa a ansiar por ele. A *precisar* dele. Esse homem faz qualquer coisa para conseguir mais. Você sabe disso melhor do que ninguém.

Ele apontou com o queixo para Ehiru e, contra a própria vontade, o Coletor estremeceu. Eninket sorriu.

— Você achou mesmo que o Hetawa não tiraria vantagem disso, Ehiru? Onde você acha que eles conseguem os recursos para administrar a Casa das Crianças, para construir estátuas com a rara pedra da noite, para comprar seu alimento e suas vestes? A elite da cidade paga metade de suas fortunas todo ano para serem favorecidos pelo Hetawa... e pelo sangue onírico. — Ele sorriu. — Dízimo por dízimo.

— Você está *mentindo*! — Ehiru levantou-se de um salto e correu até as grades da cela, o corpo todo tremendo. Se estivesse livre, teria matado Eninket com as próprias mãos, só para interromper as terríveis palavras. Mas Eninket apenas suspirou ao ver a ira do Coletor, os olhos cheios de uma pena sombria. Isso, mais do que qualquer outra coisa, apaziguou a raiva de Ehiru. Significava que Eninket estava falando a verdade.

Não. Não é verdade. Não.

— Os quarenta e quatro anos de governo do nosso pai foram uma farsa, meu irmão — continuou Eninket. Ele falava em tom pesaroso agora, a raiva desvanecera; a de Ehiru desvanecera também, anestesiada até se tornar nada. — Ele nunca tomava decisões sem a aprovação do Hetawa com medo de que cortassem o fornecimento e o deixassem morrer louco. Os Príncipes são testas de ferro; Gujaareh na verdade é governada pelo Hetawa. Quando descobri isso e vi o que faziam com nosso pai, jurei interromper o ciclo. Aceitei o mel envenenado deles quando assumi a Auréola. Era isso ou acordar e encontrar um Coletor no meu quarto alguma noite. Vivi como escravo deles durante anos. Mas, em segredo, procurei um jeito de me libertar.

Ele fez um gesto para os dois servos que carregavam as correntes. Eles se curvaram em resposta e depois passaram por ele a caminho da terceira jaula, que os guardas abriram. Ehiru ouviu sussurros e tinido de metal e, um momento depois, eles ressurgiram, conduzindo o ocupante da cela: um homem com o dobro da altura deles, não fosse pela postura arcada. Ele arrastava os pés entre os guardas, os punhos e os tornozelos algemados. Um manto aberto e com capuz fora enrolado em sua cabeça e torso, embora vestisse apenas um sobrepano manchado por baixo. No passado, o homem devia ter sido sadio, mas a doença ou a fome haviam-lhe exaurido a vitalidade da carne e o deixado macilento, a pele pálida das pernas salpicada de feridas.

Nijiri puxou o fôlego e cambaleou para trás, aterrorizado, os olhos arregalados. Ehiru fitou o rapaz, então estreitou os olhos para a figura encurvada enquanto a mente se enchia de uma suspeita repulsiva.

— Você me odeia agora — disse Eninket a Ehiru. A expressão em seu rosto era solene. Com uma das mãos, tirou algo da faixa da cintura da saia de couro. — Vejo isso nos seus olhos, apesar de serem *eles* os que merecem o seu ódio. Mas nunca odiei você, Ehiru, não importa o que pense. Pretendo usar você, pois eles te transformaram em uma arma e te jogaram aos meus pés. Mas saiba que faço isso por necessidade, não por maldade.

Ele fez outro gesto. Uma das crianças estendeu a mão para o manto puído do homem algemado. E então foi a vez de Ehiru cambalear para trás, tão dominado pelo choque e pela repugnância que, se houvesse algo no estômago, ele teria vomitado em uma reação inútil.

— Una-une — sussurrou ele.

Una-une não respondeu. Um dia ele fora mentor de Ehiru, o mais velho e mais sábio dos Coletores que servira Gujaareh naquelas últimas décadas. Agora era uma aparição boquiaberta que olhava sem foco para o que certamente era a mais perversa terra dos pesadelos. Não havia nada do Una-une que Ehiru conhecera nos olhos da criatura. Não havia nada de *humano* naqueles olhos... não mais.

— Ele não está no seu melhor estado neste exato momento — falou Eninket, ainda naquele tom gentil de Coletor. — Sua mente, o que sobrou dela, vem e vai. No começo, pensei em usar um Compartilhador; é mais fácil de controlar e a deterioração não teria sido tão grave. Mas os pergaminhos advertiam que só um Coletor teria o poder de que eu precisava. Então subornei um Sentinela para roubar Una-une enquanto ele meditava na noite anterior ao Dízimo Final.

Em meio às sombras, Ehiru ouviu a voz de Nijiri.

— O Superior disse que Una-une deu o dízimo dele diretamente para os Compartilhadores. — O rapaz soou mais abalado do que Ehiru jamais o ouvira, a voz trêmula como a de um velho. O ataque do Ceifador deixara sua marca nele. — Eu estive presente na pira funerária dele com os outros acólitos. *Eu o vi queimar!*

— Você viu um corpo queimar — retrucou Eninket. — Algum pobre enterrado pelo Hetawa, não sei. O Superior me ajudou a esconder o sequestro quando ameacei contar aos Coletores sobre a corrupção de sangue onírico. Talvez tenha pensado em me eliminar em retaliação, ou talvez nunca tenha ocorrido a ele porque eu queria um Coletor desajustado, quem sabe? Em todo caso, quando ele descobriu minha intenção, era tarde demais. Una-une era meu.

Ehiru chorou. Não pôde evitar, testemunhando a ruína de um homem que amara mais do que o pai, mais do que todos os irmãos e irmãs, mais até do que a Própria Hananja. Recostou-se contra as grades duras e frias no fundo da cela porque era o único modo de não cair. *Meu irmão de caminho, meu mentor, falhei com você, todos nós falhamos tanto com você...*

— Por quê? — Foi um sussurro rouco, tudo o que conseguiu pronunciar. Para além da cela, Una-une teve um espasmo, em reação à voz de Ehiru ou a alguma conjuração de sua própria mente transtornada.

— Una-une não tem limites agora — respondeu Eninket. — Ele toma e toma, muito mais do que conseguia como Coletor. Boa parte da magia é consumida pela sede dele, mas sobra mais do que o suficiente para as minhas necessidades. — Ele se virou para Una-une e levantou a mão, batendo no objeto com a unha; Ehiru fez um movimento brusco em reação reflexiva quando ouviu o leve zunido de uma pedra jungissa. Una-une ergueu a... não. O *Ceifador* ergueu a cabeça devagar, piscando para Eninket como se tentasse vê-lo de uma grande distância.

— Venha, irmão — falou ele para a criatura. Fixando a pedra no peitoral, ele ergueu as mãos em uma postura asquerosamente familiar. Como a estátua da Deusa, percebeu Ehiru com um horror que lhe apertava o coração — ou como um Compartilhador esperando a transferência dos dízimos colhidos pelo Coletor. Depois de um instante, o Ceifador caminhou pesadamente até os pés de Eninket e ajoelhou-se, segurando as mãos dele.

— Não — murmurou Ehiru. Mas não havia dúvida quanto à postura do Ceifador, uma imitação espasmódica da cerimônia do dízimo. Ehiru tampouco pôde negar a maneira como Eninket de repente conteve a respiração e se retesou, o rosto se iluminando em um êxtase demasiado familiar.

Ao mesmo tempo que Ehiru chorava, uma onda de puro desejo invejoso o perpassou.

Foi o suficiente para fazê-lo cair de joelhos, arfando sobre as pedras poeirentas devido à ânsia de vômito. Sentiu as mãos de Nijiri sobre si, tentando ajudá-lo a se levantar ou pelo menos acalmá-lo, mas aquilo não ajudou. Quando enfim ergueu a cabeça, deixando cair as lágrimas e tentando respirar, a cerimônia distorcida havia acabado. A sombra de Eninket recaía sobre ele, bem em frente às grades e enfim ao alcance dos braços — mas Ehiru estava tão enojado que não conseguiu reunir a vontade para atacar.

— Estou te contando isso porque você merece a verdade depois de tantas mentiras, Ehiru — afirmou Eninket. A fala dele estava ligeiramente indistinta, os olhos ainda vagos devido ao prazer que ainda sentia. — O sangue onírico tem mais poder do que você jamais poderia imaginar. Você sabe o que uma única vida pode fazer. O que não sabe, o que o Hetawa passou mil anos escondendo, é que, quanto mais vidas se toma e quanto mais sangue onírico se absorve, maiores são as transformações provocadas no corpo e na mente. — Ele pôs uma das mãos na treliça de ferro e se inclinou para a frente, falando suave e enfaticamente.

— Tome vidas suficientes de uma vez só e o resultado é a imortalidade.

Ehiru franziu a testa, confuso. As mãos de Nijiri apertaram as costas de Ehiru.

— Impossível — Ehiru ouviu o garoto dizer.

Eninket deu um sorriso frouxo. Em cima desse sorriso, os olhos cintilavam como citrinos sob a luz da tocha.

— Foi assim com o nosso fundador Inunru — continuou ele. — O grande Inunru, brilhante como um deus, abençoado por Hananja! Você nunca se perguntou como um homem poderia realizar tanta coisa durante uma existência mortal? Cem anos depois dos primeiros experimentos ele não tinha envelhecido, não tinha morrido. Cada vez mais fiéis afluíam para a causa de Hananja ao vê-lo e perceber o poder da magia Dela. Os Protetores kisuati enfim baniram os seguidores dele e proibiram a narcomancia, não porque tinham medo da magia, mas porque tinham medo *dele*. Inunru tinha se tornado quase um deus; eles precisavam fazer alguma coisa para destruir a influência dele.

— Mentiras — falou Nijiri de forma brusca. — O Hetawa saberia sobre isso. Existiriam registros, o conhecimento teria sido entalhado em todas as paredes.

— O Hetawa tinha os próprios segredos para guardar — retorquiu Eninket com um sorriso frio. Ehiru fixou o olhar em Una-une, que permanecia curvado e quieto aos pés de Eninket. — Porque cem anos depois que foi banido de Kisua, bem no Salão de Bênçãos do Hetawa, Inunru finalmente morreu quando os próprios sacerdotes o mataram. Eles também chegaram a temê-lo porque os poderes dele só tinham crescido naquele período e, junto ao poder, sua ganância. Então o mataram. E reescreveram o ritual do Hetawa, reescreveram a própria história, para fazer o mundo esquecer que existia um poder desses. — Eninket agachou-se para que Ehiru não tivesse escolha a não ser olhar para ele. — Mas eu encontrei os pergaminhos de Inunru, irmão, e agora sei. O Ceifador é a chave.

Ele estendeu o braço e acariciou a cabeça de Una-une com uma brandura que não tinha nada a ver com afeto.

— Quando os nossos exércitos e os de Kisua se encontrarem no campo de batalha — continuou Eninket —, a sede de sangue e a dor vão atrair a avidez do Ceifador como a chama atrai a mariposa. Mas essa mariposa vai devorar a chama e, por intermédio dele, eu também vou. Una-une enfim morrerá, consumido pelo poder, mas me tornarei eterno como um deus. — Ele fez uma pausa, depois olhou para

Ehiru por um longo e solene instante. — Contudo, vou precisar de um novo Ceifador.

Com um suspiro suave, Eninket virou-se de costas.

— Descanse bem, irmão — disse ele. — Vou voltar do Kite-iyan quando a guerra acabar. Os guardas me informarão assim que as mudanças necessárias tiverem acontecido com você. — Ele ia saindo, mas parou e olhou para Nijiri. — Você pode achar que não existe nenhuma bondade nisso, mas pelo menos o garoto será uma primeira vítima *voluntária*.

Com isso, o Príncipe de Gujaareh saiu, fazendo um gesto para que todos os guardas, mesmo os que haviam prendido os dois, fossem atrás. As crianças colocaram o capuz no Ceifador e o fizeram se levantar. Ele foi arrastando os pés no meio das duas, momentaneamente dócil.

— Eninket — sussurrou Ehiru. Ele não sabia se era uma maldição ou um apelo. Se Eninket ouviu, não deu sinal.

As grandes portas de pedra fecharam-se mais uma vez com um ronco, lacrando-os dentro do túmulo.

QUARTO INTERLÚDIO

Você já entendeu o segredo? O fio de loucura que por fim teceu nossa sina?

Existe um motivo pelo qual nós, Servos de Hananja, fazemos voto de celibato. Existe um motivo pelo qual os Príncipes foram mantidos sob controle. Essas eram gotas de chuva em uma queda d'água, um grão de areia jogado na tempestade, mas nós tentamos. Os verdadeiros sonhadores são gênios e loucos. A maior parte das terras consegue tolerar apenas alguns, e eles morrem jovens. Nós encorajamos os nossos, os cultivamos, os mantivemos felizes e saudáveis. Enchemos uma cidade com eles e louvamos a nossa grandeza. Você entende como isso era bonito, e como era perigoso?

E sim, eu sabia. Eu falei para você que era um guardião de histórias; eu sempre soube as respostas para essas perguntas. Treinamos nossas crianças para manterem a discrição. Quando me tornei Coletor, observei e teria falado se tivesse havido necessidade.

Felizmente não há. Ou há?

Ou há?

Ah, Superior, mesmo sem falar, você mente mal.

Você vai pelo menos dizer aos meus confrades que morri? Ehiru. Eu deveria ter contado essas histórias para ele, não para você... mas ele sempre foi frágil, apesar de sua força. A fé o sustenta — e é tão fácil acabar com a fé.

Então diga a ele que eu morri. Será verdade quando não precisar mais de mim. E diga-lhe que o amo. Ele vai precisar disso nos tempos que estão por vir. E essas palavras, eu sei, serão verdadeiras até o fim dos sonhos.

35

Faça todas as preces em suua, a língua da pátria mãe, de modo que nós sempre lembremos quem somos. Fale sobre todos os sonhos na nossa própria língua, de modo que nós abracemos quem nos tornamos.

(LEI)

Em meio aos tronos dos mortos, começa o pranje.

* * *

O primeiro dia.

— Não estou com medo, irmão. Eu posso ajudar você...

— Fi-fique longe de mim.

* * *

A primeira noite: metal raspa contra corda.

— O que você está fazendo?

— Me desculpe por acordar você. Pensei que talvez pudesse cortar alguns dos nós que prendem a ferragem. Se conseguirmos sair desta cela...

Silêncio.

— Essa era a fivela do seu atamento. Aquela que a sua mãe deu para você.

— Era coisa de criança. — Mais raspões. — Você está com sede, irmão? Tem água, mas comida não.

— *Não.*

— Você não bebe desde...

— Não.

Depois de um suspiro, os raspões recomeçam.

* * *

O segundo dia: manhã, ou o que se passa por esse período entre os tronos dos mortos. Uma respiração lenta, irregular, sobreposta por uma prece sussurrada.

— Me perdoe, me perdoe, Hananja, eu imploro a Você, eu devia ter oferecido meu dízimo depois do bromarteano, agora sei, perdoe meu orgulho e meu egoísmo, por favor por favor por favor não me deixe matá-lo.

* * *

O segundo dia: tarde. Uma breve corrente de ar fresco e os ecos das botas dos guardas desvanecendo.

— Pelo menos não vamos morrer de fome. Pegue, irmão.

— Não quero nada.

Silêncio.

Um suspiro relutante.

— Agora beba. A sua mente vai lutar com mais força se seu corpo estiver saudável.

— Você esqueceu sua promessa, Nijiri?

— Não, irmão.

— Então por que demora? Você está vendo o que precisa ser feito.

— Estou vendo que você precisa comer e beber e, quando nossa refeição terminar, precisa rezar comigo. Depois, enquanto você medita, vou voltar a trabalhar naquelas dobradiças de corda. Pode levar vários dias, mas acho...

Uma fúria anormal corta o ar.

— *Criança* tola e cruel! Você se diverte com meu sofrimento? Vai me forçar a fazer mais um daqueles... desvirtuados...

— Eu quero qualquer coisa, menos o seu sofrimento, irmão. Mas, se me levar, vai ser uma Coleta de verdade porque me ofereço de bom grado.

— Os meus pensamentos já... as visões... Eu não consigo... — Uma respiração profunda, um esforço para se acalmar. — Você deu sua palavra, Nijiri.

— Você já pensou no que vai acontecer se eu levar você, irmão?

— O quê?

— Pode ser que demore mais comigo, ou pode ser mais rápido. Não tenho a sua força. Mas, no final, um Ceifador será tão bom quanto o outro para o Príncipe.

Um longo e terrível silêncio.

— Beba, irmão. Quando conseguirmos sair daqui, e quando não existir nenhuma chance de um de nós se tornar o brinquedinho do Príncipe, mandarei você para Ela. Isso prometo com todo o meu ser.

* * *

A segunda noite: silêncio nos corredores dos mortos, a não ser pelo ruído de algo raspando.

* * *

O terceiro dia: manhã. Respiração áspera e trêmula.

— Irmão?

— As grades. Elas se contraem. Elas... elas vão nos esmagar.

— Não, irmão. Era uma visão.

— *Eu vi.*

— Então venha se sentar ao meu lado. A morte não é uma coisa a se temer, é? Aqui, as grades vão demorar menos tempo para nos alcançar. Venha.

Movimentos de sandália arrastando na pedra, lentos e relutantes.

— Ótimo. Sinta a minha mão. Tenho calos agora, está vendo? Segurar rédeas de camelo, remar barcaças, raspar cordas... Quem poderia saber que a vida de um Coletor seria tão dura? Pelos deuses, eu devia ter continuado na casta servil.

305

— Você. — A voz é arenosa, procurando por si mesma. — Você é... obstinado demais para isso. Teria sido forçado a encontrar um novo mestre dia sim, dia não.

Uma risada sonora.

— É a mais pura verdade, irmão. Eu deveria pelo menos ser grato porque o Hetawa não bate nas crianças.

A respiração áspera titubeia, depois desacelera, acalmando-se.

Após um longo tempo:

— Obrigado.

Não há resposta, embora uma voz comece a cantarolar um hino suave e reconfortante.

— Está indo tão rápido desta vez, Nijiri.

— Shhh. — Outro movimento; agora carne resvala em carne. — Aqui. Você está aqui. Neste mundo, neste corpo. Fique comigo, irmão. Eu preciso de você.

— Sim... sim. — Um som audível de alguém engolindo em seco. — Eu tinha me esquecido de como era o medo de verdade. Nada mais o segura.

— Não há nada a temer. Vai ficar tudo bem. Descanse. Estarei aqui quando você acordar.

* * *

Terceiro dia: tarde. Movimento de ar fresco. O silêncio dos mortos é quebrado por três novas vozes: altas, agitadas e desrespeitosas.

— Ele já morreu? Apostei dinheiro em você, garoto.

— Veja aqueles olhos, Amtal! Se ódio pudesse matar, você já estaria morto.

— Sem sorte. O grandão está respirando. Só está dormindo.

— Sentado?

— Talvez seja assim que eles fazem. Talvez ele esteja tentando te matar de longe.

— Talvez esteja amaldiçoando sua linhagem.

— Talvez esteja amaldiçoando as joias da sua família!

Risada estridente.

— Apenas deem comida para eles, seus imbecis, e vamos embora. Não gosto deste lugar.

Pedra e correntes; a volta do silêncio. Depois de um tempo, os raspões recomeçam.

★ ★ ★

A terceira noite: começo da noite.

— Você está tremendo.

— N-não... é frio.

— Eu sei.

— Eu já... machuquei você, Nijiri?

— Me machucou? Não, por que você pergunta?

— Uma v-visão. Era o pranje. Eu machuquei você. Bati em você. M-matei.

— Não seja tolo, irmão. Eu estou aqui, não estou? E nunca servi no pranje para você, embora eu quisesse, embora treinasse. E ouvi falarem sobre você, conversei com outros que foram seus auxiliares. Não se preocupe, você nunca fez uma coisa dessas.

Uma voz que estremece:

— Na visão, eu *queria*.

Uma voz que acalma:

— Jamais vou deixar isso acontecer.

★ ★ ★

Tarde da terceira noite, ou cedo da quarta manhã: altas horas. Os sons infinitesimais da furtividade. A morte se move apoiada nos dedos das mãos e dos pés.

Uma respiração lenta e irregular é contida por um instante antes de ser retomada.

— Bem-vindo, irmão.

Silêncio.

— Você me quer?

Silêncio reprimido.

— Pegue o que precisar. Use para se libertar. Vou esperar você em Ina-Karekh.

Silêncio. Furtividade deixada de lado; agora só existe respiração, irregular devido ao esforço.

— N... nnh...

Espera.

— Nnnnh... — A voz sai; quase não soa humana. — N-não. Eu n-não vou. Eu *não* vou.

— Irmão... Não, irmão, não... Aqui. Isso. Isso, irmão.

Os soluços que quebram o silêncio são sem esperança, mas os tons tranquilizadores que se sobrepõem são confiantes e amorosos.

— Eu queria... Eu teria... *Indethe a etun...*

— Shhh. Ela nunca desviou o olhar de você, irmão. Você é o servo mais amado Dela e A serviu bem e por muito tempo. Ela vai acolher você quando chegar a hora. Você vai viver na paz Dela para sempre. Eu mesmo vou me certificar disso.

— Agora, Nijiri. Tem que ser agora. Da próxima vez...

— Da próxima vez você vai fazer o que tiver que fazer. Mas tente aguentar firme, irmão. Cortei as dobradiças algumas horas atrás. Agora só um empurrão e a parede se solta. Quando os guardas voltarem, nós podemos escapar.

— Não consigo... aguentar...

— Consegue. Eu vou ajudar você. Shhh. Feche os olhos. Isso, assim. Shhh. Vou tecer um sonho para nós; você gostaria que eu fizesse isso? Não uma Coleta, mas talvez o suficiente para manter a loucura afastada por mais algum tempo. Agora fique quieto.

— Nijiri.

— Sempre amei você, meu irmão. Não me importa mais o que é certo. *Você* é minha única Lei. Descanse agora, seguro nos meus sonhos.

Silêncio.

★ ★ ★

O quarto dia.

— O Príncipe estava certo, irmão.

Um forte ronco de correntes criando ecos à medida que as portas de pedra se abrem. Ar fresco sopra pelas catacumbas. Em meio aos tronos dos mortos, a vida se prepara para a batalha.

— Você realmente se tornou uma arma, mas não dele. Todas as coisas servem à vontade de Hananja, até isso. Lembre-se disso, não importa o que fizer.

O estrondo cessa; passos violam a pacífica santidade do Yanyi-ija--inankh enquanto os guardas se aproximam.

— E, não importa o que aconteça, nunca vou sair do seu lado.

★ ★ ★

Os guardas param diante da porta da cela.

— Então, garoto, ele já morreu?

Eles riem.

E Ehiru alça o olhar, dando um sorriso que lhes arrepia a alma.

— Já — responde o Ceifador.

36

O Ceifador é a abominação de tudo o que é mais precioso para Hananja. Não permita que essa criatura viva.

(LEI)

O primeiro guarda caiu quando Ehiru chutou a parede desamarrada da cela. A parede era pesada; enquanto o primeiro guarda caía, os outros dois, pegos de surpresa, ficaram ali parados, em estado de choque. Quando reagiram, Ehiru já havia saído e estava em cima deles.

Nijiri saiu correndo atrás dele, pronto para abater aquele que Ehiru não pegasse, mas não foi preciso. Ehiru atingiu o primeiro guarda com um golpe contundente na garganta e, no mesmo movimento rápido, girou e segurou o rosto do segundo. Nijiri viu o guarda (gritando, cegado pelos dedos de Ehiru em seus olhos) procurar a espada. Ele correu para ajudar Ehiru, mas, de repente, o guarda produziu um som abafado e caiu de joelhos. Ehiru o soltou. O homem caiu para um lado, morto.

Todas as coisas eram a vontade de Hananja. Nijiri se agarrou a essa ideia. Em nome Dela, fariam o que fosse necessário.

O primeiro guarda gorgolejou e enfim morreu, com as mãos na garganta. O terceiro guarda havia conseguido se soltar da estrutura emaranhada de ferro, mas o peitoral de couro havia enroscado em uma verga. Ehiru, bamboleando em consequência da Ceifa, virou-se devagar, pois sua atenção fora atraída pelos esforços do homem.

Nijiri atravessou o salão em três passadas, ajoelhou-se ao lado do soldado e quebrou o pescoço dele com um movimento rápido.

O brilho desapareceu dos olhos de Ehiru. Ele piscou para Nijiri, outra vez lúcido pelo tempo que durasse o sangue onírico do guarda. A tristeza tomou conta de seu rosto quando viu o que Nijiri fizera.

— Não mais do que o necessário, irmão — falou Nijiri, levantando-se. Ele limpou as mãos no sobrepano frontal. — Agora venha. Ainda precisamos sair do Yanya-iyan.

— Eninket. — A voz de Ehiru estava mais grave do que de costume, tão áspera e lenta como se houvesse acabado de comer pasta de timbalin. Mesmo agora, transbordando de sangue onírico, Nijiri podia ouvir a loucura espreitando próxima à superfície da lucidez dele.

O sangue onírico já não reprime. Ele o mantém vivo, nada mais.

A vontade de Hananja.

— Ele disse que ia a Kite-iyan — respondeu Nijiri, cerrando a mandíbula.

Ehiru aquiesceu e deu meia-volta, dirigindo-se à porta. Surpreso, o aprendiz correu atrás dele. O corredor para além da entrada das catacumbas estava vazio, e Nijiri agradeceu intimamente. O Príncipe devia ter limitado os guardas a três para minimizar a chance de a notícia da captura de Ehiru e Nijiri vazar.

— De qualquer forma, três não é um número de sorte — murmurou Nijiri para si.

Eles subiram a escada dois degraus por vez e saíram nos corredores mais iluminados do térreo do Yanya-iyan. Servos e cortesãos tropeçaram ao passar, encarando-os. Sem dúvida eram raras as ocasiões em que viam homens sujos de olhos fundos com trajes kisuati percorrerem o palácio como uma inundação, pensou Nijiri com cinismo. Se deram algum alarme, demoraram a fazê-lo, então Nijiri e Ehiru seguiram o caminho todo até o pátio sem serem perturbados. Ao atravessarem o trecho arenoso até os portões de bronze do Yanya-iyan, por um instante fugaz a mente de Nijiri voltou para a Noite Hamyan, que parecia ter acontecido eras antes e estar a mil sonhos de distância.

Os guardas em serviço estavam de frente para o portão do pátio, atentos a invasores indesejados e inconscientes de ameaças internas. Eles poderiam ter escapado quase ilesos se alguém nos níveis mais altos do palácio não tivesse dado o alarme. Um dos homens virou-se e avistou Nijiri e Ehiru. Surpreso, ele deu uma cotovelada no colega, os dois virando-se; Nijiri se pôs a correr para encurtar a distância, ouvindo os passos de Ehiru acelerarem ao lado. O primeiro homem sorriu, vendo apenas um garoto desarmado correndo em sua direção. Não se dando o trabalho de pegar a espada, ele se preparou para lutar. Nijiri esquivou-se da primeira tentativa do homem de agarrá-lo, agachou-se e acertou um murro na lateral do joelho do sujeito. O som úmido de cartilagem ecoou pelo pátio vazio.

O homem começou a gritar, caindo e segurando o joelho. Nijiri ouviu outro grito às suas costas e virou-se para ver Ehiru deixar cair um cadáver, os olhos brilhando com uma ferocidade profana. Antes que o corpo caísse de cara, Nijiri viu a expressão do mais gritante horror em suas feições.

Flechas atingiram a areia a mais ou menos meio metro de distância com um baque. Nijiri correu para o portão, grunhindo devido ao esforço de levantar a pesada barra. Ehiru, perturbadoramente calmo, virou-se para encarar os arqueiros. No exato momento que Nijiri conseguiu empurrar a barra e abrir o portão, viu de esguelha um movimento muito rápido. Quando olhou ao redor, Ehiru segurava uma flecha na mão. Ela continuava oscilando a pouco mais de meio metro da coluna lombar de Nijiri.

Impossível! Mesmo para o Coletor mais bem treinado...

— Vá — rosnou Ehiru, jogando a flecha a um lado.

Entorpecido demais para pensar, Nijiri saiu correndo pelo portão.

Eles saíram na avenida movimentada que circundava o Yanya-iyan enquanto mais assovios ecoavam no alto do palácio. Em meio ao trânsito da rua, o aprendiz viu homens com as vestimentas da guarda da cidade se virando, girando o pescoço para ver o que causara o alarme.

— Por aqui — falou Ehiru.

Ele entrou rapidamente na multidão e juntou-se ao fluxo, mantendo-se no centro da rua, onde o rio humano se movia mais rápido. Nijiri manteve os olhos baixos, representando o servo mais uma vez, embora desse uma olhada para trás. Os guardas da cidade haviam acabado de chegar aos portões do Yanya-iyan. Um guarda do palácio correu para fora empunhando a espada, olhando desvairadamente para toda parte. Nijiri voltou a baixar a cabeça sem demora, notando que Ehiru fizera o mesmo. No primeiro cruzamento de ruas, eles entraram atrás de uma carroça pesada e viraram ao sul. Ali ficava o mercado, onde poderiam se perder com facilidade no mar de gente.

Ehiru seguia seu caminho em meio aos transeuntes com tanta rapidez que Nijiri teve de apertar o passo para acompanhá-lo. Mais ou menos quando sentiu uma fisgada na lateral (*muitos dias sem me mexer; eu devia pelo menos ter continuado treinando com as danças*), ele estendeu uma das mãos para segurar o braço de Ehiru.

— Irmão, o Hetawa é para lá.

— Não. — Ehiru não diminuiu o ritmo.

— Irmão, não podemos simplesmente entrar no Kite-iyan! Precisamos de cavalos, disfarces, suprimentos e ornamentos para substituir os nossos! E precisamos contar para nossos irmãos de caminho tudo o que aconteceu.

— Dentro de uma hora, a cidade inteira vai estar em alerta.

O coração de Nijiri se entristeceu ao perceber que Ehiru estava certo. Pior ainda, os Sentinelas do Hetawa seriam notificados, como era de costume em uma emergência na cidade — mas os Sentinelas, alguns deles pelo menos, obedeciam ao Superior. Voltar ao Hetawa significava captura.

— Então deveríamos ir pelo portão sul, irmão — disse ele. Ehiru desacelerou e olhou para o rapaz. Nijiri deu um sorriso pesaroso. — Não é o portão mais próximo da estrada do Caminho da Lua, eu sei, mas o guarda de lá é amigo da Irmã Meliatua e de Sunandi. Lembra? Talvez ele até nos dê um cavalo.

Ehiru parou, franzindo o cenho enquanto refletia sobre o assunto. Um comerciante roçou-o ao passar e ele estremeceu, os olhos perdendo ligeiramente a concentração enquanto seguiam o comerciante na multidão. O corpo dele se mexeu, os dedos de uma das mãos se bifurcando...

Nijiri pegou aquela mão e a chacoalhou. Ehiru tremeu como se acordasse de um devaneio, depois fechou os olhos, sentindo uma angústia momentânea.

— O portão sul — falou ele. — Rápido. Me tire de Gujaareh, Nijiri.

Nijiri aquiesceu. Segurando a mão de Ehiru, abriu caminho em meio à multidão seguindo um novo rumo, rezando para que chegassem a Kite-iyan a tempo.

37

O mundo nasce
Ecos, fogos que dançam, risadas
Nós corremos pelo reino dos sonhos, junto aos deuses
O mundo acaba.

(SABEDORIA)

O Príncipe de Gujaareh estava deitado em meio às almofadas de cama com cortinas drapeadas, contemplando o mundo que um dia seria seu.

Ele não tinha nenhum desejo em particular pela conquista. Mas desejava paz — como qualquer filho verdadeiro de Gujaareh —, e percebera havia muito tempo que a paz era a consequência natural da ordem. Isso ficara provado reiteradas vezes ao longo do grandioso sonho que era Gujaareh. O crime e a violência desenfreados que assolavam as outras terras eram desconhecidos ali. Ninguém passava fome, a não ser nos cantos mais remotos. Mesmo os membros mais baixos da casta servil recebiam educação suficiente para controlar o próprio destino. Cada criança da cidade sabia seu lugar desde o nascimento. Cada ancião da cidade abraçava seu valor na morte. E, com a força de todos os que se encontravam no meio dessas duas fases, a nação de Hananja prosperara, passando de um aglomerado patético de tendas precariamente acomodadas no rio a uma rede de cidadelas e terras cultivadas coroadas por sua capital, a glória do mundo civilizado. Sua bela Cidade dos Sonhos.

Mas o resto do mundo ainda caminhava com dificuldade em meio à desordem, e que paz Gujaareh poderia ter a longo prazo com vizinhos tão fracos e mesquinhos? Ele visitara outras terras em sua juventude e ficara horrorizado com o caos e a crueldade que faziam as terras das sombras parecerem agradáveis. Outros governantes haviam tentado domar o caos com poder ou dinheiro, às vezes com sucesso, mas nunca durava. Como poderia durar, quando a existência humana era tão curta? Mesmo o mais nobre guerreiro acabava por envelhecer e morrer, passando o poder para aqueles que, na maior parte das vezes, eram despreparados para mantê-la.

A solução: conquistar o mundo, mas em busca de paz em vez de poder. E, para manter o mundo quando estivesse vencido, tornar-se um deus.

O Príncipe se sentou. Ao lado dele, a primeira esposa, Hendet, remexeu-se. Ele olhou para ela e afagou-lhe a bochecha, recebendo o sorriso sonolento dela com outro sorriso. Depois de trinta anos e mais de duzentas outras esposas, ele continuava se sentindo honrado de ter o amor dela. À maneira das mulheres do sul, Hendet ainda era bela, mesmo que sua juventude já houvesse passado havia muito; o tempo deixara poucas linhas em sua macia pele escura. Mas ela estava velha (tinha mais de cinquenta, quase tão velha como o Príncipe). Ele desejava mais filhos com ela e talvez tivesse sido capaz de tê-los se tivesse permitido que Hendet aceitasse sangue onírico do Hetawa. Mas, por mais tentadora que fosse a ideia, ele não podia suportar que o Hetawa pusesse as garras sobre outro membro de sua família.

Ele beijou a testa dela.

— Eu ainda preferiria que você ficasse aqui. Vai ser perigoso.

Hendet ergueu uma das mãos para contornar os lábios dele com o dedo.

— Não seja tolo.

O Príncipe sorriu e aquiesceu, aprovando a decisão dela apesar do lampejo de tristeza que o perpassou. Ele a perderia quando o poder o tornasse imortal. Mais uma ou duas décadas e ela iria para longe do alcance dele em Ina-Karekh, onde nunca mais a veria.

Mais uma tristeza pela qual responsabilizar o Hetawa, concluiu ele. Então se ergueu, nu, para começar a guerra.

Servos vestiram-no com um roupão de penas para a caminhada até o banho. Ali lavaram sua pele com sal purificador e água de limão e o secaram delicadamente com pétalas de rosa oleadas. Quando o vestiram com a armadura de seus ancestrais e adornaram-lhe o cabelo com ouro, ele deixou os aposentos e encontrou Hendet e o filho deles, Wanahomen, esperando-o. De sua posição, ajoelhado, Wanahomen ergueu uma espada em uma bainha de couro trabalhado. Quando o Príncipe a pegou, Wana ergueu os olhos para vê-lo colocá-la no cinturão, e não pela primeira vez o Príncipe se maravilhou com a total veneração no olhar do filho.

Que seja, pensou ele. Que Hananja e os filhos da Lua ficassem com a terra dos sonhos. O mundo da vigília pertencia aos filhos do Sol.

— Venha — pediu, e Wanahomen se levantou, imediatamente tomando seu lugar um passo atrás e à direita enquanto andavam.

Sempre adequada, Hendet seguia logo atrás, a cabeça erguida devido ao anseio e ao orgulho. Ao entrarem nos corredores públicos, o servo responsável pela Auréola levantou-se de um salto para seguir no encalço dele. O Príncipe considerou a possibilidade de dispensar a criança, mas decidiu que seria mais apropriado descartar a Auréola mais tarde, quando houvesse se tornado um deus não apenas no nome. Charris tomou seu lugar à esquerda e assim prosseguiram para os degraus que levavam à torre mais alta do Kite-iyan.

Ao redor deles, os corredores de mármore estavam vazios. Para a proteção delas, o Príncipe mandara embora todas as outras esposas e crianças e colocara a Guarda do Ocaso no andar mais baixo do palácio para protegê-lo de ataques. Somente esses quatro (um número auspicioso e agradável) testemunhariam sua ascensão.

Subiram os degraus em silêncio, passando pelo patamar onde Niyes enfrentara seus momentos finais, sem se deterem até alcançar o nível mais alto da espiral. Quando Charris abriu a porta, uma réstia de luz penetrou o horizonte longínquo e se espalhou conforme a curva dourada do sol começou a aparecer.

O Príncipe sorriu. Bem longe ao sul, onde o deserto encontrava a fronteira kisuati, a chegada do amanhecer assinalara o ataque de seus exércitos.

Ele foi para a sacada, inspirando com prazer quando veio um vento rápido do chão lá embaixo, soprando seus cabelos como asas ondulantes. A um lado da sacada, uma figura se remexeu, o tinido de correntes quebrando o silêncio da manhã. O Príncipe olhou de relance para seu Ceifador, que estava agachado onde os servos o haviam acorrentado contra a parede. Os cadáveres dos servos estavam aos pés dele. O Príncipe achou graça ao ver que alguma centelha do antigo eu devia ter despertado no Ceifador durante a noite: ele arrumara os corpos em posições dignas.

A pedra jungissa que o Príncipe erguera era tosca e feia. Não passava de uma lasca de um pedaço maior da semente do Sol, as peculiares pedras que caíam de tempos em tempos do céu e, diferentemente das joias entalhadas de maneira artística usadas pelo Hetawa, essa era apenas um naco de pedra. Ainda assim, no momento que Príncipe a riscou contra um parapeito próximo, o Ceifador estremeceu, levantando a cabeça.

— I-irmão...?

O Príncipe ergueu as sobrancelhas, surpreso. O Ceifador raramente falava naqueles últimos dias. Os resquícios de sua personalidade haviam enfraquecido tanto que ele quase nem precisava mais da jungissa: sua vontade era suficiente para prender os pensamentos da criatura. Guardando a pedra, ele foi até ela, agachando-se para perscrutar os olhos confusos.

— Estou aqui. Você descansou bem, Una-une?

O Ceifador piscou contra a luz, suspirando e balançando a cabeça.

— Não. Visões. Havia... dor. Ehiru. Ele estava sofrendo.

O Príncipe fez um sinal para Charris, que soltou a corrente atada à coleira em volta do pescoço do Ceifador.

— Sim, irmão de caminho — falou o Príncipe, pegando a ponta da corrente da mão de Charris. Ele estendeu uma das mãos para afagar a bochecha flácida da criatura. — Infelizmente ele está sofrendo. Mas chegou a hora de seu próprio sofrimento acabar. Uma última tarefa, uma última Coleta gloriosa, e então você pode descansar.

O anseio invadiu os olhos da criatura; lágrimas brotaram em seus olhos.

— Sim. Sim. Ah, por favor, irmão. Servi durante tanto tempo.

— Eu sei. Só mais um pouco, e depois a paz Dela espera por você, prometo. Venha.

O Príncipe se levantou, puxando a corrente do Ceifador. A criatura se ergueu e flutuou atrás dele, gracioso como um predador, mesmo com a mente quase desvanecida. Ele parou no parapeito, fazendo um gesto para Hendet e os demais recuarem.

Mas então, de repente, o Ceifador ficou tenso. Ele se virou para ficar de frente para a porta da sacada, quase puxando a corrente da mão do Príncipe, que conteve a respiração e segurou a corrente, preparando-se para impor sua vontade contra a sede insana da coisa, mas percebeu que a atenção da criatura não se fixara em Hendet ou Wanahomen. Ele seguiu o olhar do Ceifador e cerrou a mandíbula.

— Chega, Eninket — rosnou Ehiru.

38

Não há nada a temer nos pesadelos, desde que você os controle.

(SABEDORIA)

Como uma visão, a Sonhadora cruzara o céu noturno conforme os cavalos corriam pelo Caminho da Lua em direção a Kite-iyan. Em meio ao vento intenso, as únicas constantes que Ehiru compreendera foram a raiva e a voz de Nijiri penetrando a névoa de vez em quando para lembrá-lo de quem ele era. Entraram no saguão de recepção do Kite-iyan e encontraram-no cheio de soldados. Com a voz da mãe ecoando nos ouvidos, Ehiru os odiou, e o ódio foi tão forte que parte dele se libertou e saltou para fora. Quando ele puxou aquele sentimento de volta, as almas dos soldados vieram junto, peixes roliços se debatendo na rede de sua mente. Ele os devorou com avidez, saboreando a dor e o pavor como uma especiaria picante, e a culpa amargou o momento só um pouco.

Agora estava diante do Príncipe, seu irmão, seu traidor, e o ódio voltou, mas desta vez ele o conteve. Tiraria essa corrupção da alma de Gujaareh da maneira apropriada, como Coletor, não como monstro, decidira ao longo do caminho. Por justiça e por Hananja, seria ele mesmo uma última vez.

— Chega — repetiu ele, saindo para a sacada.

Nijiri o seguia, uma sombra pronta para atacar. De um lado, uma mulher, dois homens e uma criança da casta servil estavam em choque; suas almas eram flamas luminosas e atraentes que o chamavam. Ehiru ignorou aquelas pessoas e a sede que as desejava.

— Dê-se por vencido. Ainda tenho controle suficiente para lhe proporcionar paz. Se resistir, não posso prometer nada.

Eninket lhe deu um sorriso frio, embora Ehiru visse raiva espreitando sob a superfície.

— Não seja tolo, Ehiru. Morte ou divindade, qual você escolheria? — Ele pôs a mão no ombro do Ceifador e a criatura grunhiu ferozmente para eles.

— Controle sua fera, Eninket. — Ehiru ergueu a voz. Não era a coisa mais pacífica a se fazer, mas restara pouca paz dentro de si e, além do mais, ele não se importava. — O homem que ele foi um dia poderia me derrotar, mas não essa coisa deplorável. E, se soltá-la, ela pode atacar qualquer um.

Ele olhou para a plateia involuntária. O homem com vestimenta de soldado de alto escalão pegou a espada; o jovem fez o mesmo. As feições do jovem tinham a marca de Eninket, Ehiru já reparara, e a da mulher shunha que estava com eles. Viu também o medo que perpassou o rosto do irmão.

Mantendo uma das mãos no ombro do Ceifador, Eninket falou baixo, porém com firmeza.

— Wanahomen, saia com sua mãe. Charris, proteja-os com sua vida.

O homem parecia pronto a discutir, embora tenha se acalmado ao lançar um olhar desconfortável para o Ceifador (que fixara os olhos em Nijiri com uma avidez escancarada). O jovem não tinha esses receios.

— Pai, não vou!

— *Faça o que falei.* — Eninket tirou os olhos de Ehiru por tempo suficiente para encarar o jovem até fazê-lo se submeter. — Agora vá!

Depois de mais um instante, o jovem caiu, e a mulher o puxou pelo braço, dirigindo-se à porta. O soldado agarrou o braço da criança que segurava um bastão com a Auréola e o levou embora também. Quando Ehiru ouviu os passos deles afastando-se escada abaixo, aproximou-se, mantendo um olho cauteloso no Ceifador.

— Você perdeu — Ehiru falou para Eninket. — Encare a morte com dignidade.

— Mesmo agora, depois de tudo o que te contei? — Eninket deu uma risada suave e amarga. — Um escravo do Hetawa até o fim.

Não, Ehiru. Não sou *eu* quem está perdido aqui. — Ele suspirou.
— Que seja.

Olhando para o Ceifador, o rosto de Eninket assumiu um aspecto peculiar de concentração. A coisa ficou paralisada, sua expressão tornando-se mais frouxa do que de costume, embora inclinasse a cabeça, como que ouvindo. Então Eninket tirou a mão do ombro dela.

Mesmo com esse alerta, a velocidade da criatura surpreendeu Ehiru. Ele teve apenas um instante, então ela passou correndo e, de súbito, Ehiru se deu conta de que não era o alvo.

— Nijiri!

Mas o rapaz pegou a mão do Ceifador antes que ela pudesse alcançar seu rosto, girando para desviar o impulso dele. A criatura cambaleou, desequilibrada, e Nijiri atingiu-a no meio do peito afundado. Ela caiu no chão, debatendo-se; o aprendiz fechou o cerco, seus olhos ferozes como Ehiru nunca vira antes. O Coletor se moveu para ajudar, mas, de súbito, um tênue som vindo de trás invadiu sua consciência. Ele se virou para ver qualquer que fosse o artifício que Eninket estava tentando...

... e ficou paralisado, fitando a pedra jungissa que zunia na mão do irmão. Eninket ficou tenso e parou, estreitando os olhos para ele.

— Venha aqui, Ehiru — pediu Eninket. Ehiru deu um passo à frente antes de lhe ocorrer o porquê daquele pedido. Ele parou, franzindo a testa.

— Então funciona para você também. — Eninket o encarou maravilhado. — O Superior falou que você estava definhando... mas o menino ainda estava vivo. Então quem você matou para preservar sua própria vida, irmão? — Ehiru tensionou a mandíbula com a vergonha, e Eninket sorriu, relaxado, com um brilho de vitória no olhar: — Você é tão corrupto quanto o restante de nós, com toda essa conversa fiada.

A cantiga da jungissa preencheu a mente de Ehiru, fazendo-o voltar mil noites e mil Coletas, fazendo-o ansiar pelo tempo em que as coisas eram simples em sua vida. Quando ele era puro e não havia nada além de paz em seu coração e...

O que é isso? Confuso, ele chacoalhou a cabeça, mas o zunido da pedra penetrava seus pensamentos como uma adaga.

— Outro segredo dos pergaminhos — explicou Eninket, aproximando-se. — A mente de um Ceifador se torna mais sensível e também mais poderosa, deixando você vulnerável à mais simples narcomancia.

Ehiru se esforçou para desviar os olhos da jungissa à medida que ela se expandia em sua visão, mas não conseguiu. O som daquela coisa abafava todo o resto, inclusive o rumor lá de trás da luta de Nijiri contra o Ceifador. Tentou outra vez concentrar-se em Eninket, que agora estava desprotegido e podia ser Coletado, mas...

— O favorito de Hananja, é como chamam você. O Coletor mais habilidoso de que se tem lembrança recente, o sonho dos moribundos de serem levados por você. Porém, veja o preço que pagou por servir o Hetawa tão bem, Ehiru. Mais rápido do que Una-une, você se tornou meu. — O Príncipe suspirou. — Talvez estivesse destinado a ser assim, meu irmão. Agora *venha*.

A palavra se entranhou em Ehiru, apoiada por uma vontade que empurrou a dele para um lado como se fosse uma cortina e tocou a parte mais secreta da consciência dele onde ela se achava. De algum modo, ele pensou ter produzido um som, talvez um gemido abafado. Não tinha como saber ao certo. Uma mão tocou seu ombro. Ele estremeceu com o toque, tentando liberar o ódio de novo, mas a mente que urdira seu caminho até adentrar a dele calmamente pôs esses pensamentos de lado.

— Venha, irmão — repetiu Eninket.

Ele se virou e andou para onde a voz o conduziu: o parapeito da sacada.

Atrás, à distância, ele ouviu alguém gritar seu nome. Nijiri. O temor pelo garoto quase lhe deu forças para voltar, mas a vontade de Eninket se chocou contra a dele.

— Shhh, irmão.

Agora ele estava perdido outra vez, na cela embaixo do Yanya-iyan, chorando devido à avidez que quase o levara a assassinar Nijiri. A voz era diferente, mas as palavras de conforto eram as mesmas, as mãos em seus ombros quase igualmente ternas.

— Tudo bem — disse ela em seu ouvido, distorcendo ainda mais suas lembranças. Nijiri? Não. Não havia amor nessa voz. — Eu entendo. Tanta corrupção por toda parte, tanto sofrimento, e você sem poder impedir isso. Posso ajudar você, irmão.

Com um esforço supremo, Ehiru conseguiu fechar os olhos. Mas foi um erro: o zunido da jungissa o seguiu no escuro, e a voz espalhou raízes ainda mais fundo em seus pensamentos.

— Agora. Projete sua mente, irmão. A distância não deve ser barreira para você a essa altura. Projete sua mente pelo deserto. Você os sente?

Com os olhos fechados, Ehiru não tinha nada em que se concentrar exceto a voz. Lutou contra ela, mas sua mente se projetou mesmo assim, como se caindo em uma fenda. Visões se formaram à sua volta: o deserto passando depressa em asas de rapinante. Havia o vilarejo de Ketuyae, havia o oásis de Tesa. Havia os pés das colinas e, de repente, sua queda mudou. Algo o puxou para um lado. Ele franziu a testa, desacelerando, sentindo gosto de sangue, dor e medo no ar.

E morte.

Onde havia morte, havia sangue onírico.

— Corrupção, irmão. Você sente? Imundície do tipo que a nossa terra não vê há séculos.

Ehiru sentia. Ele gemeu quando o terror/a crueldade/a ira se chocaram contra seus sentidos, levando o pensamento ainda mais abaixo da superfície da mente. Podia vê-los agora, centenas, milhares, homens com espadas e sede de sangue, determinados a cortar uns aos outros em pedaços. A antítese da paz. Então a visão mudou e ele viu apenas luz no lugar onde estavam — centelhas que brilhavam e depois se apagavam até morrer, outras que queimavam constantemente, juntas fundindo-se em um todo cintilante. Um Sol cujo calor prometia preencher o vazio doloroso e frio dentro de si.

Tantas almas. Tantas, tantas.

Em outro plano, ele passou a língua nos lábios.

— Eles vão vir para cá, Ehiru. Nos infectar com a selvageria e o caos, destruir nossa paz, a paz *Dela*, para sempre. — A voz se aproximou do ouvido dele, sussurrando advertências por sobre longínquos gritos de dor e fúria e seu próprio desejo voraz. — Detenha-os, irmãozinho. Leve-os. Leve todos eles agora e compartilhe-os comigo.

Não restara nada dentro dele que pudesse lutar. A magia e a avidez haviam consumido tudo.

Estendendo as mãos e a mente, Ehiru tomou posse de vinte mil vidas e começou a Ceifar.

39

*Na idade de oito inundações, uma criança gujaareen
deve ser capaz de ler a Lei e recitar os quatro primeiros
princípios da Sabedoria, multiplicar e dividir por quadras e
décimas, e valer-se do nome de alma para proteção
nos sonhos.*

(SABEDORIA)

Durante a infância, ver a Lua da Vigília fora reconfortante para Sunandi. As horas da Sonhadora pertenciam àqueles que dominavam as ruas de Kisua; era o momento dos escravos e dos cafetões, dos assaltantes e das gangues. Dos fortes que devoravam os fracos. Mas a hora em que a Sonhadora se punha marcava o fim do tempo deles, pois, a essas alturas, os piores predadores já teriam caçado, se alimentado e voltado aos covis para ter sonhos frios e sangrentos. Depois disso, só a Lua da Vigília pairava no ar — a irmã tímida e comum da rainha celeste, que tinha os céus para si durante apenas uma hora mais ou menos antes que o Sol voltasse. Na estação chuvosa, menos de uma. Mas, enquanto a luz pálida da Lua da Vigília brilhava sobre as ruas da cidade, os fracos tinham sua vez. A criança chamada Nefe e seus companheiros na base da hierarquia podiam sair dos esconderijos para beliscar os restos deixados pelos superiores. E, se não houvesse alimento para comer e nada de valor para roubar, pelo menos haveria segurança, e com a segurança vinham os poucos instantes de felicidade de que ela se lembrava daqueles primeiros anos de idade. Brincando. Rindo. Sentindo-se, naquele intervalo de uma hora, como uma criança. Ela jamais lamentaria ter sido adotada por Kinja — mas tampouco se esquecera daquela época, tão cara para ela quanto a mãe de quem mal se recordava.

Naquela noite, a Lua da Vigília não lhe deu nenhum conforto, pois sob sua luz Sunandi podia ver os exércitos de Gujaareh cobrindo o platô de Soijaro como as chagas de um leproso.

Tarde demais, sacerdote. Nós fracassamos, tanto meus métodos corruptos quanto sua justiça rígida e maluca. E agora nossas duas terras vão se afogar em sangue.

O cavalo de Sunandi se mexia inquieto, talvez reagindo ao cheiro de medo no ar. Ela controlou o animal com um desajeitado puxão nas rédeas e só então percebeu que Anzi Seh Ainunu estava ao seu lado, acompanhado de Mweke Jeh Chi, sábia chefe dos Protetores. Anzi, o general das forças kisuati, era um homem alto e forte como uma espada, direto na fala e nas ações. Mweke representava um óbvio contraste em comparação: uma idosa roliça segura de si, irradiando um poder discreto. Os contadores de histórias da capital diziam que ela era uma mística cujos sonhos costumavam se tornar realidade. Também havia rumores de que ela não era totalmente kisuati, o que seria um grande escândalo se fosse verdade, embora ninguém tivesse conseguido provar isso ainda. Sunandi se perguntava se ela era parte gujaareen.

— A última tentativa de negociação falhou — anunciou Mweke, refreando o cavalo ao lado de Sunandi. Ela falava em um tom suave, embora todo o acampamento estivesse desperto e agitado devido à batalha que estava por vir. — Nosso mensageiro levou uma flechada na barriga por se dar ao trabalho.

Sunandi puxou a roupa para mais perto do corpo, enregelada não apenas pelo ar frio da noite.

— Sabíamos que um armistício era pouco provável, Estimada.

— Mas você tinha esperanças. — A anciã sorriu ao ver a expressão de Sunandi. — Você estava esperando que seu amigo sacerdote impedisse isso de alguma maneira.

Sunandi abriu a boca para dizer a Mweke que o Coletor Ehiru não era de modo algum seu amigo, mas depois fechou-a. Não importava mais. Se ele fracassara, então estava morto.

— Preciso ir — afirmou Anzi. A voz dele era grave, surpreendentemente gentil para um soldado, perversamente lembrando-a de Ehiru. — O inimigo só está esperando o amanhecer.

Mweke acenou para dar a ele permissão para partir, mas, por um instante, o general não esporeou o cavalo.

— Há algo de errado nisso — comentou ele de forma abrupta, olhando para o platô. O cenho dele, reparou Sunandi, estava franzido. — O plano do inimigo é falho. Todos eles vão morrer.

Sunandi também franziu a testa, tentando entender como ele chegara a essa conclusão só de olhar para o exército amontoado lá embaixo. À distância, ela podia distinguir uma fileira de mastros ao longo da costa; eram os misteriosos navios cuja revelação da existência provavelmente causara a morte de Kinja e Niyes. No entanto, não havia sido em vão, pois, entre aqueles alertas e as próprias suspeitas dos Protetores, Kisua estava pronta para enfrentar o ataque gujaareen naquele momento. Anzi conseguira reunir doze mil soldados, que cercavam o platô e enchiam o vale mais além — o único caminho lógico que os invasores poderiam seguir para chegar à capital kisuati.

Mas, embora Sunandi não fosse especialista em estratégias de guerra, ela não conseguia ver motivo para a confiança de Anzi. Doze mil soldados, muitos exaustos pela marcha forçada para atravessar meia Kisua e chegar ao platô a tempo, não eram de forma alguma uma vitória certa contra dez mil guerreiros bem-dispostos e impacientes para lutar.

— Temos o suficiente para contê-los — falou Anzi, como se lendo os pensamentos de Sunandi. — E esta é a nossa terra. Temos emboscadas por todo o vale e pelas montanhas ao redor. Nossas linhas de abastecimento são confiáveis. Podemos mantê-los aqui durante dias, até semanas se precisarmos, tempo suficiente para chegarem nossas tropas que estão vindo do sul. Será uma guerra de cansaço que eles inevitavelmente perderão. O comandante deles é um tolo se não enxerga isso.

Mweke o observou por um momento.

— Talvez eles também tenham reforços a caminho.

— Talvez. Na verdade, é provável. Mas ainda assim está *errado* — retorquiu Anzi. O desrespeito dele fez Sunandi estremecer, mas

Mweke apenas suspirou. Talvez os Protetores estivessem acostumados. — Foi tolice desde o começo. Se queriam vencer, deveriam ter chegado com o dobro desse número, se não mais.

— O que está dizendo, general? — perguntou Sunandi. — Que eles não querem vencer? — Ela quase podia sentir o cheiro do ódio das tropas gujaareen. Muitos eram nortenhos, os batedores haviam informado, bárbaros que desprezavam todos os povos civilizados como covardes fracos e decadentes. Estavam ávidos pela chance de usufruir das riquezas de Kisua.

— Não faço ideia — respondeu ele. — Você conhece esses forasteiros malucos melhor do que eu. Mas, se vieram morrer nas nossas praias, então ficarei feliz em atendê-los. — Ele fez um breve aceno de cabeça para Sunandi e Mweke, depois virou o cavalo e partiu. Elas o observaram descer a trilha que levava do acampamento nas alturas ao vale. De lá, ele lideraria a guerra.

Que não demoraria, percebeu Sunandi. O céu a leste se tornara visivelmente mais pálido naqueles últimos instantes.

— Deveríamos levantar acampamento, Estimada — disse ela para Mweke. — Negociar não é mais possível. Precisamos voltar para a capital, onde a senhora e os outros Protetores podem receber uma defesa adequada.

Mweke aquiesceu, mas não saiu do lugar.

— Anzi está certo — ela comentou. — Deve haver mais alguma coisa nisso. O Príncipe de Gujaareh não é nenhum tolo. A mente dele é um labirinto.

Sunandi nunca ouvira uma metáfora mais apropriada, mas elas tinham assuntos mais urgentes no momento.

— Não podemos fazer nada a não ser cuidar do problema à nossa porta, Estimada.

— Não. Nós podemos fazer nossos próprios planos para frustrar o Príncipe, e fizemos. As tropas de assistência do sul não virão para cá. Os outros Protetores e eu escolhemos mandá-los para o norte.

Sunandi franziu a testa, confusa.

— Não entendo, Estimada. Não há nada ao norte exceto os Mil Vazios e… — A compreensão veio quase de imediato; ela parou de falar. Mweke leu o rosto dela e fez um aceno de fria anuência.

— Não pode haver nenhuma outra razão para o Príncipe ter construído um forte no deserto — falou a anciã — a não ser dar apoio à invasão por terra. Uma *segunda* invasão. Os Protetores acreditam que isso... — ela apontou para o exército gujaareen reunido em Soijaro — ... seja só uma distração. Então vamos cuidar da verdadeira ameaça na fonte.

Sunandi engoliu em seco.

— O general pode precisar dessas tropas, Estimada. No mínimo, ele deveria saber que não deve esperar assistência.

— É problemático pedir para um soldado arriscar a vida sem um bom motivo — respondeu Mweke. — Ele não luta com tanto empenho, achando que é inútil; aceita a morte rápido demais, pensando na glória do sacrifício. Precisamos ter o compromisso total de Anzi, pois essa é a *nossa* distração também. Se perdermos a batalha, Kisua tem defesas suficientes para cuidar dessa ralé. Mas temos de vencer a guerra. Quando nossas tropas de alívio tiverem acabado com o forte no deserto, elas têm ordens de continuar indo para o norte, para a capital de Gujaareh.

Emudecida por um puro e horrorizado assombro, Sunandi a encarou.

— É assim que deve ser — disse Mweke. A voz dela ecoava baixo, quase perdida na brisa do início da manhã, mas implacável. — Gujaareh é uma filha que se tornou teimosa e mimada, e agora precisamos nos encarregar dela. A correção será dolorosa para as duas terras, mas no final tudo vai ficar melhor. — Ela olhou para Sunandi, contemplativa. — Você se saiu muito bem ao longo da situação toda, Jeh Kalawe, melhor do que o esperado, considerando sua juventude. Aprenda com esses eventos. Eles podem torná-la uma Protetora formidável um dia.

Tendo dito isso, Mweke virou o cavalo e foi embora, voltando para onde um grupo de soldados e escravos empacotavam o acampamento para partir.

Sunandi seguiu-a com os olhos, entorpecida demais para segui-la. Inadvertidamente, visualizou uma batalha campal nos portões de Gujaareh. A imagem de paredes claras salpicadas de vermelho a fez sentir uma súbita náusea. Ela sempre odiara Gujaareh, contudo...

Atrás de Sunandi, amanheceu.

Abaixo, no platô, começou a batalha.

Ela fechou os olhos ao ouvir o massivo grito de guerra de vinte e dois mil homens. Em silêncio, pela primeira vez na vida, rezou para Hananja.

Faça isso parar. Só Você pode agora. Faça o Príncipe voltar à razão. Salve Sua cidade — e nossas duas terras — de mais mortes inúteis e sem sentido.

Por um longo instante, como ela esperara, não houve resposta. Então sentiu um arrepio na nuca, reagindo a uma presença. Assustada, virou-se em cima da sela.

Ehiru estava ao lado do seu cavalo, os ombros caídos, os olhos no chão. Sunandi conteve a respiração, mais feliz do que jamais poderia ter imaginado de vê-lo vivo. Mas...

Ele ergueu a cabeça e Sunandi recuou, chocada com o que a fitava através dos olhos dele. *Insanidade*, pura e resplandecente, tão alheia ao rosto dele que ela mal o reconheceu. Insanidade e algo mais: avidez.

Ao longe, em meio às repentinas batidas de seu coração nos ouvidos, Sunandi registrou que o rumor da batalha lá embaixo havia parado. *Todos eles o veem*, percebeu ela, embora não pudesse dizer como sabia. Cada soldado, oficial e escravo no platô de Soijaro compartilhava aquela visão.

Então Ehiru estendeu braços impossivelmente compridos até ela, os lábios se estendendo em um sorriso irregular e revelando dentes tão afiados quanto espinhos de rosa.

— Eu lhe trago a paz — sussurrou ele, os dedos enterrando-se na pele dela como raízes.

No mundo de carne e sangue, Sunandi retesou-se em seu cavalo e começou a gritar. Vinte e duas mil outras gargantas gritaram com ela, mas aquele mundo era irrelevante. O mundo dos sonhos era o território do Ceifador, o único mundo que importava e, naquele reino, Ehiru jogou Sunandi no chão, imobilizando-a sem qualquer esforço. Ele se agachou sobre ela, ainda com seu adorável sorriso, e inclinou-se para se alimentar.

4Ø

*Um Coletor que recusa o Dízimo Final deve ser
considerado corrupto.*

(LEI)

Enfim morra, pensou Nijiri impetuosamente, *e se você cair na terra das
sombras, não me importo.*

Ele chutou Una-une, derrubando-o, e depois se sentou sobre ele,
agarrando o queixo e a nuca da criatura.

Mas havia se esquecido da velocidade de um Ceifador. O punho
de Una-une acertou seu queixo, a força do golpe quase quebrando
seu pescoço. Atordoado, Nijiri cambaleou para trás; Una-une se levantou e o jogou no chão da sacada. Um instante depois, Nijiri viu as
posições trocarem, a cabeça de Una-une tapando o céu da alvorada lá
no alto. Raios de tom âmbar do sol nascente iluminavam o rosto macilento e um dos olhos de Una-une, que refletia um brilho malévolo.

— Eu me lembro de você — disse o Ceifador, tomando fôlego, o
corpo magro tremendo de ganância. Os dedos raspavam os braços de
Nijiri, tentando imobilizá-los. — Sua alma era doce.

Nijiri rosnou em resposta e deu um impulso para cima, acertando
a boca de Una-une com a testa. O Ceifador emitiu um grunhido abafado de surpresa quando Nijiri firmou o pé no chão e empurrou com
toda a força, jogando-o para um lado. Livre, o aprendiz se levantou
às pressas, cambaleando para tentar se recuperar.

Una-une também estava de pé. Rápido como uma cobra da areia,
ele deu uma investida, sorrindo como um esqueleto. Nijiri escapou

por pouco de um punho, o vento produzido pela passagem do braço do outro comichando seu couro cabeludo. Ele rosnou e mudou de posição para dar um chute mas, antes que pudesse dar o golpe, Una-une abaixou-se e acertou sua barriga com o ombro.

Ambos tiveram sorte. No passado, o Ceifador fora um homem grande, mais baixo porém mais pesado do que Ehiru. Agora estava pele, osso e tendões encolhidos. Seu peso empurrou Nijiri contra o parapeito de metal da sacada com força suficiente para tirar-lhe o fôlego com um grito involuntário, mas não para fazê-los cair e encontrar a morte. Nijiri pressionou os ombros de Una-une por um momento, quase entrando em pânico quando um vento roçou suas costas e o advertiu do perigo. Desesperadamente, ele apertou as mãos e bateu na nuca de Una-une com toda a força.

O golpe deveria ter feito o outro cair de joelhos. Mas o colarinho de couro ao redor do pescoço dele suavizou a pancada e, no mesmo instante, Una-une se contorceu para um lado e se afastou. Ele cambaleou, os braços e a corrente do colarinho balançando, um sorriso de zombaria descarada nos lábios.

Brincando comigo, percebeu Nijiri com um arrepio.

Ele se afastou do parapeito, agachando-se em posição defensiva e tentando ignorar a dor no pescoço e nas costelas. A raiva desvanecera a essa altura; ela fora pouco mais do que uma fachada para o medo. Espontaneamente, veio-lhe a lembrança do toque frio do Ceifador em sua carne e alma e, apesar do calor cada vez maior do dia, ele tremeu.

Mas, sem aviso, o estado de espírito de Una-une mudou.

— Com medo — sussurrou ele. Leves rugas marcaram suas feições; ele inclinou a cabeça como se isso fosse de algum modo soltar os pensamentos emaranhados. — Assistentes... não deveriam temer.

Nijiri franziu a testa ao perceber qual trilha os pensamentos da criatura insana percorria agora. Não a noite na viela. O pranje.

Apesar das batidas fortes do coração, Nijiri cerrou o maxilar.

— Você matou o menino que te auxiliou.

— Poderia ter sido você. — Havia um sorriso maníaco no rosto de Una-une; Nijiri desconfiou que a intenção da criatura era elogiá-lo. — Garoto adorável. Por você, eu teria lutado contra a loucura com mais garra. Você ama Ehiru, não ama? Como ele me amava...

Ele parou de falar, uma centelha de confusão perpassando o rosto por um momento, e depois ergueu os olhos. Nijiri sobressaltou-se ao notar a repentina lucidez que havia neles.

— O favorito de Hananja — disse Una-une. Ele desviou o olhar, irradiando vergonha, enquanto Nijiri o fitava, confuso. — Tudo vinha às mãos dele como um pássaro domesticado. Sua habilidade na Coleta, a paz de Hananja e tantos admiradores. Eu o amava como a um filho, e o odiava também. Você entende? Foi então que eu soube. Não existia mais paz no meu coração. Nada além de solidão e raiva. Hora de ir embora.

De soslaio, Nijiri viu um movimento. Ousou olhar para o lado e viu Ehiru virar as costas, rígido como um idoso enquanto o Príncipe o guiava em direção ao parapeito. O que eles estavam fazendo? E por que Ehiru andava como um sonâmbulo tendo algum pesadelo?

Visões do Príncipe jogando Ehiru sobre o parapeito reverberaram em sua mente.

— Ehiru-irmão!

Por um momento, Ehiru pareceu tê-lo ouvido. Ele parou e começou a virar, mas então o Príncipe murmurou alguma coisa e levantou a outra mão. Uma jungissa? Fosse o que fosse, Ehiru parecia incapaz de resistir. Ele se voltou para o sul outra vez e continuou a andar em direção ao parapeito.

— Mesmo agora — falou Una-une.

Com um calafrio, Nijiri percebeu que havia se esquecido do adversário. Mas o outro apenas o observava, os olhos encovados irradiando um desespero tão profundo que o ódio de Nijiri titubeou. E isso o fez lembrar da única arma que lhe restava.

Engolindo em seco, ele baixou as mãos, endireitou-se e deu um passo à frente.

— Ainda existe paz em você, Una-une-irmão — disse ele. — Um Coletor pertence a Hananja sempre, mesmo agora.

Una-une franziu a testa ao ouvir isso, virando-se para contemplar o horizonte, mas Nijiri notou que suas palavras haviam sido ouvidas. A tristeza perpassou o rosto acabado do Coletor.

— Eu estava pronto — falou Una-une. — Eu disse a eles que queria Ehiru para pagar meu Dízimo Final. Mas eles me levaram embora, e desde então não tenho paz. — Ele suspirou, depois olhou para Nijiri. — Você acha que eu podia ter visto Hananja? Só uma vez, em Ina-Karekh?

Nijiri deu mais um passo à frente.

— Acho, irmão. Você A serviu bem.

Ele respirou fundo, tentando acalmar as batidas do coração, tentando sentir a verdade nas próprias palavras, tentando não pensar em Ehiru e no que quer que o Príncipe estivesse fazendo com ele. *O único dever de um Coletor é trazer paz; para isso, um Coletor deve ter paz dentro de si mesmo.* Tentou sentir compaixão por Una-une. Para sua surpresa, não foi difícil.

— Devo mandar você para Ela agora, Una-une-irmão? — perguntou em tom suave. — Eu conheço o caminho.

Una-une piscou para ele. Por um momento agridoce, de tirar o fôlego, seus olhos se encheram de anseio e Nijiri pensou que ele responderia "sim".

Então a expressão de Una-une foi tomada pela confusão. À medida que ela começou a passar, Nijiri teve um vislumbre da loucura subjacente do Ceifador. Não haveria um combate entre gato e rato dessa vez, ele entendeu naquele instante. O Ceifador (pois Nijiri podia ver Una-une desvanecendo como a névoa da manhã) penetraria sua mente e o absorveria até não restar mais nada.

Nijiri fechou os olhos.

— Me perdoe, grande Hananja. Não posso fazer isso da forma adequada e ainda ter certeza.

Então firmou o pé para se preparar, depois juntou os dedos da mão, formando uma lâmina, e afundou-a na garganta do Ceifador.

O Ceifador cambaleou para trás. Ergueu as mãos, segurando o colarinho de couro frouxo e a profunda concavidade no ponto onde costumava ficar sua laringe. Enquanto isso, Nijiri observava a área, que ficara roxa. Com essa abertura, ele correu para a frente e bateu no peito do Ceifador, levando a bílis onírica através do corpo, como fizera com o Sentinela Harakha no dia do teste de seu aprendizado. Ele não era um Compartilhador, não tinha ideia do que havia conseguido paralisar, apenas rezou para que fosse algo importante e, no instante seguinte, sangue jorrou de repente dos lábios do Ceifador. Ele mexeu a boca como um peixe, esforçando-se para respirar, em vão. Com a graça de um Coletor, desabou. Somente pelo intervalo de uma respiração, seus olhos se concentraram em Nijiri; havia paz neles.

Então Una-une não se mexeu mais.

Respirando fundo e cerrando os punhos, Nijiri virou para se concentrar em Ehiru e no Príncipe. *Oh, Deusa!*

Ehiru estava de frente para o sul. Suas mãos tremiam, erguidas diante dele com os dedos bifurcados. Seu corpo vibrava também, de modo mais rígido do que aquela criança afligida por uma enfermidade em Kisua: cada músculo saliente como uma corda sob a pele. Nijiri podia ver o rosto de seu mentor de perfil, paralisado em um ricto horrendo de voracidade e êxtase, e negação desesperada e aterrorizante. Os olhos dele estavam bem fechados. Sobressaindo ao rumor do vento, Nijiri conseguiu ouvir a voz de Ehiru se esforçando para emitir um ruído que talvez pudesse ter sido o grito de morte de um animal ou o rangido de uma viga sobrecarregada. Não era o som de algo humano.

— Uuuuuuuh...

E durante esse tempo todo o Príncipe estava ao lado dele, com as mãos em seus ombros, agarrado a ele como um carrapato. Tinha os olhos fechados também, mas de puro arrebatamento; sob a luz do crepúsculo, ele quase brilhava conforme absorvia poder.

— *Nnnnnnnn...*

— Afaste-se dele! — Nijiri atravessou o espaço entre eles e agarrou o Príncipe.

Foi como agarrar um relâmpago. O poder subiu pelos braços de Nijiri e penetrou, abrasando o cérebro antes que ele pudesse preparar as defesas ou soltar as mãos. Naquele momento alucinante, ele se sentiu desmoronando, fraco demais para suportar a avalanche de vontade, magia, sangue onírico, vida e...

— *Nnn... Não! Não, maldito, não!*

A torrente de poder parou. No silêncio ressoante e na lentidão que se seguiram, Nijiri viu o Príncipe, solto pelo esforço do aprendiz, cambalear para trás; sua expressão era de desvario e contrariedade. E então Nijiri viu o rosto de Ehiru se contorcer com uma fúria inumana. Ehiru se virou, ainda gritando... e enfiou os dedos nos olhos do Príncipe.

O impacto com o chão trouxe Nijiri de volta a si. Ele arquejou, desorientado. Após o intervalo de uma respiração, o Príncipe caiu ao seu lado, gritando, os olhos transformados em buracos ensanguentados. Um instante depois, Ehiru pulou em cima do Príncipe, bramindo e dilacerando o rosto dele com as próprias mãos.

Lá no alto, o céu rodou. Nijiri fechou os olhos, saboreando carne, sangue e osso, mas mais ciente naquele momento do que nunca antes na vida de que seu corpo era apenas a moradia temporária de seu verdadeiro eu.

Mas era uma moradia boa e forte, feita pelos próprios deuses, mesmo que nenhum deles admitisse o ato, e ele não tinha palavras para expressar sua gratidão por tê-lo.

* * *

Depois de um tempo, Nijiri conseguiu voltar a pensar. Virou a cabeça de lado e suspirou ao ver o corpo do Príncipe. O rosto estava irreconhecível, os membros contorcidos em uma bizarra posição esparramada. Ignorando aquilo, Nijiri se ergueu, apoiado em um cotovelo, e concentrou-se em Ehiru, que estava ajoelhado de frente para o horizonte.

— Irmão.

Ehiru não se virou.

— Nijiri. Nós vencemos. — Ele deu uma risadinha suave, sem amargura. — E perdemos. Um exército está vindo de Kisua para cá.

Nijiri sentou-se, encolhendo-se com a lembrança dos ferimentos esquecidos. Ele desconfiava que uma costela estivesse quebrada também.

— Você tem certeza?

— Posso sentir o gosto deles.

O vento mudou outra vez, levando consigo o intenso odor lamacento do rio. Ehiru respirou fundo, como se saboreando o cheiro.

Nijiri se levantou, limpando-se. O vento fazia ondular o tecido da camisa kisuati imunda que vestia desde as catacumbas. Ele a tirou e a jogou fora, deleitando-se com a sensação do sol e do ar na pele outra vez.

— Suponho que seja a vontade de Hananja também — respondeu ele, e Ehiru anuiu.

Os dois permaneceram assim por algum tempo, vendo o dia clarear sobre as terras verdejantes. Em algum lugar lá embaixo, fazendeiros lavravam os campos, pescadores verificavam as redes e mães acordavam os filhos com beijos. A guerra chegara a Gujaareh e não importava, pois quem quer que governasse os palácios e as fortalezas sempre precisaria de grãos, peixes e súditos para governar. Para isso, seria necessário haver paz. A vontade de Hananja sempre vencia no final.

Nijiri se virou para Ehiru e disse:

— Deite-se, Nsha.

Ehiru o fitou e sorriu. Deitou-se, os braços rentes às laterais do corpo, e esperou.

Nijiri ajoelhou-se e pôs as mãos no rosto de Ehiru, limpando o suor e a sujeira e os respingos de sangue do Príncipe. Quando terminou, acariciou o rosto de Ehiru, memorizando suas linhas como se já não houvesse feito isso cem vezes.

— Eu sou Zehur nos sonhos — sussurrou ele.

Ehiru aquiesceu.

— Vamos nos encontrar de novo, Zehur. — Ele inspirou fundo e soltou o ar em um longo e cansado suspiro.

As palavras do ritual estavam na mente de Nijiri, mas ele não as pronunciou. Não havia necessidade e, de qualquer forma, nenhuma palavra era adequada. O jovem pôs os dedos sobre os olhos de Ehiru para fechá-los e então colocou a mão no lugar. Ele não tinha nenhuma jungissa (a pedra profanada do Príncipe provavelmente caíra do parapeito da sacada), mas foi fácil pôr Ehiru para dormir. Foi mais fácil ainda passar pelas finas camadas que separavam os reinos, pois a alma de Ehiru já estava a meio caminho dos sonhos.

As imagens que passaram entre eles nos momentos que se seguiram foram simples. Ehiru era habilidoso o suficiente para construir o próprio paraíso. Nijiri se demorou apenas para garantir que as conexões apropriadas estavam no lugar: a mãe de Ehiru e o Kite-iyan, sua centena de irmãos, Una-une. Acrescentou toques pequenos, porém desnecessários, como se certificar de que o cheiro do rio pairasse no ar e deixar o céu claro para que a Sonhadora brilhasse com aquela estranheza especial que ele sabia que Ehiru amava. Quando o mundo estava terminado, ele se demorou mais um pouco, relutando em cortar a conexão final, mas por fim Ehiru delicadamente o empurrou para fora. Ina-Karekh não era lugar para os vivos, exceto em pequenas doses seguras de sonho.

Então enfim Nijiri se retirou do sonho e pegou o frágil e desgastado fio de Ehiru. Cortou-o habilmente, coletando o dízimo e soltando a alma no novo lar. Só quando os últimos vestígios do *umblikeh* de Ehiru haviam desvanecido ele seguiu o próprio fio para casa, acomodando-se de volta em sua carne com um suspiro.

— Adeus, irmão — disse o Coletor Nijiri. — De fato, vamos nos encontrar de novo.

Ele beijou o sorriso nos lábios de Ehiru, depois curvou-se para dar-lhe outro beijo no peito. Os beijos substituiriam sua assinatura de lótus.

Embora ninguém além dele fosse saber que estavam ali.

EPÍLOGO

A cidade de Hananja ardia sob a luz da Lua dos Sonhos.

Ladeada por oito soldados kisuati, Sunandi andava pelas ruas cheias de escombros, o rosto inexpressivo e o coração tomado de dor. Ali era o mercado dos artesãos, várias bancas já destruídas pelos incêndios deflagrados na cidade naqueles últimos dias. Havia o salão onde a famosa cantora Ky-yefter se apresentava, a fachada destruída por uma pedra atirada por uma catapulta. Embora o Bairro dos Infiéis e partes do muro mais ao sul estivessem em ruínas fumegantes, a maior parte da cidade permaneceu relativamente intacta. O exército gujaareen não lutara com muito afinco antes de se render, pois seu Príncipe estava morto. Desde então, os Protetores haviam sido irredutíveis na determinação de que não haveria pilhagem e o general Anzi fora implacável no cumprimento dessas instruções entre as tropas kisuati que vieram do norte para participar da ocupação. Como as coisas estavam, eles teriam dificuldades suficientes para controlar Gujaareh.

Contudo, estava claro que, mesmo com a cautela dos Protetores, algo vital fora danificado na cidade. Sunandi avistou alguns dos cidadãos formando brigadas para combater os incêndios, mas muitos mais apenas andavam em círculos em um estado de confusão desorientada, os rostos assustados e perdidos. Nas principais avenidas, alguns cidadãos vagueavam com seus companheiros enquanto viam os soldados kisuati passarem, mas a maioria estava sozinha, fosse sentada, de pé ou balançando-se. No bairro do prazer, os kisuati encontraram várias festas barulhentas em andamento, com música e dança pelas ruas. Mulheres das casas de timbalin com maquiagens extravagantes e jovens chamavam os soldados com gestos, alguns erguendo os sobrepanos para mostrar que não havia nada por baixo e outros já sem roupa alguma, todos simpáticos e sorridentes. Mas Sunandi vira o turvamento de drogas ou semente onírica em seus olhos, ouvira uma ponta de medo em seus doces convites. E, entre as prostitutas, avistou as silhuetas das Irmãs de Hananja vestindo amarelo em silenciosa vigia em meio à festança. Então ela entendeu: os profissionais do prazer se ofereciam aos conquistadores para que os cidadãos mais fracos de Gujaareh não fossem incomodados.

— Eles vão atacar qualquer um que pareça kisuati — advertira Anzi a Sunandi quando ficou sabendo do plano dela de percorrer a cidade. — Todo o nosso povo será um alvo para a vingança deles... uma mulher bonita como você, mais ainda.

Esperto da parte dele incluir esse elogio, refletiu ela. Simples, mas esperto. Bem, ele era bonito o bastante. Talvez quando a poeira baixasse e Gujaareh estivesse firmemente sob controle... Mas ainda não.

Olhe para eles, Anzi. Você continua com medo de vingança? O espírito desta cidade foi ferido, talvez mortalmente. Gujaareh espera para ver a morte chegar.

Eles entraram na praça do Hetawa.

Somente ali restava algo da velha paz de Gujaareh. A praça estava cheia de pessoas de todas as castas e profissões, algumas carregando trouxas ou puxando carrinhos com pertences. A rua diretamente à frente do Hetawa fora transformada em uma enfermaria provisória, com catres dispostos sobre os paralelepípedos. Familiares e acólitos do Hetawa andavam entre os leitos, atendendo vítimas de queimadura e soldados feridos. Outras pessoas ficavam por perto, algumas riscando avisos nas paredes dos prédios próximos, algumas amontoadas nos degraus do próprio Hetawa. Todavia, apesar da aglomeração na praça, Sunandi notou uma curiosa quietude na atmosfera — uma sensação intangível de conforto que podia ser vislumbrada em quase todos os rostos. Por um momento, ficou intrigada com essa sensação, e então de repente entendeu: não havia medo. Gujaareh fora derrotada, Gujaareh poderia morrer como uma nação individual, mas Gujaareh não temia. Não ali, no coração da cidade.

Mesmo sem querer, Sunandi sorriu.

Ela atravessou a praça. Nos degraus, parou e virou-se para os soldados.

— Esperem aqui.

O capitão da tropa, possivelmente seguindo ordens de Anzi, encarou-a.

— Impossível, Oradora. Deixá-la entrar lá sozinha...

— Você imagina que os Servos de Hananja a fariam refém? Ou a machucariam de alguma forma? — perguntou uma voz suave ali por perto, falando em um suua com forte sotaque.

Eles se viraram e viram um homem ruivo e atarracado nos degraus, observando-os com um ligeiro sorriso. Algo nele fez Sunandi ter a sensação imediata de reconhecê-lo, embora não conseguisse se lembrar de ter visto aquele rosto.

— Talvez façam isso em terras bárbaras — comentou o homem —, mas não aqui.

O capitão se indignou, mas Sunandi lançou-lhe um olhar firme e ele se acalmou.

— O senhor deve nos perdoar — disse ela para o homem. — É dever de um soldado se preocupar até com as possibilidades mais improváveis — falou em gujaareen; ele ergueu as sobrancelhas, surpreso e achando graça.

— É verdade. Mas lhe asseguro, algumas coisas *não* são possíveis, não diante dos olhos de Hananja. E, se fossem... — Ele olhou para o capitão e, embora o sorriso jamais desvanecesse, seus olhos assumiram uma dureza momentânea que Sunandi de súbito reconheceu.

— Vocês estão em apenas oito. Se quiséssemos a Oradora Jeh Kalawe como refém, seria simples levá-la.

O capitão parecia pronto para desembainhar a espada, embora a branda advertência do sujeito houvesse claramente tido impacto. Ele deu uma olhada na praça repleta de fiéis de Hananja (boa parte dos quais estava assistindo à cena), depois cerrou o maxilar e fixou os olhos à frente. Sunandi soltou a respiração que estava contendo e voltou-se para o homem.

— Parece que a minha reputação em Gujaareh é maior do que eu pensava — retorquiu ela. — Apesar disso, não deve ser nada em comparação com a sua, Coletor...?

— Rabbaneh — respondeu o homem. Ele inclinou a cabeça para Sunandi, depois se virou para subir os degraus, fazendo um gesto para que ela o seguisse. — Nijiri nos informou pouco depois de retornar que você foi julgada inocente de corrupção. Ele desconfiava que poderia voltar a Gujaareh, embora não tão cedo, e queria se certificar de que você não recebesse nenhuma... bênção indesejada, digamos assim. — Ele deu uma risadinha. — Muito diligente o nosso Nijiri.

Ela respondeu com um sorriso amargo, não totalmente segura de que gostava do senso de humor desse Coletor.

— Estou muito agradecida por isso.

— Todos nós estamos. — Ele olhou para ela, examinando-a cuidadosamente. — Ouvi dizer que você e os outros que estavam em Soijaro estão quase recuperados.

A lembrança fez Sunandi estremecer.

— Alguns morreram. Aqueles que já estavam doentes ou feridos, vários idosos, um punhado de outras pessoas. Mas o restante, sim, nós nos recuperamos, pelo menos fisicamente. Não posso dizer até que ponto algum de nós dorme bem à noite. — Ela suspirou e se obrigou a sorrir. — No mínimo, as histórias sobre aquele acontecimento monstruoso devem manter Kisua segura por muitos anos. Os soldados do norte quase caíram uns em cima dos outros ao voltar para os barcos e fugir para casa.

Os olhos de Rabbaneh estavam solenes, obviamente vendo além da tentativa dela de tratar o assunto com leveza, mas ele também sorriu.

— Um resultado pacífico então. Ótimo.

A porta dupla do pórtico principal do Hetawa fora aberta. Uma fila de pessoas saía, esparramando-se pelos degraus. Lá dentro, a fila se estendia pela área de um amplo salão cujo teto era bem alto, quase a perder de vista. Mas, embora o salão impressionasse Sunandi, foi a vista da gigantesca estátua de pedra da noite que a fez parar e ficar de queixo caído como uma criança encantada.

Enquanto ela olhava, Rabbaneh esperou, irradiando de algum modo desinteresse e orgulho possessivo sem dizer uma palavra. Após o intervalo de várias respirações, Sunandi engoliu em seco e, com esforço, tirou os olhos da Deusa.

— Achei que o Yanya-iyan fosse magnífico quando vi pela primeira vez — comentou ela. — Eu deveria ter imaginado que, em Gujaareh, o Hetawa seria a maior maravilha.

— Sim — respondeu o Coletor com um sorriso. — Você deveria ter imaginado.

Ele se dirigiu para as sombras atrás das colunas, andando com calma rumo ao fundo do salão. Sunandi apressou-se em segui-lo, tentando não olhar para as colunas e suas fábulas entalhadas, para as arandelas de onde vinhas de lágrimas-da-lua desciam pelas paredes em pleno florescimento, para o vidro facetado das imensas janelas. Entre as colunas, ela pôde vislumbrar outros sacerdotes hananjanos vestindo sobrepanos tingidos de vermelho, conduzindo as pessoas para alcovas do outro lado do salão. Coletando dízimos para curar os feridos, percebeu ela. Óbvio.

O Coletor parou diante de uma pesada cortina que levava para o que era claramente uma área diferente do Hetawa — os corredores, recintos e prédios que mantinham ocultos do olhar público. Ali, Sunandi hesitou. Mas Rabbaneh sorriu de novo, desta vez com sinceridade e sem o menor sinal de zombaria.

— Nijiri nos contou muitas histórias das viagens dele nessa oitava de dias desde que voltou, Oradora — disse ele. — Acho que ele vai ficar feliz de vê-la novamente.

Ela não tinha tanta certeza disso. Nem tinha certeza se queria vê-lo, agora que viera.

— Encontramos o corpo de Ehiru no Kite-iyan — falou ela. A moça percebeu que uma de suas mãos estava inquieta, alisando desnecessariamente uma prega do vestido, e obrigou-se a parar. — O Príncipe estava lá e o outro... o Ceifador também.

Rabbaneh aquiesceu.

— Nosso irmão fez seu aprendiz passar por um teste difícil. Mas Nijiri passou, como sabíamos que passaria. — Ele fez uma pausa, depois acrescentou com mais gentileza: — Venha. Vai ser bom para vocês dois.

O que havia nos Coletores, perguntou-se Sunandi, para fazê-la sentir como se eles não se preocupassem com nada no mundo mais do que com ela? Será que o sangue onírico os deixava assim? Ou será que eles procuravam de propósito sucessores que tivessem essa mistura fascinante e assustadora de empatia e crueldade?

Ela endireitou os ombros, fez um aceno tenso e passou pela porta. A cortina se abriu para um vasto pátio no centro do complexo. Passagens cobertas atravessavam o perímetro aqui e lá, cada uma ligando-se a outro prédio. Ela se esforçou para não ficar boquiaberta, ciente de que entrara em um mundo visto apenas por alguns privilegiados. No entanto, não pôde deixar de notar algumas coisas. Passaram por câmaras abobadadas cujas prateleiras estavam repletas de uma coleção valiosa de pergaminhos, um vasto pátio onde um guerreiro com cara de bravo espreitava uma fileira de adolescentes posicionados em alguma misteriosa postura de combate; um pátio isolado onde crianças mais novas corriam atrás umas das outras e brincavam em espantoso e alegre silêncio. Dentro daquelas paredes, protegidos pela Deusa, era como se a guerra não houvesse acontecido.

Então o Coletor a conduziu por uma passagem coberta até outro prédio, visivelmente mais antigo e com paredes de mármore em vez de arenito. Os corredores ali eram silenciosos e Sunandi não viu ninguém andando por eles.

— Para onde estamos indo? — perguntou ela. Em um lugar daquele, por instinto, manteve a voz baixa.

— Para o Jardim de Pedra — respondeu Rabbaneh. — Ele medita lá nas horas livres.

Eles chegaram ao átrio do prédio e passaram dos corredores gelados e pouco iluminados para um espaço de areia e luz. Duas rochas enormes e irregulares, uma entalhada em pedra da noite e a outra em mica branca, cada uma a um canto do átrio. Um punhado de pedras menores ocupava aleatoriamente o resto do espaço, algumas de tamanho suficiente para serem usadas como banco. No centro delas, com as pernas dobradas, estava Nijiri.

Rabbaneh parou, inclinando a cabeça para Sunandi.

— Vou deixá-la nas mãos dele.

Ela anuiu e ele desapareceu nas sombras dos corredores.

Seguiu-se um silêncio surpreendentemente reconfortante. Ela relaxou, o que parecia estranho enquanto pensava no caos e no desespero do lado de fora das paredes do Hetawa. Talvez isso também fosse obra de Hananja.

— Estou surpresa de vê-lo aqui, assassinozinho — disse Sunandi por fim. — Você esteve lá fora? As ruas de Gujaareh estão qualquer coisa, menos pacíficas hoje à noite.

Era difícil dizer daquele ângulo e apenas com a lua iluminando o jardim, mas ela ficou com a impressão de que Nijiri sorrira.

— Vamos sair logo, nós três — respondeu ele. — A perturbação na cidade é terrível, verdade, mas não pode ser evitada. Certos problemas nos mantiveram no Hetawa nesses últimos dias.

— Como por exemplo?

— Encontrar os conspiradores do Príncipe. Meus irmãos cuidaram do Superior várias quadras de dias atrás, mas havia outros ajudando-os. — Ele suspirou. — Você estava certa, Oradora. A corrupção tinha tomado conta do Hetawa. Mas estamos trabalhando duro para deixá-lo limpo outra vez.

Sabendo o que isso significava, Sunandi pigarreou, desconfortável.

— O Protetorado talvez queira alguns dos criminosos para julgamentos públicos. Não é o costume gujaareen, eu sei, mas algumas coisas devem mudar agora.

— Entendo. Vou falar com os meus irmãos. Vamos deixar alguns deles vivos para vocês.

Ela hesitou.

— Os Protetores sem dúvida vão tentar mudar *vocês* também. Percebe?

O sorriso dele voltou ao rosto.

— É, eu sei.

Pela preocupação em sua voz, ele poderia estar falando da limpeza. Chacoalhando a cabeça, consternada, Sunandi sentou-se em uma pedra próxima. Nijiri saiu de sua pose meditativa para encará-la.

Por um momento, ela mal o reconheceu. Ele não mudara fisicamente, mas fazia só um mês desde que o vira pela última vez. Agora havia, contudo, uma nova maturidade em suas feições. O envelhecimento causado pela experiência, talvez... ou talvez, mais provavelmente, uma diminuição da juventude. Desaparecera a inquietação frustrada que antes era onipresente nele; desaparecera também a raiva que sempre se agitara sob sua fachada calma. Agora ele era um Coletor. Agora havia apenas paz. Mas, em meio à paz, Sunandi podia ver tristeza também.

— Me conte — pediu ela.

Nijiri fitou-a por um longo instante, depois contou.

Quando terminou de falar sobre a morte de Ehiru, ela estava chorando. Ele falara baixinho, sem ornamentos nem artifícios — mas não havia necessidade de mais nada. Até as palavras mais simples transmitiam a agonia da descida final de Ehiru até a loucura e a perda absoluta que o rapaz sentia. Mas, para a surpresa da moça, Nijiri sorriu quando a história acabou.

— Você está chorando por ele? — perguntou o Coletor.

Por Ehiru. Por Nijiri. Por Gujaareh, que jamais seria a mesma. Por ela própria.

— Estou — respondeu Sunandi.

Ele se levantou e atravessou a areia para ficar diante de Sunandi.

— Então compartilhe isso — disse Nijiri, pousando as mãos nas bochechas dela.

Naquele momento, o corpo da jovem (sua mente, todo o seu ser) foi tomado por uma alegria mais poderosa do que qualquer coisa que as palavras pudessem captar. Afastou as cicatrizes remanescentes da Ceifa e da morte de Lin, encheu-a de uma esperança quase intensa demais para suportar, ardeu como mil sóis no âmago de sua alma. Lágrimas não eram o bastante; risos não eram o bastante. As duas coisas ao mesmo tempo eram inúteis, mas ela chorou e riu mesmo assim, pois seria um crime deixar uma alegria absoluta dessas inconfessa, reprimida.

Quando voltou a si, Sunandi descobriu que encostara o rosto no peito do rapaz, agarrando-se a Nijiri porque ele também conhecia o júbilo dentro dela. Isso os tornou um só. Os braços dele ao redor dos ombros dela pareceram a coisa mais natural do mundo.

— Esta é a paz dele — Nijiri falou ao ouvido dela. — Agora você entende.

Ela entendia. Enfim entendia tanta coisa.

O Coletor a abraçou até que os tremores cessaram, afagando o cabelo dela e murmurando palavras tranquilizadoras o tempo todo. Quando a mulher enfim alçou o olhar, ele se afastou, graciosamente contornando o inevitável embaraço que vinha após um momento de intimidade. Quando ele lhe ofereceu a mão de novo, foi como Nijiri, o jovem rude e destemido que a protegera no deserto, não Nijiri, o Coletor. Era mais fácil lidar com o primeiro, então ele se tornara aquele primeiro para ela — embora o último fosse sua nova realidade.

Sunandi pegou a mão dele e Nijiri a ajudou a se levantar.

— Vá ao Yanya-iyan, Oradora — disse ele. — Diga aos tolos que Kisua tomou providências para nos governar sobre como fazer as coisas. Hananja abomina transições desajeitadas. Gujaareh não vai resistir se nos tratarem com respeito.

Ela aquiesceu, ainda emocionada demais para falar. Então ele a conduziu para fora do jardim e de volta ao salão onde a estátua de Hananja protegia o Seu povo.

Olhando para Ela, Sunandi falou:

— Obrigada.

— É dever de um Coletor trazer paz — respondeu Nijiri.

Quando ela voltou a prestar atenção nele, Rabbaneh o acompanhava e, depois de um momento, um terceiro homem com olhos de Coletor saiu das sombras. Antigamente, ela teria estremecido na presença deles, mas agora apenas sorriu.

— Façam bem o seu trabalho — disse a eles. — Seu povo precisa de vocês.

Nijiri somente aquiesceu, embora Sunandi visse cordialidade nos olhos dele. Então ele se virou para seguir enquanto os outros dois se afastavam. Ela os observou atravessar o Salão até a plataforma, onde os Compartilhadores pararam imediatamente o trabalho e abriram caminho. Juntos, os Coletores se ajoelharam e se curvaram sobre as mãos aos pés de Hananja; um instante depois, levantaram-se e deixaram o Salão. Sairiam do Hetawa pelo Portão dos Coletores, ela sabia, e demorariam muitas horas para voltar. Deixariam cadáveres pelo caminho. Mas, por seus esforços, a alma de Gujaareh mais uma vez encontraria paz.

Com um aceno de satisfação, Sunandi deixou o Hetawa e foi fazer sua parte.

GLOSSÁRIO

Acólitos: garotos que têm entre doze e dezesseis inundações e foram escolhidos para seguir o Serviço de Hananja, mas que ainda não fizeram o juramento para dedicar-se a um dos quatro caminhos.

Alta-casta: as famílias reais gujaareen, shunha e zhinha; em Kisua, inclui soonha e caçadores.

Aprendizes: jovens que passaram para a idade do amadurecimento e começaram o treinamento superior na vocação adulta.

Atador: cintas usadas para manter o sobrepano no lugar. Muitas vezes decoradas com fechos e usadas para carregar alforjes ou ferramentas.

Auréola do Sol Poente: símbolo da autoridade e da divindade da linhagem do Ocaso. Emblema que consiste em gravuras alternadas em vermelho e dourado no formato de raios ao redor de um semicírculo de ouro, localizado sobre um bastão entalhado em nhefti branco.

Baixa-casta: membro de qualquer das castas na base da pirâmide social gujaareen. Inclui agricultores e empregados.

Banbarra: uma tribo do deserto, inimigos de Gujaareh.

Bílis onírica: um dos quatro humores oníricos que formam a base da magia gujaareen. Extraída de pesadelos, útil para desencorajar o crescimento nocivo e destruir tecidos desnecessários do corpo.

Casta: as classes sociais/vocacionais de Gujaareh e de Kisua, atribuídas no nascimento. Um indivíduo só pode transcender sua casta se entrar no serviço público (como o Hetawa ou o serviço militar).

Ceifador: um mito. Abominação.

Charad-dinh: uma pequena nação a sudeste de Kisua, na fronteira da Grande Floresta Verde.

Cidade de Hananja: outro nome para a capital de Gujaareh.

Cidade dos Sonhos: nome coloquial para a capital de Gujaareh. Também conhecida como "Cidade de Hananja", o nome oficial é apenas "Gujaareh".

Clãs de Bromarte: grupo de tribos do norte cujos territórios se localizam do outro lado do Mar da Glória, em frente a Gujaareh.

Colarinho: item de decoração usado em Gujaareh e ocasionalmente em Kisua. Consiste em uma faixa ao redor do pescoço e ornamentos pendentes que formam drapeados em torno do peito e dos ombros.

Coletores: um dos quatro caminhos no Serviço de Hananja, responsáveis por fazer cumprir a Lei.

Compartilhadores: um dos quatro caminhos no Serviço de Hananja, responsáveis pela saúde da cidade. Usam narcomancia e, às vezes, cirurgia e fitoterapia.

Conselho dos Caminhos: junto ao Superior, forma o conselho administrativo do Hetawa. Inclui membros seniores dos Sentinelas, Professores e Compartilhadores, bem como uma intermediária (sem direito a voto) das Irmãs. Por cortesia, os Coletores trabalham sob a autoridade desse conselho, embora oficialmente sejam autônomos.

Cura: qualquer arte de cura não mágica, inclusive a fitoterapia e a cirurgia.

Dane-inge: uma das filhas divinas da Lua dos Sonhos e do Sol. Deusa da dança.

Demanda: pedido oficial pelo serviço de um Coletor. As demandas normalmente são apresentadas por membros da família.

Deusa, A: em Gujaareh, outro termo para Hananja. Em Kisua, pode referir-se a qualquer divindade feminina.

Dízimo: a oferenda devida por um cidadão gujaareen a Hananja.

Dízimo Final: a oferenda de todo o restante do sangue onírico de um Coletor à Deusa quando seus serviços chegam ao fim.

Doação: a oferenda mensal de sonhos exigida de todos os cidadãos de Gujaareh.

Ehiru: um Coletor de Hananja; a rosa (negra) do oásis. Outrora filho da linhagem do Ocaso.

Escravo: em Kisua, inimigos cativos, devedores, indigentes, forasteiros indesejados e criminosos condenados à servidão por um período de anos. A escravidão é ilegal em Gujaareh.

Forças Armadas: como os servos de Hananja, um serviço público em Gujaareh, e uma casta na qual se pode nascer ou na qual se pode ser incluído.

Gualoh: palavra bromarteana equivalente a "demônio".

Gujaareh: uma cidade-estado cuja capital (também chamada Gujaareh, ou Cidade dos Sonhos, ou Cidade de Hananja) se situa na foz do Sangue da Deusa, ao longo do Mar da Glória.

Hananja: uma das filhas divinas da Lua dos Sonhos e do Sol. A deusa dos sonhos, também associada à morte e à vida além-túmulo.

Hekeh: planta fibrosa nativa do Vale do Rio do Sangue, cultivada em Gujaareh e em outras nações ribeirinhas. Útil para a produção de tecidos, cordas e muitos outros materiais.

Hetawa: o templo central e o centro físico da vida espiritual em Gujaareh. O Hetawa supervisiona a educação, as leis e a saúde pública.

Hieráticos: forma estenográfica ou cursiva da língua gujaareen escrita.

Hona-Karekh: o reino da vigília.

Humores físicos: sangue, bílis, icor (plasma) e semente.

Humores oníricos: as energias mágicas extraídas dos sonhos.

Icor onírico: um dos quatro humores oníricos que formam a base da magia gujaareen. Extraído de sonhos comuns e sem sentido, útil para reparar danos ao corpo.

Idade do amadurecimento: em Gujaareh e Kisua, 4 × 4, ou dezesseis inundações de vida. A idade em que são concedidos aos jovens cidadãos os direitos legais e todos os outros direitos da maioridade e podem receber a confirmação de sua vocação de escolha.

Idade da escolha: em Gujaareh e Kisua, 3 × 4, ou doze inundações de vida. A idade em que os jovens cidadãos são considerados maduros o bastante para seguir uma vocação escolhida, cortejar um pretendente ou tomar muitas outras decisões significativas.

Idade da velhice: em Gujaareh, 4 × 4 × 4, ou 64 inundações de vida. A idade em que cidadãos são considerados maduros o bastante para ocupar posições de liderança ou respeito. Em Kisua, os cidadãos são considerados velhos aos 52 anos.

Ina-Karekh: a terra dos sonhos. Os vivos podem visitar essa terra por breves períodos durante o sono. Os mortos vivem nesse lugar pela eternidade.

Indethe: palavra da língua suua para atenção/honra/amor.

Inim-teh: planta cultivada no Vale do Rio do Sangue. As sementes são colhidas e trituradas para fazer um condimento picante útil para preparar conservas e dar sabor.

Interminável, O: o grande oceano a oeste do Mar da Glória.

Inundação: evento anual em que o rio de Sangue da Deusa transborda e enche o vale do rio de Sangue, renovando a fertilidade do solo. Também é o marco com o qual os habitantes do vale contam eventos perenes, tais como a idade.

Inunru: grande figura respeitada da história da fé hananjana.

Irmãs de Hananja: ordem (independente do Hetawa) que consiste predominantemente de mulheres que servem Hananja coletando sementes oníricas na cidade.

Jardim das Águas: espaço de meditação na parte interior do Hetawa.

Jardim de Madeira: espaço de meditação na parte interior do Hetawa.

Jardim de Pedra: espaço de meditação na parte interior do Hetawa.

Jardim dos Ventos: espaço de meditação na parte interior do Hetawa.

Jellevy: pequena ilha-nação no Oceano Leste, perto de Kisua.

Jungissa: pedra rara que ressoa em resposta a estímulos. Narcomancistas habilidosos as usam para induzir e controlar o sono. Todas as jungissas são fragmentos das sementes do Sol, caídos na terra, vindos do céu.

Ketuyae: vilarejo ao sul dos Territórios Gujaareen.

Kisua: cidade-estado na região do meio oriente continental, pátria de Gujaareh.

Kite-iyan: o palácio alternativo do Príncipe, lar de suas esposas e filhos.

Lágrima-da-lua: flor encontrada ao longo do Sangue da Deusa, que só floresce sob a luz da Lua dos Sonhos. Sagrada para a fé hananjana.

Lei de Hananja: o conjunto de leis que regem Gujaareh. Sua doutrina é a paz.

Lestenenses: termo coletivo para povos de terras longínquas ao leste do Mar da Glória.

Linhagem do Ocaso: a família real de Gujaareh, considerada descendente do Sol.

Lua da Vigília: irmã mais nova da Lua dos Sonhos. Visível somente antes do nascer do sol e depois do pôr do sol.

Lua dos Sonhos: a mãe de todos os deuses e deusas, exceto do Sol e da Lua da Vigília, e senhora do céu. Também chamada de "a Sonhadora".

Magia: o poder de cura e dos sonhos.

Manuflexão: gesto de respeito oferecido apenas àqueles que têm o favorecimento dos deuses. O suplicante se apoia em um joelho, cruzando os antebraços (com as palmas para fora) diante do rosto.

Média-casta: membro de qualquer casta do meio da pirâmide social gujaareen. Inclui comerciantes e artesãos.

Merik: um dos filhos divinos da Lua dos Sonhos e do Sol. Tritura montanhas e preenche vales.

Mil Vazios: o deserto que se estende do extremo sul dos Territórios Gujaareen ao extremo norte do Protetorado kisuati.

Mnedza: uma das filhas divinas da Lua dos Sonhos e do Sol. Traz prazer para as mulheres.

Narcomancia: as habilidades gujaareen de lançar feitiços de sono, controlar os sonhos e usar os humores oníricos. Coloquialmente chamada de mágica dos sonhos.

Nhefti: árvore resistente, de tronco espesso, que cresce próximo às montanhas do Vale do Rio de Sangue. Sua madeira é branco-âmbar e naturalmente perolada quando polida. Usada apenas para a fabricação de objetos sagrados.

Nijiri: aprendiz do caminho dos Coletores; a lótus azul. Seu mentor é Ehiru.

Noite Hamyan: a noite mais curta do ano, quando os sonhos se tornam tão escassos que a Deusa Hananja passa fome. Considerada uma celebração do solstício de verão em Gujaareh.

Nome de alma: nomes dados às crianças gujaareen para protegê-las em Ina-Karekh.

Nortenhos: termo coletivo para os membros de várias tribos ao norte do Mar da Glória. Termo educado para "bárbaros".

Numeráticos: representações gráficas/simbólicas usadas na matemática, das quais se diz que têm sua própria mágica.

Pictorais: a forma escrita glífica/simbólica da língua gujaareen, baseada no kisuati escrito. Usada em pedidos formais, poemas, anotações históricas e escritos religiosos.

Plissaia: vestimenta usada principalmente por homens em Gujaareh que consiste em uma vestidura de hekeh que vai até o joelho ou de um tecido de linho plissado.

Portador do dízimo: pessoa designada pelo Hetawa para receber a bênção suprema de Hananja em troca do dízimo dos humores oníricos.

Pranje: ritual realizado por narcomancistas a fim de testar seu autocontrole.

Príncipe/O senhor do Ocaso/O Avatar de Hananja: o governante de Gujaareh no reino da vigília. Após a morte, é elevado ao trono de Ina-Karekh, onde governa ao lado de Hananja até a chegada de um novo Rei (que ele viva na paz Dela para sempre).

Professores: um dos quatro caminhos no Serviço de Hananja, responsáveis pela educação e pela busca do conhecimento.

Protetores: o conselho de anciãos que governa Kisua.

Quatro: o número de faixas da face da Lua dos Sonhos. Número sagrado, assim como seus múltiplos.

Quatro de quatro: $4 \times 4 \times 4 \times 4$, ou 256. Um número sagrado.

Rabbaneh: um Coletor de Hananja; a papoula vermelha.

Rapinante: aves de rapina noturnas que caçam no Mil Vazios. É de mau agouro ver rapinantes durante o dia ou longe do deserto fora da estação chuvosa.

Rei: em Gujaareh, o Príncipe falecido mais recentemente (que ele viva na paz Dela para sempre).

Renegado: um Coletor ou Compartilhador que fracassou no pranje e recusou o Dízimo final. Corrupção.

Sabedoria de Hananja: compilação de provérbios, profecias e outras tradições que os fiéis hananjanos devem aprender.

Sábios Fundadores: os fundadores de Gujaareh, inclusive Inunru.

Sangue da Deusa: rio cuja nascente se localiza nas montanhas de Kisua. Sua foz desagua no Mar da Glória, na parte norte de Gujaareh.

Sangue onírico: um dos quatro humores oníricos que formam a base da magia gujaareen. Extraído do último sonho que ocorre no momento da morte, útil para trazer paz.

Semente onírica: um dos quatro humores oníricos que formam a base da magia gujaareen. Extraída de sonhos eróticos, útil para estimular o crescimento que normalmente ocorre apenas no útero (por ex.: novos membros).

Sentinelas: um dos quatro caminhos no Serviço a Hananja. Protegem o Hetawa e todos os trabalhos da Deusa.

Servo: em Gujaareh, membro da casta mais baixa. Servos não têm permissão para acumular riqueza e podem escolher os próprios senhores.

Servos de Hananja: sacerdotes que juraram servir à Deusa.

Shadoun: uma tribo do deserto, inimigos de Gujaareh no passado, agora aliados dos kisuati.

Shunha: um dos dois ramos da nobreza gujaareen, que afirma descender de relacionamentos entre mortais e filhos da Lua dos Sonhos. Os shunha mantêm os costumes e as tradições da terra natal (Kisua).

Sobrepano: vestimenta usada principalmente por homens em Gujaareh que consiste de dois pedaços de tecido compridos (até o joelho ou até o tornozelo) atados ao redor da cintura por tiras de couro ou correntes de metal.

Soonha: a nobreza kisuati, que afirma descender de relacionamentos entre mortais e filhos da Lua dos Sonhos.

Sonta-i: um Coletor de Hananja; a beladona anil.

Sunandi Jeh Kalawe: uma dama dos soonha kisuati, indicada como Voz do Protetorado em Gujaareh.

Superior: chefe administrativo do Hetawa, cujas decisões são tomadas em conjunto com o Conselho dos Caminhos e os Coletores.

Suspensão: adiar formalmente qualquer ordem expedida pelo Hetawa enquanto se aguarda uma investigação pendente. Pode ser invocada por qualquer servo de Hananja que fez o juramento para seguir um caminho, embora a suspensão deva ser justificada diante do Conselho dos Caminhos ou do Superior.

Taffur: um pequeno canídeo encontrado na região do Vale do Sangue e no Mil Vazios, às vezes criado como animal de estimação em Gujaareh e Kisua.

Terra das Sombras: o lugar em Ina-Karekh criado pelos pesadelos de todos os sonhadores. Aqueles que morrem em sofrimento são arrastados para lá a fim de habitar por toda a eternidade.

Terras do Sul: nome coletivo para várias tribos que vivem além da nascente do rio Sangue da Deusa, muitas das quais são estados-vassalos de Kisua.

Territórios, Os: nome coletivo para as cidades e tribos que juraram aliança a Gujaareh.

Tesa: um oásis no Mil Vazios em torno do qual se desenvolveu um próspero centro comercial.

Teste da Verdade: os procedimentos exigidos para determinar se e quando a ajuda de um Coletor é necessária. Em geral, realizados pelo Conselho dos Caminhos, embora qualquer Coletor tenha poder de decisão para fazer uma avaliação em campo.

Timbalin: narcótico popular em Gujaareh. Permite sonhar de maneira descontrolada.

Umblikeh: o cordão que liga a alma à carne e permite viajar para fora do corpo a outros reinos. Quando rompido, a morte sobrevém instantaneamente.

Una-une: um Coletor de Hananja recém-falecido. Mentor de Ehiru.

Vestidura: vestimenta usada por homens e mulheres em Kisua. A veste de uma mulher normalmente vai até o tornozelo; a do homem pode ir até o joelho ou ser mais curta e adornada com um drapeado até o ombro.

Visão falsa: sonho que parece ser uma visão do futuro ou do passado, mas é distorcida demais para ser interpretada, ou simplesmente inexata.

Visão verdadeira: visão onírica do futuro ou do passado.

Voz de Kisua: um embaixador de Kisua, que fala pelos Protetores. O título apropriado para uma Voz é "Orador".

Yanya-iyan: o palácio principal do Príncipe na capital, sede do governo de Gujaareh.

Zhinha: um dos dois ramos da nobreza em Gujaareh, que afirma descender de relacionamentos entre mortais e filhos da Lua dos Sonhos. Os zhinha acreditam que a força de Gujaareh está em sua capacidade de se adaptar e mudar.

AGRADECIMENTOS

Os agradecimentos aqui são mais aos recursos do que às pessoas, mas só porque a lista de pessoas a agradecer daria outro livro por si só. A lista de recursos úteis daria também, mas vou destacar alguns pelas anotações particulares. Primeiro, *Mythology: an illustrated encyclopedia*, de Richard Cavendish, um livro estilo coffee-table que beirou o impossível: um levantamento dos sistemas mitológicos de todo o mundo. Havia alguns problemas notáveis de viés cultural e também problemas comuns a toda pesquisa muito ampla, mas foi útil de um jeito: quando iniciei a leitura, comecei a notar a estrutura comum subjacente à maioria das cosmogonias humanas. Usei essa estrutura comum, assim como fiz em Inheritance Trilogy, para criar os deuses de Kisua e Gujaareh.

Também *A interpretação dos sonhos*, de Sigmund Freud, e *O livro vermelho*, de Carl Gustav Jung. Este último pude ver "em pessoa" graças à adorável exposição no Rubin Museum, em Nova York. Os primeiros psicanalistas erraram muito em seus estudos sobre a natureza humana, contudo, na jornada parte espiritual, parte intelectual para entender seus companheiros seres humanos, tive a sensação de como a fé pode nascer. Em algum ponto, o fundador de Gujaareh, Inunru — er, sem os assassinatos em massa e a megalomania — é inspirado neles.

Também, os acervos egípcio e núbio do Brooklyn Museum. O acervo do British Museum é bem maior e mais impressionante, mas não vivo em Londres e esse museu é muito cheio e ansiosamente cheio de guardas para permitir as horas de estudo de que eu precisava. Uma visita rápida não pode dar a você a sensação real de viver o dia a dia dos antigos habitantes da cidade: como eles penteavam o cabelo, como limpavam os dentes, como se locomoviam de casa até o trabalho, como fofocavam sobre o cara da rua de baixo que os olhou atravessado e você ouviu que ele adora *aquele* deus? No Brooklyn, ninguém se importa se você se sentar em algum lugar e ficar encarando algo por horas, contanto que não se levante e atire em alguém.

Ah, e vou me permitir um pouco de obrigada-às-pessoas: ao meu primeiro grupo de escrita, BRAWLers, que era o Boston Area Writers' Group, até decidirmos que ele precisava de um nome melhor. Vocês rasgaram este livro e o reconstruíram muito melhor, e o amaram e torceram por ele mais do que ninguém. (Não, Jennifer, eles não fizeram sexo.) Obrigada.

ENTREVISTA

Então meu editor pediu que eu entrevistasse a mim mesma em prol dos meus leitores. Devo admitir que isso é novo para mim. Em princípio, eu meio que gosto da ideia: agora tenho a oportunidade de me fazer perguntas que acho interessantes enquanto evito todas aquelas perguntas incrivelmente irritantes que os entrevistadores sempre parecem fazer, como "de onde você tira as suas ideias?" E posso até mesmo ser grossa comigo mesma! Ei, isso até que é legal. Então aqui vai.

De onde você tirou as suas...?
TAPA. Viu? Já está sendo divertido!

Ai. Então, sobre a terra de Gujaareh. Por que você a criou nos moldes do Antigo Egito?
Sempre fui fascinada pelos impérios antigos em geral, mas particularmente pelos que continuaram misteriosos para os historiadores e cientistas "ocidentais" ou foram ignorados por eles. O Egito na verdade não é o pior deles, mas esse foi parte do motivo pelo qual eu o escolhi: porque já existe tanto conhecimento acadêmico e existem tantas descobertas arqueológicas e artísticas a serem exploradas. Isso tornou a pesquisa mais fácil.

Mas, além disso, eu era fascinada pela magia egípcia, que parece ter sido uma mescla homogênea das disciplinas religiosa e médica para eles. Fiquei surpresa ao descobrir alguns anos atrás que a filosofia médica dos "quatro humores" era empregada lá porque sempre me ensinaram que era algo que tinha vindo dos gregos. (Mas o antigo Egito, a antiga Grécia e a antiga Roma fizeram muita polinização cruzada.) Isso me fez pensar que outras surpresas poderia haver no estudo do antigo saber egípcio, então comecei a explorar mais. E, mais ou menos nessa época, descobri um novo ramo da ciência moderna que parecia se encaixar muito bem com essas coisas egípcias: a teoria psicodinâmica.

Ah, então foi isso o que levou você a criar um sistema mágico baseado na teoria dos sonhos de Freud e na medicina egípcia. Porque são coisas loucas.
Bem, não. (E Freud diria que não existe "louco".) A medicina moderna reconhece o poder da medicina subconsciente. Você já ouviu falar do efeito placebo — sei que ouviu porque você sou eu — em que as pessoas que recebem um comprimido de açúcar (ou alguma outra coisa que não tem teor medicinal) costumam responder tão bem ao tratamento quanto as pessoas que recebem o remédio de verdade. Às vezes sua recuperação não é nada menos do que milagrosa e elas melhoram porque *acreditam* que deviam melhorar. O poder da mente de afetar o corpo é algo que foi entendido e explorado desde os tempos antigos. Daí não é muito difícil chegar à ideia de que um sonho dirigido e lúcido poderia, de algum modo, ser usado para explorar o efeito placebo. É algo que Jung contemplou abertamente e explorou por meio de um contexto religioso, em particular da mandala hindu... mas eu estou divagando.

Então essa é a conexão religiosa. Tudo bem, admita: discretamente, você está tentando converter pessoas ao hinduísmo!
Não, isso é uma estupidez. Eu não sei nada sobre o hinduísmo além do que li em alguns livros. E, de qualquer forma, não sou hindu.

Não?
Não.

Mas você mencionou uma influência hindu na Trilogia Legado.
É, e do zoroastrismo, e das mitologias greco-romana e nórdica, e nos contos *trickster* de indígenas norte-americanos, e dos espíritos do vodu, e da Santíssima Trindade Cristã. Sempre acho interessante

como as pessoas escolhem se concentrar em uma coisa de uma lista. Dei uma lista porque *todos* os itens são importantes.

Droga.
Isso não é uma pergunta.

Certo, então você está fazendo proselitismo de alguma coisa? Porque você fica explorando a religião na sua escrita e isso tem que ter algum significado.
Bem, eu me considero agnóstica, não no sentido de duvidar da existência de Deus, mas no sentido de duvidar da capacidade de qualquer religião humana de abranger o divino. Mais especificamente, acho que a religião sozinha *não é suficiente* para abranger o divino. A religião é um guia útil para a vida, presumindo que você ainda esteja vivendo na sociedade que existia na época da fundação da religião. É útil para unificar e motivar uma população. Mas para nos entendermos e para entender o universo, precisamos explorar outras escolas de pensamento: a complexidade da consciência humana, os limites da ciência, e mais. Acredito que um dia precisaremos interagir com outras entidades inteligentes e trocar ideias. E precisamos ter cuidado com a maneira como deixar os outros pensarem e aprenderem *por* nós pode se voltar contra nós. Então, se existe algum tema religioso na minha obra, é esse.

Como é que é?
Olhe, apenas escreva.

Certo, mas... sobre Ina-Karekh, a "terra dos sonhos" gujaareen. A intenção foi que ela representasse o Céu Cristão? E a terra das sombras seria o Inferno?
Não. Ina-Karekh se baseia no inconsciente coletivo de Jung. E o método usado para entrar lá está enraizado na crença egípcia: a separação do *ka*, a energia de vida da alma, do *ba*, a materialização física da alma, em que o *ka* está contido em vários órgãos e, sozinho, poderia ter dificuldade para viajar para outros planos de existência.

É, tanto faz, vamos continuar com algo mais interessante. Os Coletores são todos gays, certo? Eles são totalmente gays.
Não existe "gay" em Gujaareh. Na sociedade gujaareen, as pessoas amam quem amam. Mas, se usássemos os rótulos americanos modernos em qualquer um deles, Nijiri seria gay.

E o resto?
Eles são mais difíceis de classificar. A maioria dos gujaareen é oportunista: eles vão transar com todo gosto com qualquer um por quem sintam atração, então nós os chamaríamos de bissexuais. Mas esse rótulo na verdade não se encaixa porque ser bissexual não é só sobre com quem você se deita. De qualquer modo, Ehiru era heterossexual antes de se tornar Coletor: isso os transforma de mais maneiras do que apenas espiritualmente. Da forma como as coisas são, todos os Coletores estão mais perto de ser assexuados.

Todas as pessoas nesse livro são africanas?
Não. Não é a Terra. Não existe África.

Você sabe o que eu quero dizer. Todos são negros?
Alguns são. Alguns são meio que ruivos, ou marrom-amarelados, e alguns são bronzeados com sardas, e alguns são brancos o bastante a ponto de não sair ao meio dia. Mas já sei aonde você quer chegar. Gujaareh foi baseada no antigo Egito. (E Kisua, na Núbia antiga.) O Egito, apesar do que o meu livro de geografia do ensino fundamental tentava me dizer, fica na África; portanto, seu povo é africano. Mas "africano" não tem uma aparência fixa, da mesma forma como "asiático" ou "europeu" não têm. Além disso, o Egito era o ponto de intersecção do comércio daquele lado do planeta naquela época. Comerciantes do que se tornaria a China, do Império Persa, da Grécia, do Império Romano, do Império do Mali, dos Vikings, dos Núbios, todos passavam pelos portos do Egito. Tudo o que sabemos sobre o Egito antigo, dos modernos estudos genéticos das múmias até a própria arte deles, sugere que era uma sociedade multicultural, multilíngue e multirracial. Então foi isso o que eu tentei retratar aqui.

Você poderia ter feito essa história em um cenário medieval europeu.
Isso não é uma pergunta, e não, eu não poderia. Para começar, o sistema de magia está enraizado na antiga ciência e medicina egípcia, e a medicina na Europa medieval era uma coisa completamente diferente...

POR QUE VOCÊ ODEIA A EUROPA MEDIEVAL?!?!?!!?!
Ahn, você pode se acalmar? Precisamos manter a nossa pressão arterial dentro de um limite saudável.

Hater.
::suspiro:: Olhe, eu não tenho nenhum problema com a Europa medieval. Tenho um problema com a *fetichização* da Europa medieval na fantasia moderna, é diferente. Tantos escritores e fãs de fantasia simplificam a estrutura social do período, tornam monótonas as interações sociais, tratam os conflitos como binários em vez de tratá-los como a complicada tapeçaria dinâmica que eram na verdade. Eles não estão fazendo uma Europa medieval, estão fazendo Fantasia Simplista Das Ilhas Britânicas Cheia De Muitos Caras Com Espadas E Não Muito Mais. Nem toda fantasia medieval europeia faz isso, claro, mas um número suficiente faz a ponto de, francamente, me fazerem rejeitar o cenário. Pode ser que eu aborde uma Europa medieval não simplificada um dia... mas, sinceramente, eu duvido. Adorei o desafio de escrever os livros da duologia Dreamblood, mas descobri que prefiro criar os meus próprios mundos a imitar a realidade. Construir um mundo do zero é mais fácil.

Se você gostou tanto de escrever os livros da duologia Dreamblood, por que só existem dois?
Pode haver mais. Tenho muitas histórias da Lua dos Sonhos na minha cabeça. Mas eu tenho mais ideias do que tempo para escrevê-las, infelizmente.

É porque você é preguiçosa e desorganizada e não tem disciplina.
TAPA.

Você é tão má.
Já terminou?

Tudo bem, última pergunta. É um gigante gasoso que você tem aí no bolso ou só está feliz de me ver?
...

Não me bata de novo!
... Sim, a Lua dos Sonhos é um gigante gasoso. O mundo da Lua dos Sonhos é uma de suas luas, a Lua da Vigília é outra. Os gujaareen estão cientes disso, uma vez que sua astronomia é quase tão desenvolvida quanto a do Egito, mas o hábito de se referir à Sonhadora como lua antecede muito a essas descobertas, então pegou. Na verdade eu tentei elaborar a astrofísica, algo pelo que agradeço aos instrutores e aos meus colegas participantes da oficina de astronomia Launch Pad da Nasa para autores de ficção/fantasia e outros profissionais criativos do qual tive o privilégio de participar em 2009. Não muito disso entrou na duologia (talvez um dia vá entrar, se eu escrever uma história sobre os Professores), mas foi divertido brincar com essa noção. Quaisquer erros são meus.

Eu não perguntei tudo isso para você. Você apenas gosta de se ouvir falar, não gosta?
Ah, para... Chega. Para mim já deu.

Você é uma péssima entrevistada, você sabe disso, não sabe? Ei, essa é uma pergunta!

Espere, você foi mesmo embora? Ah, qual é! Você não é engraçada. Volteeeeee...
Em retrospecto, acho que não gostei de me entrevistar. Ah, bom. Fiquem em paz, todos vocês.

©Laura Henifin

SOBRE A AUTORA

N. K. Jemisin é uma autora nova-iorquina, cujas histórias foram nomeadas diversas vezes aos maiores prêmios de ficção científica e fantasia do mundo, incluindo o Nebula, Locus e World Fantasy Award. Em 2016, se tornou a primeira pessoa negra a receber o Hugo na categoria principal por seu livro A quinta estação, e nos dois anos seguintes quebrou recordes ao ganhar novamente na categoria principal com as continuações da série A TERRA PARTIDA: *O portão do obelisco* e *O céu de pedra*.

Jemisin é considerada uma das mais importantes vozes da ficção especulativa atual por construir universos ricos e complexos, que vão da fantasia à ficção científica. Suas obras falam sobre justiça social, preconceito, violência e sobre a multiplicidade do comportamento humano.